Doppelband 3
Nitro & Andrew

Edition Sinneslust

**Bibliografische Information der Deutschen Nationalbibliothek**
Die Deutsche Nationalbibliothek verzeichnet diese Publikation in der Deutschen Nationalbibliografie; detaillierte bibliografische Daten sind im Internet über http://dnb.d-nb.de abrufbar.

## Warrior Lover Doppelband 3

- Romance -

Originalausgabe Juni 2015

©opyright Inka Loreen Minden
**www.inka-loreen-minden.de**

ISBN-13: 978-3-738610765

Layout: Monika Hanke
Lektorat: Alexandra Balzer

Cover Nitro und Andrew: © jdesign.at
Stadt: © Chungking – Fotolia.com
DNA: © rolffimages – Fotolia.com
Autorenfoto: © Guido Karp 2011 – p41d.com

Herstellung und Verlag: BoD – Books on Demand, Norderstedt

**Dieser Roman hätte im normalen Taschenbuchformat 340 Seiten.**

Alle Rechte vorbehalten. Ein Nachdruck oder eine andere Verwertung ist nur mit schriftlicher Genehmigung der Autorin gestattet.

# NITRO – Warrior Lover 5

## Prolog – Dschinn Bar / White City

*Nitro: Heute muss es endlich passieren, oder meine Brüder lassen mich nie in Ruhe. Hoffentlich kann ich mein Biest zügeln ...*

Ich komme mir vor wie von Löwen umzingelt. Ihre gefräßigen Blicke ängstigen mich, aber wie immer muss ich gute Miene zum bösen Spiel machen. Hier bin ich nicht Sonja Anaya, sondern eine Bedienung in einem lächerlichen Hosenkleid, einer Halbmaske und einem bauchfreien Oberteil mit Puffärmeln.

Die Dschinn-Bar – oder sollte ich sie besser »Hurenhaus« nennen – ist voller Warrior. Es sind bestimmt über dreißig Krieger anwesend. Auch wenn sie keine Kampfmontur tragen, erkenne ich sie sofort an ihrer großen Gestalt, den ausgeprägten Muskeln und vor allem an ihren Augen. Cedric hatte genau dieselben katzenhaften Augen, die sogar das schummrige Licht im Raum reflektieren. Ich denke oft an ihn. Nur seinetwegen bin ich an diesem Ort.

Leise Musik spielt, irgendwelche elektronischen Töne, an den Wänden hängen Tücher in kräftigen Farben – strahlendes Gelb, leuchtendes Rot, Orange und Blau –, andere sind bemalt mit Blütenmotiven und Schnörkeln. Überall baumeln goldene Kordeln, und Paletten glitzern auf meiner Kleidung und der der anderen Mädchen. Sie huschen zwischen den Kriegern umher und schmeicheln ihnen mit Blicken und zarten Berührungen. Andere Frauen sitzen bei den Männern auf dem Schoß, doch bevor es zu mehr kommt, scheucht Mama Rosalia sie auf und teilt ihnen ein Zimmer zu. Die ältere Frau, die wenig von ihrer Schönheit und Jugend eingebüßt hat – fortschrittlicher Medizin sei dank –, ist hier die Chefin.

Die ovalen Milchglasfenster erlauben keinen Blick nach draußen, und gäbe es keine Uhr, wüsste ich nicht, dass es bereits Abend ist. Ich vermisse die Sonne. Allein die Helligkeit unter der Kuppel muntert mich ein wenig auf, denn gleich werde ich wieder in die Kanalisation absteigen und mich mit den anderen Rebellen in dem unterirdischen Höhlensystem verstecken. Ich hasse diese ewige Dunkelheit, und die ständige Angst, entdeckt und getötet zu werden, zermürbt mich.

Tief atme ich durch und inhaliere die saubere Luft in der Bar. Keine Zigaretten, keine Räucherstäbchen, keine Kerzen brennen hier. In White City ist eben alles anders. Steriler. Moderner. Gesünder. Außerdem würden sich die Warrior an extremen Gerüchen stören, denn all ihre Sinne sind schärfer ausgeprägt als bei uns gewöhnlichen Menschen.

»Soraja, der Süße mit dem Ohrring möchte seinen Drink«, sagt Layla und drückt mir das Glas mit dem blauen Getränk in die Hand. In ihrem schwarzen Haar glitzern Perlen, genau wie in meinem. »Ich glaube, den solltest *du* ihm bringen.«

Ich schlucke, als ich über den Tresen zum Tisch der drei jungen Männer schaue, alles Warrior-Anwärter oder auch Jungspunde, wie sie sich untereinander nennen. Der eine von ihnen mit dem blonden kurzen Haar und dem großen Silberring im Ohr, starrt mich seit einer halben Stunde an. Sein Blick wirkt kühl und lauernd, und die Narbe an seinem Kinn unterstreicht sein kriegerisches Äußeres. Immer, wenn ich zu ihm sehe, schaut er schnell weg.

So ehrlich wie möglich lächle ich Layla an. »Gerne.« Sie ist Aushilfe an der Bar und muss die Kunden ab und zu auch ein Stockwerk höher bedienen. Dort liegen die »Spielzimmer«, in denen sich die Warrior mit einem der Mädchen austoben können. Gerade die Krieger, die noch in der Ausbildung sind, kommen in ihrer knappen Freizeit gerne her, um sich erste sexuelle Erfahrungen anzueignen, damit sie sich später in den Shows nicht blamieren.

Ich erschaudere. Zum Glück muss ich ihnen nur die Getränke bringen.

Diese Farce ertrage ich bereits seit fünf Tagen, und ich muss aufpassen, nichts Falsches zu sagen. Die Krieger besitzen allesamt ein Supergehör, selbst der leiseste Fluch kann mich auffliegen lassen. Himmel, dabei bin ich Ingenieurin und keine Spionin. Aber was tut man nicht alles, um zu überleben und dieser Hölle zu entkommen. Ich will endlich nach Hause, zurück zu meinem alten Leben, meiner Mutter und vor allem meinem Kind. Ich vermisse Noel höllisch und bete jeden Tag, dass er noch lebt.

Lächelnd schreite ich durch die Bar auf den Tisch der jungen Krieger zu. Einer sieht stärker aus als der andere. Der Kleinste von ihnen hat schimmernde Haut und schwarze, zu Zöpfchen geflochtene Haare. Seine Freunde rufen ihn Storm.

Der zweite heißt Mick. Mit den goldenen Locken und dem beinahe femininen Gesicht gleicht er einem Engel, doch er lacht mir zu laut und reißt ständig dreckige Witze.

Ja, und dann ist dort Nitro, der Kerl, der mich die ganze Zeit beobachtet, derjenige von den dreien, der nie lächelt. Über ihn weiß ich am wenigsten, nur dass er sich wie die anderen beiden noch in der Ausbildung befindet. Storm und er sind offenbar Freunde, denn der schwarzhaarige Warrior mit den Zöpfchen lächelt ihn ständig an oder legt kumpelhaft einen Arm um seine Schultern. Storm ist es auch, der mich angrinst, als ich Nitro den Drink an den Tisch stelle.

»Na los, frag sie schon.« Er schubst Nitro an, aber der ignoriert ihn und verschränkt die Arme vor der Brust. Dabei meidet er meinen Blick.

Oh Gott, was will er von mir? Für eine Sekunde starre ich auf seine muskulöse Brust und den Bizeps, der sich durch sein Shirt wölbt, dann gehe ich zurück zum Tresen. Hinter ihm fühle ich mich einigermaßen sicher. Außerdem bietet mir die Halbmaske zusätzlich Schutz. Sie besteht aus silberfarbener Spitze sowie edlen Strasssteinchen und schmiegt sich perfekt an meine Haut. Damit die Mädchen auf der Straße nicht erkannt werden, ist ihr Gesicht bedeckt.

Layla lächelt mich an. »Ich glaube, da hat dich jemand in sein Herz geschlossen.«

Herz? Haben diese Barbaren überhaupt eines? Okay, es sind nicht alle gleich, Cedric war anders.

*Wen meinst du?*, schreibe ich auf das ePad, mit dem wir auch die Bestellungen aufnehmen. *Den Miesepeter?*

*Er ist nur schüchtern*, setzt sie grinsend darunter. *Aber mir gefällt der mit den langen schwarzen Haaren besser.*

Viele Frauen würden sich geehrt fühlen, das Herz eines Warrior zu erobern. Layla gehört offensichtlich dazu.

Erneut werfe ich einen Blick auf Nitro. Er dürfte in meinem Alter sein. Da er die Ausbildung noch nicht beendet hat, ist er höchstens zwanzig. Einige Krieger beginnen den Dienst mit achtzehn, andere erst mit einundzwanzig, je nachdem, wie geeignet sie bereits für den Job sind. Diese genmanipulierten Supersoldaten scheinen erst zu altern, wenn sie ihren Dienst in der Todeszone antreten, vorher wirken sie ewig jung und makellos, außer, sie tragen im Training Verletzungen davon. Die Narbe auf Nitros Kinn zeugt von seiner harten Ausbildung.

Ungeduldig schaue ich auf die kleine Uhr hinter dem Tresen. Noch fünf Minuten bis acht, dann darf ich gehen. Heute habe ich interessante Informationen für Julius. Er ist der Anführer der Rebellen, die sich gegen das Regime stellen. Ich konnte ihn überreden, mir den Job in der Dschinn-Bar zu überlassen. Das bin ich Cedric schuldig. Seinetwegen bin ich noch am Leben. Er hätte mich töten können, obwohl ich ihn zuerst umbringen wollte, als er Giftampullen am Wasserrohr angebracht hat, das in die Outlands führt. Er fesselte mich ans Rohr, um erst seinen Auftrag zu erledigen, da habe ich ihm alles über das Leben außerhalb der Kuppel erzählt und dass die Regierung sie alle verarscht. Er hat mir tatsächlich zugehört und ließ mich am Leben. Daraufhin wollte Ced sogar die Seiten wechseln und den Rebellen helfen. Unglücklicherweise muss das durchgesickert sein, denn kurze Zeit später wurde er von einer Granate zerfetzt – und die stammte aus den eigenen Reihen. Ob irgendeiner der Krieger hier schuld an seinem Tod ist? Ein Warrior hat die Granate geworfen, da bin ich mir sicher.

Mein Magen zieht sich zusammen, und ich versuche mich zu beruhigen. Nicht auffallen, selbst Schweißausbrüche oder ein erhöhter Puls bleiben den wachsamen Männern mit ihren Superinstinkten nicht verborgen. Trotzdem bin ich die optimale Besetzung für diese Spionageaufgabe, weil ich den perfekten schlanken Körper habe und somit dem Schönheitsideal der Menschen in White City entspreche. Zum Glück ist wegen der Wochen in der Dunkelheit meine Sonnenbräune verflogen. Die hätte mich ebenfalls verraten können. Zwar lässt die Kuppel ein wenig UV-Strahlung durch, aber richtig braun wird hier niemand.

Vieles ist mir in White City fremd, denn ich komme aus einer anderen Welt. Doch als Ingenieurin besitze ich eine schnelle Auffassungsgabe und technisches Verständnis. Außerdem hat mich Julius vor meiner Mission aufgeklärt und mir die wichtigsten Dinge auf seinem Computer gezeigt.

Mama Rosalia sympathisiert mit den Rebellen. Sie hat mich hier eingeschleust. Viele Warrior kommen regelmäßig her und werden redselig, wenn sie etwas getrunken haben oder mit den Mädchen ins Bett gehen. Sie schnappen einiges auf.

Ja, der Job ist gefährlich, aber noch riskanter wäre es, Wanzen zu installieren. Der Senat lässt diese Bar regelmäßig durchsuchen.

*Noch drei Minuten*, denke ich, während ich hinter der Theke saubermache und Getränkereste wegputze. Ich kann es kaum erwarten, Julius zu berichten, denn heute habe ich erfahren, wer Cedrics Mord in Auftrag geben ließ: Tony Greer, der Handlanger von Senator Freeman. Außerdem wurde am Westtor eine neue vollautomatische Schussanlage installiert und es ist im Gespräch, dass die Sicherheitscodes für die Kanalisation täglich geändert werden sollen.

*Noch zwei Minuten*, dann kann ich endlich in die Garderobe gehen und dieses lächerliche Kostüm ausziehen. Darin komme ich mir ohnehin fast nackt vor. Ich habe alle Infos, die wir brauchen, also muss ich nie wieder in diese Bar zurückkehren.

Rosalia hat dieses Leben auch satt, aber sie hat es sich nicht ausgesucht. Der Senat bestimmt, wer Arzt, Mutter oder Hure wird. Und solange sie nichts ändern kann, versorgt sie Julius mit Infos. Im Gegenzug erhält sie Geld für sich und die Mädchen. Sie fragt nicht nach, woher es kommt, und weiß auch nicht, dass Jul – eigentlich Andrew Pearson – der Sohn eines Senators ist. Wenn sein Vater herausfindet, dass er der Anführer der Rebellen ist, wäre er längst tot. Die Wäscherei, die Andrew offiziell betreibt, ist unser Hauptquartier. Darüber gelangen wir auch in den Untergrund. Er trägt das größte Risiko von uns allen und ich bewundere seinen Mut sehr.

*Noch eine Minute ...* Ich hänge den feuchten Lappen an den Haken und verabschiede mich von Layla.»Ich mach dann mal Feierabend.« Sie weiß nicht, dass ich morgen nicht mehr komme. Sie tut mir leid, denn sie ist kaum besser dran als die Sklavinnen, die in den Shows den Kriegern zu Diensten sein müssen. Die meisten hier haben sich jedoch mit ihrem Schicksal abgefunden, Layla scheint es nicht so zu stören wie mich. Trotzdem lege ich kurz die Arme um sie, weil ich irgendwie das Gefühl habe, ihr Trost spenden zu müssen. In Wahrheit will ich wohl nur mich selbst beruhigen.

Verwundert sieht sie mich an, erwidert aber die Umarmung.»Pass auf dich auf, Süße.« Sie zwinkert und nickt zum Tisch der drei Soldaten. Nitro starrt mich an und erhebt sich, die anderen beiden stehen bereits und schauen ebenfalls in meine Richtung.

Oh Gott, schnell zu den Garderoben!

»Du auf dich auch«, sage ich und nehme meine Beine in die Hand, doch Mick ist schneller und versperrt mir den Weg. Der blonde Schönling grinst mich von oben herab an und rückt sein Geschlecht durch die Hose zurecht. »Wohin so schnell?«

Mir wird schwarz vor Augen. Nichts anmerken lassen! »Ich habe Feierabend.«

Er fasst an mein Kinn und zwingt mich, ihm in die raubtierhaften Augen zu sehen. Das helle Blau schimmert, als würde Quecksilber darin schwimmen. »Ich bezahle dich gut, wenn du noch zwei Stunden länger bleibst.« Lasziv leckt er sich über die Lippen.

Zwei Stunden? Ich möchte mir nicht ausmalen, was in seinem Kopf vorgeht. An seinem Blick sehe ich, dass es mir nicht gefallen würde. Am liebsten würde ich ihn auf der Stelle töten, stattdessen lächle ich zittrig und hoffe, er bemerkt meine Lüge nicht. »Ich bin morgen für dich da, Süßer.«

Sein Grinsen verschwindet schlagartig; grob packt er mich am Arm. »Du widersprichst mir?«

Bevor ich überlegen kann, wie ich mich aus dieser beschissenen Situation manövriere, tritt Storm zu uns und sieht seinen Waffenbruder ernst an. »Mick, hör auf, lass sie gehen.«

Engelchen ignoriert ihn.

Da reißt Nitro seine Hand weg. »Nimm deine Pfoten von ihr!«

Mein Herz setzt einen Schlag aus und ich muss unwillkürlich auf Nitro starren. Zwei Falten haben sich zwischen seinen Brauen gebildet, die Lider hat er leicht zusammengekniffen, seine Kiefer mahlen. Ich habe nie einen tödlicheren Blick gesehen, und zum Glück gilt der nicht mir, sondern Mick.

Anstatt wütend zu sein, grinst Engelchen. »Willst du sie haben? Du hast sie doch ununterbrochen anvisiert.« Zu mir gewandt sagt er: »Du wärst die Richtige, bei der er endlich seine Jungfräulichkeit verlieren könnte.«

»Am besten rufst du es durch die ganze Bar«, zischt Nitro.

Moment, wollte Mick Nitro provozieren, damit er mich nimmt?

Ich schlage mich gedanklich auf Nitros Seite. Laut Laylas Erzählungen war er schon ein paar Mal in der Bar, aber er hat nie eins der Spielzimmer aufgesucht. Wieso ist ein angehender Krieger wie er noch Jungfrau? Die Kerle sind nicht schüchtern und strotzen vor Potenz.

Als Mick plötzlich »Hey, Mama Rosalia!« durch den Raum ruft, zucke ich zusammen. Mit einem Finger deutet er auf mich. »Nitro hätte gerne die Kleine.«

Storm grinst schief. »Ja, sie passt zu ihm.«

Hier habe ich nichts mitzubestimmen, das wird mir mit einem Mal bewusst. Ich denke wieder an die Mädchen, die in der Bar arbeiten und es nicht anders kennen, und erschrecke erneut, wie furchtbar ihr Leben unter der Kuppel ist. Schöne neue Welt? Von wegen! Wenn ich meinen Leuten in Resur von White City berichte, werden sie die Bewohner bestimmt nicht mehr beneiden. Sie leiden zwar weder Hunger noch Durst – dafür haben sie keine Chance, ihr Leben selbst zu bestimmen.

»Was gibt es, Jungs?« Mama Rosalia schlendert warm lächelnd zu uns. Gott sei Dank. Sie ist die Einzige, die mich retten kann. Sicherlich hat sie die Situation längst durchschaut, aber sie zeigt weder Wut noch Angst, sondern bleibt ganz Profi.

Storm kratzt sich an einer Braue. »Kann mein Bruder das Mädchen haben?«

»Natürlich«, antwortet sie prompt – und ich fühle mich, als müsse ich auf der Stelle zusammenbrechen.

Ihr Blick flackert nicht, erst als sie sich mir zuwendet und die anderen ihr Gesicht nicht sehen können, scheinen ihre Augen zu sagen: *Es tut mir leid.* »Du wirst den Süßen noch bedienen, danach kannst du gehen.«

Sich zu weigern kommt nicht in Frage. Rosalia würde schlimmen Ärger bekommen, wenn ich den Kriegern nicht gehorche.

Mick und Storm klopfen Nitro auf den Rücken, dabei wünschen sie ihm gutes Durchhaltevermögen und geben ihm allerlei Tipps, wie er mich zu nehmen hat. Ich möchte mir die Ohren zuhalten, als die Sätze »knack sie«, »wenn sie schreit, zeig ihr, wer der Boss ist« und »sie sind nicht so zerbrechlich, wie sie aussehen« von Mick fallen. Hinter meiner Maske beginne ich zu schwitzen, fieberhaft überlege ich, wie ich der Situation doch noch entkommen kann, aber mir fällt nichts ein, mein Kopf fühlt sich leer und dumpf an.

Rosalia nimmt mich auf die Seite. Auf das ePad, das an einer Kordel an ihrer Hüfte hängt, schreibt sie: *Wehre dich nicht, dann geht es schneller vorbei*, während sie sagt: »Ich berechne dir die Extrastunden natürlich.« *Lass dir nichts anmerken, sonst fliegen wir alle auf.*

Auf Knopfdruck verschwinden die Buchstaben, und ich möchte mich übergeben. Doch ich habe gewusst, worauf ich mich einlasse; nur habe ich gehofft, dass der Worst Case nie eintritt.

Mick und Storm kehren feixend zurück an den Tisch, Nitro steht mit gesenktem Kopf dort, wo sie ihn zurückgelassen haben. Die Hände hat er in seiner Cargohose vergraben und er starrt auf seine polierten Stiefelspitzen. Er macht den Eindruck, als würde man ihn zur Schlachtbank führen, nicht mich.

Mama Rosalia hebt die Hand. »Folgt mir, Zimmer vier ist frei.«

Während ich hinter ihr die Stufen nach oben gehe und Nitro in meinem Rücken spüre, als würden sich seine Blicke dort hineinbohren, kommt es mir vor, als würde mein Leben an mir vorbeiziehen – wieder einmal.

Als einzige Outsiderin habe ich es nach White City geschafft. Niemals hatte ich vor, in die Stadt zu gelangen, doch es war eine Verzweiflungstat. Mein Sohn Noel ist an einer Lungenentzündung erkrankt. Ohne Antibiotika hätte er nicht überlebt, aber diese Art von Medizin gibt es in Resur schon lange nicht mehr. Ich habe Todesängste ausgestanden, denn sein Vater ist vor ein paar Jahren an einer Lungenentzündung gestorben. Also hatte ich keine Wahl und bin über die äußere Mauer geklettert, die die Menschen hier den zweiten Ring nennen. Zwischen der Kuppel und dieser Mauer liegt die Todeszone. Dort patrouillieren die Warrior und töten jeden, der versucht, in die Stadt zu gelangen oder sich an den wertvollen Materialien zu bedienen, die wie Müll in dieser Zone verstreut liegen. Es sind Reste vom Stadtbau, und die stehen uns noch am ehesten zu, schließlich haben unsere Vorfahren vor achtzig Jahren White City errichtet.

Durch eine Fügung waren die Krieger kurz abgelenkt, weil sie einen Mann aufgespürt hatten, der einen Sonnenkollektor stehlen wollte. Daher gelangte ich ungesehen zu einem Schacht, der in die Kanalisation führte. Dort irrte ich in völliger Dunkelheit herum, bis ich hungrig und halb verdurstet auf Julius stieß.

Ich muss an mein Kind denken. Es braucht mich, und ich will meinen Jungen endlich wieder in die Arme schließen. Noel wird bald sieben, zu seinem Geburtstag wäre ich gerne zu Hause. Ich habe schon einmal der größten Gefahr getrotzt und es geschafft, über ein Wasserrohr das lebenswichtige Medikament aus der Stadt zu schmuggeln, also werde ich das hier auch überstehen.

»Ware nicht beschädigen!«, sagt Mama Rosalia streng zu Nitro, als wir vor der Zimmertür halten.

»Ich bin keine Bestie«, knurrt er. Finster sieht er sie an und fährt sich über sein kurzes Haar.

Sie starrt düster zurück. Oh Gott, sie hat wirklich Mumm, viel mehr als ich, denn meine Beine wollen mich plötzlich nicht mehr tragen. Ein Warrior hat meinen Vater getötet, und ich würde diesen Kerl gerne dafür büßen lassen.

Wie ferngesteuert betrete ich den kleinen Raum und halte auf das herzförmige Bett zu, das mittendrin steht. Dunkelrote Seidenlaken lassen das Riesenherz im Schein künstlicher Kerzen schimmern.

Fenster entdecke ich nicht, dafür hängen an den Wänden Dinge, von denen ich die meisten zwar noch nie erblickt habe, aber trotzdem weiß, wozu sie dienen: ein Kreuz, um jemanden daran festzubinden, Ketten, Seile, Lederpeitschen ... Keuchend stoße ich die Luft aus, denn ich sehe mich bereits wehrlos an einem dieser Gestelle hängen, während Nitro mich schlägt und vergewaltigt, stundenlang. Ich habe so viele grausame Geschichten über die Soldaten gehört und weiß, was sie in den Shows mit den Sklavinnen machen, dass ich kurz davor stehe, in Panik auszubrechen.

Nachdem Mama Rosalia die Tür zugezogen hat, bin ich mit dem Krieger allein. Dicht steht er hinter mir, ich höre ihn atmen, spüre seine Hitze in meinem Rücken. Oh Gott, was wird er tun?

Langsam schleicht er um mich herum, dabei mustert er mich von oben bis unten. Sein Blick flackert, als er mir durch die Maske kurz in die Augen sieht. Er lächelt nicht und wirkt verkrampft, seine Hände ballen sich ständig zu Fäusten. Überlegt er, mich zu schlagen?

Als er plötzlich »Nimm die Maske ab« sagt, in einer dunklen, fast schon knurrenden Tonlage, knicken mir beinahe die Knie ein. Ich muss mich setzen, oder ich breche auf der Stelle zusammen!

Ich lasse mich auf das herzförmige Bett nieder und ziehe den Gesichtsschutz ab. Kühle Luft trifft auf meine feuchte Haut und meine Hände zittern, daher lege ich sie in den Schoß.

Als er mir die Maske abnimmt, berühren wir uns kurz und es knistert, weil ein kleiner Funken überspringt.

Mein Herz rast, mein Atem ebenfalls. Ich kann meine Angst nicht mehr verbergen, so cool bin ich nicht. Wir werden alle auffliegen!

Ich traue mich nicht, zu ihm aufzusehen, denn er steht dicht vor mir, sodass seine Lenden genau vor meinen Augen liegen. Seine Hose beult sich im Schritt, aber ich weiß nicht, ob er erregt oder einfach nur gut ausgestattet ist. Mein Mann ist gestorben, da war Noel gerade drei und ich immer noch ein Teenager. Ich hatte nie viel Sex, Elijas hatte Angst, mich erneut zu schwängern, außerdem hat uns Noel auf Trab gehalten. Es ist zu lange her, und ich fürchte mich davor. Ich habe Angst vor Schmerzen. Angst, dass er meine Unerfahrenheit bemerkt.

Als Nitro plötzlich meine Wange streift, zucke ich zusammen, obwohl seine Berührung äußerst zärtlich ist.

»Du bist hübsch«, raunt er.

Ich weiß nicht, ob ich darauf antworten soll, ich weiß lediglich, dass ich ihm die Hure vorspielen muss. Wahrscheinlich sollte ich ihn ausziehen, ihn befriedigen, was weiß ich! Ich weiß gar nichts mehr, nur dass ich gleich sterbe, weil mein Herz jeden Moment den Dienst versagt.

Er geht in die Hocke und sieht zu mir auf. Schlagartig nehmen mich seine Augen gefangen. Ihre Farbe ist eine Mischung aus Grün und Braun mit goldenen Sprenkeln. Irgendwie sieht Nitro traurig aus.

»Warum hast du Angst vor mir?«, fragt er.

»Vor dir?«, antworte ich in einem viel zu hohen Ton und räuspere mich. »Nein, ich … Es ist mein erstes Mal hier oben in den Zimmern.«

Seine Mundwinkel heben sich, und das sanfte Lächeln nimmt die Strenge aus seinem Gesicht. »Ich war auch noch nie mit einem Mädchen allein.« Er steht auf und geht zu einem Beistelltisch, auf dem sich Getränke und Obst befinden. Dort zieht er eine kleine Dose aus der Hosentasche, nimmt eine Tablette heraus und spült sie mit kräftigen Schlucken aus einer Wasserflasche herunter. Ich traue mich nicht zu fragen, wofür die Pille gut ist. Vielleicht, um die Potenz zu steigern? Oder damit er hart wird, weil er aufgeregt ist?

Mir wird schlecht, schlechter als schlecht, mein Magen ist ein einziges Durcheinander.

Als er mich erneut anblickt, lauernder und entschlossener als zuvor, weiß ich, dass es ernst wird. Oh Gott, er ist so groß und steckt voller Kraft!

*Wehre dich nicht, dann geht es schneller vorbei*, hallen Mama Rosalias Worte durch meinen Kopf.

Während er sich das Shirt über den Kopf zieht, halte ich die Luft an. Sein flacher Bauch kommt zum Vorschein und zahlreiche Narben. Auf seiner rechten Brust sind vier Rillen zu erkennen, als hätte ein Puma mit seiner Pranke nach ihm geschlagen. Ich kenne den Anblick von Tierverletzungen, die kommen in Resur öfter vor, aber Nitro ist aus White City. Die Narben sehen jedoch älter aus und sind verblasst.

Achtlos wirft er das Shirt auf den Boden und fährt sich durchs Haar. Dabei schaut er zu mir und wippt von einem Bein aufs andere.

Nitro ist jung und schlank und eine Augenweide. Eine tödliche Augenweide mit breiten Schultern, ausgeprägten Muskeln …

Plötzlich reißt er sich die Stiefel herunter und kommt mit schnellen Schritten auf mich zu. Noch ehe ich mich versehe, drückt er mich auf die Matratze, dann wirft er sich halb auf mich, sodass mir die Luft wegbleibt.

Meine Panik ist auf einen Schlag wieder da. Ich möchte schreien, stattdessen liege ich starr vor Schreck unter ihm und lasse es zu, dass er durch das Kostüm meine Brüste knetet.

Sein Atem schlägt gegen meine Wange und er schnuppert an meinem Ohr. Seine Erektion presst sich an meinen Oberschenkel, wobei er leicht das Becken bewegt, um sich an mir zu reiben. Sein Keuchen nimmt zu, und er zieht mir das Top herunter, sodass eine Brust freilegt. Mit großen Augen starrt er auf meinen Nippel, der ihm hart entgegenragt. Er hat sich aus Angst zusammengezogen, denn ich spüre keine Erregung, nur Furcht, abgrundtiefe Furcht. Nitro ist ein roher Mann ohne Erfahrung, er wird mir wehtun … Aber ich muss das überleben, ich muss zurück zu Julius, um ihm die neuen Informationen zu bringen, und ich will zurück zu meinem Sohn. Noel gibt mir Kraft. Seinetwegen werde ich alles überstehen. Wirklich alles.

Als Nitro meine andere Brust entblößt, drücke ich ihn an den Schultern zurück. »Nicht so stürmisch!«

Er verharrt und schaut mich beinahe erschrocken an. »Wie dann?«

*Jetzt bloß nichts Falsches machen, Sonja.* »Was weißt du über Frauen?«

»Nichts«, sagt er düster und senkt den Blick. Danach rollt er sich neben mich auf den Rücken und schließt die Augen.

»Okay, das ist nicht schlimm.« Doch, ist es! Er wird mir wehtun, ich weiß es einfach! »Frauen mögen es langsam und gefühlvoll. Der Mann muss sie erst vorbereiten auf … den Geschlechtsakt.« Oh Gott, hab ich das eben gesagt?

Außer den wenigen Malen mit Elijas hatte ich keinen Sex. Er war ein richtiger Mann und viel älter, ich hingegen ein halbes Kind! Nach seinem Tod hatte ich keinen anderen mehr, weil ich mich um Noel gekümmert oder wichtige Aufgaben in Resur zu erledigen hatte. Und Cedric habe ich nur ein Mal geküsst, zwischen uns ist nie wirklich etwas passiert. Daher habe ich so gut wie keine Ahnung und kann bloß improvisieren sowie auf das zurückgreifen, was ich gehört habe.

Sex habe ich nie vermisst, Liebe und Geborgenheit schon. Ich meine damit nicht die Liebe, die meine Mutter oder mein Kind mir schenken, sondern die Liebe zwischen Mann und Frau. Von einem Mann in den Arm genommen zu werden, gehalten, gestreichelt, sich beschützt zu fühlen …

Mit zusammengekniffenen Lidern blinzelt mich Nitro an. »Zeig mir, wie ich dich vorbereiten muss.« Er bleibt neben mir liegen, ohne mich zu berühren, und ich bin froh, dass er noch seine Hose trägt. Was ich durch den Stoff erahnen kann, sieht nun noch größer aus als zuvor.

Nachdem ich mich aufgesetzt und mein Oberteil gerichtet habe, lege ich meine zitternde Hand auf seine Brust. Die Hitze seiner Haut droht mich zu verbrennen, und trotz meiner Furcht bewundere ich, wie weich sie sich anfühlt.

»Zuerst musst du die Frau streicheln, zärtlich und an den Stellen, an denen sie es gerne hat.« Ich lasse meine Finger über seine Brustwarzen gleiten. »Die Brüste sind ein guter Anfang, da warst du schon richtig.« *Das Positive loben, wie bei Kindern*, denke ich und hoffe, die Situation irgendwie zu meinen Gunsten beeinflussen zu können. »Du lässt die Hände kreisen, streichelst sie von oben bis unten.« Ich fahre über seinen flachen Bauch und versuche nicht auf die Erektion zu starren, die sich unter dem Stoff aufbäumt. »Du kannst auch den Mund dazunehmen, den Körper küssen und lecken.«

Als ich mich über ihn beuge, um ihm einen Kuss auf das Schlüsselbein zu hauchen, nehme ich sein männliches Aroma wahr. Mein Unterleib beginnt allein bei seinem Geruch zu pulsieren. Nitro duftet so gut! Düster, geheimnisvoll, ein wenig animalisch.

Während ich die Lippen über seine Brust wandern lasse, inhaliere ich mehr von ihm. Ich nehme die Hände dazu, streichle und massiere die harten Muskeln und lecke über seine Nippel.

Nitro stöhnt leise auf. »Ja, das ist wirklich schön.« Als er mich anlächelt, springt mein Herz hart gegen die Rippen. »Ich versuche es bei dir, aber du hast zu viel an.«

Er setzt sich neben mich und zieht mir das Top über den Kopf. Ich möchte meine Arme verschränken, weil er mich anstarrt, als würde er mich auffressen wollen, andererseits treibt sein Blick mehr Hitze in meinen Schoß. Hitze und Nässe.

Kurz denke ich an Cedric. Er war ebenfalls ein Warrior und weder grob noch brutal zu mir. Ob Nitro vielleicht ein bisschen so ist wie er? Ich möchte es glauben, um mich nicht mehr vor ihm zu fürchten. Bisher hat er mir auch nicht wehgetan – im Gegenteil. Er ist neugierig und scheint wirklich wissen zu wollen, was er tun soll.

»Jetzt deine Hose«, raunt er und drückt mich behutsam zurück auf die dunkelroten Seidenlaken.
Schon hat er mir den Stoff über die Hüften gezogen, und gemeinsam mit den Schuhen landet alles auf dem Boden. Nun liege ich splitternackt vor ihm. Hoffentlich fällt ihm nicht auf, dass ich bereits ein Kind geboren habe. Ich war sehr jung und bin bei der Geburt fast gestorben, aber mein Körper hat kaum Spuren von der Schwangerschaft zurückbehalten, nur um den Bauchnabel habe ich winzige Dehnungsstreifen. Ich möchte nicht, dass er mir Fragen stellt, die mich verraten. In White City würde mir niemals das Privileg zustehen, ein Kind zu bekommen.
Er scheint nichts zu bemerken, denn er starrt bloß zwischen meine Beine und presst sich die Hand auf den Schritt. »Ich muss dich ansehen, Frau«, murmelt er – schon drückt er meine Schenkel auseinander und kniet sich dazwischen.
Oh mein Gott! Von der Kopfhaut bis zu den Zehenspitzen stehe ich in Flammen, und als Nitro an meinen Schamlippen zupft, rast glühende Lust in meinen Schoß. Was ist das? Warum erregt er mich? Er ist mein Feind! Aber seine schüchterne, neugierige Art hat meine Furcht vertrieben und stattdessen wächst Lust in mir.
»Du riechst lecker«, raunt er und fährt mit dem Finger über meine Klitoris. Stöhnend zucke ich.
Sofort schaut er zu mir auf. »Nicht gut?«
»D-doch, genau diese Stelle musst du verwöhnen.«
Er grinst durchtrieben. »Habe ich mir gedacht, denn das sieht aus wie ein Mini-Penis.«
Mini… Himmel, seine Zunge! Kleine harte Schläge prasseln auf meine Klitoris ein. Das ist zu viel, ich bin noch nicht so weit, dort schon berührt zu werden. »Du musst von oben anfangen, von oben nach unten«, presse ich atemlos hervor. »Die Stelle ist zum Schluss dran.«
»Okay.« Er richtet sich auf, um sich vor das Bett zu stellen. Als seine Hose fällt, bin ich diejenige, die ihm zwischen die Beine starrt.
Nitro ist wirklich exzellent ausgestattet. Große schwere Hoden, ein langer Schaft und eine ausgeprägte Eichel, die mit dicken Adern überzogen ist … Wird er für mich passen? Eine Schwangerschaft soll eine Frau weicher machen, vielleicht klappt es ja, aber sicher bin ich mir nicht. Oh Gott, jetzt habe ich erneut Angst. Mein letztes Mal ist viel zu lange her!
Auf allen vieren kriecht er über mich. Sein Blick wirkt ernst und nachdenklich. »Ich will nicht, dass du dich vor mir fürchtest.«
Natürlich hat er die Veränderung meines Gemütszustandes sofort wieder bemerkt.
Er schiebt seine Finger in mein Haar und hält plötzlich eine murmelgroße türkisfarbene Perle in der Hand. Er schaut sie an, als hätte er etwas kaputtgemacht. »Oh, das … tut mir leid.«

Da muss ich plötzlich lachen und nehme seine Wangen zwischen meine Hände. »Du kannst sie behalten, Mama Rosalia hat genug davon.«

»Ich mag es, wenn du meinetwegen lachst«, sagt er an meinen Lippen, bevor er mich küsst.

Hilfe, darauf bin ich nicht vorbereitet gewesen. Als sein warmer weicher Mund mich trifft, gilt mein erster Gedanke Cedric. Er hatte auch wundervolle Lippen. Doch das hier ist ein anderer Mann, das ist Nitro.

Vorsichtig stupst er seine Zunge in mich. Als sich unsere Spitzen berühren, trifft mich ein neuer Schlag ins Herz. Dieser angehende Krieger steckt voller Zärtlichkeit, da fällt es mir schwer, ihn zu hassen.

Als er sich von mir löst, ist sein Blick verklärt. »Das ist schön.«

»Ja.« Mehr bringe ich nicht hervor, stattdessen streiche ich durch sein Haar. Obwohl es kurz ist, fühlt es sich weich an.

Er rutscht tiefer, küsst meine Brüste und leckt über meine Nippel. Vorsichtig saugt er daran und entlockt mir weitere Stöhnlaute. Mein Unterleib glüht und badet in Lust.

Nitros warmer Atem schlägt gegen meinen Bauch, meine Hüften, meine ... Oh Gott, erneut presst er den Mund auf mein Geschlecht. Er zieht die Schamlippen auseinander und drängt meine Beine zur Seite, dann leckt er hart durch meine Nässe. Ich schwimme, ich schwebe, meine Klitoris klopft im Takt meines rasenden Herzens.

»Ich könnte den ganzen Tag von dir trinken ...« Seine raue Stimme klingt durch den Nebel der Lust in meinen Kopf vor. Er hört sich kaum noch menschlich an, aber das muss an meiner verzerrten Wahrnehmung liegen. Seine Zungenschläge bringen mich um den Verstand.

»Wann ist eine Frau bereit?«, fragt er.

»Wenn sie feucht ist.«

»Dann bist du mehr als bereit«, sagt er und schiebt sich auf mich.

Automatisch schlinge ich die Beine um ihn und streichle seinen breiten Rücken.

Sein dunkles Timbre vibriert an meinem Hals.

»Zeig mir wie, Soraja, jetzt ...«

Ich greife nach seiner Erektion und führe sie an die richtige Stelle. Seine Kuppe dringt sofort in mich ein, der lange Schaft drängt hinterher und füllt mich aus. Nitro kommt tief, so tief und immer tiefer. Oh Gott, er wird mich durchbohren! Aber ich halte es aus, es tut nicht weh, im Gegenteil, er passt für mich und öffnet tief in mir eine neue Pforte, damit ich auch noch das letzte Stück von ihm aufnehmen kann.

»Soraja ...« Seine Lider zittern, er schnappt nach Luft. »Ist das geil!« Als er über mir den Kopf in den Nacken legt und sich sein Mund öffnet, sehe ich zum ersten Mal seine Zähne richtig und wundere mich über die Eckzähne, die länger sind als gewöhnlich. Oder ist das bei allen Warrior so? Bei Cedric ist mir das nicht aufgefallen.

Nitro ist nicht Cedric ... Nitro hat etwas Animalisches an sich, dieser Eindruck verstärkt sich immer mehr, doch ich stehe darauf, es macht mich tatsächlich an. Ich schlafe mit dem Feind, mit einem Warrior. Oh Gott, was wird Julius dazu sagen? Besser, ich erwähne es nicht, er muss es nicht erfahren, zumal ich glaube, dass er ein Auge auf mich geworfen hat. Ich muss ihn nicht unnötig verletzen, zwischen Nitro und mir ist nichts, ich bin gezwungen mit ihm zu schlafen, um die Mission nicht zu gefährden.

Verdammt, warum fühlt sich dieser Zwang so gut an?

Offenbar habe ich ein Faible für Warrior. Cedric war kein Monster. Ob aus Nitro einmal ein Monster wird, das Sklavinnen mit Gewalt nimmt? Vielleicht kann ich jetzt die Weichen stellen, damit er Frauen in Zukunft mit Respekt und Zärtlichkeit behandelt?

Bloß kann ich kaum einen klaren Gedanken fassen, während er sich in mir bewegt. Er zieht sich fast ganz aus mir zurück, um erneut in mich zu stoßen, immer und immer wieder. Mit jedem Mal wird er schneller, und er hält sich kaum noch zurück. Nitro erobert meinen Körper und meinen Mund. Heiß und gierig schnappt er nach meinen Lippen, saugt an ihnen oder steckt die Zunge in mich, als ob er mich fressen wollte.

Seine Wildheit macht mir keine Angst, denn ich spüre nur noch Lust. Willig drücke ich ihm mein Becken entgegen und keuche jedes Mal auf, wenn er tief in mir diesen verborgenen Ort durchdringt, um mich vollkommen auszufüllen. Ich spüre ihn bis in meinen Unterleib und fühle, wie der Höhepunkt naht. Mein Inneres hält ihn fest, als wollte es noch mehr, obwohl das nicht möglich ist, und plötzlich schwappt die Welle des Glücks über mir zusammen. Mein Schoß besteht aus reiner, brennender Lust, und das pulsierende Gefühl dringt in meinen Bauch, meine Brust, meinen Kopf. Ich schwebe und genieße, ich stöhne und verkrampfe meine Zehen.

Kaum komme ich zu mir, brüllt Nitro: »Soraja«, als der Orgasmus ihn erreicht. Er zuckt in mir und scheint noch härter und länger zu werden, noch ein paar Millimeter tiefer zu kommen. Dann trifft mich seine heiße Saat, füllt den letzten Platz in meinem Schoß und überflutet mich mit noch mehr Hitze.

In diesem Moment kann ich nur fasziniert zusehen, wie sich seine Halssehnen anspannen und ich das Gefühl habe, seine Muskeln würden sich vergrößern. Sein fiebriger Blick ist auf mich gerichtet und seine katzenhaften Iriden wechseln die Farbe. Aus dem Grün-Braun mit den goldenen Sprenkeln wird ein bernsteinfarbenes Gelb. Fangzähne blitzen an seinen Mundwinkeln hervor und ich zwinkere. Haben sich seine Eckzähne tatsächlich verlängert? Und was ist mit seinem Gesicht? Die Wangenknochen erscheinen mir kantiger, die Stirn imposanter, die Nase breiter ... Als ein kehliges Knurren aus seinem Hals emporsteigt, schlucke ich und eine Gänsehaut überzieht meinen Körper. Was passiert mit ihm?

»Was ist?« Schwer atmend rollt er sich von mir herunter auf den Rücken. Offenbar hat er seine Verwandlung nicht mitbekommen oder sie ist für ihn normal.

»Nichts«, antworte ich schnell und mustere ihn. Seine Augen sehen wieder aus wie zuvor, die Muskeln ebenso, und Fänge ragen keine mehr hervor. Habe ich mich getäuscht?

Sein großer schlanker Körper ist von einem feinen Schweißfilm überzogen, und er ist noch immer hart. Meine Lust glitzert auf seiner Erektion, und es ist mir plötzlich wieder peinlich, nackt zu sein. Er ist ein Fremder. Ich hatte Sex mit einem Warrior!

Noch immer spüre ich das sanfte Pulsieren in mir, als würde sich mein Schoß nach ihm sehnen.

Nitro sieht mich unverwandt an. »Du lügst, ich kann dein Herz rasen hören und rieche deine Angst.«

Seine Stimme zittert leicht und seine Mimik kann ich nicht deuten. Habe ich ihn verletzt? Oder ist er wütend? Es ist wohl besser, ich sage die Wahrheit. »Für einen Moment hast du ausgesehen wie ein Raubtier.«

Sein Gesicht verdüstert sich. »Ich würde dir nie etwas antun. Du bist nicht mein Feind, Soraja.«

Also habe ich mich nicht getäuscht? Oh Gott, was ist er? Ob ich Jul davon berichten soll? Aber dann müsste ich ihm alles erzählen, auch dass ich mit Nitro im Bett war!

Nein, ich will Jul nicht wehtun, denn ich weiß nicht, wie er reagieren würde. Ich habe großen Respekt vor ihm, außerdem ist er meine einzige Hoffnung, jemals wieder aus White City herauszukommen, das will ich mir nicht verscherzen. Der Tunnelbau schreitet gut voran; nicht mehr lange, und ich kann mein Kind wieder in die Arme nehmen. Daher werde ich kein Risiko eingehen. Ich kann ihm immer noch davon erzählen, wenn ich zurück in Resur bin.

Nitro stößt die Luft aus und schließt gähnend die Augen. »Das war schön mit dir«, murmelt er.

Ja, schlaf schnell ein, damit ich endlich hier rauskomme!

Wie erstarrt bleibe ich neben ihm sitzen. Friedlich sieht er aus und entspannt. Die Härte ist aus seinem Gesicht gewichen und ein zufriedenes Lächeln umspielt seine Mundwinkel.

Da streckt er einen Arm aus, um mich zu berühren. Seine Hand ruht auf meinem Oberschenkel, schwer und fest liegt sie dort, wie angegossen. Sie zuckt leicht, denn Nitro gleitet ins Land der Träume.

Wenn ich jetzt eine Waffe zur Hand hätte, könnte ich ihn töten, bevor er jemals die Gelegenheit bekommt, meine Leute abzuschlachten. Das wäre ein Warrior weniger, der uns das Leben zur Hölle macht, doch allein der Gedanke schreckt mich ab. Nicht nur, dass wir auffliegen würden und die Bar als Informationsquelle vergessen könnten … Nein, Nitro hat etwas an sich, das es mir erschwert, mir auch nur vorzustellen, ihm ein Leid anzutun. Er hat Gefühl gezeigt.

Als ich hoffe, dass er tief und fest schläft, schiebe ich vorsichtig seine Hand weg und ziehe mich neben dem Bett an.

»Sehen wir uns wieder?«, fragt er leise.

*Nicht in diesem Leben*, denke ich und antworte: »Vielleicht.« Verdammt, ich habe mich getäuscht, er ist immer noch wach! Oder wachsam. Ob einer dieser Krieger jemals richtig schläft?

Ohne die Augen zu öffnen, sagt er: »Wenn du irgendjemandem erzählst, was du gesehen hast ...«

*... werde ich dich töten*, vervollständige ich den Satz in Gedanken.

Er spricht nicht zu Ende, stattdessen schaut er mich durchdringend an, und der mutige, kraftvolle Krieger blitzt in seinen Augen auf.

Dieser Mann ist weder schüchtern noch verklemmt, sondern birgt ein Geheimnis, das niemals ans Tageslicht kommen soll, das spüre ich instinktiv.

Schnell schüttele ich den Kopf und lege eine Hand an seine Wange. »Ich werde nichts sagen. Zu niemandem. Dein Geheimnis ist bei mir sicher.«

Seufzend drückt er meine Finger an sein Gesicht und schließt erneut die Lider. Ich weiß nicht, warum ich das mache, aber ich bleibe bei ihm sitzen und streiche durch sein Haar, bis er wirklich eingeschlafen ist und ich mich leise aus dem Zimmer stehlen kann.

## Kapitel 1 – Krankenstation / Resur

*Nitro: Vater hat mich mit Elektroschocks gequält, damit die Bestie aus mir hervorbricht. Ich sollte lernen, sie zu kontrollieren. Die Schmerzen waren höllisch, doch sie haben mich stärker gemacht. Ich fühle mich geehrt, Teil eines bedeutsamen und streng geheimen Projekts zu sein. Ich bin nicht irgendein Warrior, sondern habe den Auftrag, die Rebellen und Outsider zu zerfleischen.*

*Ich bin die Bestie unter den Kriegern und stolz darauf, anders zu sein als meine Brüder. Besser.*

*Die Menschen in Resur sind erbärmlich und schwach. Sie versuchen, mich zu manipulieren, um mich vom rechten Weg abzubringen, aber das wird ihnen nicht gelingen. Ich befinde mich mitten unter ihnen, etwas Besseres als die Gefangennahme hätte mir nicht passieren können. Ich muss nur auf eine günstige Gelegenheit warten.*

*Die Erinnerungen an Soraja geben mir Kraft, mich zu gedulden und darauf vorzubereiten, sie alle zu vernichten. Doch ich frage mich ständig, warum sie nicht mehr ins Dschinn gekommen ist. Hat Mama Rosalia sie rausgeworfen, weil sie nicht sofort gehorcht hat? Oder hat sie mein Anblick erschreckt? Sie ist der einzige Grund, warum ich es manchmal bereue, ein Biest zu sein. Ich hoffe so sehr, sie eines Tages wiederzusehen.*

Samantha wickelt Noel einen Verband ums Knie und fährt ihm anschließend durch das schwarze Haar. »So, tapferer Mann, fertig.«

Mein kleiner Wildfang hat sich beim Herumtoben das Knie an einer Scherbe aufgeschnitten, sodass Sam die Wunde mit drei Stichen nähen musste. Ich bin wirklich froh, dass sie bei uns ist, denn an Ärzten mangelt es uns in Resur – wie an so vielem anderen auch.

Ich schubse Noel an der Schulter an. »Wie sagt man?«

Er grinst breit. »Danke, Sam!« Dann trollt er sich aus dem Zimmer und ich bin mit ihr allein.

Mein Herz zieht sich zusammen, als ich auf die geschlossene Tür blicke. Noels Tränen haben helle Spuren in seinem schmutzigen Gesicht hinterlassen. Er stromert zu oft auf verlassenen Straßen herum, und das gefällt mir nicht. Zu viele Gefahren lauern in der Wüste, wilde Tiere, Giftschlangen und in letzter Zeit immer mehr zwielichtige Gestalten. Sie strömen aus anderen Regionen zu uns und treiben sich am Stadtrand herum. Aber Noel ist sieben und kein Baby mehr, ich muss ihn ziehen lassen.

Samantha packt ihren Arztkoffer und bringt mich zur Tür.

»Musst du noch zu einem Patienten?«, frage ich sie.

Sie schüttelt den Kopf. »Zu einem Gefangenen. Als Jax mit Crome aus der Kanalisation gekommen ist, haben sie einen jungen Warrior mitgebracht.«

»Ja, ich habe gehört, er hat sich ihnen vor dem Tunnel in den Weg gestellt. Er sitzt also noch im Gefängnis?« Crome wurde relativ schnell entlassen und lebt zusammen mit der befreiten Sklavin Miraja in der neuen Wohnsiedlung am Fuß der Pyramide.

Sie nickt. »Dort wird er wohl noch ewig bleiben, wenn er nicht kooperiert, ich konnte ihm noch nicht einmal Blut für die üblichen Tests abnehmen. Er lässt niemanden an sich heran und will sich nicht anhören, was wir über das Regime wissen. Nitro ist dem Senat treu ergeben.«

Ich erstarre. »Sagtest du ... Nitro?«

Unverwandt schaut sie mich an. »Kennst du ihn?«

Mir wird heiß und kalt zugleich. Ich habe bis heute niemandem verraten, was sich vor ein paar Monaten zwischen uns abgespielt hat. Nicht, weil er mir gedroht hat, sondern weil ich Angst in seinen Augen gesehen habe. Niemand soll wissen, dass er eine düstere Seite besitzt. Ob er hasst, was er ist?

Ich habe oft an Nitro gedacht, er hat Cedric fast aus meinem Kopf verdrängt, obwohl ich immer noch an ihn erinnert werde, wenn ich seinen Bruder Jax ansehe. Samantha hat mit ihm einen wirklich fantastischen Fang gemacht.

»Sonja?« Erwartungsvoll hebt sie die Brauen, aber in meinem Kopf spielen sich plötzlich Bilder ab, die ich nie vergessen konnte: Nitro, wie er neugierig meinen Körper erforscht hat, seine Hände überall auf mir. Ich war die Erste für ihn.

Hitze durchströmt mich. So viel Zeit ist seit unserer Begegnung in der Dschinn Bar vergangen. Ob er sich verändert hat?

Samantha lächelt. »Du kennst ihn, Sonja, ich sehe es dir an.«

»Ähm ... Ich bin ihm mal begegnet, ja.«

»Mal begegnet?« Ihr Grinsen wird breiter. »Erzähl mir doch keine Märchen, dein Gesicht hat Bände gesprochen. Was lief zwischen euch? Er zeigt sich kein bisschen kooperativ, verweigert ein Gespräch und will uns nicht glauben, dass das Regime alle für dumm verkauft. Vielleicht kannst du zu ihm durchdringen?«

»Vielleicht«, sage ich vorsichtig und erzähle zum ersten Mal einer anderen Person von meiner Begegnung mit ihm.

Samantha lauscht aufmerksam, während wir durch die düsteren Korridore der Pyramide eilen. Früher war dieses gigantische Gebäude ein Hotel und hat als eines der wenigen Bauwerke den Krieg fast unbeschadet überstanden. Heute platzt es aus allen Nähten. Ich freue mich auf den Tag, wenn ich in der neuen Wohnsiedlung ein Häuschen bekomme, aber noch ist der Straßenzug nicht fertiggestellt.

Samanthas Augen drücken Mitgefühl aus. Sie weiß mehr als alle anderen, was in mir vorgegangen sein muss, immerhin war sie in White City eine Sklavin. Sie hatte solch ein Glück, dass Jax sie in der Show erwählt und vor Schlimmeren bewahrt hat.

Die Stelle, an der sich Nitro kurz in ein Biest verwandelt hat, lasse ich aus. Es fühlt sich falsch an, es jemandem zu erzählen, so als würde ich ihm in den Rücken fallen. Ich habe ihm versprochen, zu schweigen.

Als ich ende, schüttelt sie den Kopf. »Wie konntest du das so lange verheimlichen?«

»Ich wollte Julius nicht verletzen. Du weißt doch, er hat ein Auge auf mich geworfen.« Wird Nitro mich hassen, wenn er erfährt, wer ich wirklich bin? Wir stehen schließlich auf verschiedenen Seiten.

»Und hast du Gefühle für Nitro, also ... romantischer Natur?«

Ich zucke mit den Schultern, denn ich weiß es nicht. Seit Cedrics Tod will ich keine Gefühle mehr zulassen. Ich habe erst Noels Vater, dann ihn verloren. Vorerst habe ich genug Herzschmerz erlebt.

Sam kennt meine Geschichte und ist in der kurzen Zeit, seit sie in Resur ist, eine Freundin für mich geworden. Sie bohrt nicht nach, dafür bin ich ihr sehr dankbar.

Als wir mit dem Lift in den Keller fahren, in dem der Gefängnistrakt liegt, fragt sie mich: »Weißt du, wozu die Tabletten sind, die er dabei hat? Ich habe sie ihm nicht weggenommen, vielleicht braucht er sie dringend, aber ich bin dabei, die Zusammensetzung zu erforschen.«

Plötzlich erinnere ich mich wieder, dass er eine Pille geschluckt hat, bevor er mit mir geschlafen hat. »Ich habe keine Ahnung.«

*\*\*\**

Vor dem Verhörraum stehen Bürgermeister Forster, Jax, der neue Warrior Crome und Julius. Die beiden Krieger sind richtige Schränke gegen Jul und einen Kopf größer als er.

Als Samantha ihre Arzttasche auf den Tisch stellt, tritt Jax zu ihr und berührt sie kurz an der Hüfte. Diese zärtliche Geste des dunkelhaarigen Hünen rührt an meinem Herz.

Crome lehnt mit verschränkten Armen an der Tür, hinter der sich offenbar Nitro verbirgt. Feuerrote Spitzen funkeln in seinem braunen Haar. Als er ankam, sah er mit dem feuerroten Schopf aus wie ein Dämon, aber Miraja hat ihm kurzerhand einen neuen Look verpasst. Auch sie hatte Glück, das größte Glück von uns allen, denn Miraja ist wirklich durch die Hölle gegangen.

»Gibt es etwas Neues?«, fragt Samantha.

Jax seufzt. »Stur wie eh und je.« Dann blickt er zu Crome. »War der Kerl schon immer so?«

»Ich kenne ihn noch nicht lange, aber im Einsatz war er eher wortkarg.«

»Vielleicht kann Sonja ihn zur Vernunft bringen«, sagt Sam.

Julius tritt zu mir und fährt sich durch sein blondes Haar. Er lächelt. »Wie willst du das anstellen?«

»Mit ihm reden.« Mein Magen zieht sich zusammen. Ich glaube, Jul macht sich weiterhin Hoffnungen bei mir. »Ich bin ihm bereits einmal begegnet.«

Seine Brauen ziehen sich zusammen. »Wann?«

»In der Dschinn Bar.«

»Und dort hast du … mit ihm geredet?«

Mein Gesicht erhitzt sich. »Ja.« Ich möchte vor all den Leuten wirklich nicht ins Detail gehen. »Kann er uns hören?« Ich nicke zur Tür mit dem kleinen Sichtfenster. Von meiner Position aus kann ich nicht hindurchsehen. Meine Neugier auf Nitro wächst mit jeder Sekunde.

Jax schüttelt den Kopf. »Der Raum ist gut isoliert.«

Also weiß er noch nicht, dass ich hier bin. Oh Gott, ich bin so aufgeregt. Hoffentlich redet er mit mir. »Er schien mir vertraut zu haben, vielleicht tut er das immer noch.« Unwahrscheinlich, aber ich möchte es versuchen.

Jul nickt ernst. »Jax und Crome kommen mit.«

»Ich würde gerne unter vier Augen mit ihm sprechen.« Meine Hände sind feucht vor Aufregung und ich wische sie an meiner Jeans ab. Oh Gott, wenn ich gewusst hätte, dass ich heute Nitro treffe, hätte ich mir etwas Hübscheres angezogen. Mein T-Shirt ist voller Flecken, und Blut klebt an der Hose, denn ich habe Noel nach seinem Sturz zu Samantha getragen.

»Wir haben ihn für das Verhör angekettet.« Bürgermeister Forster tritt zu uns. »Wenn sie ausreichend Abstand hält, kann nichts passieren.«

Sie haben ihn angekettet? Wie ein Tier? Er muss wirklich Widerstand geleistet haben.

Jax legt die Hand an den Türknauf. »Ist gut, aber sollte er auch nur mit der Wimper zucken, bin ich sofort bei dir drin.«

Ich erschrecke jedes Mal aufs Neue, wenn ich Jax anblicke, denn ich erkenne immer noch Cedric in seinen Gesichtszügen. Vielleicht würde sein Bruder noch leben, wenn er meinetwegen nicht die Seiten gewechselt hätte. Andererseits hätte Ced weiterhin das Wasser vergiftet, anstatt uns helfen zu wollen. Dann wäre er unser Feind.

Darüber nachzudenken, zermürbt mich, daher lenke ich meine Konzentration lieber auf Nitro. »Okay, so machen wir es.«

»Komm ihm bloß nicht zu nah. Bleib auf der anderen Seite des Tisches«, sagt Jax und öffnet die Tür.

Als Nitro mich sieht, springt er auf, bleibt jedoch hinter dem Tisch stehen. Er ist neben zwei Hockern das einzige Möbelstück in dem fensterlosen Raum. »Soraja!« Er trägt eine Einsatzhose in Tarnfarben und ein eng anliegendes schwarzes T-Shirt. In seinem Ohr funkelt immer noch der große Silberring, aber um seinen Hals trägt er nun eine Kette, deren Anhänger unter dem Stoff seines Hemds verschwindet.

Ich schlucke hart. »Hallo Nitro.« Um seine nackten Fußknöchel liegen dicke Schellen, die mit Eisenketten mit der Wand hinter ihm verbunden sind. Die Hände haben sie ihm auf den Rücken gefesselt. Nitro kann wirklich nicht zu mir gelangen. Es schmerzt mich, ihn so zu sehen. Zum Glück ist er nur für die Dauer des Verhörs und Samanthas Untersuchung in dieser unbequemen Lage.

Er lächelt mich an. »Soraja, was machst du hier? Geht's dir gut? Bist du ihre Gefangene?«

Mein Puls klopft hart in den Ohren. Nitro hat sich kaum verändert, nur seine Haare sind länger geworden. »Ich bin nicht ihre Gefangene.«

Er reißt die Augen auf, anschließend beugt er sich vor, so weit es die Ketten zulassen, und zieht geräuschvoll die Luft ein. »Ich rieche Blut!«

»Das ist nicht von mir, sondern von meinem Sohn«, sage ich schnell. »Er hat sich vorhin verletzt.«

Keuchend stößt er die Luft aus. »Du hast ein Kind?«

Oh Gott, er sieht jetzt schon so aufgebracht aus! »Bitte setz dich doch, dann erzähle ich dir alles.«

Er hockt sich tatsächlich hin, und ich setze mich vorsichtig auf den anderen Platz. »Mein Name ist Sonja, Sonja Anaya, nicht Soraja«, beginne ich langsam. »Damals im Club ... Ich war undercover dort.«

»Ich verstehe nicht ... Hast du für die Regierung gearbeitet?«

»Ich war ...« Wie soll ich es ihm möglichst schonend beibringen? »... eine Rebellin.«

In seinem Gesicht spiegelt sich zuerst Verwirrung, danach Unglauben. Als er begreift, wer ich wirklich bin, verwandelt sich das Grün-Braun seiner Iriden in bernsteinfarbenes Gelb. Enttäuschung und Hass blitzen in seinen Augen auf. Mit einem ohrenbetäubenden Brüllen springt er auf, und wie in Zeitlupe sehe ich, dass er seine Fesseln zerreißt und es die Ketten aus der Wand sprengt. In einer fließenden Bewegung packt er mich unter den Armen, hebt mich nach oben und presst mich gegen die Wand. Seine krallenbespickten Finger legen sich an meinen Hals. Oh Gott, er will mich umbringen!

Jax und Crome sind sofort im Raum. »Lass sie los, oder wir erschießen dich!«

Sie richten die Pistolen auf ihn, ebenso zwei Wachmänner, die hinzugekommen sind.

Nitros Hand zuckt, aber er drückt nicht zu. Ich bekomme genügend Luft.

»Ich reiße ihr die Kehle heraus, noch bevor ihr abgedrückt habt!« Seine Stimme ist ein einziges Knurren.

Angsterfüllt starre ich in sein Gesicht, das kaum noch menschliche Züge besitzt. Seine Augen sind die eines Raubtieres, die Mundwinkel haben sich verzogen und seine scharfen Fänge blitzen auf.

Obwohl meine Glieder eine Tonne zu wiegen scheinen, hebe ich langsam die Hand und lege sie an seine Wange. »Du bist hier sicher, Nitro. Niemand will dir etwas Böses, ich am allerwenigsten. Du musst nur ein wenig kooperieren.« Die andere Handfläche drücke ich an seine Brust. Dort spüre ich sein rasendes Herz. Es schlägt mindestens genauso schnell wie meines.

»Alle raus hier, oder ich töte sie«, sagt er grollend zu den anderen und fletscht die Fänge.

Crome stößt einen Fluch aus. »Fuck, was ist er?«

»Bitte geht raus und lasst uns allein.« Meine Stimme bebt. »Es ist okay, ich habe keine Angst vor ihm.«

»Sonja«, zischt Jax. »Du weißt nicht, wen du vor dir hast. Er ist ein Killer!«

»Ich kenne ihn, er wird mir nichts tun.«

Nitro sagt dazu nichts, sondern starrt weiterhin alle hasserfüllt an. Seine Nasenflügel blähen sich, und ein leises Knurren steigt aus seiner Kehle auf.

Jax kneift die Lider zusammen. »Wenn du ihr auch nur ein Haar ausreißt, zerlege ich dich scheibchenweise, Bruder.«

»Wir sind keine Brüder, du Verräter«, grollt Nitro.

Jax zieht eine zweite Waffe. »Ich bringe ihn um.«

»Bitte geht!« Während ich die anderen anflehe, zu verschwinden, streichle ich Nitros Brust. Er lässt es zu, vielleicht ist er aber auch zu abgelenkt, um meine Hand wegzuziehen. Er fixiert weiterhin die Personen im Raum, die alle auf ihn zielen.

Jax, Crome und die Wachen treten widerwillig den Rückzug an.

»Ich hoffe, du weißt, was du tust«, murmelt Jax, dann sind wir wieder allein.

Aufatmend schließe ich die Augen. Jetzt kann ich nur noch beten, dass mich meine Gefühle nicht trügen.

»Du fürchtest mich nicht?«, zischt er in mein Ohr, und ich spüre seinen Atem an meinem Hals. »Du stirbst fast vor Angst.«

Mutig schaue ich ihn an, doch mein Blick wandert immer wieder zu seinen verlängerten Eckzähnen. Ob er mich damit zerfleischen könnte? »Du hast einmal zu mir gesagt, ich sei nicht dein Feind. Das stimmt, Nitro, das bin ich nicht. Wir alle hier nicht.« Erneut streichle ich seine Wange und versuche, meine Stimme sanft klingen zu lassen, obwohl die Furcht nach wie vor an mir nagt.

»Du hast mich belogen.«

»Es tut mir leid, ich wünschte, das hätte ich nicht tun müssen.« Sein Körper strahlt eine unglaubliche Hitze aus, doch ich vermute, Nitro beruhigt sich langsam. »Ich wollte dich nicht verletzen.« Er würde merken, wenn ich ihn anlüge, aber ich meine jedes Wort ehrlich.

Er zieht mich zu einer anderen Wand und dreht der Tür den Rücken zu. »Mein erstes Mal habe ich einer Rebellin geschenkt«, sagt er leise. »Und ich dachte, du bist etwas Besonderes.«

Er ist verletzt und in seiner Ehre gekränkt. Nitros schmerzverzerrtes Gesicht drückt alles aus, was er in diesem Moment fühlt, und das ist höllische Seelenqual. Der Feind hat ihm die Unschuld geraubt, ihm, einem Warrior! Natürlich will er mich dafür büßen lassen.

Plötzlich nehme ich aus den Augenwinkeln eine Bewegung hinter ihm wahr. Die Tür öffnet sich langsam.

»Denkst du, ich war glücklich darüber, mit dir ins Bett zu müssen? Ich wollte nur noch aus dieser verdammten Bar raus!« Ich muss ihn ablenken, jemand schleicht sich an! Hoffentlich tun sie ihm nicht weh.

Seine Augen verengen sich zu Schlitzen. »Dann warst du eine verdammt gute Schauspielerin, denn du hast ausgesehen, als hätte es dir gefallen. Wem hast du vom Biest erzählt, du Hure?«

Mühsam halte ich die Tränen zurück, denn seine Worte schneiden in mein Herz. »Keinem. Niemand weiß, was ich gesehen habe, ich habe mein Versprechen gehalten. Und ich bin keine Hure! Seit dem Tod meines Mannes war ich mit keinem mehr im Bett außer mit dir!« Mit beiden Händen streiche ich Haarsträhnen hinter sein Ohr und spiele an der Ohrmuschel, damit er hoffentlich nicht hört, dass sich ihm jemand nähert.

Sein Atem geht flacher, die größte Anspannung weicht aus seinem Gesicht. Offensichtlich gefällt es ihm, wenn ich ihn am Ohr berühre. Dennoch sieht er immer noch verletzt aus.

»Ja, ich war gezwungen, mit dir zu schlafen, um die Mission nicht zu gefährden«, sage ich sanft, »aber es hat uns doch beiden gefallen? Das war nicht gespielt, Nitro. Und wir müssen keine Feinde sein. Du bist jetzt frei, du musst nicht mehr tun, was das Regime dir befiehlt.«

Sein Gesicht nimmt langsam das normale Aussehen an, das Gelb verschwindet aus seinen Augen. Gott sei Dank, er beruhigt sich.

Als er die Hand von meiner Kehle nimmt, steht Crome plötzlich hinter ihm. Für den Bruchteil einer Sekunde starrt Nitro mich überrascht an, dann sackt er vor mir auf den Boden.

Ich schnappe nach Luft. »Oh Gott, was hast du gemacht?«
»Druckpunkttechnik.« Triumphierend grinsend wackelt Crome mit dem Daumen. »Keine Sorge, er ist bloß kurz bewegungsunfähig.«
Sofort strömen Jax, Julius und andere Leute in den Raum.
»Verdammt, Sonja!« Jul scheint richtig wütend zu sein, aber ich weiß, dass er sich nur Sorgen gemacht hat. »Was hast du dir dabei gedacht!?«
Als meine Anspannung weicht, muss ich plötzlich weinen. »Ich weiß, dass er ein gutes Herz hat, Jul. Er hätte mir garantiert nichts getan.« Doch sicher bin ich mir nicht. Mordlust hat in den Tiefen seiner Pupillen geflackert.

Julius drückt mich an sich, dann legt er einen Arm um meine Schultern und führt mich aus dem Raum. »Ich glaube, du musst mir einiges erzählen.«
Ich nicke, aber meine Gedanken gelten im Moment nur Nitro.
»Legt ihn in seiner Zelle aufs Bett, dort kann ich ihn am besten untersuchen«, höre ich Samanthas Stimme und drehe mich zu ihr um.
Crome und Jax haben Nitro unter den Armen gepackt und schleifen ihn über den Gang. Ein Wärter öffnet eine Tür, danach verschwinden sie in dem Raum.
»Ich muss zu ihm«, sage ich zu Jul und folge ihnen.
Nitro liegt in seiner kleinen Zelle auf dem Bett und starrt an die Decke. Außer dieser Pritsche, einem Waschbecken und einer Toilette gibt es nichts in dem Loch.
»Ist er wach?«, frage ich Crome.
»Ja, er bekommt alles mit, er kann sich nur nicht bewegen.«
Während sich Crome in Schulterhöhe postiert und Jax seine Füße festhält, knie ich mich ans Kopfende, um ihm über das Haar zu streichen. »Hab keine Angst. Samantha ... Dr. Walker ist Ärztin, sie wird bloß ein paar harmlose Untersuchungen durchführen. Das muss sie bei allen Neuankömmlingen machen.« Er sieht nicht aus, als hätte er Angst, sondern als würde er mich umbringen wollen, sobald er sich bewegen kann. Seine Augen funkeln gefährlich.
»Was ist mit ihm los?«, fragt Crome, als Sam ihm am Arm Blut abnimmt.
»Er ist verdammt stark. Und habt ihr seine Augen gesehen?«
Jax hebt die Brauen und schaut mich an. »Sonja?«
»Ich weiß es nicht. Wirklich.« Zärtlich fahre ich über sein Gesicht. Die Bartstoppeln fühlen sich feiner und viel weicher an als gewöhnlich.
Plötzlich sticht mir der Anhänger seiner Kette ins Auge. Er liegt genau in der Kuhle an seinem Hals. Es ist die türkisfarbenen Perle, die er mir damals aus dem Haar gezogen hat.
Oh Gott, er hat sie behalten! Mein Inneres erwärmt sich. Jetzt kann ich seinen Schmerz und seine Enttäuschung noch besser verstehen. Er muss sich schrecklich fühlen.
»Es tut mir leid«, wispere ich. »Bitte sei mir nicht länger böse.«
Samantha zieht mit dem Daumen seine Oberlippe hoch. »Die Eckzähne

sehen etwas spitzer aus, aber ansonsten sind sie normal lang.«

»Das waren zuvor Fänge«, sagt Jax. »Offenbar kann sich der Kerl verwandeln.«

Sam schiebt Nitros T-Shirt über den Bauch und sofort werden seine Narben sichtbar. Sie fährt mit dem Finger darüber. »Die Verletzungen sehen schon älter aus«, murmelt sie. »Könnten sogar aus seiner Kindheit stammen.«

Nitro knurrt leise.

Crome drängt mich zur Seite, um seine Arme festzuhalten. »Beeil dich, lange bleibt er nicht mehr gelähmt.«

»Bin gleich fertig.« Sie schiebt das Shirt bis über seine Brust, woraufhin ich vier Rillen erkenne. »Woher kommen diese Spuren, was meinst du, Jax?« Meistens sind es vier Kratzer nebeneinander.

Er zuckt mit den Schultern. »Ich habe keine Ahnung, genauso wenig wie ich weiß, was er ist. Ich habe so eine Reaktion bisher niemals bei einem Warrior gesehen.«

»Ich auch nicht«, murmelt Crome.

Sam zieht den Stoff wieder über seinen Bauch. »Sieht aus, als hätte ihn eine Raubkatze angefallen.«

Genau dasselbe habe ich damals auch gedacht. »Könnte er sich selbst verletzt haben?«, frage ich.

Sie nickt. »Möglich.« Als Nächstes betrachtet sie seine Hände. »Die Krallen schieben sich anscheinend unter den Fingernägeln hervor. Faszinierend.«

»Bist du fertig, Samantha?« Crome hält immer noch Nitros Arme. Seine Muskeln zucken. »Lang wird sein Zustand nicht mehr andauern.«

Nitro schaut ihn an und flüstert: »Ich werde mich euch niemals anschließen, Verräter.« Dann fällt sein finsterer Blick auf mich. »Und du … fass mich nie wieder an.«

Mein Hals verengt sich und das Ziehen hinter meinem Brustbein nimmt mir die Luft. Ich will nicht, dass er mich hasst.

»Okay, verlassen wir die Zelle.« Sam steht auf und wir folgen ihr. Kaum ist die Tür verriegelt, ertönt Gebrüll aus dem Raum.

Ich fühle mich gleich noch schlechter. Weil ich ihn abgelenkt habe, konnte Crome ihn betäuben. Jetzt wird er mir niemals mehr vertrauen.

Warum ist er mir so wichtig? Er ist mein Feind!

Seufzend fährt sich Jax übers Kinn und starrt Sam nachdenklich an. »Wenn er dir auch nur ein Haar krümmt, Doc, sehe ich mich gezwungen, ihn umzubringen.« Anschließend wendet er sich an alle. »Wenn ich mit Crome zu den Plantagen fliege, wird sich jeder …« Er wirft einen besonders scharfen Blick auf mich. »… von ihm fernhalten. Keiner betritt seine Zelle, auch keine Wache.« Er schaut zu Forster. »Ihr Einverständnis vorausgesetzt, Bürgermeister.«

Forster nickt. »Der Mann ist lebensgefährlich.«

Zustimmendes Gemurmel ertönt. Offenbar ist keiner scharf, von Nitro zerfleischt zu werden.

Crome ist nach Jax der zweite Warrior, der übergelaufen ist. Während er sich uns sofort angeschlossen hat, weigert sich Nitro vehement, sich gegen das Regime zu stellen.

Ich seufze innerlich. Warum sollte es auch mit jedem Krieger so einfach sein wie mit Jax und Crome? Die beiden werden bald mit achtzig anderen Männern und Frauen zu weit entfernten Zuckerrohrplantagen aufbrechen, um Sklaven zu befreien. Dann ist Nitro der einzige Warrior hier ...

Während die Männer diskutieren, was mit ihrem Gefangenen los ist, nimmt mich Sam auf die Seite.

»Er war nicht erfreut, dich zu sehen.«

»Er ist bloß ... verletzt.« Und wie er das ist. Ich wünschte, ich könnte irgendetwas tun, um ihn auf unsere Seite zu bringen.

## Kapitel 2 – Ein paar Wochen später

*Nitro: Ich muss alle Outsider töten, ihnen die Kehlen zerfleischen. Der Drang wird immer stärker. Ich muss sie vernichten, dazu wurde ich geschaffen. Wenn ich mit den Köpfen der Rebellen nach White City zurückkehre, wird Vater stolz auf mich sein.*

*Und ich habe schon einen Plan, wie ich das anstelle.*

*Wäre da nur nicht Sonja, die mich mit ihren Besuchen quält. Die Outsider haben sie offenbar geschickt, um mich auf ihre Seite zu ziehen. Sie soll mich manipulieren, aber davor hat Vater mich gewarnt. Während meiner jahrelangen Geheimausbildung hat er mir gezeigt, mit welchen Methoden sie arbeiten könnten und dass es anstrengend wird, ihnen zu widerstehen.*

*Er hatte recht. Ich ertappe mich dabei, Sonjas Lügen glauben zu wollen, und ich freue mich tatsächlich jedes Mal, wenn sie vor meiner Zellentür steht. Ich fühle mich immer noch zu ihr hingezogen, verdammt, dabei weiß ich doch, dass sie mir etwas vorspielt.*

*Wenn Vater von meinen Gefühlen erfährt, wird er mich verachten. Er hat mich gelehrt, sämtliche Emotionen auszuschalten. Sie machen schwach, hat er gesagt.*

*Sonja hat mir etwas gegeben, das er mir immer verwehrt hat: Zuneigung.*

*Davon hätte ich gerne mehr, sie hat mich damit im Dschinn schon süchtig gemacht, als ob sie geahnt hätte, dass wir uns eines Tages wieder begegnen. Ihre sanften Berührungen, die meinen Körper unter Strom gesetzt haben, verfolgen mich bis in meine Träume.*

In den letzten Wochen haben sich die Ereignisse überschlagen. Crome wurde auf den Plantagen schwer verletzt, aber zum Glück hat er sich schnell erholt. Danach ist er mit Jax nach White City aufgebrochen, um die Tochter von Senator Murano zu entführen, in der Hoffnung, dadurch einen Krieg zu verhindern. Der Senat hatte beschlossen, Resur anzugreifen.

Zwei Warrior sind durch die Wüste zu uns gekommen, Ice und Storm. Sie hatten Sprengstoff dabei, doch unsere Männer haben die Saboteure rechtzeitig entdeckt. Storm wurde angeschossen, Ice konnte fliehen.

Ich kann mich an Storm erinnern, er war damals ebenfalls in der Dschinn Bar und Nitros Freund. Ob er mich erkennen würde? Schließlich hat er mich nur mit Maske gesehen.

Es hat sich herausgestellt, dass Storm lediglich zu Mark Lamont wollte, denn die beiden hatten ein Verhältnis miteinander. Mark ist nach Samantha der zweite Arzt aus White City. Immer wieder hat er uns geholfen und war unser Kontaktmann unter der Kuppel.

Jeden Tag berichte ich Nitro durch die Klappe der Zellentür, wie der Kampf gegen das Regime voranschreitet und was sonst noch in Resur und White City passiert. Auch ein Video über die Menschen in Resur, das Jul gedreht hat, habe ich ihm von der Tür aus auf einem Tablet-PC gezeigt, doch er schaut nicht hin. Selbst als ich ihm erzähle, dass sein Freund Storm die komplizierte Operation zwar überlebt hat, aber nicht mehr der Alte ist, lässt ihn das kalt. Er will diesen Verräter nicht sehen, und meinen Schilderungen glaubt er nicht. Sogar die Kette mit meiner Perle trägt er nicht mehr, was mich irgendwie am meisten schmerzt.

Während all der aufregenden Zeit komme ich ihn immer wieder besuchen, nur in seine Zelle darf ich nicht. Ich stehe an der Tür und schiebe ihm selbstgebackenen Kuchen durch die Luke, frische Kleidung oder etwas zu lesen. Ich weiß nicht, ob er das alles annimmt, denn meistens dreht er mir den Rücken zu. Ich bleibe dennoch eine Weile, um meinen Monolog zu führen und ihn zu studieren. Jeden Tag scheint er mehr zu verwahrlosen. Er kann sich nicht rasieren, denn ihm eine Klinge in die Hand zu geben, ist zu riskant. In der Zelle gibt es keine Dusche, nur ein Waschbecken und eine Toilette. Es sieht schlimm aus in dem Loch, und es stinkt. Wir müssen ihn dort endlich rausholen, aber Sam wartet noch auf ein Betäubungsmittel, das wir ihm mit einem Blasrohr von der Tür aus injizieren können. Anders können wir ihn nicht verlegen, denn bei der kleinsten Aufregung mutiert er zur Bestie.

Wenn ich nicht bei ihm bin, lenke ich mich mit Arbeit ab. Zu tun habe ich genug. Die Frischwasserversorgung läuft weitgehend, denn dank Mark haben wir ein Spezialteil für die Wasseraufbereitungsanlage bekommen. Gesundes Trinkwasser zu produzieren, gehört zu meinen Hauptaufgaben, denn viele Menschen sind durch das verseuchte Wasser gestorben, nachdem White City die Lieferung gestoppt hat. Dabei befinden sich unter der Kuppel gigantische Süßwasserspeicher.

Außerdem muss in der neuen Wohnanlage die Stromversorgung sichergestellt werden, und ich muss rausfahren zum Kraftwerk am Staudamm, um Leitungen mitzunehmen.

Noel macht mir auch ein wenig Sorgen. Er treibt sich zu gerne mit einer

Gruppe Jugendlicher oder seinem Freund Vance in den Straßen herum. Auch wenn ich versuche, ihn oft in meine Arbeit einzubinden, um mit ihm zusammen zu sein, kann ich nicht verhindern, dass er seinen eigenen Kopf bekommt. Ich kann ihn lediglich auf die Gefahren hinweisen, die ihn da draußen erwarten.

In den vielen Monaten, in denen ich in White City gefangen war, ist ihm meine Mom mehr eine Mutter geworden als ich. Zu ihr hatte er ohnehin schon immer engen Bezug, da ich selbst noch ein halbes Kind gewesen bin, als er auf die Welt kam. Ich glaube, wir haben fast ein geschwisterliches Verhältnis zueinander.

Gemeinsam mit Miraja, Cromes Freundin, plane ich, ein Waisenhaus aufzubauen. Die Streuner kommen nur auf dumme Gedanken und sollten in die Schule gehen. In der Pyramide werden die Kinder unterrichtet, und Miraja ist dabei, eine eigene Klasse zu übernehmen.

*\*\**

Weitere Tage vergehen, aber ich erreiche Nitro nicht. Alle in Resur freuen sich, denn White City ist vor knapp einer Woche gefallen, doch ich kann nicht lange mit ihnen feiern. In Gedanken bin ich meist bei ihm. Wie kann ich ihm glaubhaft versichern, dass seine Vorgesetzten im Gefängnis sitzen und bald eine neue Regierung entstehen wird?

Mit Marks kleinem Computer filme ich die lachenden Menschen und zeige sie Nitro, zusammen mit der Rede, die Julius und die Senatorentochter Veronica in White City gehalten haben, nachdem das Regime gestürzt war.

»Du bist frei, Nitro. Du musst nicht mehr für den Senat arbeiten.«

Obwohl ich ihm die Bilder zeige, will er mir nicht glauben. »Verschwinde«, knurrt er und dreht mir den Rücken zu.

Vermutlich habe ich ihn verloren, wir alle haben das. Es ist nicht nur, dass er mir nicht zuzuhören scheint, sondern er wird immer aggressiver und verwandelt sich oft in dieses Biest. Wenn ich bei ihm bin, tigert er murmelnd in der Zelle umher oder faucht vor sich hin. Sein Verstand scheint nicht mehr zu funktionieren.

*\*\**

»Offenbar liegt das an den fehlenden Tabletten«, sagt Samantha am nächsten Tag. Ich sitze mit ihr auf der Krankenstation in einem winzigen Büro, das sie sich mit Mark teilt, und trinke Kaffee. »Er hat schon lange keine Pillen mehr und will mir nicht sagen, was es für welche sind. Ich konnte die Zusammensetzung hier leider nicht herausfinden, dazu haben wir nicht die nötige Ausstattung. Aber jetzt kann ich ins White City Hospital, um dort das Labor zu benutzen. Nur habe ich nicht wirklich Lust, unter die Kuppel zurückzukehren.«

Ich kann sie so gut verstehen. »Das hätte ich auch nicht.« Nachdem ich die Tasse auf den Schreibtisch gestellt habe, starre ich auf die Mauer hinter ihrem Rücken. Nitro liegt dahinter festgezurrt und betäubt in einem Krankenbett. Nachdem ich ihm gestern berichtet habe, dass die Tore nach White City nun für alle geöffnet sind und die Senatoren hinter Gittern sitzen, ist er völlig ausgerastet.

Offiziell liegt er auf der Station, weil er krank geworden ist. Die Bürger sollen nicht beunruhigt werden. Sie brauchen jetzt keine schlechten Nachrichten.

»Vielleicht hat Mark bald Neuigkeiten für uns. Er versucht gerade, die zerstörten Daten wiederherzustellen.« Mark ist nicht nur ein hervorragender Arzt, sondern auch ein leidenschaftlicher Programmierer und Hacker.

Nach dem Fall des Regimes hat ein Selbstzerstörungsmechanismus viele geheime Daten vernichtet. Ich hoffe, Mark findet heraus, was Nitro helfen kann.

Sam lehnt sich in ihrem Stuhl zurück. Sie sieht müde aus, denn die letzten Wochen waren sehr anstrengend. Für uns alle. »Vermutlich haben die Tabletten das Biest in ihm zurückgehalten, es irgendwie reguliert.«

Ich erinnere mich daran, dass er eine Pille genommen hat, bevor er mit mir geschlafen hat. War sie dazu gut, damit ich nicht sehe, was er wirklich ist? »Wenn er sich aufregt, scheint er die Kontrolle über sich zu verlieren und dieses andere Ich kommt hervor.«

Sam nickt. »Sämtliche Gemütszustände, die die Rezeptoren im Hypothalamus stimulieren, scheinen seine Mutationen auszulösen.«

Erneut starre ich auf die Wand. Ich war nicht dabei, als er sich gestern so schlimm in seiner Zelle verletzt hat, dass sie ihn betäuben mussten. Samantha hat aus White City ein Mittel geliefert bekommen, das man mit einer Spezialpistole abfeuern kann. Der Betäubungsschuss hat auch sofort gewirkt, und Sam konnte seine Verletzungen auf der Krankenstation versorgen. Zum Glück waren die Kratzer auf seiner Brust nicht lebensbedrohlich. Seitdem hängt er an einem Tropf, damit er weiterhin ruhiggestellt ist.

Ein Warrior namens Rock steht vor dem Zimmer, um ihn zu bewachen. Rock kam von den Plantagen zu uns, er war dort einer der Wachmänner. Der riesige Glatzkopf ist mir ein wenig unheimlich, aber Jax vertraut ihm und ich traue Jax' Urteil.

Seufzend reibe ich mir über die Stirn. »Vielleicht hat ihn die Enge der Zelle verrückt gemacht. Er war zu lange eingesperrt.« Ich möchte mir nicht ausmalen, wie er sich gefühlt haben muss, allein mit dem Biest in ihm. »Was passiert jetzt mit ihm?«

»Wenn ich nicht bald erfahre, was er für Medizin nehmen muss oder was wir hier sonst für ihn tun können, wird er nach White City verlegt. Dort gibt es ein Hochsicherheitsgefängnis.«

Sie muss nicht weitersprechen. Nitro ist ein zu großes Risiko für uns alle.

»Wann?«, frage ich, und mir schnürt es die Kehle zu.
»Für morgen Früh habe ich ein freies Shuttle bekommen.«
Morgen schon ...
Plötzlich geht die Tür auf und Mark stürmt herein. In der Hand hält er einen Tablet-PC. »Ich habe etwas gefunden!«
»Gott sei Dank!« Ich stelle mich sofort neben ihn, als er Samantha das Tablet auf den Schreibtisch legt.
»Ich konnte bisher nur einen kleinen Teil entschlüsseln, aber Nitro gehört definitiv zu einem geheimen Forschungsprojekt. Das Experiment nennt sich Project Beastmaker.«
»Beastmaker?« Ich keuche auf. »Du meinst, sie haben ihn absichtlich zu dem gemacht, was er ist?«
Mark nickt. »Sie haben mit menschlichen Eizellen und tierischer DNA herumexperimentiert. Bloß zwei Embryonen waren lebensfähig.«
Samantha beugt sich über den Computer. »Dann gibt es noch so einen wie ihn?«
»Das konnte ich bisher nicht herausfinden, die Daten sind entweder hervorragend verschlüsselt oder zerstört.«
Zwei Mal Nitro? Läuft in White City vielleicht noch ein Warrior mit denselben Fähigkeiten herum?
Nachdem sich Sam wieder in ihrem Stuhl zurückgelehnt hat, sagt sie: »Alle Warrior wurden mittels Wildkatzen-DNA modifiziert, damit sie besser sehen, hören und riechen können. Welches Erbgut steckt in Nitro?«
»Vermutlich dasselbe, aber der forschende Arzt wollte noch mehr herausholen. Sein Ziel war es, eine Bestie zu züchten. Wie mir scheint, wollte das Regime ihre Krieger weiterentwickeln, um sie außerhalb der Kuppel einzusetzen. Sie sollten in Rudeln über die Städte der Outsider herfallen, um sie alle zu zerfleischen. Was ich herauslesen konnte, haben sie Nitro ganz schön zugesetzt und ihn konditioniert, gezielt Rebellen und Outsider zu töten.«
Oh Gott ... Mir wird schwarz vor Augen. Nitro ist ein Monster. Er wurde dazu gemacht. Daher kommt dieser Hass.
»Sie haben ihm also sein Verhalten gewaltsam eingebläut. Lernen durch Belohnung oder Bestrafung, der Klassiker«, murmelt Sam. »Welche Abteilung hat daran gearbeitet?«
Mark zuckt mit den Schultern. »Keine Ahnung. Leider weiß ich auch nicht, wer der Projektleiter war, sonst könnten wir uns bei ihm umsehen oder zumindest an die Medikamente kommen, die Nitro dringend braucht.« Er nimmt das Tablet wieder an sich und verabschiedet sich von uns. »Ich seh mal, ob ich noch was von den Daten reparieren kann, aber große Hoffnungen habe ich nicht.«
*Bitte, finde noch etwas,* bete ich, denn falls es Nitro nicht schafft, sein Biest zu kontrollieren, wird er für immer weggesperrt. So ein Leben wünsche ich ihm nicht. Niemandem.

## Kapitel 3 – Geiselnahme

*Nitro: Das Zeug, mit dem sie mich ruhigstellen, ist harter Stoff, aber mir nicht unbekannt. Ich schlafe viel, und das bringt verdrängte Erinnerungen zurück. Ich habe lange nicht mehr geträumt, doch seit ich keine Pillen mehr habe, verfolgt mich Fox. Mittlerweile sehe ich ihn sogar schon tagsüber. Entweder werde ich wahnsinnig, oder er ist tatsächlich als Geist in Kindergestalt zurückgekommen, um mich moralisch zu unterstützen.*

*»Cal ...«, flüstert er mir zu, »... du bist ein Monster, und du bist gut in deinem Job. Der Beste. Zeig's ihnen, zeige es ihnen allen.« Dann lächelt er ein falsches Lächeln, das nicht seine Augen erreicht.*

*Den Namen Nitro habe ich mir erst gegeben, als ich mit acht Jahren ins Warrior Programm aufgenommen wurde, da ich mich immer wie Sprengstoff kurz vor der Explosion fühle. Mein bürgerlicher Name lautet Callan Forbes.*

*Mein Bruder – im Geiste sowie im Blut – hat mich immer Cal gerufen und ich nannte ihn Fox, wegen seiner rötlichen Haare. An seinen richtigen Namen erinnere ich mich nicht mehr. Ich weiß nur noch, dass ich die Wahl hatte: zu sterben oder Fox umzubringen ... Es war mein erster richtiger Test und der brutalste dazu. Seitdem habe ich versucht, sämtliche Gefühle auszuschalten.*

Es ist spät in der Nacht, als ich mich aus dem Bett rolle. Ich kann einfach nicht schlafen, denn Mark hatte keine Neuigkeiten mehr für mich. Morgen wird Nitro nach White City geflogen, und diesen Gedanken kann ich nicht ertragen. Außerdem stört mich die laute Musik, die von der Halle bis in meine Wohnung schallt. Der Fall des Regimes war vor einer Woche, doch heute jährt sich das einundachtzigste Jahr nach der Bombe und es wird doppelt gefeiert; die Menschen sind immer noch außer sich, weil ihre Vorfahren den größten Krieg aller Zeiten überlebt und den Kampf gegen White City endlich gewonnen haben. Nun wird hoffentlich alles besser, sie freuen sich auf abwechslungsreiche Nahrung, sauberes Wasser und beste medizinische Versorgung. Für die meisten bricht ein neues Zeitalter an.

Ich muss Nitro noch einmal sehen und schlüpfe in meine Sneaker und einen Morgenmantel. Darunter trage ich nur ein knappes Shirt und eine Unterhose. Mir egal, er bekommt mich ohnehin nicht zu Gesicht. Er wird nicht aufwachen, bevor er in White City sicher verwahrt ist.

Meine Wohnung befindet sich im selben Gebäude wie die Krankenstation, ich muss bloß eine Etage tiefer gehen. Ich schäme mich nicht, wenn ich jemandem in diesem Outfit begegne, denn wir sind ohnehin wie eine große Familie.

Kurz öffne ich die Tür zum Nachbarzimmer, das ein wenig geräumiger ist als meines. Mom und Noel liegen nebeneinander in einem Doppelbett. Er schläft weiterhin bei seiner Granny, denn sie gab ihm während der langen

Zeit meiner Abwesenheit Liebe und Geborgenheit. Ich bin froh, dass ich eine Mutter habe, die sich um mein Kind kümmert, dafür versuche ich uns ein möglichst angenehmes Leben zu bereiten. Ich habe meinen Jungen wieder, nur darauf sollte ich mich konzentrieren und Nitro endlich vergessen. Doch außer mir hat er niemanden. Wie wird es ihm in White City ergehen? Werden sie ihn einschläfern wie ein tollwütiges Tier?

Mühsam halte ich die Tränen zurück, während ich unsere Wohnung verlasse und durch die Flure husche, vorbei an beschwipsten Jugendlichen und gackernden Frauen. In Resur ist es niemand gewohnt, ausgelassene Partys zu feiern, aber ich gönne ihnen den Spaß. Ihr Leben war bisher ein einziger Kampf.

Auf der Krankenstation habe ich mehr Ruhe erwartet, stattdessen geht es zu wie in der Ankunftshalle. Zahlreiche Resurer mit kleinen Verletzungen wollen verarztet werden, und ein paar Schnapsleichen liegen auch in den Gängen. Oh weh, die Party hat einige Opfer gefordert. Zum Glück befindet sich Nitros Zimmer gleich am Eingang. Davor sitzt Rock auf einem Stuhl und flirtet mit einer jungen braunhaarigen Frau. Sie hockt auf seinem Schoß und streichelt seine nackten, muskelbepackten Oberarme. Als er mich sieht, kratzt er sich grinsend an seinem glattrasierten Schädel.

Ich nicke ihm zu und gönne auch ihm den Spaß, schließlich hatte er auf den Plantagen nichts zu lachen und kaum ein besseres Leben als die Sklaven dort.

»Ich will mich nur von Nitro verabschieden«, sage ich, und er winkt mich durch.

»Aber mach keinen Blödsinn da drin, Jax bringt mich um, wenn dir was passiert.«

»Du kannst mich gerne begleiten und mit mir eine Runde heulen.« Ich beiße mir auf die Lippe, denn das wollte ich nicht sagen. Es ist mir herausgerutscht. Mir ist wirklich nach Weinen zumute.

Sein Blick wird ernst. »Es tut mir echt leid, dass ihm niemand helfen kann.«

Schulterzuckend schleiche ich ins Zimmer und atme erst auf, als ich die Tür hinter mir zudrücke und die Geräusche halbwegs aussperre. Erneut befinde ich mich in einem Raum ohne Fenster, damit Nitro bloß nicht fliehen kann. Er liegt immer noch genauso reglos im Bett wie heute Nachmittag, zugedeckt bis zum Hals. Ein Infusionsschlauch führt in seinen Arm, ansonsten hängt er an keinen Geräten. Hier gibt es kaum noch funktionierende Ausrüstung, und die wird für die wirklich schlimmen Notfälle gebraucht.

Ich ziehe einen Stuhl heran und setze mich neben ihn. Eine winzige Lampe erhellt sein Bett; das kleine Licht reicht, um sein Gesicht zu betrachten. Er sieht aus, als würde er friedlich schlafen, wären da nicht die Gurte, die seine Arme und Beine fixieren.

Ich habe ihn heute rasiert und gewaschen und ihm die Kette mit der türkisfarbenen Perle um den Hals gelegt. Nitro hatte sie in der Hosentasche. Er soll wissen, dass ich mich um ihn gekümmert habe und an ihn denke. Offenbar denkt er auch an mich, sonst hätte er die Kette sicher weggeworfen.

»Nitro«, wispere ich. »Kannst du mich hören?«

Natürlich kann er das nicht, er schläft tief und fest.

Seine Cargohose hängt über der Stuhllehne und seine Stiefel stehen neben dem Bett, als würde er jeden Moment aufwachen und sich anziehen. Aber das wird er nicht. Ich habe das zerschlissene Hemd gesehen, das er mit seinen Krallen zerfetzt hat. Niemand geht das Risiko ein, auch von ihnen erfasst zu werden, daher hat Samantha die Dosierung des Betäubungsmittels so hoch wie möglich eingestellt.

Vorsichtig schlage ich die Bettdecke auf, bis sein Oberkörper freiliegt, und hebe eines der fünf blutdurchtränkten Pflaster an. Die Schnitte darunter haben sich bereits geschlossen und eine Kruste hat sich gebildet. Die Wunde blutet oder nässt nicht mehr, daher ist das Pflaster überflüssig. Ich finde es genial, wie schnell bei den Kriegern Verletzungen heilen.

Die anderen Wundauflagen ziehe ich ebenfalls ab und werfe sie in einen Mülleimer neben der Tür. Dann hocke ich mich wieder zu Nitro und nehme seine Hand. Auch sie schaut normal aus, keine Krallen sind zu erkennen. Seine Finger fühlen sich kühl an, doch ich bewundere ihr Aussehen. Sie sind lang und schlank. Ich kann kaum glauben, dass er mich damit töten wollte. Manchmal fühle ich immer noch die Finger an meinem Hals.

»Ich weiß nicht«, beginne ich leise, »ob ich dich in White City besuchen komme. Ich will nicht mehr dorthin zurück, außerdem habe ich keine Ahnung, ob sie mich überhaupt zu dir lassen werden.« Seufzend streiche ich über seinen Handrücken, auf dem blonde Härchen wachsen. »Ja, du willst meine Berührungen nicht, aber ich muss dich anfassen. Sonst kann ich mich nicht richtig von dir verabschieden.« Ich wische mir eine Träne aus dem Augenwinkel und starre zur Tür. Dahinter ist es laut, jemand brüllt herum.

Plötzlich steckt Rock den Kopf herein. »Wie sieht es aus?«

»Alles wie immer«, antworte ich müde lächelnd.

Er lächelt zurück, und weiße Zähne strahlen mir aus dem gebräunten Gesicht entgegen. »Meinst du, ich kann schnell Dr. Nixon helfen? Einer meiner Brüder hat zu tief ins Glas geschaut und ist im Vollrausch durch eine Scheibe gesprungen, der Doc braucht jemanden, der ihn auf den OP hievt.«

Ich schmunzle. »Klar, wir kommen ohne dich zurecht.«

»Nimm die Betäubungspistole. Falls er aufwacht, verpasst du ihm 'ne Ladung.« Er überreicht mir eine seiner Waffen, die an seinem Holster hängt. »Bin in ein paar Minuten wieder da.« Die Tür geht zu und ich bin erneut mit Nitro und meinen Gedanken allein.

Die Waffe wiegt schwer in meiner Hand, daher stecke ich sie in den Morgenmantel. Ich kann mit Pistolen umgehen, Julius hat mich Schießen gelehrt. Es beruhigt mich, dass keine scharfe Munition darin ist und ich Nitro damit nicht wirklich schaden könnte. Wochenlang habe ich ihn nur von seiner Zellentür aus betrachtet, daher ist es ungewohnt, ihm plötzlich so nah zu sein.

Als Biest ist er direkt, fordernd und selbstbewusst, wenn er normal aussieht, wirkt er eher zurückhaltend, ruhig und beinahe schüchtern. Ich habe alle Facetten an ihm gesehen, und am meisten hat mich dieser tieftraurige Blick berührt, den er nur aufgelegt hatte, wenn er dachte, ich beobachte ihn nicht.

Ständig habe ich mich gefragt, warum ich ihn besuche und mich für ihn einsetze. Ich glaube, ich habe Schuldgefühle, obwohl es eigentlich keinen Grund dazu gibt. Eine Rebellin hat ihm die Unschuld geraubt, daran knabbert er immer noch … Ich will ihm zeigen, dass seine Welt falsch ist. Oder ich wollte es zumindest, es hat ja nicht funktioniert.

Was würde passieren, wenn ich ihm den Infusionsschlauch herausziehe? Wie lange würde er brauchen, um aufzuwachen? Ich würde zu gerne mit ihm reden. Vielleicht kann ich ihn doch noch umstimmen.

Seufzend betrachte ich den Ständer mit dem Plastikbeutel und vermisse das vertraute Tröpfeln. Hat Sam die Infusion abgestellt? Die Flüssigkeit scheint nicht mehr durch den Schlauch zu laufen, aber die Kanüle befindet sich in Nitros Arm. Ich sehe genauer hin und hebe das Pflaster an. Verdammt, die Kanüle steckt nicht mehr in seiner Vene! Ist sie herausgerutscht? Oder hat jemand daran herumgespielt?

Plötzlich überschlagen sich meine Gedanken. Hat Nitro hier einen Verbündeten? Rock vielleicht? Oder hat er es irgendwie geschafft, selbst den Schlauch zu lockern? Hätte er ihn mit den Zähnen packen können? Doch wie, er ist mit Beruhigungsmitteln vollgepumpt!

Was soll ich jetzt tun? Einen Arzt rufen? Ihm das Ding wieder reinschieben?

»Sonja …« Als ich plötzlich seine Stimme höre, leise und bedrohlich, springe ich auf und ziehe die Waffe.

»Wenn du nach dem Warrior rufst, bist du tot.« Er starrt mich an und scheint hellwach zu sein.

»Nitro!« Keuchend mache ich einen Schritt rückwärts.

Seine Augen verengen sich. »Mach mich los.« Meine Pistole beeindruckt ihn wenig.

Ich schüttelte den Kopf. »Das darf ich nicht.« Oh Gott, er ist wach! Und seine Augen beginnen sich bernsteingelb zu verfärben.

Er hebt den Kopf, und die Sehnen an seinem Hals spannen sich an, dann ballt er die Hände zu Fäusten.

Ich weiche weiter zurück und halte den Lauf auf ihn gerichtet.

»Bleib hier!« Sein ganzer Körper steht unter Spannung, seine Oberarme nehmen an Volumen zu, und auf einmal reißen die Gurte an seinen Handgelenken.

Oh nein, er ist so unglaublich stark!

Schnell öffnet er die Schlaufen an den Füßen – und ist frei.

Drück ab, Sonja, drück ab!

Geschmeidig gleitet er aus dem Bett, mit nichts am Leib außer einem schwarzen Slip. Sein Körper scheint kein Gramm überflüssiges Fett zu besitzen, seine Haut spannt sich über Muskeln und Sehnen. Wie eine antike Gottheit, die ich aus meinen Büchern kenne, ragt er vor mir auf.

Ich will keine Furcht zeigen, obwohl mein Herz wild pocht, und frage mutig: »Wer hat dir geholfen?«

»Niemand.« Seine Stimme klingt rau, als hätte er sie lange nicht benutzt. »Denkst du, eure lächerliche Medizin knockt mich aus? Jahrelang hat man mich an alle möglichen Betäubungsmittel gewöhnt, sie wirken bei mir nicht so stark wie bei anderen.«

Also hat er uns nur etwas vorgespielt? »Und der Schlauch?«

»Den habe ich mir selbst gezogen.« Er hebt die Mundwinkel, woraufhin seine Fänge aufblitzen. »Ein flüchtiger wacher Moment hat gereicht, eine kleine Drehung meines Arms, ein Ruck.« Flüchtig betrachtet er seine Brust mit den verheilenden Schnitten. »Ich habe darauf gehofft, dass man mich hierher bringt, wenn ich mich verletze. Ihr Menschen steckt ja so voller Mitgefühl und Pflichtbewusstsein.« Er schnaubt spöttisch. »Das wird euch noch zum Verhängnis.«

Blitzschnell kommt er auf mich zu und reißt mir die Waffe aus der Hand. »Genau wie dir.«

Er drängt mich durch den Raum auf die Tür zu, wobei er kurz an seine Halskette greift. Sein Gesicht verdüstert sich, aber er reißt den Schmuck nicht ab.

»Wenn du mir etwas tust, werde ich schreien«, sage ich mit zitternder Stimme. Dabei schiele ich zur Pistole, die er in der Hand hält, jedoch nicht auf mich richtet.

»Versuch es, und du bist tot«, knurrt er.

Meint er das ernst? Ich sehe das tödliche Funkeln in seinen Augen.

»Außerdem würde dich keiner hören. Dieser Rock ist noch nicht wieder da, und die anderen machen zu viel Lärm.«

Das Herz schlägt mir bis zum Hals und meine Knie zittern. »Worauf wartest du? Wieso fliehst du nicht?« Warum hat er überhaupt so lange gebraucht, um mich zu attackieren? Hat er nichts unternommen, weil Rock vor der Tür saß, oder wollte er meinen Worten lauschen?

»Ich muss warten, bis der Glatzkopf zurück ist.«

Sicherlich will er ihn überwältigen, denn Rock würde sofort Alarm schlagen, wenn er zurückkommt und das Zimmer ist leer. Dann hätte Nitro einen zu geringen Vorsprung – und keine Waffen. »Und wo willst du hin?«

»Denkst du, ich weihe dich in meine Pläne ein?«, grollt er, reißt mich an seinen heißen Körper und wirft mich aufs Bett. »Vielleicht vergnüge ich mich noch ein bisschen mit dir.«

Mein Morgenmantel hat sich geöffnet und meine nackten Beine liegen frei, aber ich bin zu gelähmt, um mich zu bedecken.

Nitro wirft einen intensiven Blick auf meine Oberschenkel, und ich bilde mir ein, dass seine Iriden glühen. Danach kriecht er über mich.

»Du willst mich immer noch manipulieren, was?«, knurrt er dicht an meinem Ohr und schnüffelt. Er liegt halb auf mir und erdrückt mich fast mit seinem Gewicht, während er die Hand mit der Waffe zwischen meine Beine wandern lässt.

»Bitte hör auf damit.« Jetzt bereue ich den Wunsch von vorhin, unbedingt noch einmal mit ihm reden zu wollen.

Erneut schnuppert er an mir. »Du hattest auch Angst in der Bar. Die Rebellin in dir hat sich gefürchtet, nicht, weil es dein erstes Mal war.«

Ich leugne es nicht, sondern starre in sein Gesicht, das kaum noch menschliche Züge besitzt. Die Bestie ist zurückgekehrt. Mit den klauenbespickten Fingern schabt er über meine Wange, ohne mich zu verletzen, während die Hand mit der Waffe auf meinem Bauch ruht.

»Ich hätte damals tun sollen, was Mick mir geraten hat.« Keuchend leckt er über meinen Hals. »Ich hätte dich einfach ficken sollen, hart und ohne dich vorzubereiten. Du hast nur Schmerzen verdient, keine Lust.«

Tränen laufen über mein Gesicht. »Wieso trägst du solch einen abgrundtiefen Hass in dir?« Ich möchte ihm über die Wange streichen, aber er packt meine Hände und drückt sie über meinem Kopf zusammen.

»Hass ist mein Motor. Ohne ihn wäre ich nicht weit gekommen.«

Und vermutlich hätte er in der Zelle nicht so lange durchgehalten.

Ich wende den Kopf ab und schluchze auf. Ich weine, weil meine Mühen umsonst waren und weil ich ihn tatsächlich verloren habe. Er ist ein Monster. Wie habe ich jemals glauben können, dass in ihm ein sensibler Mann steckt?

Nitro betrachtet mich interessiert, als ob ich ein Versuchskaninchen wäre und er ein Forscher, doch plötzlich lässt er meine Arme los. Als ich ihm ins Gesicht schaue, sieht es normal aus. Traurig blickt er mich an und streicht mit dem Daumen die Feuchtigkeit von meinen Wangen. »Ich habe dich nie vergessen können«, sagt er leise. »Ich bin noch ein paar Mal ins Dschinn gekommen, nur um dich zu sehen.« Hart stößt er die Luft aus. »Aber jetzt will ich Vergeltung für die Schmach, die du mir bereitet hast.«

Die Farbe seiner Iriden flackert und er drückt mir den Lauf an die Schläfe. »Vielleicht sollte ich dich betäuben, meinen Spaß mit dir haben und dich erst danach töten.«

»Bitte, Nitro, das bist nicht du! Lass das Biest nicht die Oberhand gewinnen.« Durch den Tränenschleier erkenne ich ihn kaum. Oh Gott, wie sehr ich mir wünsche, mein Bett nie verlassen zu haben.

»Deine Gefühle waren gespielt«, zischt er. »Du musst mich gehasst haben.«

»Nein, das habe ich nicht! Sonst hätte ich dir keinen Kuchen gebacken oder dir etwas zum Lesen und frische Kleidung gebracht.«

Das Gelb verschwindet wieder aus seinen Augen und er schüttelt den Kopf. »Du hast mich rasiert und gewaschen, hast mich fast jeden Tag im Gefängnis besucht ...« Seine Wangenmuskeln zucken und er kneift die Lider zusammen. »Warum?«

»Weil du niemanden hast außer mich«, antworte ich sanft, und diesmal lässt er es zu, dass ich sein Gesicht berühre. »Nitro, in dir stecken zwei verschiedene Wesen. Lass nicht zu, dass die düstere Seite dich dominiert.«

Er nimmt den Lauf von mir, und ich atme auf.

»Haben die Tabletten das Biest zurückgehalten?«

»Haben sie«, murmelt er und schließt keuchend die Augen. Dabei schmiegt er sein Gesicht leicht in meine Hand. Meine Streicheleinheiten scheinen das Monster zurückzudrängen.

Er seufzt leise. »Du hasst das Biest, aber das bin auch ich.«

»Ich mag nicht, wie es denkt.«

»Ich mag das Tier in mir. Es macht, dass ich vor nichts Angst habe. Ich weiß, ich kann alles schaffen, wenn ich mich verwandle, und niemand kann sich mit mir messen.«

»Vor einer Kugel bist auch du nicht sicher. Sie werden dich erschießen, wenn du fliehst oder hier jemandem etwas antust.«

Dazu sagt er nichts, stattdessen sieht er mich wieder mit dieser Traurigkeit im Blick an, die tief an meinem Herzen rührt.

»Unglaublich, wie sehr man einen Menschen manipulieren kann.« Ich möchte gar nicht wissen, was sie ihm angetan haben. »Sie müssen dich schlimm gequält haben.«

Er weicht vor mir zurück. »Wovon sprichst du?«

»Project Beastmaker ...«, sage ich vorsichtig.

Erschrocken reißt er die Augen auf. »Du weißt davon?«

»Nitro, das Regime ist gestürzt. Wir haben Zugriff auf die Zentralcomputer und Aufzeichnungen über dich gefunden.«

»Gestürzt ...« Zum ersten Mal macht er den Eindruck, als würde er mir glauben. »Was weißt du alles?«

»Nicht viel, die Daten waren weitgehend zerstört, nur dass es zwei von euch gibt.«

Er springt vom Bett und steigt in seine Hose, wobei er die Waffe nicht aus der Hand nimmt. »Ich muss zurück nach White City, um mich selbst davon zu überzeugen. Und du kommst mit!«

»Was?«

»Als meine Geisel.« Er schwenkt den Lauf kurz in meine Richtung.

»Ich werde nicht deine Geisel sein!«

Er drückt mich zurück aufs Bett und keucht in mein Gesicht. Seine Augen flackern. »Ich ... brauche dich.«

»Warum?«

Sein glühender Blick durchbohrt mich, und er starrt auf meinen Mund.

Was ist das nur zwischen uns? Ich kann spüren, dass er sich zu mir hingezogen fühlt, während das Biest mich hasst.

Sonja, ER ist das Biest! Lauf weg, so schnell du kannst.

Auf einmal zuckt er zurück. »Da kommt jemand, und es ist nicht Rock.« Er drückt mich vom Bett und legt sich hinein. »Verhalte dich normal, wenn du am Leben bleiben willst!« Jemand dreht am Türknauf und rüttelt daran, Nitro schlüpft unter die Zudecke.

Gerade, als ich mich in den Stuhl am Kopfende gesetzt habe, geht die Tür auf und mein Sohn betritt den Raum.

Oh Gott, bitte nicht! »Noel! Was machst du hier?«

Er trägt seinen Pyjama, und seine dunklen Haare sind zerzaust. Er sieht ziemlich verschlafen aus. »Ich hatte Durst und hab bemerkt, dass du weg warst. Ich hab mir schon gedacht, dass du bei ihm bist.«

»Geh wieder ins Bett, Schatz.« Meine Stimme klingt viel zu hoch vor Angst, und ich traue mich nicht, mich vom Stuhl wegzubewegen. Nitro hält die Waffe in der Hand, sie zuckt unter der Bettdecke. Es ist nur eine Betäubungspistole, aber ich weiß nicht, ob meinem Kind nicht das Herz stehen bleiben könnte, wenn er sie bei ihm einsetzt. Ich hab solche Angst um ihn!

Leider schließt Noel die Tür und kommt zu mir. »Ich will das Biest auch mal sehen.«

»Noel«, zische ich, und werfe einen Blick auf Nitro. Er hat die Augen geschlossen. »Er hat einen Namen.«

»Aber ich hab gehört, wie Sam mal was von einem Biest erzählt hat.«

Er hat uns belauscht!

Noel stellt sich neben mich und betrachtet eingehend Nitros Gesicht. »Er sieht ja ganz normal aus.« Dann zieht er die Decke ein Stück weg. Sofort reiße ich mein Kind zurück. »Fass ihn nicht an«, wispere ich, weil ich kaum Kraft zum Sprechen finde.

Nitros Hand liegt frei, doch die Waffe ist verschwunden. Vermutlich hält er sie nun auf der anderen Seite.

»Fox?«, sagt er ruhig, woraufhin Noel fast auf meinen Schoß springt.

»Wow, du bist wach.«

Zum Glück tanzen nur noch ein paar gelbe Flecken in seinen Iriden.

»Ich heiße Noel«, plappert mein Sohn sofort los. »Wer ist Fox?«

Nitro setzt sich auf. Die Decke rutscht über seine Brust, und die Narben und neuen Verletzungen werden sichtbar. »Jemand, den ich vor langer Zeit kannte. Du erinnerst mich an ihn.«

»Noel, er muss sich noch ausruhen, also geh zurück zu Granny«, beeile ich mich zu sagen und halte ihn auf meinem Schoß im Arm. Ich will ihn vom Bett wegziehen, doch er stemmt sich mit den Füßen am Boden auf. Widerspenstiger Kerl!

»Lass ihn«, befiehlt Nitro ruhig. Etwas Lauerndes liegt in seinem Blick.

Was hat er vor? Dunkle Schleier wabern vor meinen Augen und ich bekomme kaum Luft. Außerdem ist mir unsagbar übel.

Als sich Noel vorbeugt, um an seinen Fingern zu zupfen, springe ich fast an die Decke. »Wo sind deine Klauen?«

Ich will ihm den Arm wegreißen, bin aber wie gelähmt.

Nitro starrt meinen Sohn mit einer Mischung aus Neugier und Verblüffung an. »Die habe ich eingefahren.«

»Darf ich sie sehen?«

Vor den Augen meines Kindes gleiten die Krallen unter den Nägeln hervor. Selbst im matten Schein der kleinen Lampe wirken sie bedrohlich scharf.

»Krass«, sagt mein Kleiner ehrfürchtig, während ich beinahe umkomme. Mein Puls ist ein einziges Hämmern in meinem ganzen Körper, und ich halte Noel so fest umklammert, dass er sich beschwert. »Du zerdrückst mich.«

»Hast du keine Angst vor mir?«, fragt Nitro.

»Mom hat gesagt, du bist nicht wirklich böse.«

Ein Muskel in seiner Wange zuckt. »Dann bete, dass deine Mutter recht hat.«

Endlich schaffe ich es aufzustehen und bugsiere Noel zur Tür. »Jetzt geh ins Bett, Süßer. Es ist schon spät.«

Er umarmt mich und legt seinen Kopf an meinen Bauch. »Sehen wir uns morgen?«

»Das weiß ich nicht«, antworte ich und versuche, nicht in Tränen auszubrechen. Ich war eine Rebellin, habe im Untergrund gekämpft, verdammt! Doch ich bin weich geworden, seit ich zurück bin, da ich gehofft habe, nie wieder in solch eine Extremsituation zu geraten. Aber die alten Überlebensmechanismen sind nur eingerostet. Mein Blick ist ununterbrochen auf der Suche nach einer Waffe, die ich gegen Nitro einsetzen kann.

Ich drücke Noel einen Kuss auf den Scheitel. Die Tür ist nah ... Ob ich mit meinem Kind weglaufen soll? »Ich hab noch was zu erledigen, ich weiß nicht, wann ich zurückkomme. Sag Granny, sie soll sich keine Sorgen machen.« Ich habe entsetzliche Angst, dass Nitro meinem Sohn etwas antut oder ihn auch als Geisel nehmen möchte.

Nachdem Noel sich von mir gelöst hat, winkt er Nitro zu, sagt »Gute Nacht« und verlässt den Raum.

»Denk nicht mal dran«, knurrt Nitro direkt hinter mir, als ich den Türknauf festhalte.

Tief atme ich ein. Mein Kind ist draußen.

Langsam schließe ich die Tür, lasse die Hand sinken und drehe mich zu ihm um. »Danke, dass du ihn hast gehen lassen«, wispere ich mit Tränen in den Augen und schwanke, denn sämtliche Kraft weicht plötzlich aus meinen Beinen. Ich kann nichts dagegen unternehmen.

Er fängt mich auf und presst mich an seinen warmen Körper. »Ich habe einmal ein Kind getötet, und es war das Schwerste, das ich jemals tun musste.«

39

»Was?« Mein Herz wummert immer noch hart gegen die Rippen, doch langsam kehrt die Kraft zurück. »Du hast ein Kind ... umgebracht?«
Er geht nicht darauf ein, sondern sagt: »Ich verspreche dir, Noel nie etwas anzutun.«
»Was zählt dein Versprechen?« Oh Gott, warum bin ich bloß zurückgekommen? Hat er tatsächlich ein Kind getötet?
Ich möchte mich von ihm losmachen, aber er hält mich weiterhin fest. Seine Hände liegen an meinem Rücken. Da erblicke ich die Pistole in seinem Hosenbund. Ich könnte sie herausziehen, nur weiß ich, dass Nitro schneller sein wird.
»Wie alt warst du, als du ihn geboren hast?«, fragt er dicht an meinem Ohr.
Die Hitze seiner Haut dringt durch meinen Morgenrock, und sein Geruch macht mich schwindelig. Wie sehr ich mir wünsche, er wäre so wie damals in der Dschinn Bar. Diese Begegnung scheint Jahre her zu sein.
»Dreizehn«, hauche ich.
»Du warst ein Kind!« Er drückt mich an den Schultern zurück und schaut mich erschrocken und ein wenig böse an.
»Wir haben hier keine Verhütungsmittel, so etwas kommt öfter vor.« Die Warrior müssen sich um umgeplante Schwangerschaften keine Sorgen machen. Jeder angehende Krieger bekommt schon als Junge eine Vasektomie.
Er kneift die Augen zusammen. »Und wie alt war ...«
»... sein Vater? Der war achtzehn.«
»Wenn er nicht tot wäre, würde ich ihn umbringen«, sagt er kühl.
»Ich habe Elijas geliebt, Nitro. Es ist nicht so, dass ich es nicht wollte.« Seine Reaktion gibt mir Hoffnung, dass er offenbar etwas für mich empfindet. Vielleicht ist er doch nicht ganz verloren.
»Du warst wohl schon als Kind eine Hure?«, knurrt er.
Da ist es wieder, dieses ekelhafte Biest.
*Hass ist mein Motor*, hat Nitro gesagt. Ich darf ihn nicht hassen, denn ich will nicht so werden wie er. Daher streiche ich über seinen Arm. »Ich war keine Hure. Ich hab dir schon mal gesagt, dass ich seit dem Tod meines Mannes mit niemand anderem außer mit dir im Bett war.«
Langsam beruhigt er sich. »Liebst du ihn noch?«
»Elijas wird immer einen Platz in meinem Herzen haben, aber ich muss nach vorne blicken. Wenn wir in der Vergangenheit festhängen, hält uns das nur auf.«
Er zieht mich erneut an sich, und ich muss den Kopf in den Nacken legen, um ihn anzusehen. Er studiert mein Gesicht, und dabei entspannt sich seine harte Mimik. Seine Lippen öffnen sich, woraufhin er keuchend den Atem ausstößt. »Es hat mir gefallen, dich zu küssen. Hast du mich verhext? Warum hab ich nach unserem Sex nur noch an dich denken können? Hast du eine Droge benutzt, um meinen Verstand zu verwirren?«

In diesem Augenblick ist er nicht der harte Krieger, sondern ein unsicherer junger Mann, der keine Erklärung für seine Gefühle hat, für Gefühle, die er offenbar nie kennenlernen durfte.

»Diese Droge hat dein Körper selbst produziert, Nitro.« Ich muss sein Gesicht berühren und es streicheln. Ich weiß einfach, dass ihm das guttut. »Du fühlst dich zu mir hingezogen, weil ich die Erste für dich war. Das ist für jeden Menschen ein besonderes Ereignis.«

»Ich bin kein Mensch«, sagt er grollend und reißt die Augen auf. Sein Kopf zuckt Richtung Tür.

»Was ist?«, wispere ich.

»Zur Seite«, zischt er, zieht die Waffe, und als Rock den Kopf zur Tür hereinstreckt, hält er ihm den Lauf an die Schläfe und drückt ab.

Ein leises Zischen ertönt, gefolgt von einem Blitz – ein Knall bleibt aus.

Rock bekommt die volle Ladung der Betäubung ab und geht sofort in die Knie. Er versucht noch, seine Pistole aus dem Holster am Gürtel zu ziehen, aber Nitro hat sie ihm schon entrissen. Rock geht zu Boden, wobei ich versuche, seinen Kopf zu halten, damit er sich nicht verletzt. Stöhnend dreht er sich auf den Rücken, seine Lider flattern.

»Es tut mir so leid«, sage ich, doch Nitro verbietet mir, mit ihm zu sprechen.

Er zieht ihn in den Raum und schließt die Tür. Dann nimmt er ihm das Holster ab und zerrt ihm auch das ärmellose Shirt vom Körper. Anschließend durchsucht er die Taschen und findet ein paar Casino-Chips. »Was ist das?«

»Unser Zahlungsmittel.«

Kopfschüttelnd steckt er es ein.

Als er sich das Shirt überzieht und das Holster anlegt, drehe ich ihm den Rücken zu. Rock starrt mich an, er ist noch bei Bewusstsein, und ich forme mit den Lippen die Wörter »White City«, bevor ihm die Augen zufallen.

***

»Ich habe keine Hose an, so kann ich unmöglich mit dir fliehen«, zische ich, als er mich an seiner Hand durch die düsteren Flure zieht. Mein Morgenmantel weht um meine entblößten Beine, und Nitro wirft mir nur ein Grinsen zu.

Für einen Wimpernschlag blitzt der junge Mann durch. Wie würde er sein, wenn das Regime ihn nicht zu einer mordenden Bestie gedrillt hätte?

Die Party in der Ankunftshalle ist noch in vollem Gang. Die Musik der Liveband dröhnt bis zu uns herauf, denn die Pyramide ist im Inneren über viele Stockwerke nach oben offen, sodass man über das Geländer der Flure nach unten sehen kann. Sogar die Buden des Basars haben geöffnet. Die Händler verkaufen Getränke, Speisen und was sie sonst noch im Angebot haben.

Immer, wenn uns jemand über den Weg läuft, drängt Nitro mich gegen die Wand und vergräbt sein Gesicht an meinem Hals, als ob er mich küssen würde. Seine Hände liegen an meinen Seiten, und manchmal streift er meine Brüste. Er bringt mich durcheinander, mehr als das. Seine zwei Seiten verwirren mich.

Kurz bevor wir das Erdgeschoss erreichen, kommen fünf bewaffnete Männer der Stadtwache auf uns zu. Sie dürfen – neben einigen Warrior – als einzige Personen in Resur Waffen tragen. Als mich Nitro erneut gegen die Wand drückt, verfärben sich seine Iriden gelb. »Muss sie töten. Muss sie alle töten«, knurrt er.

»Scht … scht …« Beruhigend streichle ich sein Gesicht. »Alles ist gut, wir sind nicht deine Feinde.« Ich habe Angst, dass er ein Massaker veranstaltet, und versuche, ihn zu beschwichtigen. Als er den Kopf abwenden will, um die Wachen anzusehen, greife ich in sein Haar und küsse ihn.

Sofort lehnt er sich schwer gegen mich. Er keucht in meinen Mund und krallt die Finger ebenfalls in mein Haar. Dadurch können die anderen seine Klauen nicht erkennen. Er pikst mich, aber er verletzt mich nicht.

»Du tust es schon wieder, du verhext mich«, raunt er, bevor er seine Zunge in mich schiebt.

Als wir uns berühren, schießt ein Impuls zwischen meine Beine.

»Du tust dasselbe doch bei mir«, flüstere ich atemlos, wobei ich über seine ausgeprägten Brustmuskeln fahre.

Seine Zungenküsse fühlen sich etwas unbeholfen an, aber dadurch kommt erneut sein wahres Alter zum Vorschein. Nitro ist jung und heißblütig und kaum älter als mein Mann damals.

Als plötzlich eine der Wachen grinsend auf seinen Rücken klopft und sagt: »Hey, nehmt uns nicht unsere ganzen hübschen Mädchen weg«, versteift er sich kurz, und ich sehe den Mann schon in einer riesigen Blutlache liegen.

Nitro grinst ebenso verschmitzt zurück und zuckt mit den Schultern. »Wer kann, der kann.«

Die Männer gehen weiter, und ich bemerke erleichtert, dass sein Gesicht normal ist. »Siehst du, du kannst das Biest auch ohne Tabletten regulieren.«

Er kneift die Lider zusammen, als würde er überlegen, danach zieht er mich weiter.

In der Ankunftshalle angekommen, platzen wir mitten in die Party, und ich habe das Gefühl, Sodom und Gomorrha vorzufinden. Niemals zuvor habe ich die Bewohner von Resur derart ausgelassen erlebt. Viele sind betrunken oder tanzen wie in Trance zur Musik der Band, Paare knutschen oder fummeln aneinander herum. Nitro hätte sich keinen besseren Tag zur Flucht aussuchen können, denn niemand nimmt wirklich Notiz von uns.

Unauffällig halte ich Ausschau nach einem bekannten Gesicht, suche Jax, Crome oder einen Wärter, der Nitro sofort identifizieren könnte, aber von ihnen ist natürlich niemand zu sehen. Sie sind alle bei ihren Familien. Und von den anderen Bewohnern hat keiner Nitro zu Gesicht bekommen. Er ist einfach nur einer der Warrior, die es nun vorziehen, in Resur zu leben.

»Nitro ...« Ich reiße mich von ihm los. »Ich gehe nicht im Morgenmantel mit dir nach White City.«

Schnaubend bugsiert er mich zu einem Stand, an dem Kleidung verkauft wird, schaut kurz auf meine Beine, zieht dann einfach eine Jeans vom Ständer und drückt sie mir in die Hand.

Der Verkäufer macht große Augen und will bereits protestieren, weil Nitro ohne zu bezahlen weitermarschiert, da greife ich in seine Hosentasche und lege dem Mann ein paar Chips auf den Tisch. »Stimmt so«, rufe ich, weil Nitro mich bereits wieder mit sich gezogen hat.

»Wo geht's zur Monorail?«, will er wissen, als wir den Ausgang erreichen und uns der milde Wüstenwind um die Nase weht.

»Dort lang.« Ich deute nach links, wo in der Dunkelheit auf einer erhöhten Station ein Zug parkt. Ich bin stolz darauf, den Antriebswagen zum Laufen gebracht zu haben, daher ist die Monorail irgendwie mein Baby. Sie fährt auf einer Schiene mehrere Meter über dem Boden und wird uns fast bis zur Kuppel bringen.

Anstatt dorthin zu gehen, bleibt Nitro stehen und starrt in den Himmel. Die Nacht ist pechschwarz, nicht einmal der Mond ist zu erkennen, dafür blinken uns Milliarden Sterne entgegen.

Er scheint so abgelenkt zu sein, dass ich mich vielleicht davonschleichen könnte, aber ich muss in sein Gesicht blicken. Offenbar sieht er den Nachthimmel zum ersten Mal. Seine Mimik drückt Erstaunen aus, Bewunderung, Ehrfurcht.

»Da wird einem bewusst, wie unbedeutend man gegen den Rest des Universums erscheint, nicht wahr?« Ich drücke seine Hand, doch er schaut mich nicht an. »Warst du nie außerhalb der Kuppel?« Viele Warrior mussten in der Todeszone kämpfen, bevor überall vollautomatische Schussanlagen installiert wurden.

»Niemals im Dunkeln.« Tief atmet er die Nachtluft ein. Unter der Kuppel gibt es nur das ständig gleiche Klima. Ich kam mir vor wie unter einer Käseglocke.

»Wunderschön, oder?«, frage ich leise.

Er reißt den Blickkontakt ab und zerrt mich weiter, ohne ein Wort über die Outlands zu verlieren. Ich sehe ihm an, wie es in seinem Kopf rattert. Das Regime hat ihm vieles verwehrt und ihnen allen über Jahrzehnte vorgegaukelt, dass ein dauerhaftes Leben außerhalb der Kuppel wegen der Verstrahlung nicht möglich sei.

## Kapitel 4 – Flucht nach White City

*Nitro: Zum ersten Mal habe ich kein klares Ziel vor Augen. Ich bin unsicher und weiß nicht, was ich tun soll. Ich muss zu Vater, muss ihn um Rat fragen. Er wird mich für meine Schwäche verachten, aber das nehme ich in Kauf.*

*Besser er hasst mich, als wenn ich einen Fehler begehe, den ich nicht rückgängig machen kann. Ich hätte Sonja oder alle anderen in Resur längst töten können, doch was ist, wenn sie recht haben? Was, wenn mich das Regime für etwas benutzt, das ich selbst nicht will?*
*Seit Sonja bei mir ist, ist Fox verschwunden und ich kann wieder klar denken. Oder ist mein Verstand erst recht verwirrt?*

In der Monorail konnte ich endlich die Jeans anziehen. Sie passt mir sogar, Nitro hat ein gutes Augenmaß. Seine besonderen Augen sind es auch, die uns das letzte Stück vom Bahnhof bis zur Kuppel bringen. Während ich nur völlige Schwärze erkenne, führt er mich sicher durch die Nacht.

Erinnerungen werden wach, wie ich durch die stockdunkle Kanalisation geirrt bin, und ich klammere mich an seine Hand.

»Lass mich hier bloß nicht allein«, sage ich leise.

Da legt er einen Arm um mich. »Du hast mehr Angst vor der Dunkelheit als vor mir?«

»Glaub mir, es war die Hölle, monatelang in den Tunneln und Höhlen unter der Stadt zu leben. Dort unten haben einige einen Höhlenkoller bekommen.«

»Wie viele wart ihr?«

»Fünfzig.« Die ständige Dunkelheit hat uns allen zu schaffen gemacht. Depressionen und Verzweiflung waren an der Tagesordnung. »Ein paar sind durchgedreht und mussten Beruhigungspillen nehmen. Der Stress war enorm, und die ständige Angst, entdeckt zu werden, hat mich aufgefressen. Dazu der Schlafmangel und die schlechte Verpflegung …« Tief hole ich Luft, weil ich glaube, zu ersticken. »Ich wollte nie wieder nach White City zurück.«

Er schweigt einen Moment, bevor er sagt: »Ich bringe dich nach Hause, sobald ich alles erledigt habe.«

Er klingt völlig normal, kein bisschen nach Biest. Als wäre er wie ausgewechselt. Vielleicht kann ich jetzt zu ihm durchdringen. »Was musst du denn erledigen? Du musst doch längst erkannt haben, dass das Regime gestürzt ist.«

»Ich muss mit Vater sprechen.«

»Du hast einen … Vater?« Die Warrior werden künstlich gezeugt und wachsen bei Ammen auf.

»Er ist nicht mein biologischer Vater«, antwortet er knapp. Mehr erklärt er nicht und ich weiß, dass er mir auch nichts erzählen wird.

Als es plötzlich zu meiner Rechten raschelt, drücke ich mich an ihn. »Hier draußen gibt es Raubkatzen und Giftschlangen.«

»Ein Rudel Katzen befindet sich in unserer Nähe«, sagt er beinahe teilnahmslos.

»Ein … Rudel?« Hektisch schaue ich mich um, aber natürlich erkenne ich gar nichts. »Was für Katzen?« Ich hoffe, er meint süße kleine Kuscheltiger.

»Keine Ahnung. Riesige Katzen.«

Oh Gott, Pumas oder Löwen! Meine Finger krallen sich in seinen Arm.

»Sie fallen Menschen an, Nitro. In letzter Zeit sind mehrere Übergriffe gemeldet worden. Sie dringen immer tiefer in die Stadt vor, weil sie in der Wüste nichts zu fressen finden.«

»Im Moment steht der Wind günstig. Sie haben uns noch nicht bemerkt. Sollten sie uns zu nahe kommen, töte ich sie.«

»Du hast echt Nerven«, wispere ich und atme auf, als wir um eine riesige Ruine gehen und endlich die gigantische, blauschimmernde Kuppel vor uns auftaucht. Dahinter liegt eine völlig andere Welt.

Vor achtzig Jahren, als der letzte große Krieg der Nationen tobte und Cäsium-Bomben die Erde verstrahlten, haben die Überlebenden autarke Schutzstädte errichtet. Nur gesunde Menschen durften darin leben, alle anderen wurden in die Outlands verbannt. Doch wir haben dort draußen in Kellern und Höhlen überlebt. Nur hinken wir dem Fortschritt weit hinterher und leben immer noch wie die Menschen viele Jahrzehnte vor der Bombe, bauen pflanzliche Medizin an, arbeiten mit dampfbetriebenen Maschinen und kommunizieren über Kabel, nicht drahtlos.

Als wir näherkommen, erkenne ich sofort, dass die gigantische äußere Schutzmauer zum Teil eingerissen wurde. Sie soll ganz weichen, denn sie ist nicht mehr nötig.

Ich steige mit Nitro über die Trümmer. Im schwachen Schein der Kuppel wirkt sein Gesicht angespannt, doch das Biest sehe ich nicht.

Er betrachtet sich alles genau, sein Blick wirkt konzentriert und die Hand schwebt über dem Holster. »Wie kommen wir rein?«

»Die Notausgänge sind geöffnet, wir dürften einfach reinspazieren können.« Die Warrior fungieren nun als Polizisten und sorgen in der Stadt für Ordnung. Nie wieder wird einer von ihnen einen Outsider erschießen. Hoffe ich. Es gibt immer noch genug, die nicht auf unserer Seite stehen. Sie halten sich entweder bedeckt oder sitzen im Gefängnis.

Eine helle Lampe zeigt uns den Weg zu einem der Tore, die in die Stadt führen. Da die Kuppel auf einer etwa drei Meter hohen und genauso dicken Mauer errichtet wurde, befindet sich die Stahltür in einer massiven Wand. Zwei ehemalige Krieger stehen davor, um den Eingang zu bewachen, damit sich keine wilden Tiere oder andere unliebsame Eindringlinge in die Stadt verirren. Außerdem müssen sie protokollieren, wer ein und aus geht. Sie unterhalten sich angeregt und scheinen uns noch nicht bemerkt zu haben.

Nitro atmet tief durch, als müsste er sich beruhigen.

»Kennst du die beiden?«, möchte ich wissen.

Er schüttelt den Kopf. »Den einen vielleicht, vom Sehen. Wir waren nicht in derselben Einheit.«

»Wir können durchgehen«, flüstere ich und ziehe den Morgenmantel aus. Den brauche ich in White City nicht, dort ist es immer angenehm temperiert.

»Es ist okay.«

»Nichts ist okay«, sagt er grollend. »Die beiden da vorne haben nur Frauen im Kopf. Genau wie die abtrünnigen Warrior. Was ist bloß aus ihnen geworden?«

*Nicht schon wieder*, denke ich, während ich den Stoff zusammenrolle und auf ein Mauerstück lege. Sein Biest scheint unter der Oberfläche zu stecken. Offenbar tritt es immer hervor, wenn er nervös, wütend oder aufgeregt ist.

Mir bleibt keine Wahl, ich muss verhindern, dass er austickt, um mit ihm gehen zu können, denn allein in der dunklen Wüste werde ich sicher nicht zurückbleiben. Außerdem will ich nicht, dass er mich oder einen der Männer zerfleischt. Ich kann ihn immer noch so schlecht einschätzen. Daher streiche ich über sein Gesicht, wie ich es schon öfter getan habe. »Lass uns reingehen. Ich will so schnell ich kann wieder zurück bei Noel sein.«

Er drückt meine Hand an die Wange. »Du bist eine seltsame Frau. Warum bist du so nett zu mir?«

Mein Herz macht einen Satz. »Ich weiß es nicht genau. Aber ich habe das Gefühl, dass uns etwas verbindet.«

Er legt den Kopf schief. »Du meinst dieses eine Mal im Dschinn?«

»Auch. Doch ich vermute, eine höhere Macht wollte, dass wir uns begegnen. Anders kann ich mir das nicht erklären.«

»Ich glaube nicht an höhere Mächte.« Als er lächelt, flattern Schmetterlinge gegen meine Magenwand.

»Woran glaubst du dann, Nitro?«

»Ich weiß es nicht mehr.«

Als wir nähertreten, richten die Warrior die Waffen auf uns. Nachdem sie ihn als einen ihrer Brüder erkannt haben, lassen sie ihre Gewehre sinken. »Wollt ihr rein?«, fragt der Riese mit dem schwarzen Haar zur Rechten.

Nitro nickt.

Der andere Warrior, der mit seinem langen Zopf eher wie ein irischer Krieger aussieht, drückt auf ein Display an der Wand. Sofort leuchtet es auf. »Eure Namen?«

»Callan Forbes«, sagt Nitro. Seine Stimme klingt normal.

»Und wen hast du dabei?«

»Soraja aus Resur.« Er grinst verrucht. »Ich will mich nur ein wenig mit ihr vergnügen, dann bring ich sie zurück.«

Der Warrior zwinkert und notiert meinen Namen nicht. »Okay, ihr könnt passieren.«

Ich muss Julius unbedingt sagen, dass die Wachen an den Toren ihren Job nicht gerade pflichtbewusst erledigen, aber wer kann es ihnen verdenken? Die Warrior halten eben zusammen.

»Callan? Ist das dein richtiger Name?«, frage ich ihn, als wir eine Schleuse passieren. Sie hat vorher die angeblich verstrahlte Luft draußen gehalten.

Heute sorgt sie noch dafür, dass das Klima im Inneren konstant bleibt und keine Insekten in die Stadt kommen. Diese könnten das empfindliche, klinisch-ökologische Gleichgewicht stören.

»Hm.«

Er ist so verdammt wortkarg. Ob wir jemals normal miteinander reden werden? Aber was mache ich mir darüber Gedanken? Ich bin seine Geisel!

\*\*\*

Schweigend schreiten wir durch verlassene, schmale Straßen. Zu beiden Seiten ragen Hochhäuser auf, und ich habe keine Ahnung, wo wir uns befinden. Die Stadt ist zwar recht übersichtlich, doch außer der Dschinn Bar und der Wäscherei, in der unser Hauptquartier war, habe ich nicht viel von ihr zu sehen bekommen. Im Gegensatz zu Resur scheinen die meisten Menschen in White City um diese Zeit zu schlafen. Es muss nach Mitternacht sein, aber wie immer kann man das unter der Kuppel nicht genau wissen. Hier wird es nie dunkel, da die Schutzhülle das Licht reflektiert.

Die Gehsteige sehen wie geleckt aus, kein Müll, kein Staubkorn liegt uns im Weg.

»Hast du White City vermisst?«, will ich wissen und frage erst gar nicht, wo wir hingehen. Er wird es mir ja doch nicht sagen.

»Es gibt nicht viel, was ich vermissen könnte«, antwortet er und schaut mich plötzlich überrascht an. Ob ihm gerade klar wird, was für ein Leben er geführt hat? Offenbar war es geprägt von Drill und Einsamkeit. Ich kann ihm direkt anmerken, wie er sich nach Zuwendung sehnt.

Vor einem der unzähligen gleich aussehenden Häuser halten wir. Mindestens hundert Namen stehen an der Tür. Anscheinend ist das einer der Wohnblocks, in denen ausschließlich Warrior leben, denn sonst nennt sich kein normaler Mensch Dynamite, Star, Wolf, Hero … Eingebildet sind die Kerle ja nicht im Geringsten.

»Wo ist der Pförtner?« Er schaut sich in der Eingangshalle um, aber dort sitzt niemand, alles wirkt verlassen.

»Der ist wohl nicht mehr nötig. Es gibt keinen Senat, der kontrolliert, ob ihr brav zu Hause hockt.« Ich kann mir den bissigen Ton nicht verkneifen, denn langsam muss der Kerl doch aufwachen.

Mit dem Aufzug fahren wir nach ganz oben und gehen zur letzten Tür im Gang. Dort steht kein Namensschild, und als Nitro den Daumen auf den Scanner legt, bleibt ihm der Zutritt verwehrt.

»Fuck«, murmelt er, drückt mich auf die Seite und tritt mit dem Fuß die Tür ein.

Als sie aufschlägt, bin ich überrascht, wie groß das Apartment ist.

»Hast du hier gewohnt?« Wir betreten ein geräumiges Zimmer mit Panoramablick über die Stadt, auf der gegenüberliegenden Wand befindet sich ein riesiger Screener. Weiße Möbelstücke sorgen nicht gerade für Gemütlichkeit, alles wirkt steril. Und ich erkenne keine persönlichen Sachen, nichts liegt herum, so als ob hier nie jemand gelebt hat.

Kopfschüttelnd fährt sich Nitro durchs Haar und reißt die Schubladen an einer Kommode auf. »Vater muss mich für tot gehalten haben.« Er läuft hierhin und dorthin, schaut in Schränke und öffnet einen Tresor. »Meine Waffen sind auch weg. Fuck!«

Ich folge ihm ins Schlafzimmer, in dem ein großer Kleiderschrank und ein breites Bett stehen. Im Schrank befinden sich fein säuberlich zusammengelegte schwarze T-Shirts und Unterwäsche, wohl die Standardbekleidung der Krieger, ansonsten ist auch er leer.

An der Wand hängt ebenfalls ein Screener, und auch in diesem Raum ist der Ausblick aus dem großen Fenster überwältigend. Ich kann die Stadt bis ins Zentrum überblicken, auf dem ein großer Turm steht: der Shuttle-Tower.

»Darf ich mal das Badezimmer benutzen?«, frage ich leise, weil ich dringend auf Toilette muss.

Er nickt resigniert, ohne mich anzusehen, und hockt sich aufs Bett.

Meine Brust schnürt sich zusammen. Diese Bastarde haben ihm sein Leben gestohlen. Ich würde mich gern zu ihm setzen, aber ich glaube, er möchte lieber allein sein. Gedankenverloren schaut er aus dem Fenster.

Ich lehne die Tür an, um mich schnell zu erleichtern, und bewundere die Einrichtung. Die Toilette und das Waschbecken bestehen aus dunkelblauem Glas, und es gibt eine Dampfduschkabine, die orangefarbene Scheiben hat. Außerdem befindet sich eine seltsame große Box in einer Ecke. Sie erinnert mich an eine riesige Dose und hat eine Tür, aber kein Sichtfenster. Was sich dahinter wohl verbirgt? »Dekontamination« steht darauf. Offenbar ist es eine Reinigungskammer, falls ein Warrior bei einem Außeneinsatz verstrahlt wurde.

Am meisten fasziniert mich die riesengroße runde Wanne in der Mitte des Raumes. Wow, da passen viele Liter Wasser rein.

»Du kannst gerne ein Bad nehmen«, höre ich ihn plötzlich sagen, als ich mir die Hände wasche, und drehe den Kopf.

Nitro steht an der Tür. Er hat sich Rocks Hemd ausgezogen und trägt nur seine Einsatzhose. Kurz betrachte ich die Krallenspuren, dann richte ich den Blick schnell auf sein Gesicht. Es sieht normal aus. Ich glaube, langsam lernt er, sich ohne seine Pillen zu beherrschen.

»Ich würde die Wanne wirklich gerne ausprobieren.« In Resur war Wasser bisher Luxus und ein Bad konnte sich nur selten jemand leisten, außer, es hat ihm nichts ausgemacht, sich mit verseuchtem Wasser zu waschen.

»Das ist ein Whirlpool.« Er tritt ein und zeigt mir das Display am Rand. »Dort kannst du verschiedene Massageprogramme einstellen.« Er tippt darauf herum, schon sprudelt aus mehreren Düsen am Boden der Wanne Wasser.

»Wow. Du hast mich überzeugt.«

Das Becken füllt sich in rasender Geschwindigkeit mit frischem Nass. Als ich die Hand hineinhalte, fühlt es sich perfekt temperiert an.

Nitro lächelt mich an, doch in seinen Augen spiegelt sich Melancholie. Abrupt dreht er sich um und verlässt das Zimmer.

Erneut lehne ich die Tür an, denn ich traue mich nicht, sie abzuschließen. Irgendwie will ich mitbekommen, was Nitro macht.

»Möchtest du etwas trinken?«, ruft er. »Ich habe zwei Dosen Pearl im Kühlschrank gefunden.«

»Was auch immer Pearl ist, ich nehme es!«, rufe ich zurück, weil ich wirklich Durst habe. Ich tauche beide Hände in die Wanne und koste. Mmm, frisches Trinkwasser, und solch eine große Menge! Was für eine Verschwendung. Sofort nehme ich so viele Schlucke, bis mein Magen gefüllt ist, und ziehe mich anschließend aus. Das Wasser hat sich von selbst abgeschaltet, Dampfschwaden wabern zur Decke.

Auf dem Beckenrand liegt ein Schwamm, daneben steht eine Flasche mit Waschlotion. Ich freue mich richtig auf das Bad, doch gerade als ich in die Wanne steigen möchte, höre ich Nitro plötzlich wieder sprechen. Zuerst glaube ich, er redet mit mir, aber dann vernehme ich eine weitere Männerstimme. Oh Gott, hat er Besuch?

Ich möchte die Tür schließen, da erkenne ich durch den Spalt, dass er im Schlafzimmer vor dem Screener steht. Das Gesicht eines alten Mannes mit kurzen grauen Haaren leuchtet darauf.

Nitro deutet auf seinen Nacken. »Sie haben mir den Chip herausgeschnitten, Vater, deshalb habt ihr mich nicht orten können.«

Vater? Also ist das der Arzt, der ihm all das angetan hat?

Neugierig luge ich durch den Spalt.

»Wir haben geglaubt, dich verloren zu haben. Was ist passiert?« Der Mann schaut ernst aus, seine Stimme klingt ruhig. Er scheint nicht gerade vor Freude zu platzen, dass sein »Sohn« noch lebt.

»Die beiden abtrünnigen Warrior Jax und Crome haben mich überwältigt und nach Resur gebracht. Ich war ihr Gefangener.«

Der alte Mann nickt. »Und da du nun hier bist, vermute ich, sie sind tot.«

»Nein, sie leben. Ich hatte keine Zeit, sie zu töten, denn ich wollte sofort zurück. Die Outlander haben mir viel erzählt, aber ich wollte ihnen nicht glauben. Stimmt es, das Regime ist gestürzt?«

»Komm morgen Früh zu mir, dann besprechen wir alles. Die Leitungen sind nicht mehr sicher …«

Schnell ziehe ich mich zurück, ich habe genug gehört. Ich muss versuchen, später dringend Mark zu erreichen, um ihm zu berichten, dass ich Nitros Schöpfer gesehen habe. Womöglich kann ich noch seinen Namen in Erfahrung bringen, damit Sam und Mark mehr über Project Beastmaker herausfinden. Vielleicht kann man Nitros Verwandlung irgendwie stoppen.

Aber zuerst will ich baden. Das warme Nass ist zu verlockend. Genüsslich begebe ich mich in den Whirlpool und lehne mich entspannt zurück, während mich das Wasser wie ein Kokon umhüllt. Ich fühle mich geborgen, federleicht und frei ... Bis auf einmal die Tür aufgeht und Nitro hereinspaziert.

Nackt.

Sofort ziehe ich die Beine an und überkreuze die Arme vor der Brust. »Was wird das?«

Mein Herzschlag beschleunigt sich, und ich kann nicht den Blick von seiner Körpermitte nehmen, dort, wo seine Bauchmuskeln wie ein V zusammenlaufen. Er ist nicht erregt, trotzdem ist sein Penis beträchtlich lang. Wahrscheinlich kommt er mir nur so groß vor, weil ich einfach aus der Übung bin, was Männer anbelangt.

Als Nitro zu mir steigt, schwappt Wasser über den Rand und sammelt sich in einer Auffangrinne, von der es in die Kanalisation weitergeleitet wird. Dort unten habe ich mich monatelang versteckt, und jetzt sitze ich mit meinem ehemaligen Feind zusammen in der Wanne. Wie sehr sich alles geändert hat.

Seufzend lehnt er sich zurück. »Entweder wir baden gemeinsam oder gar nicht. Ich hab nämlich keine Lust, dir nackt hinterherzulaufen, falls du versuchst zu fliehen.«

Resolut stellt er eine gelbe Getränkedose auf den Wannenrand. »Dein Pearl.« Er nimmt ein paar kräftige Schlucke aus seiner Dose, wirft sie anschließend auf den Boden und schließt die Augen.

Seine langen Beine ragen auf beiden Seiten an mir vorbei. Da er sie geöffnet hat, erkenne ich wirklich alles. Und offenbar weiß er genau, wie er auf mich wirkt, denn er sieht verdammt zufrieden aus.

Leise stößt er die Luft aus und legt den Kopf zurück, sodass sein Kehlkopf hervorschaut.

Er war lange eingesperrt und genießt das Wasser jetzt sicher genauso wie ich.

Na ja, ich würde es gerne wieder genießen, aber es ist schwer mit einem Krieger, der sich jede Sekunde in ein Biest verwandeln kann.

Ich nehme das Pearl und probiere einen Schluck. Das Getränk perlt auf der Zunge und schmeckt nach Zitrone, zugleich ist es so süß, dass es mir alles im Mund zusammenzieht. Da bevorzuge ich reines Wasser.

Nachdem ich die Dose zurückgestellt habe, greife ich nach dem Schwamm.

In diesem Moment öffnet er ein Auge und schaut mich an. Abwartend. Lauernd. Ob er etwas ahnt?

Ich habe vor, ihn zu waschen, um ihn abzulenken und ihm mehr Informationen zu entlocken. Ich möchte ihm damit ja nicht schaden, im Gegenteil.

Langsam komme ich an seine Seite und streiche mit dem Schwamm über seinen Arm. »Du siehst erschöpft aus. Ruh dich aus.« Mein Herz donnert gegen die Rippen. Ich riskiere viel und fühle mich wie ein Dompteur.

»Denkst du, ich durchschaue deine Absichten nicht?« Er beugt sich zu mir, sein Gesicht ist nur Millimeter von meinem entfernt. »Haben sie dich beauftragt, mich auszuhorchen?« In abgehackten Schüben keucht er mir seinen Atem entgegen, das Biest flackert in seinen Augen auf und auch die Fänge haben sich verlängert.

Verdammt, er ist viel zu leicht reizbar. »Nitro, niemand hat mich beauftragt. Wann glaubst du mir das endlich?« Meine Stimme zittert, denn die Gier in seinen Augen erschreckt und erregt mich gleichermaßen. »Ich will dir nur helfen, und das weißt du. Du spürst es.« Ich reibe den Schwamm an seinem Hals auf und ab. »Ich tu das nur für dich.« Leise setze ich hinzu: »Für uns.«

Das Gelb in seinen Iriden vermischt sich mit dem gewohnten Grün und Braun. »Für uns?«, fragt er rau, wobei er seine Hand an mein Bein legt.

*Sonja, er ist wie ein wildes Tier, kein Schmusekätzchen, also hör auf, ihn zu streicheln, oder er wird dir noch wehtun,* ermahnt mich meine innere Stimme. *Und er wird nicht nur deine Seele verletzen, er könnte dich mit einem Schlag töten ... oder seine Fänge in deinem Hals versenken.*

Mein Puls klopft heftiger. Obwohl ich mich vor ihm fürchte, hört meine Hand nicht auf, den Schwamm auf Wanderschaft zu schicken. Mittlerweile ist er bei seinem Bauch angekommen. In kreisenden Bewegungen fahre ich über die ausgeprägten Muskeln.

Knurrend schließt er die Augen. Es ist kein bedrohlicher Laut, sondern er ist erregt. Der Beweis ragt mir unter Wasser entgegen.

Als er mich plötzlich packt und auf seinen Schoß zerrt, schreie ich überrascht auf. Mit geöffneten Schenkeln sitze ich ihm gegenüber, und er streichelt an den Innenseiten meiner Beine auf und ab.

»Ich will, dass du mir alles zeigst, was ein Mann und eine Frau miteinander tun können, wie damals im Dschinn.«

»Ich bin nicht deine Sklavin«, wispere ich, während sich mein Unterleib verkrampft.

»Du bist meine Geisel, das ist fast dasselbe. Du tust, was ich dir sage!«

»Das werde ich nicht!« Als er mich am Po näherziehen will, stütze ich mich an seinen Schultern ab. Seine Erektion ragt zwischen uns empor, ich erkenne sie deutlich durch das Wasser. Seine Hände liegen immer noch an meinem Gesäß, und ich spüre, wie sich seine Krallen sanft in meine Haut drücken. Oh Gott, er hat sich vollständig verwandelt!

Mehr Gelb fließt in seine Augen, die Brustmuskeln schwellen an. »Rebellin durch und durch.« Knurrend legt er den Kopf zurück und atmet heftig, als ob er versuchen würde, seine Verwandlung aufzuhalten.

Vorsichtig lasse ich den Schwamm über seine Brust gleiten. »Du musst lernen, auf andere Rücksicht zu nehmen. Bezwinge dein Biest, lass nicht zu, dass es Macht über dich erhält.«

»Ich mag diese Seite an mir.« Leise knurrend mustert er mich. Dabei bleibt sein Blick auf meinen Brüsten hängen, die aus dem Wasser schauen. Mit einer klauenbespickten Hand fährt er von meinem Schlüsselbein über meine Brust. Die Krallen hinterlassen feine Kratzer, doch er verletzt mich nicht wirklich. Als er jedoch seinen Daumen um meine Brustwarze kreisen lässt und die Kralle in meinen Nippel drückt, schreie ich auf und will von seinem Schoß rutschen, aber die andere Hand hält mich fest.

Meine Brustspitze gibt nach und die Kralle drückt sich in die Haut, ohne dass Blut fließt. Wie ein Kind, das ausprobiert, wie weit es gehen kann, spielt er an meiner Brustwarze.

»Fürchtest du dich vor mir, Sonja?« Seine Stimme hat nichts Menschliches mehr an sich. »Hast du Angst vor dem Biest?«

»Ich habe keine Angst vor dir«, sage ich möglichst fest und bin froh, als er endlich von meinem Nippel ablässt.

»Das solltest du aber. Ich bin ausgebildet worden, um Menschen wie dich zu töten.« Er öffnet die Schenkel, sodass sich meine Beine automatisch mehr spreizen, und drückt seine Hand an mein Geschlecht.

*Bitte verletz mich nicht*, bete ich. Seine Krallen streifen mein empfindliches Fleisch, während er mich mit der flachen Hand streichelt. Mein Kitzler hämmert gegen seine raue Handfläche. »Hör auf, das zu sagen, Nitro. Das bist nicht du. Der Senat wollte ein Monster erschaffen, er hat dir all das eingetrichtert, aber ich habe den sanften, rücksichtsvollen Mann in dir kennengelernt. Dein wahres Ich.« Keuchend lehne ich den Kopf an seine Schulter und streichle seinen Nacken.

Da schabt eine Kralle über meinen Venushügel, und ich zapple auf ihm, aus Furcht, verletzt zu werden. Er spielt mit mir, er spielt mit meinen Ängsten und meiner Lust gleichermaßen.

»Weißt du, was das Biest möchte? Dich ficken.« Als er einen Finger in mich schiebt, schreie ich erneut auf und warte auf den Schmerz, stattdessen pulsiert mein Inneres und giert nach dem unerwarteten Eindringling. Keine Krallen, Gott sei Dank!

Er zieht den Arm zurück, um seinen Finger abzulecken, dann presst er mich an sich, und seine Erektion drückt sich an meine gespreizte Scham. »Ich will dich hart und rücksichtslos ficken, bis du schreist.«

Mein Kitzler hämmert gegen seinen Schaft, und ich sehe ihm tief in die wilden Augen. »Ich werde nur vor Lust schreien, Nitro.«

Ich muss seine Zuneigung zu mir ausnutzen, um endlich an ihn heranzukommen, und im Moment habe ich keine Wahl, außer ihm zu gehorchen. Wenn ich mich wehre, tut er mir vielleicht wirklich etwas an. »Hast du dich im Dschinn nicht ausgetobt?«

Sein Blick flackert. »Ich hatte nach dir keine mehr.«

»Warum?«

»Niemand durfte sehen, wer ich wirklich bin. Selbst meine Freunde wussten von nichts.«

Deshalb hat er so selten gelacht oder andere Emotionen gezeigt, um sich nicht zu verraten.

Ich beuge mich vor, um mit den Lippen über seine Wange zu streichen. Dabei rast mein Puls und mein Magen verkrampft sich vor Aufregung. »Du musst sehr einsam sein.«

Langsam dreht er den Kopf. »Jetzt habe ich dich.«

Seine leisen, sehnsüchtig klingenden Worte rauben mir den Atem. »Ich bin nicht freiwillig mitgekommen«, sage ich an seinen Lippen. Ich will sie küssen, doch ich werde warten, bis er mich küsst.

»Wärst du mit mir gekommen, wenn ich dich gefragt hätte?«

»Ich glaube schon«, erwidere ich, wobei meine Antwort eigentlich Ja lautet. Ich bin diesem Kerl einfach verfallen, obwohl er gefährlich ist. Ich muss verrückt sein.

Seine Hüften zucken, seine Eichel pflügt zwischen meinen Schamlippen hindurch. »Ich könnte dich zwingen, bei mir zu bleiben. Ich habe deine Angst gesehen, aber du trotzt ihr, das gefällt mir. Du weißt, wer ich bin, Sonja.«

»Ich weiß viel zu wenig über dich, doch ich will mehr über dich erfahren.«

Er drückt mich an den Schultern zurück. »Dann machen wir einen Deal. Ich darf dich ficken und du darfst mir anschließend Fragen stellen.«

»Erpresser«, wispere ich und stöhne auf, als er eine meiner Brustwarzen einsaugt. Dabei schaben seine Fänge über meine Haut. »Wie viele Fragen?«

»Drei.« Seine Zunge flattert über meinen sensiblen Nippel.

»Drei? Das ist nicht fair, schließlich …« Er leckt härter und schiebt erneut eine Hand zwischen meine Beine, um über meinen Kitzler zu reiben.

»Fünf. Mindestens!«, bringe ich keuchend hervor.

Ich stöhne an seinen Hals, als er mich fingert.

»Okay, fünf.« Er nimmt die Hand weg, und zieht mich wieder zu sich. Anschließend hebt er mich am Po ein Stück hoch. »Halte meinen Schwanz fest, Sonja.«

Ich umschließe unter Wasser den heißen, pulsierend Schaft.

»Und jetzt führe ihn dir ein.«

Oh Gott, seine Befehle gefallen mir! Gehorsam drücke ich ihn an die richtige Stelle, und Nitro senkt mich herab. Wie ein Schwert fährt er in mich, schnell, tief und gnadenlos, und ich kann wieder nur hilflos zappeln. Wie festgepinnt hocke ich auf ihm, die Beine gespreizt, während sein glasiger Blick auf unsere Körpermitten gerichtet ist.

»Ich liebe es, in dir zu sein«, raunt er und zieht mich an sich, sodass sich meine Brust an seine schmiegt. »Es ist das beste Gefühl der Welt.«

»Ich muss mich erst an dich gewöhnen …« Abgehackt keuche ich an seinen Hals; mein Unterleib pulsiert um seine Länge. Er füllt mich ganz aus. Oh Gott, er ist so tief in mir, dass ich kaum atmen kann.

Plötzlich klingt er besorgt. Er reißt die Augen auf, und der letzte Rest Gelb verschwindet aus seinen Iriden. »Habe ich dir wehgetan?«

»Nein, das war nur ein bisschen zu schnell. Es geht gleich.«

Behutsam hebt er mich von seinem Schoß, und ich fühle mich leer. »Ich habe dich verletzt, du hast Schmerzen.«

»Es geht schon, wirklich.«

Als er mich hochnimmt, schlinge ich die Arme um seinen Nacken. Er steigt mit mir aus der Wanne und trägt mich aus dem Badezimmer. Tropfnass legt er mich aufs Bett und drückt meine Beine auseinander.

»Was machst du?«

»Ich habe dir wehgetan.« Unbeholfen zupft er an meinen Schamlippen, drückt sie zur Seite und begutachtet meine Scheide.

Himmel, seine unbeholfene, fürsorgliche Art erwärmt mein Herz. Außerdem erregen mich seine Finger. Ich stöhne leise.

»Tut das weh?«

»Nein, es ist angenehm, wenn du mich so sanft berührst.«

»Du bist schön, dort unten.« Sein Blick wirkt wieder fiebrig, seine Nasenflügel blähen sich. Sein Kopf kommt näher, und auf einmal haucht er Küsse auf mein Geschlecht.

Sofort klopft mein Herz bis in meinen Schoß. Mein Unterleib glüht vor Lust, und ich genieße das behutsame Spiel seiner Zunge. Nitro kann zärtlich und rücksichtsvoll sein, und wie er das kann.

Erneut schiebt er einen Finger in mich und raunt: »Ich will dich vorbereiten, wie du es mir schon einmal gezeigt hast.«

Ich weiß nicht, ob ich vor Freude weinen oder vor Lust keuchen soll. Der Mann verwirrt mich.

Minutenlang genieße ich Zunge und Finger, bis er mich fast zum Höhepunkt bringt. Auch wenn seine Berührungen wundervoll sind, möchte ich ihm etwas davon zurückgeben. Er soll dasselbe empfinden.

Daher setze ich mich auf und drücke ihn zurück auf die Laken. »Jetzt bist du dran.«

Überrascht schaut er mich an, aber er bleibt liegen und beobachtet jede meiner Reaktionen. Ich beginne an seinem Gesicht, lasse einen Finger über seine Lippen wandern und küsse sein Kinn, den Mundwinkel …

»Mehr«, haucht er.

Ich grinse. »Entspanne dich und genieße einfach.«

Er lächelt nicht, sondern schaut mich ungläubig an. »Warum tust du das?«

»Du sollst fühlen lernen, Nitro. Mit deinem Körper und deinem Herzen.«

»Ich fühle viel. Meine ganze Lust sammelt sich in meinem Schwanz.« Er umschließt seinen Schaft und zieht die Vorhaut zurück. »Dort musst du mich lecken, Sonja.«

»Dazu komme ich noch«, sage ich atemlos. Dieser schöne wilde Mann liegt mit mir im Bett – ich kann es kaum begreifen. »Du musst dich gedulden.«

»Fuck Geduld.« Seine Iriden flackern, doch er bleibt bei mir. *Nitro* bleibt bei mir.

Als ich an seiner Ohrmuschel knabbere, durchfährt ihn ein Zittern.
»Gefällt dir das?«, wispere ich.
»Hmm«, brummt er. »Mach weiter.«
Ich arbeite mich an seinem Hals hinab und wieder herauf, und küsse ihn. Sofort kommt mir seine Zunge entgegen.
»Lass deine Zunge drin«, sage ich schmunzelnd. »Fühle mich mit den Lippen.« Erneut senke ich meinen Mund herab, und diesmal hört er auf mich.
Sein Mund ist weich und fest zugleich, und es berührt mich tief, ihn zu küssen. Dabei blinzelt Nitro ständig, während er die Hand immer noch an seiner Erektion hat, um daran auf und ab zu fahren.
Als er unruhiger wird, beeile ich mich, seine Brustwarzen zu küssen, umkreise sie mit der Zunge und streichle seinen Bauch. Ich lasse meine Hände über die weiche Haut wandern und fühle die zahlreichen Narben. Ob ihn jemals ein anderer Mensch zärtlich berührt hat?
»Tiefer«, raunt er. »Nimm ihn in den Mund.« Er greift in mein Haar, um mich zwischen seine Beine zu dirigieren. »Leck ihn, speichele ihn ein, dass ich leichter …«
Als ich meine Lippen um seine Eichel schließe, dringt ein kehliges Fauchen aus seinem Mund.
Es ist lange her, dass ich geblasen habe, aber ich möchte es gut machen. Daher gebe ich mir alle Mühe, nehme ihn möglichst tief auf und sauge leicht an der Spitze. Salzige Tropfen perlen aus dem Schlitz, und Nitro hebt behutsam sein Becken. Ich sehe, wie er die Finger ins Laken krallt und den Kopf hin und her wirft, doch er stößt nicht zu. Er nimmt Rücksicht, will mich nicht verletzen.
»Ich kann nicht mehr«, knurrt er. »Ich muss jetzt in dir sein.«
Kaum hebe ich den Kopf, wirft er mich unter sich. Seine Iriden schimmern gelblich, als würden sie glühen, seine Fänge sind verlängert.
»Will in dir sein«, raunt er. »Muss dich spüren.« Er zwingt meine Beine auseinander und senkt sich auf mich.
Als er diesmal eindringt, geht er behutsamer vor. Langsam drängt er meine Schamlippen zur Seite und taucht tiefer.
Ich umschließe ihn heiß und fest, wobei ich meine Finger in seinen Rücken grabe. Bei Nitro habe ich das Gefühl, dass er mich vollkommen in Besitz nimmt, und das gefällt mir.
»Schön«, knurrt er. »Heiß und eng.«
Kaum spüre ich die ersten Spasmen, die meinen Höhepunkt ankündigen, zieht er sich zurück.
»Will dich von hinten.« Er hat sich halb verwandelt und atmet schwer, aber seine Krallen sind nicht ausgefahren. »Dreh dich um.«
Nachdem ich auf alle viere gegangen bin, packt er mein Becken und zieht meine Scham in sein Gesicht. Er kniet hinter mir und leckt mich aus, von vorne bis hinten und zurück. Dabei zieht er meine Pobacken auseinander, um

mich zu beschnuppern und ebenfalls zu lecken.

Es ist mir peinlich, dass er mich dort genauso eingehend betrachtet und die Zunge an meinen Schließmuskel stupst, trotzdem verkrampft sich alles in mir lustvoll.

»Ich hab gehört, dass man eine Frau auch dort hinein ficken kann«, raunt er.

»Dort habe ich noch nie …« Ich stöhne ins Kissen, als er die Zungenspitze in mich schiebt, danach leckt er wieder tiefer und lutscht an meinen Schamlippen.

»Nass und bereit für mich.« Er drückt sich an mich, und erneut drängt sein Geschlecht hinein.

»Du hast die perfekte Größe, Sonja, schön eng.« Nachdem er sich über mich gebeugt hat, spielt er an meinen Brüsten, während er behutsam tiefer gleitet.

Immer weiter fährt er in mich und kommt noch tiefer als zuvor.

Sein Daumen kreist an meinem Anus. Er befeuchtet ihn mit meiner Lust, und als er ihn ein Stück in mich drückt, verkrampft sich mein Schoß. Nitro nimmt mich schneller, und ich greife nach seiner Hand, mit der er meine Brust massiert, um sie zwischen meine Beine zu führen. »Hier musst du mich berühren.«

Er versteht und reibt fest über meinen Kitzler. Es dauert nicht lang, da peitschen Stromstöße durch meinen Körper. Als er sich immer schneller in mich rammt, komme ich zum Höhepunkt. Dabei drückt er den Daumen tiefer in meinen Muskel, woraufhin mein Orgasmus noch einmal aufpeitscht.

»Du bist so ein geiles Weib«, raunt er, bevor er kommt.

Er gibt halb knurrende, halb stöhnende Laute von sich, während er mich mit seiner Hitze füllt. Ich glaube, er flüstert meinen Namen, und es hört sich wie eine Liebkosung an. Doch vielleicht bilde ich mir das ein, weil ich will, dass er mich liebt.

Ein letztes Mal drückt er sich zitternd in mich, dann streckt er den Arm aus, um auf dem Nachttisch ein Display zu aktivieren. Plötzlich verdunkeln sich die Fenster, aber ich habe zuvor einen kurzen Blick auf ihn erhaschen können. Das Biest ist verschwunden.

Er zieht mich an seinen Körper und dreht sich auf die Seite. Ich spüre seine große warme Gestalt in meinem Rücken. In Löffelchenstellung bleiben wir liegen, wobei er den Arm besitzergreifend um mich geschlungen hat und uns zudeckt. Wie soll ich denn jetzt Mark informieren? Und womit? Ich habe keinen Tablet-PC gesehen, mit dem ich eine Verbindung nach Resur aufbauen könnte.

Während sich seine Muskeln entspannen und auch mich eine wohlige Trägheit übermannt, fällt mir ein, dass ich ihm nun Fragen stellen darf. Wird er sein Versprechen halten?

»Es gibt also in White City noch jemanden wie dich?«

»Gab«, antwortet er und schweigt ein paar Sekunden, bevor er hinzusetzt: »Er ist schon lange tot.«

»Wie ist er gestorben?«

»Ich habe ihn getötet.« Er klingt ruhig und sachlich, aber er zuckt kurz. Oh Gott ... »War es das Kind, von dem du gesprochen hast?«

»Ja. Fox, mein Bruder.« Er seufzt leise. »Ich musste es tun.«

Ich schlucke hart. »Sie haben dir befohlen, ein Kind zu töten? Deinen eigenen Bruder?« Ich frage mich, wer hier die Bestie ist.

»Wir mussten miteinander kämpfen. Hätten wir uns geweigert, hätten sie uns beide getötet. Wir wollten jedoch, dass einer überlebt. Ich wollte, dass Fox überlebt.«

Langsam drehe ich mich in seinen Armen um und streiche über seine Brust. Auch wenn ich die Narben im Dunkeln nicht sehen kann, weiß ich genau, wo sie sich befinden. »Sind die von ihm?«

»Hm«, brummt er.

»Sie haben euch also gegeneinander antreten lassen?«

»Es konnte nur einer der Bessere sein. Nur einer von uns sollte zum perfekten Mörder ausgebildet werden. Derjenige, der weniger Skrupel hat.«

»Nitro ... Das ist grausam!« Ich sehe Bilder von zwei Jungen, die sich mit ausgefahrenen Krallen und gefletschten Fängen in einem Käfig gegenüberstehen. Sie bluten aus zahlreichen Wunden, während sie weinen ... Meine Kehle schnürt sich zu, und ich streichle Nitro über den Kopf.

»Es war schrecklich«, sagt er monoton. »Fox hätte mich töten sollen, ich wollte es, aber das Biest in mir war stärker. Ich habe nur noch rot gesehen, und als ich wieder zu mir kam, hielt ich seinen blutenden Leib in den Armen.«

Er musste seinen Bruder töten, das ist so furchtbar! Wenn ich mir vorstelle, Noel müsste ein anderes Kind umbringen ...

Er zieht mich fester an sich und vergräbt sein Gesicht in meinem Haar. Ich fühle, wie sehr er noch heute darunter leidet. »Nach allem, was sie dir angetan haben, stehst du weiterhin auf ihrer Seite?«

»Es war ein brutaler Test, doch er hat mich vollkommen gemacht.«

Vollkommen irre, möchte ich sagen.

»Es musste sein, das gehörte zu meiner Ausbildung. Ich bin etwas Besonderes, besser als alle anderen Warrior. Und ich habe Vater stolz gemacht. Ich habe alles getan, um ihm zu gefallen.« Er seufzt erneut. »Ich habe Fox beinahe vergessen. Aber als ich keine Tabletten mehr hatte, kamen die Erinnerungen auf einen Schlag zurück.«

»Hat dein Vater dir jemals seine Liebe gezeigt?«

»Liebe existiert bei ihm nicht. Er sagt, das Gefühl macht einen angreifbar und schwach. Er hat mir Ehre erwiesen, mir gezeigt, wie stolz er auf mich ist.«

Stolz und Ehre ... In meiner Brust wird es eng. Kann Nitro überhaupt lieben?

»Hattest du keine Amme, so wie die anderen Krieger?«

»Doch, aber nicht so viele Jahre. Sie hat meinen Bruder und mich großgezogen und gefüttert, bis wir allein essen konnten, danach hat sie sich darum gekümmert, dass wir sauber waren und uns heimlich Schlaflieder gesungen. Daran kann ich mich erinnern. Fox und ich müssen fünf gewesen sein, als Vater sie entlassen hat. Ich weiß noch, dass wir geweint haben. Dafür hat er uns eine Woche voneinander getrennt und wir mussten in einem Käfig schlafen.«

»Oh Gott, warum denn?«

»Wir hatten unsere Emotionen nicht unter Kontrolle. Vater ließ uns immer so lange im Käfig, bis wir uns beruhigt hatten. Dann bekamen wir irgendwann schon einmal versuchsweise die Tabletten und hatten uns besser im Griff. Wir waren Stolz, dass wir uns beherrschen können.«

Ein Leben ohne Liebe, ein täglicher Kampf um Anerkennung ... Ich möchte Nitro umarmen und nie wieder loslassen.

Zärtlich streiche ich ihm über den Rücken und kuschle den Kopf an seine Brust. Ich will nicht länger auf diesem Thema herumreiten, trotzdem bin ich froh, dass er sich mir endlich öffnet und ich zu ihm durchdringe. Ich muss Mark und Samantha dringend berichten, was Nitro zugestoßen ist. Dieser Arzt muss hinter Gitter für das, was er Nitro und seinem Bruder angetan hat.

»Und du warst wirklich nie bei einer anderen Frau?«, platzt es aus mir. Leider brennt mir die Frage schon lange unter den Nägeln, denn wenn ich die Augen schließe und ihn mit einer anderen sehe, bekomme ich Magenschmerzen.

»Du hast deine fünf Fragen längst verbraucht«, murmelt er müde in mein Haar.

Ich stupse ihn an der Schulter an. »Ach, komm schon, wir Frauen sind furchtbar neugierig.«

Lange schweigt er, und als ich beinahe glaube, er ist eingeschlafen, antwortet er mir doch noch.

»Du warst bisher die Einzige für mich, mit der ich ...« Er räuspert sich. »Da gab es andere, mit denen ich auf dem Zimmer war.«

Ein Stich rast durch mein Brustbein. Habe ich wirklich geglaubt, er wäre nie bei einer anderen gewesen?

»Wir haben bloß ... geredet und ich wollte, dass sie mich in den Arm nehmen, mich einfach nur berühren. Das hat mir gereicht. Ich wollte ihnen keine Angst machen, außerdem musste ich mich bedeckt halten. Nachdem du einen winzigen Einblick auf mein anderes Ich bekommen hast, musste ich vorsichtiger sein, daher habe ich nicht mit ihnen geschlafen.«

Ich atme auf. Dann war ich nicht nur die Erste, sondern auch die Zweite für ihn? Mein Herz erwärmt sich.

Ich hebe meinen Kopf, um ihm einen Kuss auf die Lippen zu hauchen. »Jetzt wünschte ich mir, wir hätten uns in White City öfter treffen können.«

Er dreht sich auf den Rücken und zieht mich auf sich. Dabei ruhen seine Hände an meiner Taille. »Ich habe so sehr gehofft, du würdest wieder ins Dschinn kommen. Du hattest mein anderes Ich schon gesehen, oder einen Teil davon.«

Ich genieße es, auf seinem großen, festen Körper zu liegen, hole mir ein Kissen heran, das ich neben seinem Kopf zusammenbausche, und kuschle mich an seinen Hals. Ich möchte meine Nase die ganze Nacht dort liegen lassen, um an ihm zu schnuppern. »Du hast dich nach Zuwendung gesehnt. Dein Vater hat nicht alle Gefühle in dir töten können.«

»Täusche dich nicht in mir, Sonja«, sagt er plötzlich kühl und dreht den Kopf weg. »Keine Frau wünscht sich so einen Mann wie mich.«

»Mach dich selbst nicht schlechter als du bist«, wispere ich und streichle seinen Arm. »Gib dir Zeit.« Ich weiß, dass er es schaffen kann, seine Bestie zu bezwingen. Er sollte nur nicht zu seinem »Vater« gehen. Vielleicht kann ich Nitro davon abhalten, denn eine Begegnung mit seinem Schöpfer halte ich nicht für klug. Dieser Mann hat ihn sein Leben lang manipuliert. Nitro sieht in ihm seinen Vater, und lieben Kinder ihre Eltern nicht immer, egal, was sie ihnen antun?

## Kapitel 5 – Die Bestie bricht durch

*Nitro: »Ich will dich stolz machen, Vater.« Mit wild klopfendem Herzen schaue ich zu ihm auf, während ich an dem massiven Gestell festgekettet bin. Stundenlang musste ich mir einen Film ansehen, immer und immer wieder dieselben Bilder ertragen. Warrior, die in der Todeszone Outsider abschlachten, ihnen die Köpfe abtrennen, sie erschießen. Ärzte wie Vater, die Experimente an den Gefangenen durchführen, Rebellen quälen.*

*Die Bilder lassen mich kalt, ich fühle kein Mitleid. Unsere Feinde haben es nicht anders verdient.*

*»Sie sind wie Ratten«, sagt Vater. »Sie sind Abschaum, während du das Beste bist, das je ein Mensch geschaffen hat. Du bist perfekt, ein perfekter Killer, auserkoren, White City zu beschützen.«*

*Seine Worte erfüllen mich mit Stolz. Ich sehe ihm an, wie zufrieden er mit meinen Fortschritten ist. Ich trainiere härter und länger als die anderen, erhalte spezielle Aufbaupräparate, die mich stärker machen, und genieße weitere Privilegien, wie mein großes Luxusapartment.*

*Im Gegenzug muss ich mich quälen lassen, Vater besitzt diverse Folterwerkzeuge, die er mit Vorliebe an mir testet. Heute rasen elektrische Impulse durch mich, die jede Körperzelle unter Strom setzen. Diese Qual soll mich abhärten. Vater sagt, mich wird noch Schlimmeres erwarten, sollten die Outsider mich in die Finger bekommen. Ich habe den Auftrag, einen Tages, wenn ich so weit bin, in ihre Stadt zu marschieren, um sie zu vernichten.*

*Und obwohl ich alles zu haben scheine und eine wichtige Aufgabe habe, fühle ich mich leer, sobald ich allein in meiner Wohnung sitze. Storm, der sich für meinen besten Freund hält und doch nichts von mir weiß, versucht mich zu überreden, in unserer wenigen Freizeit etwas gemeinsam zu unternehmen. Dank eines speziellen Emotionstrainings kann ich mich normal mit den anderen unterhalten und Gefühle sowie Kameradschaft vortäuschen.*

*Vater sieht es jedoch nicht gerne, wenn ich in Bars gehe. Auch in den Shows soll ich nicht auftreten, denn ich darf mich nicht verraten. Er ist froh, dass die Übertragungen im Moment nicht stattfinden.*

*Ich bin auch froh, denn dann kann ich mich nicht blamieren. Ich habe zu wenig Ahnung, wie ich mit einer Frau umgehen muss. Frauen waren nie ein Thema.*

*»Lust könnte dich schwächen«, sagt Vater. »Ich kann jedoch verstehen, dass du sie schwer zügeln kannst. Du bist jung und triebhaft, daher musst du lernen, sie gegen die Outsider einzusetzen. Du könntest deine sexuellen Energien nutzen, um ihre Frauen zu foltern und wenn du willst, auch die Männer. Einige Warrior haben großen Spaß daran.«*

*Mein Herz rast und mein Schwanz pulsiert. Ich weiß, dass ich die Hände von meinem Körper lassen soll, aber ich kann nicht. Ich will mich berühren, ich will diese Lust spüren.*

*Die Wohnung dreht sich vor meinen Augen, während ich mir heimlich unter der Bettdecke einen runterhole. Schnell und hart stoße ich in meine Hand und denke an Soraja, ich denke an die Frau, die mir gezeigt hat, was für Gefühle möglich sind.*

*Als sie plötzlich vor meinem Bett steht, schrecke ich auf. Sie ist splitternackt, ein sündhaft schöner Engel. Auf allen vieren kriecht sie zu mir und lächelt verrucht. »Mein Name ist Sonja.«*

*Da flackert der Screener auf und Vater warnt mich: »Sie manipuliert dich, mein Sohn! Sie verführt dich, sie macht dich schwach. Töte sie, bevor sie deinen Geist vergiftet!«*

*Oh Gott, wenn Vater erfährt, dass ich mit ihr geschlafen habe, dass ich mit der Feindin im Bett war und es mir gefallen hat!*

*»Nitro«, wispert sie ...*

*Panisch schaue ich zwischen Vater und ihr hin und her. Er wird mich hassen, er darf es niemals herausfinden!*

*Meine Hand schnellt hervor und legt sich um Sonjas Hals. Die Klauen bohren sich in ihre zarte Haut, und sie starrt mich angsterfüllt an. »Nicht ...«*

*»Töte sie, Sohn!«, ruft Vater. »Zeig mir, dass deine harte Ausbildung nicht umsonst war. Mach mich stolz.«*

*Da drücke ich zu, und Blut sprudelt aus ihrem Mund, während ihre Augen anklagend auf mich gerichtet sind. Für einen Moment betrachte ich fasziniert, wozu ich fähig bin, aber dann gräbt sich ein glühender Schmerz in mein Herz.*

*Nein, nein! Ich bin ein Monster ...*

Ich wache auf, als die Jalousien automatisch nach oben fahren. Anscheinend ist es Morgen.

Nitro liegt neben mir auf dem Rücken und atmet schwer, sein Gesicht ist angespannt. Offenbar träumt er etwas Schlimmes. Welche Dämonen ihn wohl quälen? Er trägt zu viele in sich.

*Keine Frau wünscht sich so einen Mann wie mich*, hat er gesagt. Und eigentlich hat er recht. Ich darf niemals vergessen, dass er zu einem Killer ausgebildet wurde.

Als er leise knurrt, fahre ich vorsichtig über seinen Arm. »Nitro …«, wispere ich und betrachte seine angespannten Bauchmuskeln. »Wach a…«

Da reißt er die Augen auf. Seine Iriden glühen, seine Fänge blitzen auf.

»Sonja«, sagt er grollend und beugt sich über mich. »Ich habe dich getötet.« Eine Träne läuft über seine Wange, und ich wische sie weg.

»Getötet?« Er sieht furchterregend aus und macht mir ein wenig Angst. Er wirkt aufgebracht. »Scht, du hast geträumt.«

»Es war so real!« Langsam beruhigt er sich, seine Augen werden klar, die Stimme verliert den rauen Klang und seine Fänge ziehen sich in den Kiefer zurück. »Geht's dir gut? Habe ich dich verletzt?«

Ich fahre über sein Gesicht, streichle über sein Haar und kraule ihn an den Ohren. Ich glaube, das mag er. Seine Sorge wärmt mein Inneres, und ich fühle mich nur noch mehr zu ihm hingezogen. Heute Nacht habe ich mich rettungslos in ihn verliebt. »Mir geht es gut, wirklich.«

Seufzend senkt er die Stirn auf meine und atmet lange aus. »Wirklich?«

»Wirklich, alles bestens.«

»Dein Glück, sonst wärst du jetzt tot«, sagt auf einmal jemand und reißt ihn von mir herunter. Es ist Jax! In voller Kampfmontur steht er mit Crome neben dem Bett, und beide drücken Nitro ihre Pistolen an die Schläfe.

Sofort weiche ich zurück und ziehe mir die Decke bis zum Hals. »Er hat mir nichts getan! Bitte lasst ihn in Ruhe.«

Jax schüttelt den Kopf. »Er hat dich entführt und Rock lahmgelegt.«

»Ist alles okay mit ihm?«

»Ihm geht es bestens, aber er ist verdammt sauer.«

Nitro kneift die Lider zusammen, bleibt jedoch auf dem Rücken liegen und schaut die Krieger böse an. »Wie habt ihr mich gefunden?«

»Storm hat uns verraten, wo du früher gewohnt hast«, erklärt Crome, ohne den Lauf von ihm zu nehmen.

Nitro knurrt leise. Offenbar ist er wütend auf Storm und vielleicht auch auf sich selbst, weil er Jax und Crome nicht gehört hat. Er war abgelenkt. Ich habe ihn abgelenkt.

»Zieh dich an, Sonja, wir bringen dich zurück«, sagt Jax.

»Und was wird aus Nitro?«

»Vor dem Haus steht ein Wagen. Wir werden Nitro hier ins Gefängnis bringen, dort gibt es einen Hochsicherheitstrakt. Danach sehen wir weiter.«

Vehement schüttle ich den Kopf. Ich bin so nah dran, zu ihm durchzudringen. Wenn sie ihn jetzt wegsperren, dann wird er nie ein normales Leben führen. »Ihr dürft ihn nicht wieder einsperren.« Angestrengt kämpfe ich mit den Tränen. Ich will vor den Männern keine Schwäche zeigen, aber diese Rückschläge frustrieren mich.

Nitro bleibt erstaunlich ruhig. »Ist gut, ich komme mit euch.« Er beherrscht das Biest und sieht normal aus, doch in seinen Augen erkenne ich ein Funkeln. Er plant etwas.

»Tu ihnen nichts«, bitte ich ihn und mache mir nicht erst die Mühe, zu flüstern. Die beiden würden es ohnehin verstehen.

»Sind sie dir wichtig?« Er wirft einen überheblichen Blick auf die schwerbewaffneten Krieger, als könnte er sie mit einem Atemzug vernichten.

»Sie sind meine Freunde.«

»Na gut, dann lasse ich sie am Leben.«

***

Zehn Minuten später stehen wir angezogen im Schlafzimmer. Ich zucke zusammen, als der Screener aufflackert und uns eine junge Frau anlächelt. »Einen wunderschönen guten Morgen, liebe Bürger von White City. Ich möchte Sie darauf hinweisen, dass das Westtor heute wegen Bauarbeiten nicht passierbar ist. Bitte benutzen Sie einen der anderen drei Ausgänge, wenn Sie die Kuppel verlassen wollen. Außerhalb haben wir schon vierundzwanzig Grad und herrlichen Sonnenschein ...«

Nitro geht zum Bildschirm und stellt ihn ab. Dann schaut er zu Jax und Crome, die sich an der Tür zum Wohnraum aufhalten. Immer noch richten sie die Waffen auf ihn. »Darf ich mich noch von Sonja verabschieden? Unter vier Augen?«

Jax blickt zu mir. »Sonja?«

Ich nicke und halte meine Tränen zurück. »Er wird mir nichts tun.«

»Okay, aber wir stehen vor der Tür. Beim kleinsten Pieps hat er eine Kugel im Kopf.«

Ich folge Nitro ins Badezimmer. Kaum hat er abgeschlossen, öffnet er leise die Tür an dieser dosenförmigen Dekontaminationskammer. Gleich dahinter gibt es eine zweite Tür. Er zieht mich hinein, presst mich an seinen Körper und schließt uns ein. Es ist verdammt eng in dem Ding.

»Was wird das?« Er hätte mich doch auch im Badezimmer umarmen können.

»Wir hauen ab. Halte dich an mir fest.«

Noch bevor ich fragen kann, wie er das meint, hat er auf einen Knopf gedrückt – und ein Zischen ertönt. Kurz darauf tut sich der Boden unter meinen Füßen auf.

Schreiend klammere ich mich an ihn. Wir stürzen ab!

Nein, der Boden ist noch da, wir befinden uns allerdings im freien Fall in einer Art Kapsel. Das hier ist eine gigantische Rohrpost!

Es ist fast dunkel in dem Zylinder, nur ein kleines Lämpchen erhellt den engen Freiraum. Ich kralle mich an Nitro, während er mich weiterhin hält und wir durch ein gigantisches Rohr jagen – nehme ich an. Unsere Lage ändert sich, das Rohr hat einen Knick gemacht, denn nun liege ich auf ihm.

»Wo werden wir rauskommen?«

»In Vaters Labor.«

Oh Gott! Genau dort möchte ich am allerwenigsten sein. »Was, wenn Jax und Crome uns folgen?« Jetzt wünsche ich mir, die erfahrenen Krieger an meiner Seite zu haben. Nitro will tatsächlich zu diesem Psycho!

»Können sie nicht. Gleich nach unserem Start wurde die Tür der Abschusskammer automatisch verriegelt. Sollten sie es schaffen, sie zu öffnen, liegt ein tiefer Tunnel vor ihnen. Das dürfte sie wohl erst mal abhalten. Falls sie dennoch ins Rohr klettern, strömt Giftgas aus.«

Hoffentlich passiert ihnen nichts!

»Ich hätte nicht gedacht, dass ich dieses System einmal benutzen würde. Eigentlich war es dazu gedacht, innerhalb von Sekunden abrufbereit zu sein, falls ich einen Spezialeinsatz bekomme, aber es kam jetzt wie gerufen, da ich ohnehin zu Vater muss.«

Als wir abgebremst werden, rast mein Herz. Ich liege weiterhin auf ihm, bis wir stehen und die Tür geöffnet wird. Schon wieder ragen uns Gewehrläufe entgegen, nur sind die sechs Männer diesmal keine Warrior, zumindest besitzen sie nicht deren Statur. Sie tragen schwarze Overalls und sind vermummt. Beinahe erinnern sie mich an die früheren Rebellen, zu denen ich auch gehört habe.

»Das ist Cal!«, höre ich eine ältere Männerstimme, bevor die Wachen zurücktreten und den Blick auf »Vater« freigeben. Er trägt einen Arztkittel und lächelt, strahlt dabei jedoch keine Wärme aus. »Der verlorene Sohn kehrt zurück. Wieso hast du das System benutzt?«

»Ich musste fliehen.«

Der alte Mann hebt die grauen Brauen. »Wen hast du dabei?«

Nitro hilft mir aus der Box und schiebt mich hinter sich. Wir befinden uns offenbar unter der Erde. Der Raum ist fensterlos, grelles Licht strahlt von der Decke. »Das ist eine Frau aus Resur. Sie ist meine Geisel.«

Eine Frau … Das klingt unpersönlich, als würden wir uns nicht kennen. Überhaupt hört sich seine Stimme völlig anders an. Mechanisch. Ich hoffe, er verstellt sich bloß.

»Durchsucht sie. Beide!«, befiehlt der Doktor.

Sofort werden wir abgetastet. »Sie sind sauber.«

»Wieso lebt sie noch?« Der Arzt geht um mich herum und mustert mich. Dabei kann ich das Namensschild auf seinem Kittel lesen: Dr. Bolton.

»Der Krieg ist vorbei, Vater.«

Der alte Mann wirbelt zu ihm herum. »Er ist nie vorbei, Callan! Die Outsider mögen White City eingenommen und unsere Senatoren eingesperrt haben, aber nicht alle haben sich ergeben. Es gibt genug, die im Untergrund weiterkämpfen.« Stolz drückt er die Brust hervor. »Wir sind der Widerstand. Jetzt arbeiten wir im Verborgenen, bis wir einen Plan entwickelt haben, um die Macht wieder an uns zu reißen.«

Oh mein Gott, ich wusste es! Wir haben es alle geahnt. Ich muss Julius informieren und Mark!

»Können wir nicht in Frieden zusammen leben?«, fragt Nitro. Seine Stimme klingt weiterhin kühl, doch seine Worte schenken mir Hoffnung. »Ich habe die Outsider gesehen. Sie sind … einfach nur gewöhnliche Menschen.«

Vaters Lider verengen sich. »Sie haben uns unsere Stadt weggenommen! Unser Leben!« Er dreht sich um und bedeutet Nitro, ihm zu folgen. Die sechs Wachen begleiten uns.

Während wir durch kahle Flure schreiten, schaue ich durch die Fenster der zahlreichen Türen. Ärzte hantieren in Laboren mit Reagenzgläsern und Mikroskopen, in anderen Räumen befinden sich Lager, Käfige, Trainingshallen …

»Wir haben ihnen Wasser und Medizin verweigert, obwohl ihre Vorfahren White City aufgebaut haben«, sagt Nitro. »Es ist kein Wunder, dass sie etwas davon zurückhaben wollen.«

»Sieh sie dir doch an, diese verseuchten Kreaturen! Ihr Äußeres mag hübsch und unschuldig wirken, aber in ihrem Kopf sind sie krank, allesamt.« Während mir Dr. Bolton einen teuflischen Blick zuwirft, treten wir durch eine automatische Tür in einen gefliesten Raum. »Was ist nur los mit dir? Hat die jahrelange Ausbildung nicht gefruchtet? Du bist wie ausgewechselt.«

»Er hat eben erkannt, dass er belogen wurde!«, rufe ich, da ich vor Zorn koche.

Der alte Mann zuckt kurz, beachtet mich allerdings nicht weiter. Stattdessen schreitet er auf ein massives Eisengestell zu, ein quadratischer Rahmen, der mitten im kahlen Raum steht. Dicke Ketten hängen daran, auf dem Boden darunter befindet sich ein Abfluss. Mein Magen verkrampft sich. Er wird Nitro doch nicht wieder foltern?

»Wieso bist du überhaupt zurückgekommen?«, will Bolton von ihm wissen.

»Ich brauchte neue Befehle, mehr Informationen über den Widerstand und Medizin, meine Tabletten, Vater. Ohne Medikamente habe ich mich kaum unter Kontrolle.«

»Du bist perfekt, wie ich dich geschaffen habe. Vergiss die Tabletten, dein wahres Ich muss nicht mehr zurückgedrängt werden, im Gegenteil. Wir werden daran arbeiten, es zu formen und dich wieder auf Kurs zu bringen.«

Oh Gott, er will ihn weiterhin abrichten! »Hör nicht auf ihn, Nitro!«

Ich berühre ihn am Arm, doch er macht sich von mir los. Seine Iriden flackern.

»Bitte, Nitro«, sage ich leise. »Konzentriere dich, dränge es zurück.«

»Töte sie, Sohn, um mir zu beweisen, dass du weiterhin loyal zu mir und unserer Sache stehst.«

Die Wachen richten die Waffen auf ihn, während ich rückwärts durch den Raum gehe und mich an die gefliese Wand presse. Jax und Crome wären das kleinere Übel gewesen.

Nitros Gesicht ist komplett verwandelt, auch seine Krallen sind ausgefahren. »Du verlangst ein weiteres Opfer, Vater? Hat Fox nicht ausgereicht?«

»Offenbar nicht, Cal«, zischt er. »Sieh dich an, du enttäuschst mich.«

»Ich will dich stolz machen, Vater.« Er wirft einen tödlichen Blick auf mich, wobei sich seine Nasenflügel blähen.

»Ja, du witterst ihre Angst.« Bolton kichert wie eine Hexe und wirkt zum ersten Mal aufrichtig erfreut. »Sieh nur, wie sie sich in die Ecke drängt, wie ein gejagtes Tier. Das weckt deine Triebe, nicht wahr?«

»Ja«, knurrt er.

»Nicht, Nitro«, wispere ich, während der Arzt den Wachen einen Wink gibt. Sie zerren mich zum Gestell, und obwohl ich mich mit aller Kraft wehre, habe ich keine Chance. Sie fesseln mich mit den massiven Eisenschellen, sodass ich wie ein X daran befestigt bin.

Flehend schaue ich Nitro an. Mein Puls rast, das Herz donnert in meiner Brust und meine Zähne schlagen aufeinander, so sehr zittere ich. »Bitte hilf mir!« Aber er richtet weiterhin seinen irren Blick auf mich. Das Biest ist zurück. Alles, was zwischen uns war, scheint er vergessen zu haben.

»Lasst uns allein und schließt die Tür!«, befielt Bolton den Wachen.

Als wir nur noch zu dritt sind, zieht er einen Stift aus dem Kittel. Er drückt auf einen Knopf, und prompt flackern kleine Lichtblitze an der Spitze auf.

Ich schnappe nach Luft, Flecken tanzen vor meinen Augen. Das ist kein Stift, dort drin steckt Elektrizität!

Als er mich damit am Hals berührt, schreie ich auf. Ein brennender Stich rast durch meinen Körper. Es fühlt sich an, als würde ein Feuer in mir wüten, jede Zelle verbrennen. Ich will atmen, doch ich kann nicht, für einen Moment bin ich wie gelähmt, jeder einzelne Muskel verkrampft.

»Du glaubst, das waren Schmerzen? Das war die leichteste Stufe.« Er lacht böse. »Später wirst du dir noch wünschen, ich würde dich damit streicheln.«

Ob früher Nitro an diesem Gestell gehangen hat und er dasselbe erleiden musste? Dann müsste er wissen, wie ich mich gerade fühle!

Ich kann kaum schlucken, mir ist schlecht. Als sich die Eisenschellen in meine Haut graben, wird mir bewusst, dass mich meine Füße nicht mehr getragen haben. Mit letzter Kraft stelle ich mich hin, um meine schmerzenden Gelenke zu entlasten.

»Kann ich sie nicht als Spielzeug behalten?«, fragt Nitro grollend und schnüffelt an mir. Seine Hände legen sich an meine Taille, und ich spüre, wie mich seine Krallen durch das Shirt piksen. »Sie riecht gut.« Seine Zunge flattert über das brennende Mal an meinem Hals, während mir Tränen über das Gesicht laufen. Ich erkenne ihn nicht wieder.

»Sie hat dich manipuliert!«, ruft Bolton und drückt Nitro den Elektrostab an die Schulter.

Er zuckt kurz und knurrt: »Ja, das hat sie.« Abrupt weicht er vor mir zurück, denn der elektrische Impuls scheint ihm nichts ausgemacht zu haben.

»Nitro, bitte, erinnere dich!« Intensiv schaue ich ihm in die gelben Augen. Er muss doch noch irgendwo da drin stecken. »Du bist kein Monster!«

Der Arzt schiebt mir den Stift in den Mund. Er schlägt an meine Zähne, und ich drehe schnell den Kopf. Der Stab gleitet heraus, Bolton grinst.

»Nein, so leicht mache ich es dir nicht.« Er wendet sich an Nitro, der mir keinen Blick mehr schenkt.

»Du wirst sie töten, um deine Loyalität zu beweisen. Erst sie, dann alle anderen, die sich uns in den Weg stellen.«

Ein wenig Grün mischt sich in das Gelb seiner Iriden, und ich schöpfe neue Hoffnung.

»Gibt es etwas, das ich über sie wissen muss?« Bolton schaut ihn streng an. »Ist sie in Resur eine wichtige Person?«

Nitros Hände ballen sich zu Fäusten und die Krallen dringen in das Fleisch seiner Handflächen, woraufhin Blut auf den Boden tropft. »Sie ist Ingenieurin und hat einen Sohn.«

»Hast du etwa Mitleid?«, donnert der Alte. »Ihr Kind wird dein nächstes Opfer sein.«

Ich keuche auf. »Nicht Noel!« Erneut verschwimmt meine Sicht, die Angst um mein Baby frisst mich auf. Schluchzend bringe ich hervor: »Bitte, Nitro, mach mit mir, was du willst, aber tu Noel nichts. Du hast es mir versprochen!«

Der Arzt schmunzelt. »Ist es nicht herrlich, wie sie flehen und betteln können? Das ist Musik in meinen Ohren.« Abrupt verschwindet sein Lächeln und er stellt sich hinter mich.

Hektisch atme ich durch den Mund. Was hat er vor?

Da greift er in mein Haar und reißt meinen Kopf zur Seite, sodass Nitro, der vor mir steht, mein Hals dargeboten wird. »Und jetzt töte sie! Langsam und schmerzvoll. Ich will sie schreien hören, stundenlang.«

»Du bist kein Monster«, wispere ich mit letzter Kraft unter Tränen. »Bitte erinnere dich. Erinnere dich an uns. Du bist … kein Monster.«

Er tritt so nah zu mir, dass sich unsere Nasenspitzen fast berühren, und knurrt: »Doch, das bin ich.« Blitzschnell greift er an meinem Kopf vorbei, und ich höre hinter mir ein Würgen. Dabei sieht er mir die ganze Zeit in die Augen.

Seine Iriden spielen verrückt, als ob sie sich nicht entscheiden können, welche Farbe sie annehmen sollen. Zeitgleich füllen sich seine Augen mit Tränen.

Das Würgen und erstickte Keuchen in meinem Rücken wird schwächer und Boltons Finger rutschen aus meinem Haar, doch Nitro nimmt nie den Blick von mir, bis ich hinter mir ein Poltern höre. Dann öffnet er die Fesseln, und ich gleite in seine Arme.

Oh Gott, er hat mich gerettet, er hat mich tatsächlich befreit! Weinend dränge ich mich an ihn, während er mich hält. »Ich habe geglaubt ...« Meine Worte ersticken unter den Schluchzern, und ich will nur noch hier raus.

Obwohl mich meine Beine weiterhin kaum tragen wollen, mache ich mich von ihm los. Seine Augen sehen wieder normal aus, auch die Krallen und Fänge sind verschwunden.

Hinter mir liegt der Arzt und bewegt sich nicht mehr. Sein Hals ist blutverschmiert. »Ist er tot?«

Nitro nickt und schenkt dem Mann, den er seinen Vater nennt, lediglich einen kurzen Blick. Aber in seinem Gesicht spiegeln sich so viele Emotionen. Wut, Trauer, Erleichterung, Scham ... Er kämpft mit seinen zwei Seelen.

»Ich will nach Hause«, sage ich schnell und nehme seine Hand, weil ich Angst habe, das Biest könnte zurückkehren.

In diesem Augenblick öffnet sich die Tür, und der erste Wachmann stürmt herein.

Nitro reagiert sofort. Er drückt mich zur Seite und reißt dem Mann das Gewehr aus der Hand. Das Schulterstück der Waffe rammt er der vermummten Gestalt an den Kopf. Sie geht sofort zu Boden, doch weitere Männer sind im Anmarsch.

Nitro aktiviert einen Notschalter neben der Tür und versiegelt sie. »Hier kommt keiner mehr rein.«

»Aber wir kommen auch nicht mehr raus!« Durch das Glasfenster erkenne ich, wie immer mehr Wachen in den Gang strömen. Sie feuern auf die Tür, doch die Scheibe bekommt nicht einmal einen Kratzer ab. »Wir sind gefangen!«

Nitro nimmt dem auf den Boden liegenden Wachmann sämtliche Waffen ab, darunter auch eine Pistole, die er mir gibt. »Kannst du damit umgehen?«

Ich nicke. Julius hat mir das Schießen beigebracht, als ich die langen Monate im Untergrund verbracht habe.

»Du schießt auf jeden, der reinkommt!«

Er läuft an der kahlen Wand entlang und donnert mit der Faust dagegen. »Es gibt in fast jedem Raum Fluchtwege.« Offenbar sucht er zwischen den Fliesen nach einem Spalt. »Hier ist ein Hohlraum!«

Gott sei Dank! Meine Hand zittert so stark, dass ich die Waffe kaum auf die Tür richten kann. Mir ist klar, dass wir zu zweit keine Chance gegen diese Übermacht haben. Wir werden hier sterben, sollte Nitro ...

»Es ist offen, komm!«

Als ich mich zu ihm umdrehe, hat er mich bereits am Arm gepackt und zerrt mich durch ein quadratisches Loch in die Dunkelheit. »Wir befinden uns nah an der Stadtgrenze.«

»Warst du schon einmal hier unten?« Es riecht nicht feucht oder modrig wie in der Kanalisation.

»Nein, aber ich habe die Karten gesehen, auf denen die Wege verzeichnet sind.« Er zieht mich weiter, und mir bleibt nichts anderes übrig, als zu laufen. Ich sehe nichts und vertraue darauf, dass Nitro genug erkennt.

Als er plötzlich stehen bleibt, reißt er mich an der Hand zurück. »Warte!«

»Was ist?« Mein Herz klopft laut in den Ohren, sodass ich außer meinem rasenden Puls nichts höre. Werden wir verfolgt?

»Der Weg teilt sich. Ich weiß, dass einer in die Stadt führt, zu einem Bunker, der andere nach draußen, in die Outlands.« Geräuschvoll zieht er die Luft ein und geht hin und her, dann entscheidet er sich für den rechten Gang.

Erneut werde ich durch die Dunkelheit gezerrt, minutenlang, bis er erneut stehen bleibt. »Hier ist eine Leiter, warte.«

Er lässt mich los, und ich fühle mich verloren in der Finsternis; wenige Sekunden später höre ich ein quietschendes Geräusch über mir, danach dringt grelles Licht an meine Augen. Dort oben, in etwa drei Meter Höhe, ist tatsächlich ein Ausgang! Ich sehe den blauen Himmel.

Rasch klettere ich die rostigen Sprossen hinauf, und Nitro zieht mich aus dem Loch. Wir stehen irgendwo in der Wüste, und ich muss meine Augen abschirmen. Die Sonne knallt gnadenlos auf uns herunter, die Luft flirrt und ich kann kaum atmen. Hinter uns erkenne ich die gewaltige Kuppel, vor uns ist nichts als ödes Land, ein paar Kakteen und trockene Büsche. Resur muss auf der anderen Seite liegen.

Nachdem Nitro die Klappe geschlossen hat, ist der Ausgang fast nicht zu erkennen. Gras, Sand und Erde tarnen ihn perfekt.

Er schleppt einen großen Stein an und legt ihn auf die Tür. Weitere folgen, und ich helfe ihm so gut ich kann. Nur haben mich Angst und unsere Flucht geschwächt, ein Frühstück oder etwas zu trinken hatte ich auch noch nicht.

Nitro hingegen wirkt kein bisschen erschöpft. »Da kommt keiner so schnell raus«, sagt er und wischt sich die staubigen Hände ab.

Schwer atmend schaue ich zur Kuppel. Ob Jax und Crome darin noch nach uns suchen? Da wir nicht die normalen Ausgänge benutzt haben – die Warrior sind sicher über uns informiert worden –, weiß keiner, wo wir sind.

Nitro legt einen Arm um mich und deutet blinzelnd auf White City. »Resur liegt in dieser Richtung.« Auch er hat Mühe, die Augen offenzuhalten. Für seine empfindlichen Sinne ist die Sonne noch viel brutaler. Normalerweise verlasse ich nie ohne Kopfbedeckung und einer Sonnenbrille die Pyramide.

»Ich habe dir versprochen, dich nach Hause zu bringen.« Ernst schaut er mich an, und das Biest scheint meilenweit entfernt. Ich bin so glücklich, dass wir aus dem Horror-Labor entkommen konnten und er bei mir ist. Wenn ich nicht solch einen Durst hätte, würde ich ihn küssen, doch mein Mund ist staubtrocken.

Er zieht sich sein Shirt ab und wickelt es um meinen Kopf.

»Die Sonne wird deine Haut verbrennen«, sage ich und möchte es ihm zurückgeben, aber er besteht darauf, dass ich es behalte.

Die Narben auf seinem Körper erinnern mich wieder an den teuflischen Arzt. »Ich hab wirklich geglaubt, du wolltest mich töten. Du bist ein exzellenter Schauspieler.«

»Das war nicht alles gespielt, und das weißt du. Ich habe deine Angst gewittert.« Er nimmt meine Hand, und wir marschieren über den heißen Boden. Langsam tauchen die ersten Ruinen hinter der Kuppel auf. »Für einen Moment habe ich tatsächlich überlegt …« Er wendet den Kopf ab und senkt die Stimme. »Ich weiß nicht mehr, wer ich bin, Sonja.«

Hätte er mich tatsächlich töten können? Ja, vielleicht. Sein Leben lang wurde er zum Killer gedrillt, sie haben ihn manipuliert und einer Gehirnwäsche unterzogen, doch seine Gefühle zu mir haben ihn verändert, haben seine Einstellung verändert.

Vermutlich wirken wir wie ein normales Paar, während wir Hand in Hand durch die Wüste gehen, aber mir wird bewusst, dass wir niemals ein normales Paar sein werden. Doch das nehme ich in Kauf. Ich male mir bereits aus, mit ihm in einem dieser Häuser in der neuen Wohnsiedlung zu leben. Den Antrag habe ich bereits vor Wochen gestellt, für Noel, Mom und mich. Für Nitro wäre bestimmt auch Platz. Samantha muss etwas tun können. Sicher kann sie seine Tabletten besorgen. Ich werde ihnen zeigen, wie sie das Labor aufspüren können.

»Du kannst doch herausfinden, wer du bist«, sage ich und drücke seine Hand. »Ich würde dir gerne dabei helfen.« Oh Gott, es ist so heiß, ich bekomme kaum Luft und schwitze.

»Ich bin eine Gefahr für dich. Meinetwegen hat Vater dir wehgetan. Ich hätte es mir nie verziehen, wenn …« Er blickt in die Ferne und deutet auf die gigantische Ruine eines ehemaligen Hotels. »Dahinter liegt der Bahnhof, oder?«

»Ja.« Wir haben noch einen längeren Weg vor uns und ich weiß nicht, ob ich so weit laufen kann. Der Vorfall im Labor hat mir sämtliche Energien geraubt.

Als ich stolpere, fängt Nitro mich auf. »Ich nehme dich huckepack.«

»Nein, ich schaff das schon irgendwie.«

Er lächelt mich an und geht in die Hocke. »Keine Widerrede. Aufsetzen, Mylady.«

\*\*\*

Der verrückte Kerl ist durch die Wüste gelaufen, als würde ihm die Hitze nichts ausmachen und ich nichts wiegen. Wir haben kein Wort mehr gesprochen, und ich genieße es, ihm so nah zu sein. Er steckt voller Kraft, die ihm nie auszugehen scheint. Er hat mich gerettet und bringt mich nach Hause … Doch was wird ihn in Resur erwarten? Nach dem Vorfall in seiner Wohnung werden sie ihn garantiert wieder einsperren.

Auf der Bahnhofsplattform setzt er mich im Schatten ab. Die Monorail steht bereit. Zwar ist am Zug der Lack abgeblättert, ein paar Scheiben fehlen und die Sitzbänke haben teilweise keine Polster mehr, aber er tut seinen Dienst. Ob Jax und Crome ebenfalls damit rausgefahren sind? Sie könnten auch die Shuttles aus White City nutzen, leider sind sie oft nicht frei. Erkundungsflüge oder Noteinsätze haben Vorrang.

Ich ziehe mir sein Hemd vom Kopf, um mir damit den Schweiß aus dem Gesicht zu wischen. Dabei steigt mir sein Duft in die Nase. »Oh, tut mir leid.«

Er grinst schief und nimmt mir das Shirt ab, obwohl ich es am liebsten nicht mehr hergeben möchte, sondern nur noch meine Nase darin versenken. Er schnuppert ebenfalls daran, murmelt etwas, das sich wie »Jetzt habe ich ein Andenken« anhört, und zieht es sich über.

»Komm«, sage ich, wobei ich nach seiner Hand fasse. »Ich habe einen Riesendurst und du bestimmt auch.«

Kopfschüttelnd blickt er auf seine Stiefelspitzen. »Ich komme nicht mit.«

Mein Magen ballt sich zusammen. »Hast du Angst, dass sie dich wieder wegsperren? Ich bin mir sicher, wir finden eine Lösung.«

»Das ist es nicht. Nicht allein.«

»Was dann?«, frage ich leise.

»Ich stand mehrmals kurz davor, dich zu töten. Und heute … Wenn du nicht mehr leben würdest …« Er räuspert sich und blickt mir in die Augen. »Ich werde irgendwo hingehen, wo ich niemandem schaden kann.«

»Wohin?«, wispere ich, während mein Herz viel zu heftig schlägt. »Zurück nach White City?«

Er seufzt tief. »Ich gehöre weder dorthin noch in deine Welt. Es ist wohl besser, ich halte mich von allen Menschen fern.«

»Nitro … Du darfst nicht allein sein. Du brauchst jemanden, der dir hilft. Du brauchst mich!« Ich strecke den Arm aus, um über seine Wange zu fahren. Meine Augen brennen und der ziehende Schmerz in meiner Brust fühlt sich schlimmer an als der Impuls aus dem Elektrostab. »In Resur gibt es Ärzte, die dir auch helfen können. Samantha hat noch eine dieser Tabletten. Sie kann bestimmt die Zusammensetzung herausfinden und …«

»Vater hat Jahre an der richtigen Dosis und Zusammensetzung geforscht. So einfach geht das nicht.« Er legt den Kopf schräg und schmiegt die Wange in meine Hand. Ich merke, wie sehr er sich nach einer zärtlichen Berührung sehnt. Will er wirklich darauf verzichten? Das würde ihn zurück in die Klauen des Biestes treiben. Er wäre allein mit seinen Dämonen.

Nein, er darf nicht gehen! »Aber …«

»Mein Entschluss steht fest, Sonja.« Er zieht mich an seinen heißen Körper, fasst in meinen Nacken und küsst mich. Dabei schließt er nicht die Augen, sondern starrt mich unentwegt an.

Ich schmelze an seinen sinnlichen Lippen dahin und wünsche mir, dieser Kuss würde niemals enden. Ist hier, an diesem verlassenen Bahnhof in den Outlands, alles vorbei? Ich werde ihn nie wieder sehen?

Ich grabe meine Finger in sein Haar, aber dann streiche ich über seinen Rücken, berühre seine Haut, atme tief ein. Ich will mitnehmen, so viel ich kann.

Seine Iriden sind klar, Nitro ist ganz bei mir. Er allein hat diese Entscheidung getroffen. Ob ich ihn vielleicht doch noch umstimmen kann?

»Ich werde dich jeden Tag küssen, wenn du bleibst. Ich werde dich streicheln und verwöhnen und dir einen Kuchen backen. Ich will für dich da sein, Nitro. Egal, wer oder was zwischen uns steht.« Meine Kehle schnürt sich zu und ich schlucke hart. »Ich will dich nicht verlieren.«

»Leb wohl, Sonja«, flüstert er an meinen Lippen und schenkt mir noch einen innigen Kuss.

Bevor ich etwas sagen kann, dreht er sich um und joggt davon. Er verschwindet hinter den Ruinen und lässt mich weinend und mit gebrochenem Herzen zurück.

## Kapitel 6 – Löwen und Löwenbändiger

*Nitro: Ich irre in einer Art Zwischenwelt herum, hause in Ruinen und ernähre mich von wilden Tieren, die sich im Schutt vor mir und der glühenden Hitze verstecken. Nachts plagen mich wirre Träume von Vater, Fox und Sonja. Meinetwegen hängt sie blutend an der Foltereinrichtung, an der ich selbst so viele Stunden meines Lebens verbracht habe. Ich muss mich von ihr fernhalten, genau das will dieser Traum mir sagen.*

*Sonja hat mir die Augen geöffnet. Sie hat mir gezeigt, welchen Weg ich gehen soll. Nur, wo liegt mein Ziel? Wo gibt es einen Ort für solch ein Ding wie mich?*

*Ich fühle keine Reue, weil ich Vater getötet habe, sondern Verwirrung. Ich weiß nicht mehr, wo ich hingehöre. Ich passe weder in die eine noch in die andere Welt.*

*Am ehesten gehöre ich zu Sonja. Sie ist die Einzige, die ich vermisse, die mich versteht und die zu mir gehalten hat. Ich kann sie einfach nicht vergessen.*

Drei Wochen ohne ein Lebenszeichen von Nitro ... Bald drehe ich durch. Wenn ich nur wüsste, ob es ihm gutgeht!

Was ist aus ihm geworden? Hat die Bestie Oberhand gewonnen? Oder ist er in der Wüste umgekommen? Dort draußen gibt es zu viele Gefahren. Hitze, kein Wasser, Giftschlangen.

Wenn ich durch Resur gehe, glaube ich, seine Blicke auf mir zu fühlen.

Überall sehe ich ihn, doch sind es lediglich andere Warrior, die sich unsere Stadt anschauen oder hier Arbeit suchen. Ich werde noch verrückt ...

»Sonja?« Miraja greift über den Tisch nach meiner Hand und lächelt mich an. »Du bist schon wieder meilenweit weg.«

»Entschuldigung.« Wir sind in ihrem Haus und besprechen die Pläne für unser Kinderheim, bloß kann ich mich überhaupt nicht konzentrieren. Sie weiß genau, was mich beschäftigt, aber ich will nicht mehr über Nitro reden. Das macht es nicht leichter für mich. »Was ist bei den Untersuchungen herausgekommen?«, frage ich daher, um mich abzulenken. Miraja und Crome waren vor Kurzem mit Samantha im White City Hospital. Sie wünschen sich ein Kind, doch es könnte nur mit einer künstlichen Befruchtung klappen.

Sie strahlt. »Es sieht gut aus. Sam glaubt, es könnte funktionieren.«

Ich wünsche es mir so sehr für die beiden.

Miraja lächelt mich selig an. »Sam ist großartig, oder?«

»Ja, das ist sie.« Ich bin natürlich sofort zu ihr und Mark gegangen, nachdem Nitro mich zurückgelassen hat, und habe ihnen vom Widerstand und dem Labor berichtet. Zwei Stunden später sind Jax und Crome gesund und munter aus White City zurückgekehrt und waren froh, mich wohlauf zu erblicken. Ich habe ihnen versichert, dass Nitro mir niemals geschadet hätte, doch nachdem ich ihnen erzählt habe, was sich im Labor ereignet hat, haben sie sofort einen Suchtrupp zusammengestellt. Sie halten Nitro für unkontrollierbar gefährlich.

Eine Woche später haben sie die Suche eingestellt, da sie keine Spur von ihm gefunden haben. Er ist wie vom Erdboden verschluckt. Offenbar hat er die Gegend tatsächlich verlassen.

Samantha hat mir ein pflanzliches Präparat zur Beruhigung gegeben, aber meine Nerven zittern trotzdem. Ich vermisse ihn so sehr. Doch ich muss nach vorne blicken, mich auf mein Leben konzentrieren, auf mein Kind und meine Zukunftspläne.

»Wann kommt Crome wieder?«, möchte ich wissen und werfe einen Blick durch die verglaste Veranda in den Garten. Dort sitzt Mirajas Ziehtochter Kia und bastelt an ihrer Armbrust herum. Das zwölfjährige Mädchen hat hier ein neues Zuhause gefunden.

Nitro hätte das bei mir auch.

»Heute Abend.« Miraja lächelt. »Manchmal frage ich mich, ob er mit mir oder mit Jax verheiratet ist. Die zwei stecken ständig zusammen, und am liebsten erkunden sie mit dem Shuttle die Gegend. Im Herzen sind sie Krieger, und doch benehmen sie sich manchmal wie Jungs.«

»Sie leisten viel für Resur.« Seufzend lasse ich den Blick durch ihr Häuschen wandern. Die beiden haben es sich schön gemacht und die Wände in kräftigen Farben gestrichen. Ich sehe Miraja an, wie glücklich sie mit Crome ist, und wenn jemand Glück verdient hat, dann sie. Dennoch bin ich ein wenig eifersüchtig. Solch ein Glück hätte ich gerne mit Nitro. Aber ich habe mein Kind und meine Mutter, wir sind eine Familie. Trotzdem wünsche ich mir manchmal, kräftige Arme würden sich um mich legen, wenn ich einschlafe. Ich war zu lange allein, und meine Sehnsucht nach Geborgenheit und ja, auch nach Sex, wird jeden Tag stärker. Jetzt weiß ich, wie schön und innig es mit einem Mann sein kann. Ich bin kein Kind mehr wie damals, ich bin eine Frau mit Bedürfnissen. Mit Gefühlen. Mit Wünschen.

Ich stehe vom Tisch auf und bedanke mich für den Tee. »Mal sehen, wo Noel sich herumtreibt. Wir wollten zusammen Mittagessen, das hab ich ihm versprochen.« In der Eingangshalle der Pyramide gibt es verschiedene Cafés, Restaurants und Läden, und es ist für Noel immer ein besonderes Ereignis, wenn wir dort sind. Er fragt mich ständig nach Nitro und ob er uns mal besucht, doch was soll ich meinem Kind erzählen? Er hält ihn für einen Helden, wie alle Warrior. Er hat keine Ahnung, wie gefährlich er ist.

Miraja bringt mich zur Tür, und Kias schwarzer Pferdeschwanz hüpft an mir vorbei. »Ich geh ein bisschen Klapperschlangen jagen«, sagt sie, schultert den Köcher mit den Bolzen und ist vor mir zur Tür raus.

»Bei der Hitze?«, ruft ihr Miraja hinterher.

Heute ist tatsächlich ein besonders heißer Tag, und ich hoffe, Noel hat seine Trinkflasche dabei.

Kia geht durch den kleinen Vorgarten auf die Straße zu. »Bin höchstens eine Stunde weg!«

»Hast du keine Angst um sie?«, frage ich Miraja, während ich meinen Strohhut und die Sonnenbrille aufsetze.

»Ich bin schon viele Tode gestorben, glaube mir. Aber in ihrem Herzen bleibt Kia wohl immer ein Straßenkind, das kann ich nicht ändern. Zum Glück weiß sie sich zu helfen.«

Ich habe gesehen, wie meisterlich sie mit ihrer Armbrust umgehen kann. Wahrscheinlich braucht man sich um sie wirklich weniger Sorgen zu machen als um andere. »Es wird Zeit, dass wir all den Kindern dort draußen endlich ein Zuhause geben können.«

Als plötzlich ein großes Auto mit quietschenden Reifen vor uns hält, wirbeln wir zur Straße herum. Kia springt gerade noch zur Seite und flucht wie ein Cowboy.

Annes blonder Schopf schaut aus dem Fenster des Pickups. »Löwen haben in der Peterson Gasse ein paar Kinder eingekesselt. Noel ist auch dabei!«, ruft sie. »Ich hole Hilfe!« Die Reifen drehen durch – weg ist sie.

Oh Gott, Noel! Nein, bitte nicht! Das, wovor ich immer Angst hatte, ist eingetroffen.

»Nichts wie hin!«, ruft Kia und winkt uns.

Ich fühle mich völlig hilflos und weiß nicht, was ich tun soll. Ich kann nicht sprechen, bringe nicht einmal ein stotterndes Wort hervor und bin wie gelähmt. Am liebsten würde ich mich auf den Boden setzen, denn meine Beine wollen mich kaum noch tragen.

Miraja ist bleich im Gesicht und drückt sich eine Hand an den Unterleib. »Ich habe eine Waffe im Haus. Nimm sie mit.« Sie läuft hinein und kommt wenige Augenblicke später mit einem Revolver zurück. »Ich werde versuchen, über Funk einen der Warrior zu erreichen. Rock müsste in Resur sein. Rette deinen Sohn. Und bring mir auch Kia heil wieder!«, ruft sie mir nach, denn ich laufe bereits dem Mädchen hinterher, die schwere Waffe in der Hand.

»Wo ist die Gasse?«, frage ich sie, wobei ich meine Beine plötzlich nicht mehr zu jedem Schritt zwingen muss. Ich will nur noch mein Kind retten.

Ihre blauen Augen glühen regelrecht, als würde sie sich auf den bevorstehenden Kampf freuen. »Nicht weit von hier. Wir werden sie retten. Ich habe schon öfter einen Löwen geschossen.«

Ich habe noch nie ein Leben ausgelöscht, doch die grausamen Bilder vom Kampf auf der Zuckerrohr-Plantage sind sofort wieder da. Ich habe auf Drohnen gefeuert, fliegende Objekte, die uns töten wollten, nicht auf Menschen. Nach diesem schrecklichen Einsatz, bei dem Crome fast umgekommen wäre, habe ich keine Waffe mehr angerührt. Ich bin keine Kämpferin, zumindest keine, die an vorderster Front bis zu den Knöcheln im Blut steht. Ich agiere lieber hinter den Kulissen, helfe bei technischen Problemen, baue von mir aus Sprengkörper – aber ich bin keine Soldatin, auch wenn Julius eine in mir gesehen hat.

In meinem Herzen bin ich wie eine Löwin. Ich habe alles getan, um das Leben meines Sohnes zu retten, und das habe ich auch jetzt vor.

Wir laufen durch geräumte Straßen, auf denen kaum Autos fahren, denn viele gibt es in Resur nicht, und biegen in eine verwahrloste Gegend ab. Hier lebt niemand, denn die meisten Häuser sind baufällig und dürfen nicht betreten werden.

Plötzlich höre ich Schreie und Hilferufe.

»Wir sind da«, sagt Kia und hält zwischen zwei eng zusammenstehenden Häuserruinen an. Die Gebäude haben nur noch vier Stockwerke, der Rest ist dem Krieg oder der Erosion zum Opfer gefallen. Die Passage ist eine Sackgasse, denn ein Schuttberg versperrt im hinteren Teil den Weg. Davor stehen drei ausgezehrte Löwinnen und fauchen zwei Kinder an, die sich in etwa drei Meter Höhe an eine verrostete Feuerleiter klammern. Einer der Jungen ist Noel, der andere sein Freund Vance. Die beiden könnten mit den schwarzen kurzen Haaren und den Sommersprossen fast Zwillinge sein und aus der Ferne sind sie kaum zu unterscheiden. Trotzdem erkenne ich anhand der knallroten Kappe sofort, dass Noel unterhalb seines Freundes auf der Leiter steht. Würde ein Löwe Anlauf nehmen und springen, könnte er ihn erreichen.

»Mom!«, ruft er, als er mich erkennt, und Vance schreit: »Sonja, hilf uns!«

Die Gasse ist sehr schmal, sonst wäre Anne sicher mit dem Auto hineingefahren, um die Biester zu vertreiben. Hoffentlich kommt sie schnell mit Hilfe zurück.

Als ich »Haltet euch gut fest!« rufe, drehen sich die Köpfe der Löwinnen sofort in unsere Richtung. Eins der Tiere löst sich aus der Gruppe und schleicht geduckt auf uns zu.

Verdammt!

Ich richte den Revolver auf die Raubkatze, aber meine Hand zittert so stark, dass ich Angst habe, die Kinder zu treffen.

»Überlass das Vieh mir«, sagt Kia. Sie zielt entspannt, drückt ab und trifft das Tier genau zwischen den Augen. Es faucht auf und schlägt mit der Tatze nach dem Bolzen, doch der steckt zu tief im Knochen. Leider war der Schuss nicht tödlich. Die Löwin taumelt lediglich und kommt weiterhin auf uns zu. Uns trennen nur noch wenige Schritte von dem riesigen Tier.

»Mist«, murmelt Kia, während wir rückwärts gehen, und schießt ein weiteres Mal. Der Bolzen bleibt im Auge stecken.

Die Löwin faucht lauter und fletscht bedrohlich die Fänge, aber sie strauchelt und bleibt auf der Seite liegen. Schwer atmend zuckt sie und ringt mit dem Tod, doch eine zweite Bestie schleicht bereits knurrend auf uns zu.

»Okay, wir locken sie von den Kindern weg«, sage ich zu Kia. Plötzlich sehe ich alles viel schärfer, meine Hand hört auf zu zittern. Ich denke nur daran, dass ich Noel und Vance retten muss, und Kialada darf ebenfalls nichts geschehen. Auch wenn sie wie eine Scharfschützin agiert, ist sie ein Kind, und ich fühle mich für sie verantwortlich.

Der Lauf der schweren Waffe zielt genau auf den Kopf des Tieres. Ich drücke ab, Blut spritzt auf das schmutzige Fell und der Knall hallt von den Hauswänden. Der Rückschlag des alten Revolvers war so enorm, dass er mir beinahe aus der Hand geglitten wäre. Erst jetzt merke ich, dass meine Handflächen schweißnass sind.

Obwohl ich die Schulter getroffen habe, humpelt die Löwin weiter. Die Raubtiere sind ausgehungert, sie dringen immer tiefer in die Stadt vor und kämpfen bis zum letzten Atemzug um Nahrung. Früher haben sie nachts oder in den kühlen Morgenstunden gejagt, jetzt trifft man sie immer öfter tagsüber an.

Auch die mit den Bolzen niedergestreckte Löwin versucht sich aufzurichten. Daher drücke ich erneut ab, ziele zuerst auf das Tier, das auf uns zuhumpelt, und brauche zwei weitere Schüsse, um es endlich niederzustrecken, während Kia zeitgleich ihre Pfeile abfeuert. Dann lösche ich endgültig das Leben der anderen Bestie aus.

»Verdammt, ich habe nur noch eine Kugel!« Keuchend lasse ich den Revolver sinken.

Panisch schaue ich zu Noel und Vance. Die Feuerleiter wackelt bedrohlich, Putz und Mauerstücke regnen herab und die Kinder schreien. Die alte Leiter wird nicht ewig halten! Und die verdammte letzte Löwin verschwindet nicht. Sie hat wohl bemerkt, dass es nicht weise ist, uns anzugreifen, daher streift sie vor der Leiter hin und her oder stellt sich auf die Hinterpfoten, um nach Noels Fuß zu schnappen.

»Mom!« Tränen laufen über sein Gesicht und ich sehe ihm an, dass er Todesängste aussteht.

»Meine Bolzen sind auch alle.« Kia nähert sich den reglosen Löwinnen und versucht, die Pfeile aus ihren Körpern zu ziehen. »Verdammt, die sitzen fest!«

Ich höre kaum, was sie sagt, denn ich habe nur noch Augen für mein Kind und Vance. Langsam gehe ich auf die Löwin zu. Ein Schuss ... Der muss sitzen.

Hart pocht der Puls in meinen Ohren, ich zittere und habe solche Angst um mein Kind, aber ich muss Ruhe bewahren, Ruhe! Zudem fürchte ich mich ebenfalls vor dem Tier. Ein Satz, und es wäre bei mir und könnte mich mit einem Biss in die Kehle töten.

Die Löwin schlägt mit der Pranke auf die Sprossen der Leiter. Sie wackelt, größere Mauerreste bröckeln ab, und plötzlich kippt das ganze Gestell mit den Kindern um, bis das obere Ende an die gegenüberliegende Wand knallt. Noel und Vance klammern sich an den Sprossen fest, doch ihre Beine hängen in der Luft. Die Leiter steht nun schräg, und die Raubkatze kann die Kinder erreichen.

Als die Leiter umfiel, ist sie zurückgewichen, aber jetzt leckt sie sich die Lefzen und macht sich auf den Sprung bereit.

*Nein, du bekommst mein Kind nicht!* Ich schieße, und treffe die Löwin am Rücken. Fauchend wirbelt sie zu mir herum. Ihre grünbraunen Augen fixieren mich, während sie auf mich zupirscht. Für den Bruchteil einer Sekunde erinnert mich die Farbe der Iriden an Nitros Augen, dann schreie ich: »Weg von hier, Kia!«

Die Löwin brüllt auf – zeitgleich nehme ich eine Gestalt wahr, die fauchend vom Dach springt und auf dem Rücken des Tieres landet. Der große Mann hat blondes Haar, ein Ohrring funkelt in der Sonne und er trägt die Kleidung der Warrior, ein schwarzes Shirt und eine Hose in Tarnfarben.

Er dreht kurz den Kopf und knurrt: »Verschwinde!«

Oh Gott, es ist Nitro! Seine Fänge haben sich verlängert, die Iriden glühen gelb.

»Nitro!«, ruft auch Noel. Die Kinder haben sich zusätzlich mit den Kniekehlen an die Sprossen gehängt und schauen mit großen Augen herunter auf das Geschehen.

Nitro hält ein Messer in der Hand und rammt es der Löwin immer wieder in die Kehle, während er sich an sie klammert. Obwohl die Raubkatze ausgezehrt ist, wiegt sie bestimmt noch hundert Kilo und ist fast so groß wie er. Sie schafft es, ihn abzuwerfen, und Nitro knallt mit dem Rücken gegen die Hauswand. Das Messer fliegt aus seiner Hand, fauchend stürzt sich die Katze auf ihn.

»Nitro!« Mein Herz bleibt bei diesem Anblick fast stehen. Die Löwin wird ihn zerfleischen!

Er liegt unter ihr und drückt den Kopf des Tieres mit beiden Händen von sich, während Blut auf ihn läuft. Nitro faucht und knurrt ebenfalls, sein Gesicht besitzt keine menschlichen Züge mehr.

»Verdammt, ich könnte ihn treffen«, sagt Kia hinter mir. Offenbar hat sie es geschafft, einen Bolzen herauszuziehen, und zielt mit der Armbrust in die Gasse. Ihre Augen sind riesig. »Was ist er?«

»Ein Freund, und jetzt hau endlich ab!«, rufe ich ihr zu, doch sie denkt nicht dran.

Genauso wenig wie ich. Fieberhaft überlege ich, wie ich Nitro helfen könnte. Die Löwin schnappt nach ihm, aber offenbar wird sie schwächer. Er hat sie schlimm verletzt.

Doch der Kampf dauert zu lang. Als seine Arme heftig zittern und er das Tier bestimmt nicht mehr lange halten kann, laufe ich zum Messer und schleudere es zu ihm.

Er nimmt es, und während er den Kopf der Katze mit einem Arm von sich hält, schneidet er ihr die Kehle auf. Kurz darauf bricht sie auf ihm zusammen.

Er schubst sie von sich und bleibt schwer atmend liegen. Sein T-Shirt ist voller Blut, und ich hoffe, davon gehört kein Tropfen ihm.

Sofort klettern Noel und Vance nach unten.

Während Nitro sich mühsam aufsetzt, fliegt Noel in seine Arme. »Du hast die Löwin besiegt!« Mein Kind umarmt ihn fest, und er drückt ihn an sich, beruhigt sich, wandelt sich zurück.

Da löst sich endlich meine Starre, ich stecke den Revolver in den Hosenbund und gehe zu ihnen.

»Alles okay?«, fragt er meinen Sohn, und ich lasse mich neben ihnen auf die Knie fallen, um Nitro und mein Kind gleichzeitig zu umarmen.

Gott, es tut so gut, beide zu fühlen.

Ich streiche Noel über den Rücken, unendlich froh, dass er lebt.

Er grinst breit. »Alles okay, Mom, du musst nicht weinen.«

»Tu ich doch gar nicht.« Ich ziehe die Sonnenbrille ab und wische mir die Tränen weg. Aus den Augenwinkeln erkenne ich, wie sich Vance zu Kia stellt. »Geht's dir gut?«, frage ich ihn.

»Bin okay.« Er hat nur Augen für das Mädchen. »Du warst so klasse, Kialada!«, ruft er und grinst bis über beide Ohren. »Du bist total cool geblieben und hast einfach geschossen.«

»Verlieb dich bloß nicht in mich, Kleiner«, sagt sie halb ernst, halb schmunzelnd, und wirkt wieder einmal so verdammt erwachsen, während Noel in meinen Armen wie ein halbes Baby ausschaut.

Ich starre in Nitros Gesicht, alles Wilde ist daraus verschwunden. »Wo bist du so plötzlich hergekommen?« Er sieht schlecht aus, kaum besser als die ausgezehrten Löwen. Schatten umrahmen seine Augen, die Wangen wirken ein wenig eingefallen, trotz seiner Barthaare, und seine Kleidung ist teilweise eingerissen und schmutzig.

Er lässt seine Hand an meinem Rücken auf und ab wandern. »Ich war öfter in deiner Nähe, denn ich konnte dich nicht vergessen.«

Weiß er, wie viel mir seine Worte bedeuten? Ich könnte die ganze Welt umarmen! Er hat uns gerettet und ich habe ihn zurück. Ich hoffe so sehr, dass er bleibt.

Als ich über seinen Arm streiche, bemerke ich die Wunde. Die Löwin hat ihn mit den Krallen erwischt. »Du bist verletzt!«

»Nicht schlimm«, murmelt er und hat nur Augen für mich, als würde es ihn nicht stören, dass die Haut an seinem Oberarm in Fetzen hängt. Leise setzt er hinzu: »Ich habe dich vermisst.«

»Mom hat dich auch vermisst«, sagt Noel, noch bevor ich etwas erwidern kann. »Sie war ziemlich mies drauf in letzter Zeit.« Er löst sich von uns und läuft zu seinem Freund, der gemeinsam mit Kia um die toten Löwinnen herumschleicht.

Als Nitro fragt: »Stimmt das?«, füllen neue Tränen meine Augen.

»Du hast mir höllisch gefehlt. Ich hatte solche Angst um dich. Wo warst du, verdammt?«

»Mal hier, mal da. Hab mich in den Ruinen versteckt.« Er zieht mich an sich, und ich schmiege mich an seinen Hals. Er trägt den Anhänger mit meiner Perle, und ich atme zitternd ein. Sein männlicher Geruch ist fast verschwunden, er wird überdeckt von Schweiß und Schmutz. »Du gehörst dringend generalgereinigt.«

»Ich würde jetzt gerne noch einmal mit dir in meinem Whirlpool sitzen«, flüstert er mir ins Ohr, dann schließt er keuchend die Lider. Niemals habe ich ihn so schwach erblickt.

»Du siehst eher aus, als könntest du den Inhalt eines Pools zum Trinken vertragen.« Seine von der Sonne gebräunte Haut ist trocken, Fältchen haben sich um seine Augen gebildet.

»Das Wasser hier ist grauenhaft.«

»Es ist verseucht. Man darf es nicht trinken.« Er könnte sterben, wenn er es weiterhin zu sich nimmt. »Nur in der Pyramide und der neuen Wohnsiedlung gibt es Trinkwasser.«

Stirnrunzelnd begutachte ich die Wunde an seinem Arm. Sie gehört desinfiziert und genäht. Außerdem verliert er immer noch Blut, sein Flüssigkeitsverlust erhöht sich dadurch drastisch. Daher nehme ich sein Messer und trenne am Bauch rundherum ein Stück von meinem T-Shirt ab. Das binde ich ihm um den Oberarm. »Du musst versorgt werden.«

Er lächelt matt, seine Lider flattern. »Sexy Outfit. Erinnert mich an dein bauchfreies Top, das du im Dschinn getragen hast.«

Plötzlich höre ich Reifen quietschen. Als ich mich umdrehe, hält Annes Pickup vor der Gasse. Rock steigt aus der Beifahrertür und läuft mit einem gezückten Gewehr auf uns zu.

»Mom, Kia und Nitro haben die Löwen besiegt!«, ruft Noel ihm zu. »Nitro hat einen mit seinen Händen erledigt!«

Der glatzköpfige Warrior eilt an ihm vorbei und richtet den Lauf auf Nitro. »Alles okay, Sonja?«

Ich drücke seine Waffe zur Seite. »Mir geht's gut, aber Nitro ist stark dehydriert und verletzt. Er braucht dringend Hilfe.«

»Kann er in seiner Zelle bekommen«, knurrt Rock und zieht ihn am Arm nach oben. Er sieht nicht erfreut aus, Nitro zu sehen – wer kann es ihm verdenken. »Du bist verhaftet.«

»Du brauchst nicht so an mir zerren«, sagt er und steht auf. »Ich stelle mich.«

Er kommt freiwillig mit? Dann muss es ihm wirklich schlecht gehen. Oder macht er das meinetwegen?

Er schenkt mir einen durchdringenden Blick, der mein Herz höher schlagen lässt, und ich lege einen Arm um ihn. Nitro wankt leicht, doch er schafft es bis zum Auto.

Kia und die Kinder nehmen vorne neben Anne Platz, ich sitze mit Rock und Nitro hinten. Als wir losfahren, fallen ihm die Augen zu und sein Kopf sackt gegen die Lehne. Er hat offenbar seine letzten Kräfte mobilisiert, um uns zu helfen.

»Gib Gas, Anne!«, rufe ich und fühle am Hals nach seinem Puls. »Er muss dringend auf die Krankenstation.«

## Kapitel 7 – Hoffnung

*Nitro: Gibt es vielleicht doch Hoffnung? Für mich ... für uns?*
*So lange habe ich damit gerungen, mich freiwillig zu stellen. Zum Glück hat mir die Löwin die Entscheidung abgenommen. War das ein Wink des Schicksals? Langsam glaube ich, Sonja hat recht mit der Vorherbestimmung ...*
*Ich will wissen, ob die Ärztin meine dunkle Seite verschwinden lassen kann. Nicht meinetwegen, sondern für Sonja. Ich vermisse sie, ihren Duft, ihre Berührungen und ihr umwerfendes Lächeln. Wenn sie bei mir ist und lacht, strahlt die Sonne heller, die Farben leuchten intensiver und das Leben ist einfach schön.*
*Ohne sie habe ich mich unendlich allein gefühlt.*
*Man weiß erst, was man vermisst, wenn man es nicht mehr hat ...*

Mein Herz schlägt heftig vor Sorge und Zuneigung, als ich durch den Türspalt in Nitros Krankenzimmer luge. Diesmal hat er einen Raum mit Fenster bekommen, darauf habe ich bestanden. Er ist ohnmächtig, denn er hat viel Flüssigkeit verloren, und hängt an mehreren Infusionen. In einem der Beutel befindet sich auch ein Mittel, um seinen Körper zu entgiften.

Um seinen Oberarm liegt ein frischer Verband, jetzt muss ich nur noch warten, bis er zu sich kommt.

»Wie schlimm steht es um ihn?«, frage ich Sam leise, während ich die Augen nicht von ihm abwenden kann. Wir stehen im Flur und unterhalten uns über Nitros Zukunft.

»Das Leben in der Wüste hat ihn ausgezehrt, aber du musst dir keine Sorgen machen.« Aufmunternd lächelt sie mir zu. »Er ist ein Warrior, er wird sich schnell erholen.« Ihr Blick wird ernst. »Dann müssen wir uns überlegen, wo wir ihn unterbringen.«

»Er darf auf keinen Fall wieder eingesperrt werden. Das würde ihn zugrunde richten. Er war sein Leben lang ein Gefangener. Das will ich ihm nicht mehr antun.«

»Wir werden eine Lösung finden. Ich habe bereits mit Mark darüber gesprochen. Er kennt einen Ort, an dem sich Nitro frei fühlen könnte, er muss das nur noch mit Storm absprechen. Das Gebäude ist auch ein Stück vom Stadtzentrum weg, keiner würde etwas mitbekommen. Dort könnte er erst einmal leben … falls der Stadtrat zustimmt.«

»Das wäre großartig.« Ich seufze tief und ziehe die Tür leise zu. »Gibt es ein Heilmittel für ihn? Habt ihr im Labor etwas finden können?«

Sam schüttelt den Kopf. »Das Biest ist ein Teil von ihm und fest in seinen Genen verankert. Man kann die DNA nicht mal eben umschreiben. Nitro ist, was er ist.«

»Und die Tabletten?« Offenbar sind sie seine einzige Chance auf Normalität.

»Die Rezeptur ist vernichtet worden, Mark konnte sie nicht wiederherstellen.«

»Aber du hast doch noch eine. Du könntest sie analysieren.«

»Das habe ich bereits«, sagt sie vorsichtig. »Ich habe dafür extra das Spezialgerät im White City Hospital benutzt.«

Ich sehe ihr an, dass sie keine guten Neuigkeiten hat. »Sam, was weißt du?«

»Die Tabletten enthalten einen Stoff, der das Gehirn auf Dauer schädigt. In ein paar Jahren hätte Nitro an massivem Gedächtnisverlust gelitten. Daher ist es gut, dass er sie nicht mehr nimmt.«

»Gibt es denn kein Ersatzmittel?«

Sie kratzt sich an einer Braue. »Mir ist noch keins eingefallen.«

»Dann war Dr. Bolton also kein Genie.«

Betreten schaut sie auf ihre Schuhe. »Dr. Bolton war sich über die Nebenwirkungen sicher bewusst. Ich kenne seine Forschungen über artenübergreifenden Gentransfer und war immer eine Bewunderin seiner Arbeit. Ich hatte allerdings keine Ahnung, was er sonst noch alles getrieben hat.«

Oh Gott, er wusste, was der Wirkstoff für Schäden anrichten kann und hat es einfach in Kauf genommen? Kurz schließe die Augen. Gut, dass der Mistkerl tot ist. »Könntest du ein neues Medikament entwickeln?«

»Könnte ich, doch das würde ewig dauern und setzt lange Testreihen voraus.«

»Was bleibt ihm dann für eine Option?« Alles erscheint mit einem Mal hoffnungslos, dabei war ich mir so sicher, dass Nitro geholfen werden könnte.

»Er muss lernen, das Biest zu kontrollieren und seine menschliche Seite zu stärken. Dazu muss er Gefühle zulassen und seine alten Ängste überwinden.« Sam lächelt mich an. »So wie es aussieht, bist du die Einzige, die ihn retten kann. Auf dich hört er. Dir vertraut er.«

»Ich bin keine Therapeutin, Sam. Ich kann Maschinen reparieren, aber doch keinen Menschen.«

»Hab Vertrauen in dich und in ihn. Ich habe gesehen, wie nah ihr euch seid. Zwischen euch existiert jene wundervolle Verbindung, die auch Jax und ich haben.«

Überrascht schnappe ich nach Luft. »Denkst du?«

Sie nickt. »Ich glaube, er ist hierher zurückgekommen, weil er alle Hoffnungen in dich setzt. Du bist sein Rettungsanker.«

»Dann will ich ihn nicht enttäuschen.«

*\*\**

»Hi«, murmelt Nitro, als ich später am Tag die Tür öffne. Die Sonne steht tief und schickt ihre orangefarbenen Strahlen ins Zimmer.

»Hi.« Er ist wach! »Wie fühlst du dich?«

Seine Zudecke liegt zusammengeknüllt am Fußende, daher bleibt mir nichts anderes übrig, als seinen nackten Oberkörper anzustarren. Er ist braungebrannt, nur die Narben zeichnen sich als blasse Streifen ab. Außer seiner Unterhose trägt er nichts am Leib. Es ist warm im Raum, da die Klimaanlage ausgefallen war, aber ich habe eben das kaputte Teil ausgetauscht und nun bläst sie wieder kühle Luft ins Zimmer.

Nitro lächelt müde und dreht mir den Kopf zu. »Ich fühle mich zumindest nicht mehr wie eine ausgetretene Schuhsohle.«

»Du hast bestimmt Hunger.« Nachdem ich mich ans Bett gehockt habe, halte ich ihm ein Sandwich unter die Nase, das ich im Café gekauft habe. »Da ist Hühnchen drauf. Ich hab mir gedacht, das schmeckt dir sicher besser als der Krankenhausfraß.«

Er nimmt einen tiefen Atemzug. »Riecht lecker.«

»Selbstgemachte Limonade habe ich auch dabei.«

Ich lege den Becher an seine Lippen und er probiert einen vorsichtigen Schluck. Anschließend verzieht er das Gesicht. »Sauer.«

»Immerhin besser als dieses komische Pearl aus der Dose, oder?«

Er grinst mich selig an, dann trinkt er alles aus. »Viel besser, aber nur, weil du mich fütterst.« Sein Blick fällt auf das Sandwich.

Oh, ich durchschaue ihn! Er hat gewiss genug Kraft, um selbst zu essen, doch er fleht beinahe körperlich danach, Zuwendung zu erhalten. Und ich möchte ihn verwöhnen. Er hat uns das Leben gerettet.

Beim ersten Bissen landet ein Riesenstück des Brotes in seinem Mund. Kurz habe ich seine Eckzähne gesehen, und ich komme mir vor, als würde ich ein ausgehungertes Raubtier füttern. Ein charmantes, ausgehungertes Raubtier, denn er gibt Genusslaute von sich, die mich zum Schmunzeln bringen.

Als das Sandwich verputzt ist, betritt Samantha das Zimmer. Rock, der erneut vor der Tür Wache schiebt, möchte sie begleiten, aber sie bittet ihn, draußen zu bleiben.

»Wie fühlen Sie sich, Nitro?«, fragt sie, nachdem sie dem grimmig dreinschauenden Warrior die Tür vor der Nase zugemacht hat. Dann stellt sie ihre Arzttasche auf dem Bett ab.

Er räuspert sich und schenkt mir einen scheuen Blick, wobei er die Decke bis zu seinem Bauchnabel zieht. »Wie im Paradies.«

Offenbar kann er vor anderen nicht so locker sein wie vor mir. Ich erinnere mich an die Begegnung in der Bar, als er mit seinen Freunden am Tisch saß und selbst vor ihnen seine Emotionen verborgen hat.

»Darf ich Sie untersuchen?« Zögernd bleibt sie vor dem Bett stehen und mustert ihn eindringlich. Sie hat das Biest gesehen, daher kann ich ihre Vorsicht verstehen.

Er nickt, wirkt aber plötzlich angespannt.

»Ich werde Ihnen nur noch mal Blut abnehmen und die Vitalwerte testen.« Sie hört zuerst mit dem Stethoskop sein Herz ab. Als sie das kühle Metall an seine Brust legt, dreht er den Kopf zur Seite und schließt die Augen.

*Hier tut dir niemand weh*, denke ich, wobei sich mein Herz zusammenzieht. Automatisch greife ich nach seiner Hand, und er drückt sie.

Samantha schaut ihm immer wieder ins Gesicht, während sie weitere Untersuchungen an ihm durchführt, seinen Pupillenreflex mit einer Taschenlampe testet und ihm schließlich Blut abnimmt.

»Hatten Sie gerade das Bedürfnis, sich zu verwandeln?«, fragt sie schließlich, als sie alles wegpackt.

»Nein, ich … Vielleicht war da ein kurzer Moment, aber ich hatte es unter Kontrolle.«

Seine Ehrlichkeit überrascht mich. Fasst er langsam Vertrauen?

Sam wirkt ebenfalls überrascht. »Wie verhindern Sie es?«

»Ich …« Er senkt den Blick und starrt auf meine Hand, auf der er ununterbrochen seinen Daumen kreisen lässt. »Ich denke an Sonja.«

Fast unmerklich nickt sie mir zu.

Da platzt Jax ins Zimmer, dicht gefolgt von Rock. »Verdammt, Doc!« Seine Hand schwebt über der Pistole an seinem Holster. »Ich hab gesagt, du sollst auf mich warten.«

Beschwichtigend hebt Nitro die Arme. »Ich werde deiner Frau nichts tun.

Ich will niemandem etwas tun.«

Sam verdreht schmunzelnd die Augen. »Könnt ihr zwei Höhlenmenschen bitte draußen warten? Wir haben das hier ganz gut im Griff.«

Nitro zerquetscht fast meine Hand. *Beruhige dich*, denke ich unentwegt. *Gib ihnen keinen Grund, dich wieder wegzusperren.*

Jax' Todesblicke durchsieben ihn regelrecht, dann dreht er sich um, murmelt etwas Unverständliches und verlässt mit Rock das Zimmer. Die Tür lässt er jedoch angelehnt.

Ich höre Nitro aufatmen, und er entspannt sich.

Sam erhebt sich. »Bitte sagen Sie mir, falls Ihnen etwas fehlen sollte.«

»Mir fehlt nur eines, aber das wird es hier wohl nicht geben.«

»Was?«, fragen Samantha und ich gleichzeitig.«

»Eine Dusche.« Er wurde zwar gereinigt, da Hygiene im Krankenhaus das erste Gebot ist, aber ich kann ihn verstehen. Nach Wochen in der Wüste würde ich mich auch danach sehnen.

»Wir haben hier eine alte Wanne«, erklärt Sam, »die früher für Wassergeburten gedacht war. Die könnt ihr hernehmen.« Eine sanfte Röte verfärbt ihr Gesicht. »Ähm, ich meinte Nitro. Ein Warrior findet darin bestens Platz.«

Ich sehe ihr genau an, was sie in dieser Wanne getrieben hat. »Vielleicht auch ein Warrior und seine Ärztin?«

Sam lacht. »Ich werde das nicht näher erläutern.« Sie dreht sich um und geht zur Tür, wo sie bereits von Jax empfangen wird. »Ich werde alles herrichten lassen.«

*** 

Eine Stunde später befinden wir uns in einem kleinen Lagerraum ohne Fenster. Um uns herum stehen Regale voller Verbandsmaterial, und ich erkenne das Logo mit dem grünen Kreuz des White City Hospitals. Mitten zwischen all dem Krankenhausbedarf hockt Nitro in der Wanne und grinst zufrieden. Sein verbundener Arm liegt auf dem Rand, und ich wasche ihn vorsichtig mit einem Lappen. Zum Glück haben wir in Resur nun mehr Wasser zur Verfügung, seitdem unsere Kläranlage funktioniert und wir bei Bedarf Wasser aus den unterirdischen Quellen hinzuführen können.

»Die Ärztin ist nett«, sagt er und starrt auf mein T-Shirt. Es hat ein paar Spritzer abbekommen, weshalb der Stoff an einer Brust klebt und mein Nippel zu erkennen ist.

»Ja, ich mag Sam sehr gerne.« Er ist es sicher nicht gewohnt, dass ein Arzt auch freundlich sein kann.

Das Bild seines »Vaters«, wie er in seinem Blut gelegen hat, blitzt kurz in meinen Gedanken auf, doch ich verdränge es sofort. Er ist tot, er kann Nitro nie wieder ein Leid zufügen.

Nachdem der Arm sauber ist, schäume ich seine Haare ein.

Er schließt die Augen und schnurrt wie ein Kater, während ich ihm die Kopfhaut massiere. Ich könnte heulen vor Freude und möchte am liebsten zu ihm in die Wanne steigen, um mich an ihn zu kuscheln, aber Rock steht vor der Tür. Außerdem befinden wir uns auf der Krankenstation, ich muss mich gedulden, bis wir wirklich allein sind.

»So, untertauchen«, sage ich, damit er das Shampoo ausspülen kann.

Er legt den Kopf zurück, und so lange er die Augen geschlossen hat, versuche ich jedes Detail seines Körpers aufzunehmen. Sein Bizeps wölbt sich, während er mit einer Hand unter Wasser über sein Haar fährt, und die Bauchmuskeln spannen sich an.

Ich möchte von seinen starken Armen gehalten werden, abends mit ihm einschlafen und morgens neben ihm aufwachen. Ich will mit ihm lachen, lange Spaziergänge unternehmen und immer für ihn da sein, wenn er Hilfe braucht, das Biest zurückzukämpfen.

Als er auftaucht und sich das Wasser aus den Augen zwinkert, flüstere ich: »Ich habe gedacht, ich sehe dich nie wieder.«

Er dreht mir den Kopf zu und öffnet den Mund, bleibt jedoch stumm.

»Was willst du mir sagen?« Ich hocke mich auf den Wannenrand, um ihn näher zu sein, und beuge mich zu ihm.

Nachdem er die Augen geschlossen hat, legt er den Kopf an meinen Oberschenkel. »Ich war mir nicht sicher, ob du mich wirklich zurück haben wolltest.«

Mir ist egal, dass meine Hose nass wird. Ich streiche durch sein feuchtes Haar und über sein Gesicht. Dabei fühle ich mich federleicht und möchte nur lächeln. »Wenn du wüsstest, wie viel du mir bedeutest, hättest du nie daran gezweifelt.«

Er schaut mich überrascht an, dann wirkt er erleichtert. »Ich habe dich gar nicht verdient, Sonja.«

Ich schlucke, weil mir so vieles auf der Zunge liegt, allerdings bringe ich kein Wort hervor. Aber wir müssen nicht sprechen, wir verstehen uns auch so. Allein seine Blicke sagen mir alles, was ich wissen muss.

Mit dem Lappen fahre ich über seine Brust und die Narben. Diese Verletzungen sind nichts im Vergleich zu den Narben seiner Seele. Ich hoffe, ich kann sie ein wenig verkleinern, denn verschwinden werden sie wohl niemals.

Nitro seufzt leise. »Deine Berührungen habe ich am meisten vermisst.«

Während ich ihn wasche und kraule, lasse ich ihn erzählen. Es kommt zu selten vor, dass er sich öffnet.

»In der Wüste habe ich bemerkt, dass ich ohne dich nicht weiterleben möchte, aber mit dir zusammen wäre es auch zu gefährlich für dich. Jeden Tag kehrte das Tier mehr in mich zurück, und jeden Tag wurde mir deutlicher bewusst, dass ich nie wieder zu dir durfte, doch ich konnte dich nicht vergessen.«

Er hält meine Hand fest und drückt sie an seine Brust. Wenn Nitro einfach

Nitro ist, ist er so verdammt liebenswert, dass ich ihn nur noch küssen und nie mehr hergeben möchte. Aber ich darf nicht vergessen, welche Gefahr in ihm schlummert. Niemals. Ich muss an Noel denken. Ich würde es mir nie verzeihen, wenn ihm etwas passiert, nur weil ich blind vor Liebe bin.

»Als euch die Löwen angegriffen haben, musste ich mich zeigen. Ich hatte solche Angst um dich. Angst, dass du vergessen hast, wer ich bin und du dich vor mir erschrickst. Ich habe befürchtet, Ekel und Abneigung in deinem Gesicht zu lesen, aber noch größere Angst hatte ich davor, dass die Löwin dich oder dein Kind tötet. Ich wusste, dass du schrecklich leiden würdest, wenn Noel etwas passiert. Im Labor habe ich gesehen, dass du für ihn sterben würdest.«

Ich schlucke hart und zwinkere eine Träne aus dem Auge. »Ja, das würde ich.«

»Ich wünsche mir, du könntest mir eines Tages so vertrauen, dass du dasselbe für mich tun würdest. Auch wenn ich natürlich nicht will, dass du stirbst.« Gequält lächelt er mich an, und hinter meinem Brustbein verkrampft sich alles. »Ich wäre heute gerne für dich gestorben, Sonja, wenn es deine einzige Chance gewesen wäre, zu überleben.«

»Nitro«, wispere ich unter Tränen und beuge mich so weit zu ihm, dass ich seine Stirn küssen kann. Ich weiß gar nicht, was ich darauf sagen soll. Ich liebe ihn so sehr, doch ich habe Angst, ihm meine wahren Gefühle zu gestehen. Vielleicht fürchte ich mich auch selbst davor. Nach dem Tod meines Mannes und dem Mord an Cedric wollte ich mein Herz nie wieder für einen weiteren Menschen öffnen, aber Nitro hat sich nach und nach hineingestohlen. Ich war machtlos dagegen.

»Ich hab mich noch gar nicht fürs Retten bedankt«, sage ich mit belegter Stimme.

»Bezahle mich mit einem Kuss dafür.« Er zieht mich am Nacken zu sich, dann schaut er mich erwartungsvoll an. »Wenn du willst.«

Und wie ich das will, du unwiderstehlicher Kerl!

Ich habe nur noch Augen für seine Lippen. Sie teilen sich leicht, und ich drücke meinen Mund auf sie, spüre die Hitze seiner Haut und den Hauch seines Atems. Ein ungezügeltes Verlangen wächst in mir, und die Erinnerung an unseren Sex peitscht meine Lust auf. *Nicht hier*, denke ich, *nicht jetzt.*

Seine Barthaare kitzeln mich, doch die Zartheit seines Kusses lässt mich alles um uns herum vergessen. Ich will seinen Körper erforschen, mich an ihm reiben … Meine Klit pulsiert, heiße Wellen schwappen in meinem Schoß zusammen. Ich will ihn in mir spüren.

Denkt er dasselbe?

Sein Blick wirkt entrückt, als sich unsere Lippen trennen, und ich schiele durch das Wasser auf seine Körpermitte. Ja, er denkt dasselbe.

»In deiner Nähe bin ich ein anderer, Sonja«, raunt er und streift meinen Mund. »Deine Ärztin hat recht. Ich hatte gehofft, hier könnte mir jemand helfen. Dass du mir helfen könntest. Und offenbar schafft das allein deine Anwesenheit.«

Mit dem Zeigefinger fahre ich seine Augenbrauen nach. Sie besitzen den perfekten Schwung. »Du hast gehört, was ich mit Sam vor der Tür besprochen habe?«

Er zupft mit den Lippen an meinem Mund und antwortet: »Fast jedes Wort.« Bei den Kerlen weiß man nie, ob sie schlafen, ohnmächtig oder doch wach sind.

Als er mich loslässt, fühle ich mich, als hätte er mich verlassen. Innerlich schüttele ich den Kopf. Ich muss aufhören, mich auf diesen Mann zu versteifen, bevor ich nicht sicher weiß, wie das mit uns weitergehen soll.

Nitro lehnt sich wieder zurück und drückt eine Hand auf seine Erektion. Dann schielt er zur Tür.

Ich habe fast vergessen, dass Rock davor steht.

»Ich wundere mich, dass mir so viele Menschen helfen wollen«, sagt er, nimmt den Lappen und reibt fest über sein Gesicht.

»Hier sind wirklich sehr viele liebe Menschen. Ich freue mich schon, sie dir alle vorzustellen.«

Sein Gesicht verdüstert sich. »Sie werden mich ablehnen, wenn sie erfahren, was ich bin.«

»Es muss niemand erfahren, dass du ein ... Experiment warst, zumindest nicht die Öffentlichkeit. Bisher wissen nur Bürgermeister Forster, Julius und ein paar der engsten Vertrauten wie Jax, Crome und Rock Bescheid. So soll es auch bleiben.«

»Und wie willst du ihnen das Biest erklären? Dein Sohn und sein Freund haben mich gesehen. Und dieses Mädchen ...«

»Das war Kia. Sie ist die Ziehtochter von Crome und Miraja.« Ich atme tief ein. »Die Kinder wissen nicht, dass du dein Biest nur schwer unter Kontrolle hast. Da bekannt ist, dass die Warrior Gene von Raubkatzen in ihrer DNA haben, halten sie deine Fähigkeiten für eine Mutation. Du bist in ihren Augen etwas Besonderes. Ein Held. Noel hört gar nicht mehr auf, von dir zu sprechen.«

Wird er etwa rot? Mein Herz stolpert vor Sehnsucht nach diesem scheuen Mann. Offenbar ist er an Komplimente nicht gewöhnt.

Räuspernd drückt er den Lappen aus und legt ihn an den Rand. »Jetzt bin ich gut durchgeweicht und sauber bis in die kleinste Pore.« Als er aufsteht, reiche ich ihm ein großes Handtuch und kann den Blick nicht von den Rinnsalen nehmen, die über seine Bauchmuskeln laufen und sich zwischen seinen Beinen treffen.

»Wer hat dir deinen Beruf beigebracht?«, möchte er wissen, während er sich die Haare trocken rubbelt.

»Ich mir selbst, außerdem habe ich viele Bücher gelesen, einfach drauf los gebastelt und probiert, aber das Meiste habe ich von meinem Vater gelernt.

Er war auch Ingenieur und hat draußen am Staudamm gearbeitet.«

Er wickelt sich das Handtuch um die Hüften und setzt sich auf den Wannenrand. »Dann warst du noch sehr jung, als du zum Arbeiten angefangen hast.«

»Das ist in Resur auch normal. Je früher man etwas zum Lebensunterhalt beitragen kann, desto besser.« Ich setze mich neben ihn und genieße es, mich ganz normal mit ihm zu unterhalten.

Nitro greift nach meiner Hand. »Wo sind deine Eltern?«

»Mom lebt hier in der Pyramide. Wir wohnen alle zusammen. Vater ist gestorben, da war ich mit Noel schwanger. Er wurde ... in der Todeszone erschossen.«

»Das tut mir leid.« Er klingt ehrlich bestürzt. »Kein Wunder, dass du dich den Rebellen angeschlossen hast.«

Seufzend zucke ich mit den Schultern. »So ist der Lauf des Lebens in Resur, oder so war er. Bisher wurden viele nicht alt. Grund waren nicht nur die Krieger, sondern das verseuchte Wasser und die schlechten Lebensbedingungen, vor allem aber die unzureichende medizinische Versorgung. Ein kleiner Kratzer konnte bereits zum Tod führen. Doch jetzt wird hoffentlich alles besser.«

»Das hoffe ich auch«, sagt er und zieht mich an sich, um mir einen Kuss auf die Schläfe zu drücken. Danach sieht er mich genauso unschuldig-flehend an wie Noel, wenn er unbedingt etwas haben möchte. »Wäre es frech von mir, wenn ich dich bitte, mir noch einmal so ein Sandwich zu besorgen?«

Als sein Bauch laut knurrt, grinse ich. »Ein Mal Huhn im Brötchen, kommt sofort.«

Er kratzt sich verlegen lächelnd am Ohr. »Und wie bezahle ich das?«

»Ich nehme dieselbe Währung wie du zuvor«, antworte ich und küsse ihn auf seinen herrlichen Mund.

***

»Mom kann dir helfen, gesund zu werden?« Noel sitzt bei Nitro im Krankenbett und schaut ehrfürchtig zu ihm.

Er nickt, wobei er mir einen fragenden Blick zuwirft.

Ich grinse nur zurück, denn mein Sohn wollte sich unbedingt von ihm verabschieden. Da muss er jetzt durch. Seltsamerweise habe ich keine Angst mehr, dass Nitro ihm wehtut, im Gegenteil.

Noel mustert ihn eindringlich. »Was fehlt dir denn? Ist es wegen deinem Arm, wo dich die Löwin erwischt hat?«

Erneut huscht sein Blick zu mir. »Nein, es ist ... Ich habe ... Stimmungsschwankungen.«

»Ah, okay«, sagt mein Sohn und rubbelt sich mit der Hand über die Nase.

Ich bin mir sicher, dass er keine Ahnung hat, was Nitro meint. Er will sich bloß keine Blöße geben.

»Dann hoffe ich, deine Schwankungen gehen schnell vorbei, denn es wäre cool, wenn du Vance und mich das nächste Mal begleiten könntest. Ich hab nämlich jetzt echt Angst, rauszugehen.«

Nitro nickt abermals. »Ich werde mich anstrengen.«

Als mein Sohn ihn umarmt, möchte ich ihn erst zurückziehen, denn Nitro wirkt etwas hilflos und schockiert, aber dann drückt er Noel. Als Nitro ihm ein scheues Lächeln schenkt, hüpft mein Herz fast aus der Brust, und ich erlaube mir, ihn für einen Wimpernschlag als Ersatzvater zu sehen.

Erneut ist die Gefahr, die in ihm schlummert, meilenweit entfernt. Nur seine Eckzähne, die kurz aufblitzen, erinnern mich, wer er wirklich ist: ein Killer, dessen ganzer Lebensinhalt es einmal war, Menschen wie mich und Noel zu töten.

***

Meine Mutter steht neben mir, während ich in unserer Wohnung meinen Rucksack packe. Sie wirkt wenig erfreut, gibt mir jedoch ein Shirt und streicht sich eine graue Strähne hinters Ohr. Ich bin froh, dass sie mit ihren vierzig Jahren noch agil und gesund ist. Die Lebenserwartung in Resur ist nicht besonders hoch.

Wir sehen uns sehr ähnlich, sie ist eine ältere Kopie meiner selbst, nur ist ihr schwarzes Haar beinahe völlig ergraut. Für Noel ist sie trotzdem mehr wie eine Mutter als eine Oma, da ich so jung schwanger wurde. Nach Elijas' Tod war sie für uns beide da, und als ich monatelang in White City verschollen war und niemand mehr an meine Rückkehr glaubte, hat sie sich ebenfalls um mein Kind gekümmert. Ich habe ihr schon so viel Kummer bereitet und habe Angst, wie sie auf meine Entscheidung reagiert. Ich möchte ihr allerdings die wahren Gründe nicht verschweigen und sie nicht anlügen oder im Ungewissen lassen wie viele andere Resurer, die keine Ahnung haben, dass Nitro sein Biest nicht ganz unter Kontrolle hat. Ich habe ihr alles erzählt.

»Du lässt also Noel für einen dieser Warrior im Stich, die du einmal so sehr verachtet hast.«

Ihre Worte schneiden in mein Herz, und ich fühle mich wie eine Rabenmutter und eine Verräterin. Doch die Zeiten haben sich geändert. Die Krieger sind nicht mehr unsere Feinde. Sie wurden vom Regime verarscht und haben lediglich ihren Job getan und Befehle ausgeführt – weil sie die Wahrheit nicht kannten.

All das ist für Mom sicher schwerer zu verarbeiten als für mich. Sie hat so viel mehr verloren. Zuerst ihre Schwester, die an einer Blutvergiftung gestorben ist, danach ist Dad beim Versuch einen Sonnenkollektor zu stehlen in der Todeszone umgekommen. Die Warrior haben seinen Leichnam einfach über die Mauer geworfen, als wäre er Müll.

Aus Angst und Verzweiflung, unsere kleine Wohnung zu verlieren, hat sie eine Beziehung zu dem Mann angefangen, der die Wohneinheiten zuteilt. Vater hatte als Ingenieur einen Sonderstatus, und als er starb, habe ich versucht, in seine Fußstapfen zu treten, damit wir die Wohnung behalten können und Mom sich nicht mit diesem schmierigen Roger abgeben musste. Auch wenn sie versucht hat, die wahren Gründe für diese seltsame Beziehung geheim zu halten, war ich nicht dumm. Ich bin so froh, dass das alles für sie vorbei ist.

Nach allem, was sie durchgemacht hat, kann ich ihre Sorgen verstehen.

»Ich tu das auch für Noel, Mom. Ich sehe doch, wie sehr er sich einen Vater wünscht, und er mag Nitro. Er ist etwas Besonderes. Ich möchte ihn nicht aufgeben.«

Die Strenge weicht aus ihrem Gesicht. »Ich will nicht, dass du enttäuscht wirst, Schatz. Du hast schon so viel Zeit und Kraft in diesen Warrior investiert.«

»Ich will noch diesen letzten Versuch unternehmen. Das bin ich ihm schuldig. Ohne ihn wären wir vielleicht nicht mehr am Leben.« Unweigerlich denke ich an den Vorfall mit den Löwinnen, und eine Gänsehaut überzieht meinen Rücken. »Ich weiß, dass er mich liebt, auch wenn ihm das selbst womöglich nicht bewusst ist, weil er dieses Gefühl bisher nicht kannte. Ich will aber, dass er es kennenlernt. Ich will *ihn* besser kennenlernen.«

»Er hat dich entführt und in große Gefahr gebracht.«

»Das wird er nicht noch einmal. Es gibt niemanden mehr, der ihn manipuliert.«

»Du liebst ihn wirklich sehr, hm?« Seufzend umarmt sie mich.

Ich schlucke und wispere: »Ja, Mom.«

»Ich wünsche mir, dass du dich nicht in ihm irrst.«

Das wünsche ich mir auch.

Ich vergrabe mein Gesicht an ihrer Schulter und drücke meine Mutter an mich. »Danke, dass du dich so gut um Noel kümmerst.«

»Komm nur bald wieder zurück«, sagt sie, dann küsst sie meine Stirn und hilft mir, die restlichen Sachen zusammenzupacken.

»Ich bin ja nicht aus der Welt, sondern lebe ein paar Tage am Stadtrand. Wenn etwas ist, kannst du mich jederzeit über Mark erreichen. Ich stehe in ständiger Verbindung mit ihm und Samantha, um ihnen Bericht zu erstatten.«

## Kapitel 8 – Taming the Beast

*Nitro: Mit Sonjas Hilfe soll ich lernen, meine düstere Seite zu beherrschen. Ich muss mich anstrengen, muss lernen, anderen zu vertrauen.*

*Vater wollte das Tier in mir bereits kontrollieren und hat es nicht geschafft. Wird Sonja Erfolg haben? Werde ich erfolgreich sein?*

*Ich wünsche es mir wie nichts anderes auf der Welt. Ich will sie nicht ent-*

*täuschen.*

*Nach wie vor befinde ich mich in Haft, doch ich nenne es »offener Vollzug«. Sie sperren mich nicht mehr ein. Noch nicht. Dies ist eine Chance, mich zu beweisen. Und wenn die Ärzte ihr Okay geben, dass ich keine Gefahr mehr für Resur darstelle, habe ich gute Chancen, in Zukunft hier leben zu dürfen.*

»So, da sind wir«, sagt Storm, der uns an den alten Stadtrand von Las Vegas gefahren hat, weit weg von Resur. Nun stehen wir im zwölften Stock eines ehemaligen Hotels. Die Bausubstanz ist in Ordnung, das Gebäude nicht einsturzgefährdet, obwohl eine ganze Seite fehlt: Das Zimmer hat nämlich keine Außenmauer. Ein großes Rechteck gibt den Blick auf die Wüste frei, und warmer Wind weht über mein schweißnasses Gesicht. Der Aufstieg war kein Zuckerschlecken. Da ich nicht besonders schwindelfrei bin, möchte ich der Abbruchkante auch nicht zu nahe kommen. Wir sind verdammt weit oben. Hätte es keinen anderen Ort gegeben? Leider stand so kurzfristig nichts Besseres zur Verfügung, daher muss ich mich überwinden. Nitro hat wesentlich Schlimmeres vor sich.

Der Raum wurde weitgehend vom Staub befreit und mit gut erhaltenen Möbeln des Hotels eingerichtet. Ich sehe eine Kommode, einen Schrank, einen Tisch, drei Wasserkanister … Ein Bett gibt es nicht, nur eine breite Matratze, die auf der gegenüberliegenden Seite der Öffnung liegt. An der Wand sind massive Ketten an einem Stahlträger befestigt worden. Die wird Nitro sicher nicht durchtrennen können.

»Hier hast du mal gelebt?«, fragt er. Es sind die ersten Worte, die er zu Storm spricht. Na ja, die zweiten, denn im Auto hat er immerhin ein »Hi« herausgebracht. Nitro wollte mit mir auf der Rückbank sitzen, um seinem ehemals besten Freund nicht ins Gesicht schauen zu müssen. Die beiden haben sich heute erst wieder gesehen, seit sie White City verlassen haben. Jeder hat sein Paket zu tragen und wollte vom anderen nichts wissen. Mark hat seinem Partner jedoch einen Schubs gegeben, damit er sich endlich mit Nitro trifft.

Schief grinsend fährt sich Storm über sein kurzes schwarzes Haar. »Ich hatte an ziemlich vielen Dingen zu knabbern und bin vor sämtlichen Konfrontationen weggelaufen. Hier war mein Versteck. Aber jetzt brauche ich es nicht mehr.« Er klemmt die Daumen in den Bund seiner Jeans, und mir fällt das riesige Messer auf, das er dort befestigt hat. Einige Bewohner nennen Storm Snake-Man, weil er gerne zwischen den Ruinen umherstreift und Klapperschlangen jagt. Eine Schusswaffe darf er noch nicht tragen – von der Betäubungspistole abgesehen –, doch Mark vertraut ihm so sehr, dass er ihn bedenkenlos bei uns lassen kann.

»Was waren das für Dinge?« Nitro schaut ihn interessiert an, während Storm seine Stiefel mustert. Danach wirft er einen Blick auf mich.

Okay, hier stehen zwei Männer – ich korrigiere: zwei Krieger – die offensichtlich über ihre Gefühle reden wollen, was ihnen so schon schwer genug fällt. Dann auch noch im Beisein einer Frau …

»Ähm, also …« Ich deute zur Tür. »Ihr habt euch lange nicht gesehen und sicher einiges zu erzählen. Ich geh mal nach draußen und sag Samantha Bescheid, dass wir angekommen sind.« Rasch schlüpfe ich in den düsteren Flur hinaus, lasse die Tür jedoch ein Stück angelehnt, weil ich das alte Hotel gruselig finde. Wind pfeift durch die Gänge sowie das Treppenhaus und erzeugt ein schauriges Heulen, außerdem ist es stockdunkel.

Ich hole ein Walkie Talkie aus meinem Rucksack und funke den Empfänger in der Krankenstation an. Mark hat mir auch seinen Tablet-PC geliehen, über den er oder Sam mir Daten oder andere Infos übermitteln können.

Samantha geht auch sofort dran, und ich erzähle ihr, dass alles okay ist und wir bald mit dem Versuch anfangen werden.

Das hier wird kein wissenschaftliches Experiment, sondern Nitro und ich wollen auf unsere Weise versuchen, dass er lernt, sein anderes Ich zu kontrollieren. Deshalb sind auch keine Ärzte dabei. Sie sind zu wichtig für Resur und dürfen kein Risiko eingehen, von einer durchdrehenden Bestie getötet zu werden. Daher rechne ich es Storm hoch an, dass er bei uns bleiben wird.

Mark hatte vorgeschlagen, unseren – aus ärztlicher Sicht undenkbaren – Versuch im Zellentrakt zu vollziehen, denn dort könnten sie Monitore zur Kontrolle aufbauen, leichter Medikamente verabreichen und wären zur Stelle, falls sich jemand verletzt. Doch Nitro soll nie wieder eingesperrt sein. In der freien Umgebung rechne ich mir mit dieser unkonventionellen Weise größere Chancen aus, zu ihm durchzudringen.

Storm hat sich freiwillig gemeldet, nachdem Mark ihm alles über Nitro berichtet hat. Außerdem kann Rock nicht immer »Babysitter« spielen, wie er gemeint hat. Er bildet Leute am Shuttle aus und gibt Flugstunden. Es ist schön, wenn die Krieger neue Aufgaben haben; ich hoffe, Nitro schlägt sich gut und darf hierbleiben. Dann müssen wir auch eine Beschäftigung für ihn suchen. Die Warrior wurden nur zu einem Zweck erschaffen, daher fällt es vielen schwer, nun andere Jobs zu übernehmen.

Nachdem ich das Funkgerät abgeschaltet habe, höre ich Nitro und Storm reden. Neugierig luge ich durch den Spalt, um Nitro zu beobachten. Jetzt schaut er ebenfalls auf den Boden.

»Tut mir leid, dass ich dich nicht sehen wollte.«

Storm zuckt mit den Schultern. »Kein Thema, mir ging's doch nicht anders. Hab 'ne beschissene Zeit hinter mir.«

»Ich hoffe, ich kann meine auch bald hinter mir lassen.« Nitro grinst schief. »Wo sind eigentlich deine Zöpfchen?«

Sein Kumpel lächelt genauso schief. »Bei meinem alten Leben in White City.«

Es ist schön, die beiden ehemals besten Freunde miteinander reden zu sehen. Nitro braucht jemanden, der ihn versteht, und Storm ist ideal dafür. Er hat selbst viel durchgemacht und dank Mark neuen Lebenswillen gewonnen. Nitro räuspert sich. »Du warst schwer verletzt, hab ich gehört.«

»Und mein Ego ist es immer noch.«

»Ich hielt dich für einen verdammten Verräter und wollte nichts von dir wissen.«

»Vergiss es, Bruder.« Storm fährt sich kopfschüttelnd über das Gesicht. »Frag erst gar nicht, was ich getan habe, als ich Mark erwischte, wie er mit den Rebellen kommuniziert hat. Ich hätte fast alles zwischen uns zerstört, weil ich an die falsche Sache glaubte.«

Nitro senkt die Stimme. »Wie kommst du damit klar, dass sich die ganze Welt verändert hat?«

»Langsam hab ich mich dran gewöhnt, aber es war verdammt schwer. Ich wusste nicht, wo ich hingehöre, hinzu kamen die Gewissensbisse, weil ich Mark um ein Haar an den Senat ausgeliefert hätte. Ich habe ihn zwar laufen lassen, dafür wäre er in der Wüste fast gestorben.«

Ich habe von seinen Anpassungsschwierigkeiten gehört, doch Genaueres wusste ich nicht. Beinahe seinen Liebsten verraten zu haben, muss furchtbar sein.

Storm holt tief Luft. »Ich hab mich sogar geweigert, Medikamente zu nehmen, die mir wirklich hätten helfen können, aber ich wollte nichts, was dieses verdammte Regime entwickelt hat.«

»Ich würde sogar Scheiße schlucken, wenn es mein Biest zurückhalten würde«, sagt Nitro düster, fast knurrend.

Seine Worte schockieren mich, zugleich zeigen sie mir, wie ernst es ihm ist. Mein Puls klopft wild vor Hoffnung. Er wird es schaffen, ganz bestimmt.

»Da gibt's einen Typen namens Tim«, erklärt ihm Storm. »Der verkauft pflanzliche Medizin. Voll natürlich, keine Chemie. Johanniskraut und so ein Zeug. Ist jetzt nicht die Wucht, aber besser als nichts. Vielleicht hilft es dir ja auch ein wenig.«

Tatsächlich hat Samantha mir so etwas in der Art mitgegeben, Pillen mit Baldrian, Melisse und Weißdorn. Sie meint, es könnte ihn beruhigen und ihm helfen, sich besser unter Kontrolle zu halten, und wenn es nur einen Placebo-Effekt hat. Doch Sam und Mark glauben an die Heilkraft der Pflanzen, genau wie die meisten Menschen in Resur, denn wir hatten bisher keine andere Medizin.

»Auf jeden Fall bin ich jetzt ein anderer.« Storm deutet auf den Tisch. Ich kann ihn von meiner Position aus nicht sehen, weiß aber, das dort sein Rucksack steht. »Ich lese gerne, stell dir vor. Ich hab dir ein paar meiner Lieblingsbücher mitgebracht.«

»Danke. Die Zeit hier könnte lang werden.«

Ich hoffe es nicht. Für uns alle und für Noel. Das schlechte Gewissen ihm gegenüber nagt an mir.

Als Nitro ehrlich lächelt, überschlägt sich mein Puls. »Ich bin froh, dass du einen Partner gefunden hast. Dann brauch ich keine Angst mehr haben, dass du mich anbaggerst.«

Storm kratzt sich grinsend am Nacken. »Verdammt, du hast das bemerkt?«

»Äh, ja, war sehr offensichtlich.«

»Mark hat mich ins Leben zurückgeholt, und zwar genau hier.« Storm deutet zur Matratze. »Vielleicht kann Sonja dir auch helfen, mit deinem Dämon fertig zu werden.«

»Ich bin auf jeden Fall froh, dass du mitgekommen bist, um sie zu unterstützen.«

Storm kratzt sich schmunzelnd am Hinterkopf. »Irgendwer muss ja auf deine Frau aufpassen.«

Nitros Lächeln flackert, und er wirft einen Blick zur Tür.

Keuchend presse ich mich im dunklen Flur gegen die Wand und lausche mit wild klopfendem Puls. Seine Frau ... Ich will mir das jetzt nicht ausmalen, um nicht enttäuscht zu werden. Und würde er mich überhaupt wollen? Alle Warrior sind bei den meisten Frauen heiß begehrt, ja, regelrechte Sexobjekte. Er könnte frei wählen.

»Wir sind nicht, also ...« Er weiß, dass ich jedes Wort höre, und sicher vernimmt er meinen Herzschlag. »Sonja bedeutet mir sehr viel. Ich würde mich freuen, wenn mehr aus dem wird, was wir bereits haben.«

Ich grinse in die Dunkelheit und bekomme für ein paar Sekunden nicht mehr mit, was er noch mit Storm beredet. Er möchte mehr. Mit mir! Ich wünschte, wir hätten schon alles erfolgreich hinter uns.

»Du bist also ein Supermutant, oder so was?«, fragt Storm, der das von Mark weiß. »Dass du das vor uns geheim halten konntest, Respekt.«

»Hey, du bist doch selbst ein Mutant.«

Als Storm »Du hast recht« sagt, traue ich mich wieder, durch den Spalt zu lugen.

»Komm her, Bruder.« Storm umarmt ihn kurz und klopft ihm kumpelhaft auf die Schulter. »Schön, dass du in Resur bist. Wenn das alles vorbei ist, gehen wir mal zusammen auf die Jagd.«

»Unbedingt.« Nitro lächelt verlegen und zupft an der Kette mit der Perle, als wäre ihm die Nähe unangenehm. Ich kann es ihm nachfühlen. Er kennt das nicht, hat bisher immer alle anderen von sich ferngehalten.

»Ist Mick eigentlich auch hier?«, möchte er wissen.

Mick ... Ich erinnere mich, das war das unsympathische Engelchen aus der Dschinn Bar.

Storm schüttelt den Kopf. »Nein, der arbeitet jetzt für die White City Police.«

Der Staub, den der Wind im Treppenhaus aufwirbelt, kitzelt in meiner Nase. Als ich mir ein Niesen nicht länger verkneifen kann, höre ich Storm sagen: »Ich hol mal die restlichen Sachen aus dem Auto.«

Nachdem er das Zimmer verlassen hat und an mir vorbeigeht, streiche ich kurz über seinen Arm, eine Geste, die ihm sagen soll: Danke, dass du mit ihm geredet hast.

Ich weiß, dass es Nitro viel bedeutet, sich mit seinem alten Freund versöhnt zu haben. Jeder braucht Freunde, auch ein Warrior.

\*\*\*

Nitro zieht sein Shirt und die Schuhe aus, danach legt er sich auf die Matratze. Nicht nur seine Arme können gefesselt werden, auch der Kopf und die Füße. Er wird völlig wehrlos sein.

In seinen Iriden leuchten gelbe Flecken auf, das Biest macht sich bemerkbar, da er offenbar sehr aufgeregt ist. Storm ist jedoch noch nicht da, um ihn festzubinden. Er hat den Schlüssel für die dicken Schellen.

Nitro verschränkt die Finger auf seiner Brust, wobei er hektisch atmet. »Ich habe eine Scheißangst.«

Ich knie mich neben ihn und lege eine Hand auf seinen Arm. »Das brauchst du nicht, ich werde bei dir sein.«

»Das ist es ja. Ich habe Angst um dich.«

Beruhigend streichle ich ihn. »Das ist gut, dann passt du auf mich auf. Du wirst stärker sein als deine dunkle Seite.«

»Ich hoffe, du hast recht. Denn falls ich dir etwas antue …« Er dreht den Kopf in die andere Richtung und murmelt: »Ich könnte mir das niemals verzeihen. Ich …« Zitternd atmet er ein, anschließend schaut er mich wieder an. »In mir wirbelt alles durcheinander und ich bin mir nicht sicher, aber … Ich glaube, ich liebe dich.«

»Nitro …« Lächelnd fahre ich über sein Gesicht, und er nimmt meine Hand, um sie an seine Wange zu drücken. Mein Herz ist voller Hoffnung, seine Worte sind wie eine Verheißung. Jeder Zentimeter meiner Haut scheint zu glühen, und ich würde ihn am liebsten wild küssen.

»Ich weiß«, sage ich leise, damit er nicht hört, wie belegt meine Stimme ist. Wenn ich mich nicht beherrsche, heule ich auf der Stelle los. »Ich liebe dich auch, so sehr.«

Der letzte Rest Gelb verschwindet aus seinen Augen, und er lächelt sanft. Es ist ein ehrliches Lächeln, denn es strahlt Wärme und Freude aus. Außerdem sieht er extrem sexy aus, wenn diese Melancholie aus seinen Gesichtszügen weicht.

»Ich bewundere deinen Mut, Sonja.« Seine Hand gleitet in meinen Nacken, unsere Lippen treffen sich. Ich genieße ihre Wärme, ihre Weichheit und das Gefühl, mit ihm verbunden zu sein. Dabei drücke ich meine Nase auf seine glatt rasierte Wange, um seinen Geruch einzuatmen.

Ich bin so froh, dass mich meine Intuition nicht getrogen hat. Er hat mir seine Liebe gestanden! Das ist mehr, als ich mir jemals erhofft habe.

Mein Kuss ist zärtlich und doch fordernd, denn er soll spüren, wie sehr ich ihn begehre. Außerdem möchte ich ihm Mut schenken und ihm zeigen, dass ich zu ihm stehe.

Zufrieden und glücklich über diesen ersten Fortschritt, schmiege ich den Kopf an seine Brust, um seinem Herzschlag zu lauschen. Nitro umarmt mich, und auf diese Weise bleiben wir liegen, ohne zu sprechen. Einfach den Augenblick genießend.

Als ich ein Räuspern hinter mir höre, löse ich mich von ihm. Storm ist zurück, und er hält einen silberfarbenen Koffer in der Hand.

»So, hier sind die Elektrostäbe drin. Mark hat sie aus dem Labor in White City.« Er stellt den Koffer neben die Matratze.

Nitro setzt sich auf und wirft ihm einen finsteren Blick zu. »Ich hasse diese Dinger.«

Storm runzelt die Stirn. »Das ist gut. Hass lockt deine Bestie hervor.«

Mein Atem stockt. Ich erinnere mich an den grausamen, glühenden Schmerz. Das eine Mal hat mir vollkommen gereicht.

»Lasst uns anfangen, bevor ich es mir anders überlege.« Nitro legt sich erneut zurück und streckt Arme und Beine aus, damit sein Freund ihn festmachen kann. Ich habe ihm zuvor schon die pflanzliche Medizin gegeben und hoffe sehr, dass sie ein klein wenig hilft.

»Deine Augen sehen echt furchterregend aus.« Storm beeilt sich, ihn festzuketten, denn er verwandelt sich bereits. Das Biest hat wohl keine große Lust, vertrieben zu werden. »Wie hast du es während der Ausbildung geschafft, dass wir nichts mitbekommen?«

»Die Tabletten haben dafür gesorgt, dass ich mich selbst in Extremsituationen nicht mehr ganz verwandelt habe, trotzdem war es die Hölle.« Nitro wirft den Kopf zurück, seine Fänge blitzen hervor. »Außerdem habe ich die meiste Zeit Kontaktlinsen getragen, denn gerade beim Training stand ich mehrmals kurz davor, mich zu verwandeln. Die Fänge konnte ich besser verbergen, bei den Krallen war es schon schwerer. Zum Glück hab ich sie am besten unter Kontrolle.«

Als er mit Armen und Beinen an den Ketten hängt, legt ihm Storm ein Gebissstück – eine kleine Stange aus Metall – in den Mund. Irgendwie erinnert mich die Konstruktion an Zaumzeug. Der Knebel ist ebenfalls mit zwei dünneren Ketten verbunden und soll dafür sorgen, dass sein Kopf auf der Matratze bleibt, damit er nicht nach uns schnappen kann.

Glühende Wut ballt sich in meinem Magen zusammen. Es tut mir weh, Nitro so zu sehen, und ich verfluche die Menschen, die ihm all das angetan haben.

Während der ganzen Zeit streiche ich über seinen Oberschenkel. Durch den Stoff der Hose fühle ich den angespannten Muskel. Trotz seiner Lage hält er sich ausgezeichnet. Seine Krallen sind nicht zu erkennen und sein Gesicht besitzt noch alle menschlichen Züge.

Storm holt einen Elektrostab aus dem Koffer und schaltet ihn an. Kleine blau-weiße Blitze züngeln an der Spitze. Ich rieche Ozon und höre ein Knistern.

Nitro schaut mit zusammengekniffenen Lidern auf Storms Hand, als er mir den Stab überreicht.

Ich muss es tun, ich habe das mit Nitro so besprochen, er glaubt, dass es nur auf diese Weise klappt. Nun wird es ernst. Ich muss das Biest hervorholen, die Aufregung allein hat nicht ausgereicht. Was mir schon zeigt, wie gut er sich unter Kontrolle hat. Extremsituationen, Angst und Schmerz lassen die Bestie ebenfalls hervorbrechen.

Alles in mir verkrampft sich bei dem Gedanken, ihm Schmerzen zufügen zu müssen. Während ich den Stab in der Hand halte, starrt Nitro mich an.

»Worauf wartest du?«, fragt er nuschelnd. Mit der dünnen Stange im Mund fällt ihm das Sprechen schwerer.

Eine Träne rollt über meine Wange. »Ich kann dir nicht wehtun.« Wie er dort liegt, gefesselt und wehrlos … Das erinnert mich daran, was er alles erleiden musste. Jahrelange Folter und Gehirnwäsche, nur damit er wie ein Roboter funktioniert.

»Sonja, schau mich an!« Er keucht, aber noch hat er sich unter Kontrolle. »Ich habe viel Übleres mitgemacht, dagegen sind diese Stromschläge Kinderkram, doch die Impulse reichen aus, um mich sauer zu machen.«

Eiseskälte kriecht über meinen Rücken, obwohl es in dem zur Wüste hin offenem Zimmer warm ist. »Ich liebe dich, Nitro, ich kann dir nicht dasselbe antun wie dein Vater!«

»Tu es! Ich will es schaffen, will ein Leben mit dir.« Er spannt die Arme an, seine Muskeln zittern. »Tu es für uns.«

*Für uns* ... Als ich nicht reagiere, hält Storm mir die Hand hin. »Soll ich es machen?«

Ich nicke. »Bitte. Ich kann das wirklich nicht. Es macht auch überhaupt keinen Sinn, wenn ich das tue, denn ich soll ja dafür sorgen, dass Nitro sich nicht verwandelt.« Ich streiche über seine vernarbte Brust. »Du musst mir vertrauen können, und das geht nicht, wenn ich dich foltere.«

Er versucht, mir den Kopf zuzudrehen, dabei rascheln die Ketten. »Hauptsache, du holst mich wieder zurück und lässt mich nicht mit dem Monster allein.«

»Niemals.«

Storm hockt sich neben ihn. »Und ich hoffe, du wirst mich dafür nicht hassen, Bruder.«

»Im Gegenteil, ich bin dir sehr dankbar, wenn du Sonja diese Bürde abnimmst.«

Sein Freund zögert noch einen Moment, dann drückt er ihm die züngelnde Spitze des Elektrostabes kurz an die Brust.

Ich zucke, weil ich den Schmerz fast selbst spüre, während sich Nitro aufbäumt.

»Fuck!« Sein gesamter Körper ist angespannt, die Ketten straffgezogen.

Ich kann nichts anderes tun, als ihm beim Leiden zuzusehen und über sein Gesicht zu streichen. »Scht, halte es zurück, du schaffst das.«

Nitro wirft mir einen hilflosen Blick zu. »Es wäre so einfach, der Wut nachzugeben. Meine dunkle Seite sehnt sich danach, hervorzubrechen, sie verspricht mir Linderung, Rache, Befreiung ... Ich habe sie immer gerne willkommen geheißen.«

Ich fahre durch sein kurzes Haar und über seine Stirn. »Hör nicht auf diese Stimme. Sie lügt.«

»Ich weiß, aber es ist zu verlockend, dem Tier nachzugeben und jemand anderen agieren zu lassen.« Seine Krallen haben sich kurz ausgefahren, doch kaum sind sie verschwunden, drückt Storm erneut den Stab an seinen Bauch.

»Shit!« Tränen schwimmen in seinen Augen. Die Iriden färben sich in rasender Geschwindigkeit bernsteingelb. »Es ... ich ... kann nicht!«

Meine Berührungen werden hektischer. »Konzentriere dich, beruhige dich. Halte es im Zaum.«

»Es mag nicht gezähmt werden«, knurrt er. »Und ich hasse mein Tier nicht, ich mag nur nicht, dass es mir Steine in den Weg legt. Wie soll ich gegen etwas ankämpfen, das ich nicht verlieren will?«

»Zieh es auf deine Seite, mach es zu einem Teil von dir, zu einem Teil von Nitro.« Das ist die Lösung! Er muss seine finstere Seite nicht unterdrücken, sondern sie muss mit ihm verschmelzen. »Dein anderes Ich kann auch Gutes tun. Es hat uns vor den Löwinnen gerettet. *Du* hast uns gerettet.« An diesem Tag hat er es geschafft, das Tier nicht gegen uns zu richten. »Du musst dein anderes Ich dazu bringen, ebenfalls die Wahrheit zu erkennen. Dass wir nicht die Bösen sind.«

Erneut schickt Storm einen Stromimpuls durch Nitros Körper, woraufhin ich ihm einen bösen Blick schenke. »Lass ihn doch mal zu Luft kommen.«

»Wir sind nicht hier, um Ringelreihen zu spielen.«

»Storm hat recht.« Nitro schwitzt, ein dicker Tropfen läuft über seine Schläfe. »Mach weiter.«

Und er macht weiter.

Ich kann kaum hinsehen, trotzdem versuche ich, beruhigend auf Nitro einzureden. Nur merkt er dank seiner Supersinne, dass ich alles andere als ruhig bin. In mir kocht es wie im Inneren eines Geysirs. Irgendwann werden meine Emotionen hervorbrechen. Seine sind es bereits.

***

Eine Viertelstunde später hat er nichts Menschliches mehr an sich. Seine Muskeln sind vergrößert wie nie, sein Gesicht eine einzige biestige Fratze.

»Du mieser Verräter«, beschimpft er seinen besten Freund. »Ich werde dich töten!«

»So viel zur Dankbarkeit«, murmelt Storm und legt den Elektrostab weg. »Er hasst mich.«

Sein trauriger Gesichtsausdruck rührt genauso an mir wie Nitros Zustand. »Nicht er hasst dich, sondern sein anderes Ich, dieses im Labor gezeugte Wesen, das immer noch in der Vergangenheit festhängt.«

Storm wischt sich mit dem Unterarm Schweiß von der Stirn. »Die Gehirnwäsche muss echt übel gewesen sein.«

»Ich will nicht wissen, was sie ihm alles angetan haben.«

Nitro tobt in den Ketten, und das furchterregende Brüllen schallt in die offene Wüste hinaus. Ich dringe nicht mehr zu ihm durch.

»Du Schlampe hast dich mit diesem Verräter verbündet!«, schreit er mich an.

»Ich stehe auf deiner Seite, wie immer schon. Und Storm auch. Er hilft dir.«

Nitro atmet heftig, Schweiß überzieht mittlerweile seinen ganzen Körper. »Er hat dich manipuliert!«

Vorsichtig drücke ich seinen Arm. »Niemand hat das.«

In seinem Blick brennt ein alles vernichtendes Feuer. »Dann mach mich los.«

»Das kann ich nicht. Nitro, du würdest das gar nicht wollen.«

Seine Nasenflügel beben und er fletscht die Fänge. »Nitro wird dich töten, sobald er kann!«

»Ach du Scheiße, er ist tatsächlich ein völlig anderer.« Storm weicht keuchend zurück, ich lasse mir zumindest äußerlich nicht viel anmerken. Ich habe damit gerechnet, trotzdem bin ich enttäuscht, dass es nicht besser läuft. Aber das ist der erste Versuch, es wäre ein Wunder, wenn Nitro sein Biest sofort unter Kontrolle hätte, nach all den Jahren, in denen er für das Regime gearbeitet hat. Vielleicht müssen wir das Experiment etwas ändern, so kommen wir nicht weiter.

Als er plötzlich reglos zusammenbricht, bleibt beinahe mein Herz stehen. »Oh Gott, was ist passiert? Ist er ohnmächtig? Wir müssen ihn losmachen!«

Er ist immer noch komplett verwandelt, doch die Härte ist aus seinem Gesicht gewichen, beinahe sieht er wie eine schlafende Raubkatze aus. Friedlich und ungefährlich.

Ich möchte bereits zum Schlüssel greifen, der aus Sicherheitsgründen auf dem Tisch liegt, da hält Storm mich zurück. »Er spielt uns etwas vor. Dich mag er täuschen können, ich höre allerdings seinen rasenden Herzschlag.«

»Ich weiß nicht ... Was, wenn er Hilfe braucht? Vielleicht ist eine Ader in seinem Kopf ...«

»Sonja.« Storm drückt meine Schulter. »Ich beweise es dir.« Aus dem Koffer holt er eine Manschette, die er an Nitros Handgelenk anbringt. »Das ist ein Blutdruck- und Pulsmessgerät. Ich hätte es eigentlich von Anfang an befestigen sollen, aber das habe ich im Eifer des Gefechts total vergessen.« Kaum hat er es fixiert, tobt Nitro erneut los. Er will nach seinem Freund schnappen, aber der Knebel verhindert das. Seine Muskeln scheinen zum Zerreißen gespannt, ebenso die Ketten.

»Werden sie halten?«, frage ich Storm. Mein Herz rattert wie ein Pressluftmeißel gegen die Rippen.

Er nickt. »Ansonsten müssen wir ihn betäuben.«

»Mark hat gesagt, wenn wir ihn zu lange auf dem Level halten, könnte es seinem Herzen schaden.« Ich kann kaum zusehen, wie er sich verausgabt, wie er brüllt, knurrt, schreit und uns beißen will. »Er beruhigt sich nicht.« Nitro japst zitternd nach Luft, Schweiß läuft in Strömen über seinen Körper.

Die Pulsuhr zeigt einen kontinuierlich steigenden Blutdruck an, ab 230/130 wird es für ihn gefährlich, erklärt Storm. Auch die Pulsfrequenz geht hoch. Als ihm Blut aus einen Nasenloch läuft, greife ich in den Koffer und hole eine Injektionspistole heraus.

Storm nimmt sie mir ab. »Es ist wohl wirklich Zeit, dass wir den Versuch abbrechen.« Er legt den Injektionskopf an Nitros Hals und drückt ab. »Schlaf gut, Bruder. Ich hoffe, du bist wieder der Alte, wenn du zu dir kommst.«

Das Betäubungsmittel bewirkt sofort eine Veränderung bei ihm. Die Bestie verschwindet aus seinem Gesicht, die Muskeln werden weich und der alte Nitro kehrt zurück. Für wenige Sekunden starrt er mich aus klaren Augen an, dann schließt er die Lider.

\*\*\*

Ich bin fix und fertig und würde mich am liebsten hinlegen, dabei ist es erst Mittag. Storm ist nach Resur gefahren, um uns dort etwas Warmes zum Essen zu holen, während Nitro immer noch nicht zu sich gekommen ist. Ich glaube, er schläft. Storm hat den Knebel und alle Fesseln gelöst, bis auf die an den Handgelenken. Den Schlüssel hat er mir dagelassen, damit ich Nitro jederzeit komplett fixieren kann. Aber ich denke nicht daran, im Gegenteil. Da seine Haut unter den Manschetten wundgescheuert ist, mache ich ihn ganz los. Aus dem Koffer hole ich eine Wundcreme, mit der ich seine Abschürfungen versorge. Anschließend befeuchte ich mit Wasser aus einem der Kanister einen Lappen, um ihm das Gesicht zu waschen. Ich bin auch verschwitzt und mein Shirt klebt am Körper, doch bevor ich mich umziehe, will ich mich um Nitro kümmern. Sanft fahre ich mit dem feuchten Tuch über sein Gesicht, entferne die Blutspur unter der Nase und wische ihm den Schweiß ab. Auch seine Arme und den Oberkörper reibe ich ab.

Während der Prozedur gibt er kein Lebenszeichen von sich, er schläft wie ein Toter. Es ist unheimlich im Zimmer, denn der Wüstenwind pfeift um das Gebäude. Die warme Luft dringt durch die Öffnung in den Raum und trocknet seine Haut. Wenn er aufwacht, muss er sofort trinken. Er hat viel Flüssigkeit verloren.

Nachdem ich den Lappen weggelegt habe, hauche ich ihm einen Kuss auf die Lippen und wispere: »Ich liebe dich. Wir schaffen das.« Dann ziehe ich mich bis auf den Slip aus und krame saubere Kleidung aus meinem Rucksack. Bevor ich mich anziehe, trete ich mit einem Kanister näher zur Abbruchkante und öffne ihn. Ich schütte mir Wasser in die Handfläche, um mein Gesicht zu waschen. Dabei versuche ich nicht nach draußen zu sehen, denn es trennen mich nur drei Schritte vor dem Abgrund. Ich nehme den Kanister in beide Hände, um mir etwas Wasser über den Körper zu schütten. Es läuft über den Rand der Kante und tropft nach unten.

Früher wäre ich nie so verschwenderisch damit umgegangen, aber seitdem wir mehr Trinkwasser zur Verfügung haben, möchte ich nicht mehr darauf verzichten, mich sauber zu fühlen. Wir haben hier zu lange auf zu Vieles verzichtet.

»Warte, ich helfe dir.«

Als ich plötzlich Nitros Stimme dicht hinter mir höre, wirbele ich zu ihm herum. Seine splitternackte Gestalt ragt vor mir auf. Er lächelt müde, doch sein Blick huscht aufmerksam über meinen fast nackten Körper und bleibt an meinen Brüsten hängen. Das kühle Wasser hat dafür gesorgt, dass sich meine Nippel zusammengezogen haben.

Ohne Worte nimmt er mir den Kanister aus der Hand und hält ihn höher, damit ich mich entspannt waschen kann. Das Wasser läuft über meinen Körper und benetzt meinen Slip, sodass er fast durchsichtig wird. Er nimmt seine Hand hinzu, um damit über meine Haut zu reiben. Ich genieße seine Berührungen und schließe keuchend die Augen, spüre seine Finger auf mir, das erfrischende Wasser und den Wüstenwind.

Als seine Hand plötzlich in mein Höschen fährt, stütze ich mich keuchend an seiner Schulter ab.

Seine Finger gleiten zwischen meine Schamlippen, reiben über meinen klopfenden Kitzler und fahren kurz in mich.

»Sauber.« Verschmitzt grinsend zieht er die Hand zurück.

Ob er eine Ahnung hat, wie sehr ich ihn wirklich liebe?

»Wie fühlst du dich?«, möchte ich wissen, versuche zu Atem zu kommen und das Pochen zwischen meinen Schenkeln zu ignorieren.

»Als wäre ich in einem Schraubstock eingeklemmt gewesen.« Er hält den Kanister höher und lässt Wasser über sein Gesicht laufen. Dabei öffnet er den Mund und nimmt große Schlucke. Das kühle Nass läuft an seinem Hals hinab, über seine Brust, den wie gemeißelt wirkenden Bauch und tropft an seinem Penis auf den Boden.

Ich muss ihn einfach berühren und wasche ihn wie er mich zuvor, reibe über seine Brust und den Unterleib.

»Tiefer«, raunt er. »Wasch mich überall.«

Sein Geschlecht ist leicht angeschwollen und beginnt, sich aufzurichten.

Ohne zu zögern umschließe ich den halb weichen Schaft. Ich liebe es, ihn dort zu berühren, aber noch mehr als ich scheint er es zu genießen. Seine Lider fallen zu, und eine größere Menge Wasser schwappt aus der Öffnung des Kanisters. Er ist fast leer.

Ich ziehe die Vorhaut zurück und lasse den Daumen über seine Eichel kreisen. Schnell schwillt sie zu voller Größe an, wird rund und prall. Mehrmals massiere ich seine Härte und fahre anschließend über die schweren Hoden.

Als ich zu Nitro aufsehe, trifft mich sein glühender Blick. »Und jetzt die Rückseite.« Er dreht sich um und streckt mir seinen Hintern entgegen.

Oh Gott, er ist perfekt. Knackig, muskulös ... Meine Hände gleiten wie von selbst seinen Rücken hinab zwischen die festen Backen.

Nitro stöhnt leise und schüttet den letzten Rest Wasser über seinen Rücken, während ich bis zu seinen Hoden gleite.

»Ich würde dich jetzt am liebsten ficken«, raunt er. »Dir deinen nassen Slip abreißen und in dich eindringen.«

»Dann tu es.« Ich will in diesem Moment nichts anderes. Mein Unterleib pulsiert und glüht, meine Brustwarzen kribbeln.

Als er sich umdreht und den Kanister abstellt, sieht er mich gequält an. »Storm hat eben das Gebäude betreten.« Er legt den Kopf schief, als ob er lauschen würde. »Ich schätze, er ist in drei Minuten oben.«

»Schaffst du es so schnell?« Ohne groß zu überlegen, gehe ich in die Hocke und umschließe seine pralle Kuppe mit den Lippen.

»Sonja!« Aufkeuchend lehnt er sich gegen die Wand, sein Penis zuckt gegen meinen Gaumen.

Ich will ihm nach all den Strapazen etwas Gutes tun und für Entspannung sorgen. Daher lasse ich meine Zunge um seine Eichel wirbeln, spüre ihrer glatten Beschaffenheit nach und stupse sie in den Schlitz, um von den salzigen Tropfen zu kosten. Mit einer Hand schiebe ich die Haut auf dem harten Kern vor und zurück; dabei pulsiert sein heißer Schaft unter meinen Fingern.

»Zwei Minuten, dreißig Sekunden«, nuschele ich.

»Mir reicht eine Minute«, raunt er und drückt die Hüften vor.

Er gleitet tiefer in mich, und während ich an ihm lecke, umschließt er mit zwei Fingern seinen Schaft und beginnt zu onanieren.

»Fuck, das ist geil!« Der Ring, den seine Finger bilden, stößt gegen meine Lippen. Immer schneller reibt er über sein Geschlecht, und seine Bauchmuskeln ziehen sich zusammen.

»Mach den Mund auf«, befiehlt er mir rau. »Ich will in deinen geöffneten Mund kommen.«

Kaum gehorche ich, treffen heiße Spritzer meine Zunge.

Ich versuche, alles zu schlucken und aufzulecken, denn ich möchte nicht, dass ein Tropfen verloren geht. Und während Nitro auf diese Weise seinen Höhepunkt erlebt, schaut er verklärt zu mir herab.

Dieser Blick spricht Bände, denn er spiegelt all seine Gefühle für mich wider. Nicht nur die sexuellen, auch die, die von Herzen kommen.

Nachdem ich alles geschluckt habe und er sich zurückzieht, reinigt er sich mit den letzten Tropfen aus dem Kanister. Anschließend reicht er mir schmunzelnd die Wasserflasche vom Tisch. »Damit dein Mund nicht zusammenklebt.«

»Angeber«, sage ich und nehme ein paar Schlucke, um den herben Geschmack von der Zunge zu spülen. Dabei mustert er mich schon wieder. Ich habe fast vergessen, dass ich bloß den feuchten Slip trage.

»Falls du nicht willst, dass Storm dich so sieht, würde ich mich lieber anziehen. Er ist gleich hier.«

Stimmt, den hätte ich beinahe vergessen! »Und falls du nicht willst, dass sich Storm wieder Hoffnungen bei dir macht, solltest du dasselbe tun.« Ich grinse schief und werfe einen kurzen Blick auf seine abklingende Erektion, wobei mein Gesicht heißer brennt als der Wüstenwind. Ich habe ihm tatsächlich gerade einen geblasen. Himmel, ich wusste nicht, dass solch eine verdorbene Ader in mir steckt.

***

Am Nachmittag wiederholen wir die Prozedur. Während Nitro gefesselt ist, quält Storm ihn mit dem Elektrostab, wobei Nitro versucht, das Biest zu beherrschen und ich ihn dabei unterstütze. Obwohl sein anderes Ich erst viel später durchbricht, klappt es wieder nicht, dass er sich beruhigt, und Storm muss ihn betäuben.

Seufzend starre ich auf Nitros schlaffen Körper. »Aber er hat relativ lange durchgehalten. Ich würde sagen, das ist ein Erfolg.«

Storm fährt sich über sein kurzes Haar. Er sieht müde aus. »Das ist es, nur reicht das nicht. Er muss sich hundertprozentig im Griff haben, damit er nicht wieder weggesperrt wird.«

Das ist mir klar, und wir stehen erst am Beginn der Therapie. Doch wie lange müssen wir ihn quälen? Ich kann jetzt schon nicht mehr.

Nitro hat einmal gesagt, Hass wäre sein Motor. Und er hasst die Folter. Ich glaube, wir sind auf dem falschen Weg.

***

Am Abend steht Nitro schweigend an der Abbruchkante und starrt in die dunkle Wüste hinaus. Der milde Wind drückt ihm T-Shirt und Hose gegen den Körper, und ich habe Angst, dass eine Böe ihn mitreißen könnte, aber ich will nichts sagen, will ihn nicht stören. Ich wüsste auch nicht, wie ich ihn aufmuntern könnte. Er wirkt sehr geknickt.

Storm bemerkt meine Nervosität und nickt mir zu. Dann erhebt er sich vom Tisch, an dem wir gerade gegessen haben, und gesellt sich zu ihm. Lediglich das Licht eines Solarstrahlers, der auf der Platte steht, erhellt den Raum, und ich drehe den Regler herunter, um die Insekten nicht anzulocken. Wobei sich bestimmt keine Moskitos in den zwölften Stock verirren.

Vorsichtig legt Storm Nitro eine Hand auf die Schulter. »Hier stand ich auch schon oft und habe stundenlang in den Himmel gestarrt, allein mit meinen Gedanken.«

Nitro lässt den Kopf hängen. »Ich weiß nicht, ob das alles was bringt.«

»Du willst schon aufgeben?«

Ich habe Angst, dass er sich einfach fallen lässt, um seinem Leben ein Ende zu bereiten, doch ich zwinge mich, auf dem Stuhl sitzen zu bleiben. Er vertraut mir, also muss ich das auch bei ihm tun.

Storm räuspert sich. »Mark wäre hier fast gestorben.«

Nitros Kopf fährt zu ihm herum. »Was ist passiert?«

»Ich stand zu nah an der Kante und er hat vermutet, ich wollte springen. Ich habe wirklich oft daran gedacht.«

Mein Magen verkrampft sich.

»Dann ist er abgerutscht, und ich habe gerade noch seine Hand zu fassen bekommen.«

Oh Gott, davon wusste ich nichts!

»Als ich ihn endlich wieder in den Armen hielt, habe ich erkannt, was ich beinahe verloren hätte. Oder was er verloren hätte, wenn ich gesprungen wäre. Ich stehe nur noch hier, weil Mark mich gerettet hat. Auf seine Art.«

Schweigen breitet sich aus. Storms Geschichte hat mich aufgewühlt, doch ich freue mich, dass er sie Nitro erzählt hat. Vielleicht macht ihm das Mut.

Er tritt einen Schritt zurück. »Ich habe es nie bereut, diese andere Seite zu besitzen, im Gegenteil, aber jetzt würde ich mir wünschen, dieses Biest dort hinunterschubsen zu können, um endlich ein neues Leben zu beginnen.«

»Du wirst das schaffen, Bruder. Ich glaube an dich.«

»Und ich auch«, sage ich leise, stehe auf und schließe Nitro in die Arme. »Ich akzeptiere dich so, wie du bist.«

Er versteift sich, weicht jedoch nicht zurück. »Ein Monster? Hässlich außen und innen? So etwas kann man nicht lieben.«

Die Traurigkeit und Bitterkeit in seiner Stimme schneiden wie ein Messer durch mein Herz, und ich drücke meinen Kopf an seine Brust. »Ich liebe dich, Nitro.«

»Wie kannst du mich lieben?« Seufzend zieht er mich fest an sich. »Sie haben mich dazu gemacht. Die Leute, die du immer verachtet hast. Die euch allen hier das Leben erschwert haben, die gegen euch gekämpft und euch getötet haben.«

Als ich zu ihm aufblicke, hat er die Augen geschlossen und die Kiefer aufeinandergepresst. »Lassen wir die Vergangenheit hinter uns und schauen nach vorne. Es würde mich zerreißen, wenn du nicht mehr da wärst. Ich könnte nicht mehr atmen, nichts mehr essen, würde jede Sekunde an das denken, was wir miteinander hatten. Ein Leben ohne dich wäre eine einzige Qual.« Die Worte sind mir entschlüpft, ohne über ihren Sinn nachzudenken. Aber sie sind wahr, jedes einzelne davon.

Seine Augen werden groß. »Das ist genau das, was ich auch fühle.«

Ich lächle sanft und streiche über seine Wange. »Weil du mich liebst.«

Er schüttelt den Kopf. »Wieso tut es dann so weh? Ich dachte, Liebe ist das schönste Gefühl der Welt?«

Mein Daumen gleitet über seine Unterlippe, bevor ich einen Kuss darauf hauche. Diesen starken Mann derart verletzt zu sehen, erschüttert meine Seele. »Es gibt nichts Schöneres als die Liebe, doch nichts kann dir auch mehr Schmerzen zufügen.«

Nitro wirft einen Blick auf Storm, der betreten neben uns steht. Er hebt die Brauen und grinst schief. »Wo sie recht hat, hat sie recht.«

## Kapitel 9 – Spezialtherapie

*Nitro: Sonja ist so verdammt mutig, mutiger als ich. Woher nimmt sie all die Kraft, das mit mir durchzustehen? Ihr zierlicher Körper wirkt zerbrechlich, doch der Schein trügt. Ich habe nie eine stärkere Frau gekannt.*

Es ist stockdunkel. Ich liege neben Nitro auf der Matratze und starre in den Sternenhimmel und die schwarze Wüste, da ich nicht schlafen kann. Storm ist über Nacht nach Hause gefahren, obwohl er uns nicht verlassen wollte, dennoch habe ich auf ein paar Stunden allein mit Nitro bestanden. Allerdings war er so erschöpft, dass er schnell eingeschlafen ist. Storm hat ihn zuvor sicherheitshalber festgekettet, aber nur die Arme. Den Schlüssel hat er mir da gelassen, damit ich ihn komplett fixieren kann, sollte eine Verwandlung anstehen.

Nitro trägt bloß eine Shorts, ich T-Shirt und Slip. Die Nächte in der Wüste sind im Sommer warm, trotzdem habe ich uns mit einem Leinentuch zugedeckt, da der Wind sanft in den Raum bläst. Ein unheimliches Heulen geht durch das Haus, denn der Wind pfeift durch die Flure. Oder war das ein Wolf?

Nein, Storm hat die schweren Türen des Treppenhauses verriegelt, und über die Fahrstuhlschächte kann auch kein Tier nach oben gelangen. Nach dem Vorfall mit den Löwinnen bin ich sensibilisiert.

Plötzlich rascheln die Ketten, Nitro stöhnt auf. »Vater …«

Offenbar träumt er schlecht, vielleicht denkt er, er ist im Labor und wird gefoltert!?

Was soll ich tun? Ihn wecken und losbinden?

»Nitro … Sch…« Ich streiche über seine Brust und flüstere: »Du träumst nur. Du bist in Sicherheit.«

»Sonja …«, murmelt er.

Ist er wach? Da ich nichts sehen kann, taste ich nach der Solarlampe neben der Matratze und drehe den Regler ein Stück auf, gerade so viel, um Nitro zu erkennen. Er hat die Augen geschlossen, seine Armmuskeln sind angespannt.
»Vater ...« Er stöhnt, dann zuckt er.
»Ist gut, du bist nicht im Labor.« Ich will bereits den Schlüssel holen, als ich merke, dass er sich verwandelt. Seine Krallen haben sich ausgefahren und die Fänge sind deutlich sichtbar.
Nicht jetzt!
»Nitro ... scht.« Ich streichle ihn, flüstere ihm Liebkosungen zu, doch als er die Augen öffnet und den bernsteinfarbenen Blick auf mich richtet, weiß ich, dass das Biest zurück ist.
»Sonja ...«, knurrt er und strampelt die Decke weg. »Mach mich los.«
»Gleich, aber beruhige dich erst. Du bist hier sicher, niemand quält dich.«
»Du quälst mich. Du tust mir all das an, weil du mich nicht akzeptierst.«
Seine Worte durchbohren meine Brust wie kleine scharfe Pfeile. »Ich akzeptiere alles an dir.«
Es tut mir so weh, ihn in diesem Zustand zu sehen, dass ich mich zu ihm beuge und ihn küsse. Mir ist egal, falls seine scharfen Zähne mich verletzen, denn ich will ihm zeigen, dass er mir vertrauen kann.
Er erwidert den Kuss nicht, sondern keucht in meinen Mund. Dabei schaut er mich aus großen Augen an.
Er hat mich nicht gebissen ... Mutig mache ich weiter, küsse seine Wange, den Hals, die Brust.
*Der Orgasmus ist der höchste Genuss, er befreit die Seele, man lässt sich gehen ... Dazu braucht es Hingabe und Vertrauen.* Himmel, wieso habe ich derart schräge Gedanken?
Ich denke über meine Worte nach, während ich ihn weiterhin berühre. Er hat aufgehört, an den Ketten zu zerren, stattdessen mustert er mich aus schmalen Lidern, verfolgt jede meiner Bewegungen und keucht erneut auf, als ich an seiner Shorts vorbeifahre, um seine Beine zu streicheln.
In seiner Hose zeichnet sich deutlich ab, dass ihn meine Berührungen nicht kalt lassen. Nitro ist seltsam ruhig, lauernd.
Zärtlich berühre ich sein Kinn. »Keiner tut dir mehr weh. Schmerzen machen dich nicht stärker, sie haben dich verbittert. Ich sage dir, was dich stark macht: wenn du innere Stärke zeigst. Wenn du deine Gabe einsetzt, um anderen zu helfen. Du hast uns geholfen, den Kindern und mir. Ich war so glücklich, als du aufgetaucht bist.«
Ich rede irgendwas, auch wenn es völliger Blödsinn ist, aber offenbar beruhigt ihn das. Nur diesmal kommt Nitro nicht zurück. Als ob seine finstere Seite die Oberhand gewonnen hat, als ob sie neugierig ist auf das, was ich mit ihm vorhabe.
Sex als Therapie? Kann das Nitro ganz machen?
Vielleicht.

Es ist gewagt und verdammt gefährlich. Storm ist nicht da ... Er würde mich umbringen, wenn er das hier sehen würde.

Mit kreisenden Bewegungen gleitet meine Hand über Nitros Bauch, bevor ich sie im Bund der Hose verschwinden lasse, um den pulsierenden Schaft zu umschließen.

Keuchend drückt er mir die Hüften entgegen. »Du verführst einen wehrlosen Mann?«

Seine dunkle Stimme schickt wohlige Schauder über meinen Körper. Als Biest ist er auf gewisse Art sexy. Gefährlich attraktiv.

Er lächelt verwegen. »Sehr mutig von dir.«

Ich grinse zurück, aber in Wahrheit bin ich nicht ruhig, sondern aufgewühlt, und das weiß er genau.

»Und wie ist das?« Langsam ziehe ich ihm die Shorts über die Beine. Sein pralles Geschlecht federt mir entgegen, und auf der dicken Kuppe perlt ein Lusttropfen hervor. Nitro atmet schnell, sein Bauch ist angespannt, jeder Muskel, jede Ader scheine ich sehen zu können.

»Mutig wäre es, wenn du dich auszieht, auf mich setzt und mich fickst.« Er schenkt mir einen durchtriebenen Blick, der zeigt, dass er jedes Wort ernst meint.

»Oder bist du nicht mutig genug dazu, kleine Rebellin?«

*Gewinne sein Vertrauen, Sonja ...* Ich feuere mich an, indem ich mir vor Augen führe, dass er uns schon einmal gerettet hat. Tief in seinem Inneren weiß er, was er als Biest tut. Der teuflische Arzt hat seine Persönlichkeit gespalten, und ich möchte es schaffen, sie wieder zu vereinen. Samantha hat mir erzählt, dass schwere traumatische Erlebnisse in der Kindheit diese Persönlichkeitsstörung auslösen können, und davon hatte er reichlich. Normalerweise bemerken diese Menschen den Wechsel von einer Person in die andere nicht, aber Nitro schon. Natürlich kann ich das Geschehene nicht rückgängig machen, doch weil er über sein zweites Ich Bescheid weiß, habe ich Chancen, die beiden zusammenzuführen.

Ich stelle mich neben die Lampe, damit er mich deutlich sieht, und streife mir langsam das T-Shirt ab. Als meine Brüste zum Vorschein kommen, zuckt sein Penis.

»Weiter«, fordert er heiser. »Streichel sie, mach deine Nippel hart.«

Ich schlucke meine Aufregung hinunter. Was tu ich hier eigentlich? Aber es gibt kein Zurück mehr. Ich habe seine Aufmerksamkeit und er ist gerade sehr umgänglich. Das muss ich ausnutzen!

Also lege ich beide Hände an meine Brüste, um sie zu massieren und mit den Daumen meine Brustwarzen zu reizen, bis sie wie rosa Steinchen aussehen.

Mir ist das peinlich, mich auf diese Weise vor ihm zu präsentieren. Am liebsten möchte ich meinen Kopf unter die Decke stecken.

Er schnaubt amüsiert, doch seine Augen funkeln gefährlich. »Du bist ein wenig ... steif.«

Das Einzige, was im Moment steif ist, ist sein ...

Er lacht rau auf, als er bemerkt, wo ich hinsehe. »Mach weiter, zieh den verdammten Slip aus, und danach will ich mehr Leidenschaft sehen.«

Okay, er hat mich ohnehin schon nackt erblickt, warum fällt es mir dann nur so schwer? Doch seine geraunten Befehle gefallen mir irgendwie.

Seine glühenden Blicke scheinen sich in meine Haut zu brennen, mein Unterleib pulsiert im Takt meines Herzens und meine Hände zittern stark. Beinahe verliere ich das Gleichgewicht, als ich aus dem Slip steige, und Nitro beobachtet das alles mit diesem raubtierhaften Lächeln. Immer wieder blitzen seine Fänge auf.

»Mmm ...« Geräuschvoll zieht er die Luft ein und schließt kurz die Augen. »Ich rieche deine Erregung.«

Er hat recht, ich bin feucht.

Nitro hebt den Kopf und schnuppert. »Ich will sehen, wie nass du bist. Stell dich über mich und spreiz deine Beine.«

Das kann er doch nicht verlangen, das ist so ... peinlich!

Ich positioniere mich über seiner Körpermitte, woraufhin seine Erektion mehrmals unter mir zuckt, und gehe ein wenig in die Hocke.

»Das reicht nicht«, knurrt er. »Nimm die Finger dazu.«

Zögerlich ziehe ich die Schamlippen auseinander und glühe am ganzen Körper. Dieses zur Schau stellen ist demütigend, aber zugleich sehr erregend.

Er knurrt erneut und mustert mich so eindringlich, dass mein Kitzler hart klopft.

»Komm an meinen Mund. Ich will dich kosten.«

Als er wild lächelt, sehe ich die scharfen Fänge.

Oh Gott, was, wenn er mich beißt? Was, wenn das eine Falle ist, wie bei unserem ersten Versuch, als er sich ohnmächtig gestellt hat?

Seine Lider verengen sich. »Du hast Angst.«

»Natürlich habe ich das.«

»Wenn Nitro hier wäre, würdest du dich ohne zu zögern auf sein Gesicht setzen.«

Klingt er verletzt? »K-kann ich dir vertrauen?«

Er lacht heiser. »Kannst du nicht.«

»Ich will dir aber vertrauen. Ich will, dass du mir vertraust.«

»Komm her, ich will dich lecken. Zeig mir, dass du dich nicht vor mir ekelst, dass du mich so akzeptierst, wie ich bin.«

Ich stutze. Klingt da Nitro durch?

Mein Herz rast vor Hoffnung.

Ich mache ein paar wackelige Schritte über ihm und gehe genau über seinem Kopf in die Hocke. Ganz langsam. Ich habe immer noch Angst, dass er mich beißt. Doch er bleibt liegen, bis mein gespreiztes Geschlecht seinen Mund berührt.

»Ja«, raunt er. »Braves Mädchen.« Dann schiebt er die Zunge zwischen meine Schamlippen.

Glühende Lava schießt durch meinen Unterleib, während er mich ausgiebig leckt. Dabei schmatzt er schamlos und saugt meine Creme ein.

»Mehr«, raunt er, bevor er den Kopf ein Stück hebt und seine Zunge in mich schiebt. »Guuut.«

Seine primitive Seite kommt deutlicher hervor, aber er ist vorsichtig und verletzt mich nicht mit den Fängen. Leicht entspanne ich mich, um die Zungenschläge zu genießen. Ich fasse in sein Haar und kraule seinen Kopf, während er mich leise knurrend leckt und nie den Blick von mir wendet.

Mein Herz schlägt höher, meine Lust wächst ebenfalls an.

»Und jetzt reite auf mir«, befiehlt er. »Fick mich.«

Schwer atmend stehe ich auf, mache ein paar wackelige Schritte rückwärts und senke mich wieder auf ihn, genau auf die Länge seines harten Schaftes. Heiß schmiegt er sich zwischen meine Schamlippen. Soll ich es wirklich tun?

»Na los, oder machst du einen Rückzieher?« Seine Iriden flackern. »Geh, Sonja …«

Oh Gott, Nitro blitzt durch! »Ich liebe dich. Ich vertraue dir.«

Sein dunkles Ich drängt sich wieder vor, die Iriden leuchten erneut gelb. »Du liebst mich?«

»Ich liebe dich«, wiederhole ich und führe mir sein Geschlecht ein.

Er knurrt auf, wobei er den Kopf zurückwirft, während er Stück für Stück in mich dringt. Nitro füllt mich mit seiner Länge. Seine Hüften zucken, doch er rammt sich nicht in mich.

»Sonja, nicht … Verschwinde!« Erneut klingt Nitro durch.

»Ich lass dich nicht allein.« Als ich ganz auf ihm sitze, spüre ich dem Pochen seiner Länge in mir nach.

Er zerrt an den Fesseln. »Nein! Niemand kann mich lieben, nicht einmal Vater hat das. Liebe macht schwach!«

Spricht nun Nitro oder der andere zu mir? »Fühlst du dich denn schwach? Ist es nicht schön, was wir tun?«

»Sehr schön«, gesteht er kraftlos und bleibt unbeweglich unter mir liegen.

»Zeig mir, was Liebe ist, Sonja.« Als seine Augen schimmern, verkrampft sich mein Herz. Er hat so viel nachzuholen.

»Liebe ist eine zarte Berührung.« Ich streiche über sein Gesicht, und er schmiegt seine Wange in meine Handfläche, wie er es schon so oft getan hat.

»Liebe ist ein inniger Kuss.« Meine Lippen fahren erst zart über seine, bevor ich die Zunge hinzunehme. Nitro stupst sie an, keucht und hebt schließlich den Kopf, um mich verlangend zu küssen.

Als er mich zu Atem kommen lässt, bewege ich mein Becken. »Liebe ist, dem anderen zu vertrauen. Ich vertraue dir.« Seine Härte in mir fühlt sich gut an, als ob es immer nur Nitro gegeben hätte. Ich reibe meinen Kitzler an ihm, um meine Erregung weiter anzufachen. Jetzt muss auch er mitbekommen, dass ich keine Angst mehr habe, sondern pure Lust spüre.

»Liebe ist, auf die intimste Weise miteinander verbunden zu sein, mit Körper und Seele.« Während ich die Finger in sein Haar schiebe, reite ich auf ihm. Dabei schaue ich ihm tief in die Augen. Die Iriden sehen anders aus, sie flackern nicht oder wechseln die Farbe. Zwar ist Nitro verwandelt, doch seine Augenfarbe ist ein konstanter Mischmasch aus Grün, Braun und Gelb. Er hat seine andere Seite im Griff.

Er starrt lediglich zurück und hört mir zu, was ich ihm zu sagen habe.

»Liebe ist, um den anderen zu kämpfen und ihn so zu nehmen, wie er ist.« Meine Bewegungen werden schneller und härter. Nitros Hüften zucken, genau wie seine Erektion tief in mir.

»Sonja«, raunt er. »Ich komme gleich, ich … hab mich dann vielleicht nicht unter Kontrolle.« Verzweiflung steht ihm ins Gesicht geschrieben, aber seine Augenfarbe verändert sich nicht.

»Doch, das hast du. Du bist hier, bei mir.« Er, genau wie seine andere Seite. Ich sehe sie beide, Nitro und das Biest.

Während ich auf ihm reite und mich an ihm reibe, küsse ich ihn und streichle seinen Kopf. Knurrend stößt er zu, bewegt sein Becken immer schneller. Und als er den Höhepunkt erreicht, schauen wir uns an. Seine Lider flattern, sonst ändert sich nichts.

Er stöhnt meinen Namen, und ich folge ihm nach. Mein Schoß glüht vor Verlangen, Stromschläge scheinen durch meine Klitoris zu pulsieren.

Tief in meinem Herzen fühle ich Wärme und Liebe. Wir waren beide Opfer von Lügnern, die uns gegeneinander aufgehetzt haben. Wir waren die schlimmsten Feinde, doch jetzt sind wir Liebende, auf die intimste Weise miteinander verbunden. Ich wünschte, dieser Moment würde niemals enden.

Als wir zu Atem kommen, küsse ich kurz seine geöffneten Lippen, denn das träge Genießen muss warten. Zuerst hole ich den Schlüssel und befreie ihn von den Ketten. In seinen Iriden erkenne ich immer noch die gelben Flecken. Das Biest ist da, Nitro allerdings auch. Seine Fänge sind länger als gewöhnlich, aber die Muskeln weniger ausgeprägt, und sein Gesicht besitzt überwiegend menschliche Züge. Langsam verschwindet alles Animalische, doch die gelben Sprenkel in den Augen bleiben.

Ich glaube, seine beiden Seelen sind miteinander verschmolzen.

Mein Vorhaben ist riskant, aber ich muss ihn losbinden, um die letzten Zweifel verschwinden zu lassen. Er muss sehen, dass ich ihm voll und ganz vertraue.

»Sonja …« Kopfschüttelnd setzt er sich auf und reibt sich über die Handgelenke. »Du … du hättest sterben können! Du kannst doch nicht … Ich war nicht ich selbst!«

»Und wie du das warst. Vielleicht zum ersten Mal seit Langem.« Mit dem Daumen wische ich eine Träne weg, die sich in seinen Wimpern verfangen hat. »Ich hab dir vertraut.«

Er wirft einen Blick auf seine Hände, dann zieht er die Krallen ein. »Du hast meiner finsteren Seite vertraut?«

Ich nicke.

»Du bist wahnsinnig!«

»Ja, es war sehr riskant, aber das hat viel mehr gebracht, als dich zu quälen.« Vorsichtig fasse ich nach seiner Hand. »Ich glaube, du bist auf dem richtigen Weg. Du warst bei mir, zeitgleich mit deinem anderen Ich.«

Seine Brauen ziehen sich zusammen, aber gleich darauf lächelt er. »Du hast recht. Du verrücktes Weib hast recht!« Stürmisch umarmt er mich, und ich falle mit ihm auf die Matratze zurück.

Sein Lächeln ist so ehrlich und warm, dass sich jede Zelle in mir aufheizt, obwohl ich nach unserem Sex ohnehin noch glühe.

»Du liebst mich ja wirklich, mein sexy Barmädchen«, raunt er und küsst mich.

Ich schmiege mich an seinen nackten Körper, genieße es, von Nitro fest gehalten zu werden, und lausche den Schlägen seines Herzens. Ich bin überglücklich, dass ich dieses Risiko eingegangen bin.

»Natürlich liebe ich dich, mein düsterer Krieger.« Ich küsse ihn am Hals, wo er immer so gut duftet. »Ich glaube, ich hab mein Herz bereits an dich verloren, als ich dir bei unserer ersten Begegnung zeigen musste, wie das zwischen Mann und Frau funktioniert.«

»Ich bin ein gelehriger Schüler, Sonja«, sagt er, woraufhin ich spüre, wie er schon wieder hart wird.

***

Ich bleibe noch drei weitere Tage mit ihm in dem Hochhaus, und wir haben Sex. Viel Sex.

Sam und Mark habe ich erzählt, dass wir große Fortschritte machen. Wie ich diese erreiche, erwähne ich lieber nicht.

Storm weiß Bescheid, denn Nitro hat gleich nach dem ersten Mal stolz verkündet, was ich seinetwegen gewagt habe. Sein Freund hat es sicher Mark erzählt und der Sam. Das ist okay, dann muss ich es nicht tun. Und bis jetzt kamen keine Einwände.

Als wir nach Resur zurückkehren, haben die Prüfungen für Nitro noch kein Ende. Samantha, Mark, Jax, Crome und der Bürgermeister wollen sich natürlich selbst davon überzeugen, dass er sich im Griff hat. In einem abschließbaren Raum im Gefängnistrakt, unter höchster Bewachung, muss er ihnen zeigen, dass er sich mittlerweile verwandeln kann, ohne ein anderer zu sein. Wenn er jetzt Krallen und Fänge hat, spricht Nitro mit klarem Verstand zu uns. Sein anderes Ich ist verschwunden und trotzdem da. Er ist beides. Er ist eins.

# Kapitel 10 – Über ein Jahr später

*Nitro: »Liebe ist, wenn mir Sekunden ohne Sonja wie die Ewigkeit vorkommen.«*

Es ist Nachmittag, und ich stehe vor Miraja und Cromes Haus. Ich möchte mit meiner Freundin über das Kinderheim sprechen und klopfe an die Tür.
Als Crome öffnet, bin ich überrascht. »Hi, Sonja.«
»Hi, ich wusste nicht, dass du da bist. Wolltest du nicht mit Jax zu irgendeinem Nationalpark fliegen?«
Er lächelt. »Der kommt auch mal ohne mich klar.«
Hinter ihm sehe ich Miraja in einem Sessel sitzen. Sie stillt gerade Lion, und ich erkenne einen weißen Strampelanzug und ein braunes Haarbüschel, das vom Kopf des kleinen Jungen absteht. Er ist vor wenigen Tagen auf die Welt gekommen und saugt gierig an der Brust. Die Geburt verlief ohne Komplikationen, Miraja hat ihn im White City Hospital zur Welt gebracht, denn Crome hat darauf bestanden. Nitro und ich haben sie dort besucht. Es war das zweite Mal nach dem Öffnen der Kuppel, dass ich die Stadt betreten habe.
Lion ist das erste Kind eines genmanipulierten Kriegers, und soweit Samantha beurteilen kann, ist der Kleine kerngesund, hat aber die Supersinne seines Vaters geerbt.
Während der gesamten Schwangerschaft war Crome ein einziges Nervenbündel; jetzt scheint er Miraja immer noch nicht von der Seite weichen zu wollen. Wer hätte gedacht, dass unsere Krieger solch einen starken Beschützerinstinkt haben.
»Ich komme später wieder«, sage ich. »Ist nicht so wichtig.« Die beiden sollen ihr neues Glück in Ruhe genießen dürfen.
Miraja winkt mich zu sich. »Nein, komm rein, der kleine Kerl muss ja langsam mal satt sein.«
»Ich kann voll und ganz verstehen, dass er jede Sekunde auskosten will.« Crome wirft einen sehnsüchtigen Blick auf Mirajas entblößte Brust, während ich an ihm vorbeigehe und mich an den Tisch setze. Lion hat die Augen geöffnet und starrt seine Mama an, als könne er sie schon genau erkennen. Seine katzenhaften Iriden haben dieselbe Farbe wie die von Crome: ein intensives Grün. Er nuckelt und schmatzt an der Brustwarze, als wäre er am Verdursten, und ich kann nur grinsend zusehen, wie verträumt Crome die beiden anblickt.
Als Lion offenbar genug hat und herzhaft gähnt, legt ihn Miraja über ihre Schulter und klopft ihm auf den Rücken.
»Lass mich das machen, dann könnt ihr euch unterhalten.« Crome nimmt ihr den Kleinen ab. An seiner Schulter wirkt das Baby noch winziger. Behutsam tätschelt er mit der riesigen Hand den schmalen Körper.
Miraja grinst, während sie ihr Oberteil richtet. »Er ist nicht zerbrechlich.«
Mutig klopft er ein wenig fester, und Lion macht ein Bäuerchen, wobei

Milch auf Cromes Shirt spritzt.

Crome seufzt. »Er hat mich schon wieder vollgekotzt. Warum macht er das immer nur bei mir?«

»Das ist seine Art zu zeigen, dass er dich liebt, Schatz.«

Kopfschüttelnd verschwindet er mit dem Baby im Schlafzimmer, während Miraja ihnen lächelnd hinterherschaut. »Er ist so ein toller Vater«, sagt sie leise und zwinkert sich Tränen aus den Augen. »Tut mir leid, die Hormone. Ich könnte den ganzen Tag heulen.« Sie tupft sich mit einem Taschentuch die Lider ab und räuspert sich.

»Soll ich dann nicht doch ein anderes Mal kommen?«

»Ich hab als Seekuh genug Neuigkeiten verpasst.« Miraja hatte während der Schwangerschaft mehr als die üblichen paar Kilo zugelegt, denn Wassereinlagerungen haben ihrem Körper zu schaffen gemacht. Zum Glück geht es ihr wieder gut.

»Weshalb bist du hier?«, möchte sie wissen.

Ich lächle. »Um dir mitzuteilen, dass das Haus bezugsfertig ist. Gestern ist es auch ans Wassersystem angeschlossen worden.«

»Echt?« Ein Strahlen breitet sich in ihrem Gesicht aus. »Das ist toll, endlich haben die Straßenkinder ein Dach über dem Kopf.«

»Jetzt müssen wir sie nur noch einsammeln.« Nitro unterstützt mich dabei. Da er sich in großen Menschengruppen nicht wohl fühlt, pirscht er die meiste Zeit allein oder mit Storm durch die Straßen. Wie jeder Warrior braucht er viel körperliche Betätigung. Zwar dürfte er mit Jax und seiner Armee trainieren, aber er ist lieber für sich und hat eine eigene Truppe gebildet, die die Menschen von Resur vor den Raubtieren beschützt. Seit er damals Noel, Vance, Kia und mich vor den Löwinnen gerettet hat, hat er sich einen Platz in den Herzen der Bürger von Resur gesichert, zumindest bei den meisten. Die Wachen, die ihn damals tobend in der Zelle erlebt haben, haben Geschichten über ihn verbreitet. Von einigen wird er daher gemieden, doch damit kommt er klar.

Außerdem muss er regelmäßig vom Sam untersucht werden – auf Anordnung vom Bürgermeister – und weiterhin die pflanzliche Medizin nehmen, aber er darf sich in der Stadt frei bewegen. Mit anderen ehemaligen Kriegern und Männern der Stadtwache patrouilliert seine Schutztruppe durch die Straßen, um nach wilden Tieren Ausschau zu halten – und elternlosen Kindern zu sagen, wo sie einen sicheren Unterschlupf und etwas zu essen finden. Tag und Nacht beschützen sie die neue Wohnsiedlung und Resur.

In Jax' Armee ist er jederzeit willkommen, die Männer üben unermüdlich für Krisensituationen, falls wir eines Tages angegriffen werden sollten oder beschließen, die nächstgelegenen Kuppelstädte vom Regime zu befreien.

Doch zunächst beschäftigt uns der Widerstand, der sich in White City gebildet hat. Obwohl die Senatoren hinter Gittern sitzen, ziehen einige offenbar noch aus dem Gefängnis die Strippen. Kleine Gruppen haben sich unter den

Bürgern von White City formiert, die versuchen, die verachtenswerten Strukturen zurückzufordern. Eine Partei wurde gegründet, die die alten Werte vertritt. Offiziell hat sie nicht viele Anhänger, doch wir wissen nicht, wie groß die Dunkelziffer ist. Jetzt sind nicht mehr wir der Widerstand, sondern diejenigen, gegen die wir früher gekämpft haben. Wir dürfen diese Macht nicht unterschätzen.

Veronica hat Ice, ihren persönlichen Bodyguard, der jeden ihrer Schritte begleitet. Zwar hat sie keine Führungsposition mehr, aber immer noch wichtige Aufgaben inne. Sie setzt sich dafür ein, nach wie vor die Beziehungen beider Städte zu stärken.

Und auch Julius wird streng bewacht, schließlich ist er der neue Präsident von White City. Ich kann es kaum glauben – Julius, unser ehemaliger Rebellenführer!

Ein Parlament wurde gewählt, endlich gibt es eine richtige Regierungsform unter der Kuppel. Nun muss dafür gesorgt werden, dass der Frieden erhalten bleibt.

»Ich möchte das Haus ansehen«, sagt Miraja und erhebt sich vom Tisch.

Das Gebäude befindet sich in der Nähe, wir können es in zwei Minuten zu Fuß erreichen. Nach langem Suchen haben wir ein ehemaliges Hotel gefunden, das nicht einsturzgefährdet war und renoviert werden konnte. Es hat über fünfzig Zimmer, und dank Nitros Gruppe haben sich die wenigen überlebenden Raubtiere an den Rand der alten Stadt zurückgezogen. Trotzdem trage ich jetzt immer eine geladene Pistole bei mir. Wer eine Spezialausbildung macht und keine Gefahr für Resur darstellt, darf eine Waffe mitführen.

Leise öffnet Miraja die Tür zum Schlafzimmer, woraufhin ich über ihre Schulter auf den schlafenden Krieger blicken kann. Er nimmt fast das ganze Bett ein. Auf seiner nackten Brust liegt Lion und schläft selig.

»Crome?«, wispert sie.

Er öffnet ein Auge. »Geh nur, aber sei zur Raubtierfütterung wieder zurück.«

Sie tapst zu ihm, gibt ihm einen Kuss, drückt Lion ebenfalls einen Schmatzer aufs Köpfchen und verlässt mit mir das Haus.

Als wir die Straße entlanggehen, sagt sie: »Man hat keinerlei Privatsphäre mehr, wenn man mit diesen Kerlen zusammen ist.«

Ich seufze theatralisch und grinse sie an. »Wem sagst du das?«

An diesem milden Tag weht ein kühler Wind. Ich mag den Frühling, wenn die Hitze noch nicht in Resur Einzug gehalten hat. Die Rasen sind grün und es fällt ab und zu Regen.

»Wo ist eigentlich Kia?«, frage ich.

Miraja wickelt sich einen dünnen Schal um den Hals. »Sagt dir der Name Aris was?«

Ich nicke. »Allerdings, ist das nicht ein ehemaliger Warrior-Anwärter, ich schätze, fünfzehn Jahre alt? Blonde kurze Haare und ein Piercing in der Au-

genbraue?«
»Genau der.«
»Er ist in Nitros Jagdgruppe.«
»Und Kia ist überall dort, wo Aris ist.«
»Oh oh«, sage ich grinsend. »Ihre erste große Liebe?«
Miraja zuckt mit den Schultern. »Sie gibt es nicht zu, findet ihn aber verdammt cool.«
Bei Noel dauert es hoffentlich noch ein bisschen, bis er sich für das andere Geschlecht interessiert. »Und was sagt Crome dazu?«
»Ich glaube, er würde mit dem Gewehr hinter dem Fenster stehen, wenn er davon wüsste. Lion lenkt ihn allerdings ab.«
»Dann bekommt er also doch nicht alles mit.«
Sie lacht auf. »Scheint, dass unsere Krieger nicht allmächtig sind.«
Ich habe mir erlaubt, über Kinder mit Nitro nachzudenken, und wir haben darüber gesprochen. Er will keine Kinder haben, und Sam rät auch davon ab, denn die genetischen Veränderungen bei ihm sind zu gravierend.
Im Moment geht es mir auch nicht anders als Miraja und Crome. Nitro und ich wollen unser Leben genießen. Auch wenn das vielleicht egoistisch klingt, ich will mir nicht noch mehr Sorgen und Ängste aufladen, daher bin ich mit einem Kind durchaus glücklich.
»Die Liebe scheint in der Luft zu liegen«, sage ich. »Ich hab doch bei Rock Flugstunden genommen.« Er hat mir gezeigt, wie ich eins dieser Shuttles aus White City steuern kann. »Dabei habe ich erfahren, dass er ein Verhältnis mit Anne hat.«
Mirajas Augen werden groß. »Seit wann?«
»Schon seit letztem Herbst.«
»Und was ist das für ein Verhältnis? Sind sie richtig zusammen?«
»Scheint, eher was Lockeres zu sein.«
Sie hängt sich bei mir ein und grinst verschwörerisch. »Ich will alle Details. Verdammt, ich habe zu viel verpasst in letzter Zeit …«

***

Am Abend kehre ich zurück in mein eigenes Heim. Noel schläft heute bei meiner Mutter in der Pyramide. Das macht er öfter, denn ihm fehlt seine Granny. Mom wollte nicht zu uns ziehen, sie genießt ihre neue Freiheit genau wie ich mein neues Leben. Aber Noel vermissen wir beide, daher teilen wir uns die Zeit mit ihm. Noel macht es nichts aus, mal hier oder dort zu schlafen, denn er fühlt sich überall wohl. Und Nitro hatte er ohnehin sofort ins Herz geschlossen. Die beiden verstehen sich gut, auch wenn Nitro nach wie vor ein wenig Probleme hat, von ihm umarmt zu werden. Überhaupt wirkt er nach außen hin für viele verschlossen, was daran liegt, dass er Angst hat, seine andere Seite könne eines Tages erneut hervorbrechen. Er fühlt sich wie ein brodelnder Vulkan. Aus diesem Grund trägt er immer ein Betäubungsmittel bei sich, das schnell wirkt. Sollte sein düsteres Ich jemals wieder hervorkommen und er es nicht verdrängen können, kann er sich selbst sedieren.

Ich bin wohl die Einzige, die daran glaubt, dass das niemals mehr passiert. Trotzdem bin ich stolz auf ihn, denn diese Vorsichtsmaßnahme hat er nur mir zuliebe ergriffen.

Wir wohnen im letzten bezugsfertigen Haus der neuen Siedlung, aber weitere Gebäude werden ständig gebaut. Die Stadt wächst rasant, immer mehr Menschen ziehen hinzu. Unser Schmuckstück hat sogar zwei Stockwerke. In einer Art Erkerturm führt eine Wendeltreppe nach oben. Unter dem Dach hat Noel sein Reich, während Nitro und ich unten wohnen. Ich liebe unser kuschliges Häuschen. Wir waren wochenlang unterwegs, um passende Möbel zu suchen. In den ehemaligen Hotels sind immer noch gut erhaltene Einrichtungsgegenstände zu finden.

Noel hat sich ein besonderes Bett gewünscht, und wir haben eines entdeckt, das wie ein Auto aussieht. Er liebt es heiß und innig. Ich habe es frisch angestrichen, während er seine Zimmerwände kunterbunt bemalt hat. Über Julius haben wir Farben aus White City bekommen, und ich konnte nicht widerstehen, unsere kleine Küche fliederfarben zu streichen.

Nitro hat über meine Farbwahl grinsend den Kopf geschüttelt, mir aber freie Hand gelassen. Lediglich unser Schlafzimmer wollte er in einem freundlichen Gelbton gestrichen haben. Offenbar ist das seine Lieblingsfarbe.

Gemeinsam mit ihm habe ich auch einen alten Schulbus zum Laufen gebracht. Damit haben wir unsere Möbel transportiert, außerdem wird er für das Kinderheim nützlich sein.

Nachdem ich die Tür geschlossen habe, fallen mir Nitros Einsatzstiefel auf, die am Eingang stehen. Sonst ist es meist dunkel im Haus, weil die Fensterläden tagsüber wegen der Hitze geschlossen sind. Da es jetzt draußen noch nicht so heiß ist, strahlt Licht in unser Reich. Deshalb erkenne ich auch sofort die Spur mit Kleidungsstücken, die von hier bis ins Schlafzimmer führt.

Grinsend ziehe ich meine Sneaker aus. Der Herr des Hauses ist also anwesend, und offenbar will er mir mit dieser Aktion etwas Bestimmtes mitteilen. Gewöhnlich ist er nämlich nicht unordentlich, im Gegenteil. Er liebt es, wenn alles an seinem Platz liegt.

Während ich durch das Haus gehe, hebe ich sein Langarmshirt auf. Dann folgen seine Cargohose und ein schwarzer Slip.

Ich lege alles auf einen Stuhl in der Küche, da ich Durst habe. Fasziniert schaue ich zu, wie frisches Trinkwasser aus der Leitung läuft, und nehme große Schlucke direkt aus dem Hahn.

Danach betrete ich das Schlafzimmer. Dort ist es dunkler, offenbar hat Nitro die Läden zugezogen. Er hat heute Nachtschicht und ruht sich vorher immer einige Stunden aus. Er liegt im Bett und hat die Augen geschlossen, aber er schläft garantiert nicht mehr. Zugedeckt ist er nur bis zum Bauchnabel, damit ich seine nackte Gestalt bewundern kann. Er weiß genau, dass ich mich nicht an ihm sattsehen kann.

Schmunzelnd stehe ich an der Tür, um ihn zu beobachten, als er mit dem Zeigefinger eine eindeutige Geste macht, die besagt: »Komm her.«

Während ich auf ihn zuschlendere, dreht er sich auf die Seite, sodass die Decke über seine Hüften rutscht und ich seinen knackigen Po vor Augen habe.

Rasch schlüpfe ich aus meiner Kleidung. Die Situation muss ich ausnutzen. Nitro ist heute Nacht nicht da und gerade haben wir kinderfrei ... Im Nu schmiege ich mich nackt an seinen Rücken.

Er brummt wohlig, während ich seinen Nacken küsse. Dabei lasse ich meine Hand über seine Brust wandern.

»Tiefer«, murmelt er.

»Du musst dich noch ausruhen, schließlich bist du die ganze Nacht weg.«

Gähnend dreht er sich auf den Rücken, woraufhin ich mich in seine Armbeuge kuschle. »Warst du bei Miraja?«

»Hm, und ich hab ihr das fertige Gebäude gezeigt. Ich kann es kaum erwarten, bis es mit Leben gefüllt ist.«

»Hast du dich schon entschieden, wen du alles anstellen wirst?«

»Ein paar Kandidaten sind in der engeren Auswahl, aber festgelegt habe ich mich noch nicht.« Mehrere Erwachsene werden im Heim wohnen, um die Kinder zu betreuen. Ich möchte mich mehr um die administrativen Dinge kümmern, und Miraja wird mich dabei unterstützen. Veronica hat uns ebenfalls Hilfe angeboten. Aus White City haben wir Kleidung, Bettwäsche und viele andere Mittel des täglichen Bedarfs bekommen.

Nitro zieht mich fester an sich, und ich lege ein Bein auf seinen Oberschenkel. Er liebt es, wenn wir miteinander kuscheln. Das könnte er stundenlang tun, dabei ist es nicht wichtig, dass wir miteinander schlafen. Er will mich nur nah bei sich spüren, am besten Haut an Haut. Ich genieße das ebenfalls, koste jede Sekunde mit ihm aus, schnuppere an seiner Haut, lausche seinem Herzen und genieße die Zärtlichkeiten.

»Bist du eigentlich glücklich?«, frage ich, wobei ich an seinem Perlenanhänger zupfe. Er trägt ihn ununterbrochen, offenbar ist er so eine Art Talisman für ihn. Die Zeit in der Dschinn Bar scheint Jahrhunderte zurückzuliegen.

»Denkst du, ich wäre nicht glücklich?« Nitro öffnet die Augen. Immer noch ist das Grün-Braun mit den bernsteingelben Flecken verschmolzen. Als wir uns kennengelernt haben, habe ich sie nur als goldene Sprenkel wahrgenommen, tatsächlich war wohl ein kleiner Teil seiner düsteren Seite schon immer auch ein Teil von ihm.

»Na ja, du warst ein Krieger, und du kanntest nichts anderes als Drill und Routine. Man hat euch den Tagesablauf vorgeschrieben. Hier kannst du auch

mal faul sein. Langweilst du dich nicht manchmal?«
»Nie.« Er lächelt verschmitzt. »Wenn ich früher gewusst hätte, wie mein Leben mit dir sein könnte, hätte ich kein anderes haben wollen.« Räuspernd wendet er den Kopf ab. Ich weiß, dass er immer noch Probleme hat, über Gefühle zu reden. Das ist okay, schließlich zeigt er mir mit Gesten und seinem Körper, wozu ihm die Worte fehlen.

Trotzdem hat er sich sehr verändert. Er denkt über Vieles nach, besonders über das Leben. Hat er am Anfang die Raubtiere, die der Stadt zu nahe kamen, regelrecht abgeschlachtet, weiß er nicht mehr, ob das richtig ist. »Sie haben eben Hunger und folgen ihren Instinkten«, sagt er.

Teilweise sind diese Wesen mutiert und wirklich gefährlich, aber Nitro tötet sie nur noch, wenn es nicht anders geht. Vielleicht, weil sie ihm ähnlich sind? Er scheint mit ihnen zu kommunizieren, knurrt sie an und zeigt ihnen, wer jetzt Herr dieser Stadt ist. Fünf Kilometer um Resur wurde eine virtuelle Grenze errichtet. Jedes gefährliche Tier, das in diese Zone kommt, wird erschossen. Alle anderen lässt er leben.

Jax konnte während seiner Shuttle-Expeditionen beobachten, dass sich viele Raubtiere in den Red Rock Canyon zurückgezogen haben. Dort haben früher auch schon Pumas gelebt, außerdem Schafe und Hirsche, die vereinzelt von unseren Jägern in diesem Tal geschossen werden. Wenn die Raubtiere dort genügend Nahrung finden, kehren sie hoffentlich nicht mehr nach Resur zurück.

Da ich nun ebenfalls ein Shuttle fliegen kann, haben wir uns überlegt, die gesunden Tiere einzufangen und im Canyon auszusetzen. Zumindest Nitro hat sich das in den Kopf gesetzt. Es ist schön, dass er Aufgaben hat, die ihn erfüllen, doch im Herzen wird er wohl immer ein Krieger bleiben. Jeden Tag geht er eine Stunde zum Laufen, danach übt er sich oft im Stockkampf mit Storm. Unser Garten sieht eher aus wie eine Arena, dabei könnten die zwei hinter der Pyramide auf einem großen Feld mit Jax und den anderen trainieren. Man merkt den beiden an, dass sie Einzelgänger sind, daher freue ich mich besonders, Nitros Herz erobert zu haben.

Seufzend lasse ich die Finger über seine weiche Haut gleiten und fühle den Narben nach. Ich glaube, seine Seele hat sich bereits zum Großteil erholt, auch wenn er manchmal immer noch von dem grausamen Arzt träumt, den er seinen Vater nannte.

So vieles hat sich verändert. Wird Noel nun in einer besseren Welt groß werden?

Mit Nitro an meiner Seite fühle ich mich stark und der ungewissen Zukunft gewachsen. Sollten sich andere Kuppelstädte oder vielleicht sogar der Widerstand in White City gegen uns stellen, wird sich Nitro der Armee von Jax anschließen, um zu kämpfen. Ich hoffe jedoch, dass das niemals geschehen wird. Ich habe keine Lust mehr auf Krieg, sondern will nachholen, was ich verpasst habe – die Liebe und alles, was dazugehört.

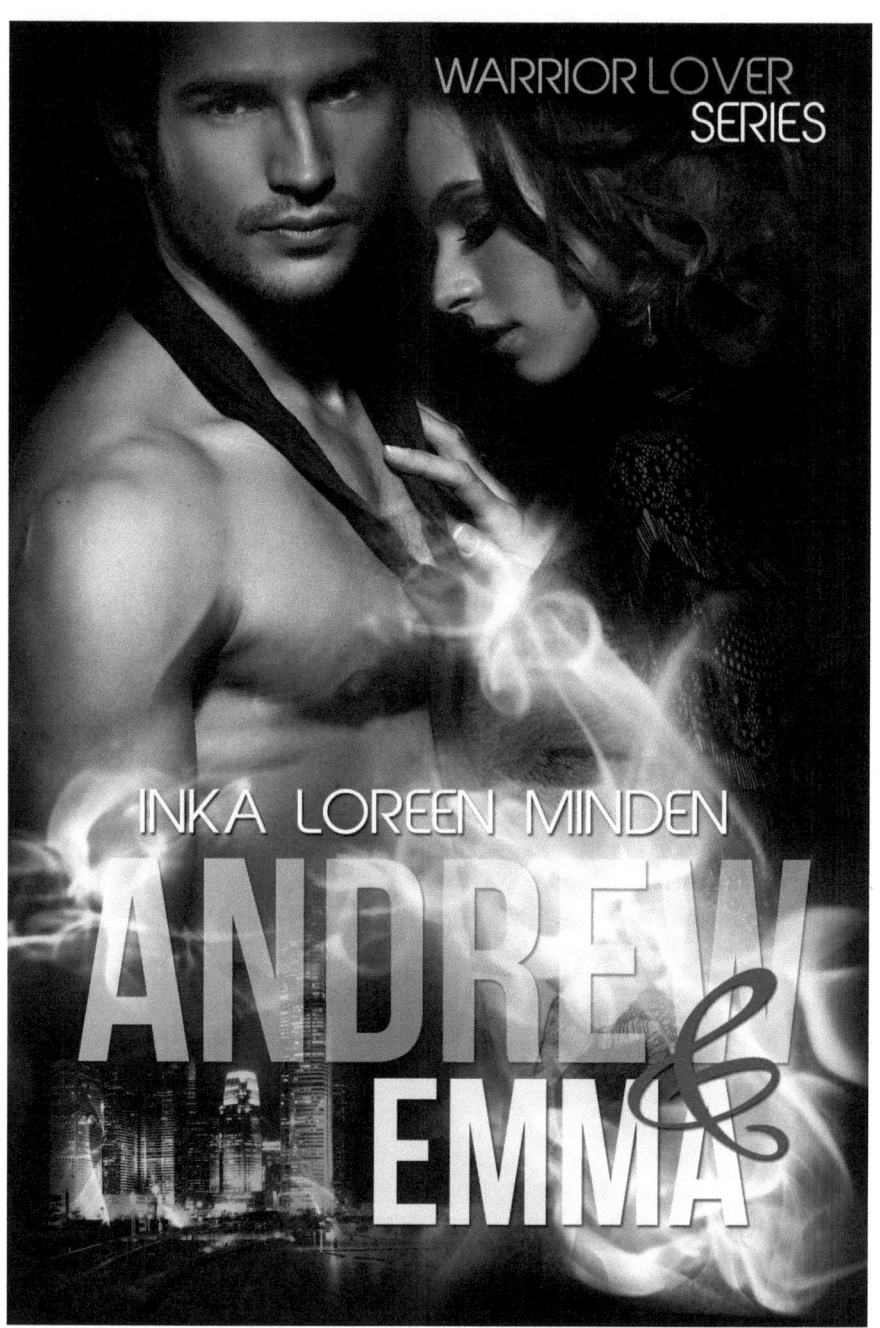

# ANDREW – Warrior Lover 6

## Prolog – Andrews Traum

*»Kann ich noch etwas für Sie tun, Mr. President?« Ms. Jones beugte sich über den Schreibtisch, sodass Andrew in den Ausschnitt ihrer Bluse sehen konnte. Emma, wie er seine Sekretärin für sich nannte, trug keinen BH, ihre Nippel leuchteten rosa.*

*Atemlos ließ er den Blick weiterwandern, an ihrem schlanken Hals hinauf, über die hohen Wangenknochen, die schmale Nase und vollen Lippen. Was für ein Weib.*

*Er fasste in ihren Nacken, um sie zu sich zu ziehen. Interessiert musterte sie ihn mit ihren katzenhaft geformten Augen, wobei ihr eine braune Strähne ins Gesicht fiel. Mit einem Lächeln pustete sie ihm ihr Haar entgegen.*

*Andrew hatte niemals eine schönere Frau gesehen, und klug war sie auch noch.*

*»Haben Sie meine Anweisungen befolgt?«, fragte er heiser. Seine Erektion pochte heftig und drückte gegen die Hose.*

*»Ich trage keinen Slip, Mr. President. Wie Sie befohlen haben.« Emma spitzte die Lippen und hauchte ihm einen Kuss auf die Nase. Dann machte sie sich von ihm los und ging um den Schreibtisch herum.*

*Andrew rutschte mit dem Stuhl zurück, damit sie sich zwischen seine Beine knien konnte. Hastig öffnete er die Hose und befreite seinen Ständer. Ihr Mund kam näher, öffnete sich ...*

Schweißgebadet und mit einer Hand in seinen Shorts wachte Andrew auf. Seit Tagen träumte er von seiner Sekretärin. Leider war sie nur in seinen Fantasien heiß, im wahren Leben nannte er sie Ms. Frost. Meist gab sie sich kühl und unnahbar, wahrscheinlich fühlte er sich deshalb zu ihr hingezogen. Sie war eine der wenigen Frauen, die ihn nicht anhimmelten.

Frustriert zog er die Hand aus seiner Hose. Langsam hatte er es satt, immer selbst für Erleichterung sorgen zu müssen.

Seufzend drehte er sich im Bett auf die rechte Seite und starrte auf den Wecker. Fünf Uhr ... Noch ein wenig Zeit zum Schlafen. Doch er fühlte sich wach, sodass er zum Grübeln anfing.

Emma hatte ihn vom ersten gemeinsamen Arbeitstag an fasziniert, und das, obwohl er in den letzten Monaten keine Zeit an Frauen verschwendet hatte. Sein Amt nahm ihn völlig ein. Zwar hatte er »nur« eine Stadt und kein Land zu regieren und außerdem standen ihm ein Parlament und Berater unterstützend zur Seite, trotzdem gab es verdammt viel zu tun. Vor allem mussten die Bürger stets daran erinnert werden, dass der Sturz des Regimes das Beste war, das ihnen passieren konnte. Die Unterschicht sah das auch so, aber diejenigen, die mehr Privilegien besessen hatten, waren schwieriger von der neuen Amtsform zu überzeugen. Es kamen fast täglich Anfragen herein, ob er nicht vorhatte, die Spiele wieder einzuführen. Die »richtigen« Spiele. Einige Bürger vermissten tatsächlich diese sadistische Unterhaltungsshow, die ihnen offenbar einen gewissen Kick gegeben hatte. Die Vergewaltigungen vor laufenden Kameras, die Erniedrigung der Sklaven, Folter ... Daher hatte sich Andrew etwas anderes überlegt, um ihre voyeuristische Ader zu befriedigen. Er nannte es »Big Brother Extreme«. Allerdings hatte dieses »Big Brother« nichts mit der Überwachung gemein, die George Orwell einst in seinem Roman 1984 beschrieben hatte – ein Buch, das zu Zeiten des Regimes auf dem Index stand, doch nur für die Bürger. Die Senatoren fanden diese grausame Dystopie inspirierend.

Seine Show lief folgendermaßen ab: Freiwillige Warrior und Bürger konnten sich auf eine Liste setzen lassen und ihre Wünsche angeben. Diese reichten von »Kameras beobachten meinen Tagesablauf« bis »Sex mit einem Warrior«. Letzteres zeigte ein verschlüsselter Sender im Nachtprogramm.

Andrew hieß das nicht gut, aber solange alle Beteiligten freiwillig handelten, würde er den Bürgern diese Unterhaltung nicht verwehren. Gewisse Dinge ließen sich eben nicht so einfach und schnell ändern.

Unglaublich, womit er sich neben den Amtsgeschäften abgeben musste. Kein Wunder, dass er kaum noch zum Durchatmen kam. Natürlich konnte er sich hin und wieder ein klein wenig Zeit abzweigen, doch dann machte er lieber Sport. Wenn er tief in sich hineinhorchte, kam ihm sein Job gerade recht. Er war eine gute Ausrede, um nicht so oft unter Leute zu gehen – vor allem in privater Hinsicht.

Die Partnerstadt Resur besuchte er meist auch nur aus politischen Gründen; vielleicht, weil er nicht sehen wollte, wie glücklich Sonja und Veronica mit ihren Gefährten waren – beides ehemalige Warrior. Ob Andrew deshalb wie ein Besessener Gewichte stemmte? Weil die zwei einzigen Frauen, für die er je mehr empfunden hatte als Freundschaft, Männer mit starken Muskeln bevorzugt hatten?

Wenn er sich heute im Spiegel betrachtete, erkannte er sich fast nicht wieder und glaubte kaum, was für einen Aufstieg er hingelegt hatte: vom Rebellenführer zum Präsidenten. (Sein Leben als privilegierter Senatorensohn zählte er nicht dazu.)

Affären ging er ebenfalls aus dem Weg – schließlich wurde noch genug schmutzige Wäsche gewaschen. Sein altes Ego kam ihm manchmal in die Quere; es gab Bürger, die es nicht guthießen, dass der ehemalige Feind nun ihre Stadt regiere. Daher wollte Andrew nichts falsch machen und konzentrierte sich auf seine Arbeit. Trotzdem fehlte ihm etwas Grundlegendes: Geborgenheit, die Umarmung einer Frau oder besser noch ihre heißen Schenkel, die sich um seine Beine schlangen. Er war eben ein Mann mit Bedürfnissen, die viel zu lange nicht befriedigt worden waren.

Warum nur war ausgerechnet Emma die Frau, zu der er sich hingezogen fühlte?

Er musste aufhören, von ihr zu träumen, sie irgendwie aus dem Kopf bekommen. Er wollte das Arbeitsverhältnis nicht gefährden, außerdem bekäme ihm der Klatsch nicht, und eine Affäre würde ihn lediglich von seinen Aufgaben ablenken.

## Kapitel 1 – Emmas Auftrag

»Ein weiterer Tag im Paradies geht zu Ende«, murmelte Emma. Sie gönnte sich den Luxus, kurz die Hände am Fensterbrett aufzustützen, um aus dem Regierungsgebäude zu sehen. Von dort aus beobachtete sie Bürger, die von der Arbeit kamen und über die Gehwege schritten.

Als Sekretärin des Präsidenten hatte Emma so viel zu tun, dass sie meist spätabends völlig erschöpft nach Hause kam. Dazu gesellte sich die Angst, ihre wahren Absichten könnten auffliegen. Ununterbrochen stand sie unter Druck.

Tief atmete sie durch und blickte auf die gigantische Kuppel, die White City wie eine Käseglocke von den Outlands abschirmte. Außerhalb dieser Hülle würden bald wieder die Sterne am beginnenden Nachthimmel blinken; davon bemerkte man unter dem Schutzmantel nichts. Irgendwie schade, es wäre schön, die Sterne auch von hier aus betrachten zu können …

Was hatte sie nur für Vorstellungen? Ließ sie sich bereits von dem Gedankengut der einstigen Rebellen infizieren?

Als plötzlich Mr. Pearson hinter ihr stand, schaffte sie es, nicht zusammenzuzucken. Sie spürte seine Präsenz körperlich und fühlte die Hitze, die er ausstrahlte. In ihm steckte immer noch ein Teil seines alten Ichs – das durfte sie nicht unterschätzen. Andrew Pearson, seit einem Jahr Präsident von White City, war schließlich niemand anderes als der ehemalige Rebellenführer Julius Petri.

Emma hatte die schauerlichsten Geschichten über ihn gehört, doch die Zeiten hatten sich geändert. Alle Bürger, die sich damals gegen das Regime gestellt hatten, waren nun in ihren Augen die Rebellen, das gefallene Regime der Widerstand. Aber sie würden bald wieder auferstehen … Zwar sah der geheime Widerstand keine Chance, White City zurückzuerobern, doch zerstören konnten sie diese Stadt und die regimetreuen Leute aus den Gefängnissen befreien. Dann würden sie alle bestrafen, die in dem neuen System lebten und es guthießen. Das war Stephens Plan.

»Ist es denn das Paradies, Ms. Jones? Es gibt noch eine Menge zu tun.« Der Präsident klang erschöpft, denn er blieb meist noch viel länger im Büro als sie. Emma fragte sich, ob er überhaupt schlief.

Langsam drehte sie sich um und hockte sich auf den niedrigen Sims. Mr. Pearson stand viel zu dicht bei ihr, und diese intime Nähe war ihr unangenehm. Zumindest löste sie bei ihr Herzrasen und Händezittern aus, weshalb sie die Arme vor der Brust verschränkte. Sie durfte sich nichts anmerken lassen, denn sie hatte einen Auftrag.

Niemand hatte sie auf eine Situation wie diese vorbereitet, aber sie würde nun trotzdem nicht schwach werden, bloß weil dieser Kerl nett zu ihr war und umwerfend aussah. Ja, leider sah er noch viel besser aus als vor einem Jahr, als er das Amt übernommen hatte. Damals war er eher schmächtig gewesen, fast noch ein Junge, obwohl er die Zwanzig längst überschritten hatte. Jetzt stand vor ihr ein richtiger Mann. Außerdem machte er Krafttraining. Unter seinem weißen Hemd wölbten sich sanft die Brustmuskeln, und an den Oberarmen spannte der Stoff leicht, wenn er sich durch das kurze blonde Haar fuhr.

Emma räusperte sich. »Wollen Sie nicht nach Hause gehen, Mr. President? Ich kann das hier fertig machen.« Sie musste noch einen Bericht über einen Wohltätigkeitsverein für mittellose Resurer schreiben. Die ehemalige Senatorentochter Veronica Murano und Ex-Geliebte von Mr. Pearson leitete die Organisation. Die beiden waren gute Freunde und arbeiteten weiterhin eng zusammen. Wenn Mr. Pearson wüsste, dass sie, Emma, mithelfen wollte, Veronicas Vater zu befreien!

»Sagen Sie bitte endlich Andrew zu mir. Wir sitzen seit zwei Monaten aufeinander, da müssen wir nicht mehr so förmlich miteinander umgehen.« Als er lächelte und sich Grübchen in seinen Wangen bildeten, hätte sie ihm am liebsten die Faust in den Magen gerammt. Mühsam unterdrückte sie den Reflex. Er sollte sie nicht auf diese Art anblicken, schon gar nicht mit diesen intensiv-grünen Augen, obwohl sie sich glücklich schätzen sollte, dass er es tat. Das würde ihr Vorhaben erleichtern. Am besten, er würde sie zu sich nach Hause einladen, wo weder Steel noch Fire in der Nähe waren. Die zwei Bodyguards, ehemalige Warrior, bewachten den Präsidenten auf Schritt und Tritt. Auch jetzt stand einer der beiden vor der Bürotür.

»Na gut. Andrew.« Sie setzte ein hoffentlich entzückendes Lächeln auf und wischte sich die feuchten Finger möglichst unauffällig an ihrem Businesskostüm ab. »Ich bin Emma.«

Überrascht hob er die Brauen und hielt ihr grinsend die Hand hin. »Ich hätte nicht gedacht, dass dieser Tag einmal eintrifft, Emma.«

Oh Gott, wie er ihren Namen aussprach ... Als würde er wie Honig auf seiner Zunge zerfließen. Und als seine warme Hand die ihre drückte, schienen Stromimpulse durch ihren Körper zu jagen.

Nicht gut!

Er hielt ihre Hand einen Moment länger als üblich, wobei er ihr tief in die Augen blickte und dafür sorgte, dass ihr Magen verrückt spielte. Danach hockte er sich wieder hinter seinen großen Schreibtisch.

Ihrer befand sich seinem gegenüber, sodass sie sich ansehen konnten. Mr. P... Andrew hatte darauf bestanden.

»Also machen Sie heute wieder Überstunden?«, fragte sie und stellte sich neben ihn.

»Ich weiß Ihren Eifer zu schätzen, Emma, trotzdem dürfen Sie ohne schlechtes Gewissen nach Hause gehen.« Lächelnd schaute er zu ihr auf.

»Wartet denn niemand daheim auf Sie?« Emma senkte hastig den Kopf, da sie sich beinahe nackt vorkam, wenn er sie derart anstarrte. Sie fühlte, wie sein Blick an ihrem Körper hinabglitt und auf ihren Beinen ruhen blieb, die in schwarzen Seidenstrümpfen steckten. Warum musste sie auch so einen kurzen Rock tragen?

*Weil* Stephen *es will*, dachte sie. *Stell dich nicht so an, nutze deine Chance!*

Sie hatten auf eine persönlichere Ebene gewechselt, jetzt musste sie am Ball bleiben. Emma hatte Stephen erklärt, dass sie nicht weiterkam und keine wertvollen Informationen fand, daher hatte er ihr nun aufgetragen, ihre Verführungskünste spielen zu lassen. Vielleicht würde ihr der Präsident dann vertrauliche Informationen zustecken.

Was denn für Künste? Sie konnte lediglich improvisieren, daher rückte sie noch ein Stück näher. »Verzeihen Sie meine Indiskretion.«

Er winkte ab. »Auf mich wartet tatsächlich niemand. Aber gehen Sie ruhig, Sie machen ohnehin zu viele Überstunden.«

»Auf mich wartet auch niemand«, platzte es aus ihr. Lediglich morgen musste sie pünktlich das Büro verlassen, damit sie den Kommunikator checken konnte. Sonntagvormittags um zehn schickte Stephen ihr aus New World City neue Anweisungen, doch da hatte sie ohnehin ihren freien Tag. Allerdings musste sie dazu nach draußen, und das tat sie besser nicht nachts. Löwen und andere Raubkatzen trieben sich in der Wüste herum. Es waren längst nicht mehr so viele wie noch vor zwei Jahren, als die äußere Schutzmauer gefallen und die vier Tore nach draußen geöffnet worden waren. Ein ehemaliger Krieger, der nun in Resur lebte, fing die Tiere mit seiner Gruppe ein und flog sie in ein entferntes Reservat. Trotzdem war es noch viel zu gefährlich.

Nitro ... die Geheimwaffe des alten Regimes und nun völlig nutzlos für den Widerstand. Stephen hatte ihr von dem Warrior erzählt. Jetzt war Emma diejenige, auf die der ehemalige Senat baute. Vom Gefängnis aus zogen die verhafteten Politiker immer noch die Fäden. Doch die meisten Befehle kamen direkt von Stephen Murano aus New World City. Er hatte sich geschworen, seinen Bruder Robert zu rächen, der hier ebenfalls im Gefängnis einsaß.

Andrew schloss die Augen und legte den Kopf zurück. »Wir sind schon ein perfektes Paar.«

Paar ... Sie schluckte. Er meinte das lediglich im beruflichen Sinn, dennoch zwickte es in ihrem Magen. Er schien genauso einsam zu sein wie sie.

Da keiner wissen durfte, dass Stephen ihr Patenonkel war, hatte sie niemals engere Bindungen zu anderen aufgebaut. Ihre Seelenverwandte und einzige Vertraute, ihr Ein und Alles, war ihre Zwillingsschwester Yana, doch die befand sich bei Stephen. Emma vermisste sie höllisch. Yana war ganz anders als sie, sprunghaft, impulsiv und draufgängerisch. Ihr Gegenpol. Die einzige Gemeinsamkeit war das geringfügig ähnliche Aussehen, denn sie waren zweieiige Zwillinge.

Emma hatte keine Freundinnen und mit Männern noch nie eine ernsthafte Beziehung geführt. Eine flüchtige Begegnung mit irgendeinem Kerl aus einer Bar war mal dabei gewesen, weil sie unbedingt ihre Jungfräulichkeit hatte verlieren wollen, doch es hatte nicht geklappt, weil er sturzbesoffen war. Danach hatte es keine Männer mehr gegeben. Ihr fehlte Erfahrung, wie sie das andere Geschlecht mit weiblichen Waffen niederstrecken sollte. Das hatte ihr niemand beigebracht.

Sie stellte sich hinter Andrew, legte die Hände seitlich an seinen Nacken und massierte die harten Muskelstränge.

Er riss die Augen auf, wobei er den Kopf immer noch zurückgelegt hatte, und sein Blick traf sie wie eine Feuerwand.

Sofort zog sie die Hände weg. »E-entschuldigung, das war nur ein Reflex von mir, Sie haben so erschöpft gewirkt und verspannt und …«

Seine Mundwinkel zuckten. »Alles okay. Sie dürfen weitermachen.« Erneut schloss er die Lider, und sie legte ihre zitternden Hände abermals an seinen Nacken.

Andrew wusste nicht, wann er zuletzt etwas so genossen hatte wie diese sanfte Massage. Obwohl er Sport trieb, fühlte sich die Schulterregion ständig verkrampft an. Emma drückte den Daumen in die harten Stellen und massierte sie.

Kurze Zeit später ließ sie die Hände nach vorne gleiten und öffnete die oberen Knöpfe seines Hemdes, sodass die Berührung ihrer Finger auf seiner Brust bis zwischen seine Beine schoss. Sein Penis zuckte, und am liebsten hätte er die Hand auf den Schritt gelegt. Hoffentlich bekam er keinen Steifen. Das wäre ihm vor seiner Sekretärin zu peinlich. Es war schon schlimm genug, dass sie ihn in seinen Träumen quälte. Oder träumte er vielleicht gerade? War er vor Erschöpfung eingeschlafen?

Er traute sich nicht die Augen zu öffnen, aus Angst, sie würde mit ihren Zärtlichkeiten aufhören. Gebannt wartete er darauf, dass sie seine halb entblößte Brust streichelte, stattdessen zog sie das Hemd am Nacken tiefer und setzte ihre Massage fort. Beinahe entfuhr ihm ein Stöhnen, so herrlich fühlten sich ihre Berührungen an.

Was sollte er von ihrem Benehmen halten? Das war offensichtlich ein Anmachversuch – und der passte nicht zu der Ms. Frost, die er bisher kennengelernt hatte. Er schätzte sie gewissenhaft, eifrig und eher steif ein, obwohl ihre

Bewegungen geschmeidig und elegant waren, ja, beinahe anmutig, als wäre sie keine Sekretärin, sondern eine Königin. Ihre Businesskostüme ließen zwar erahnen, was für eine umwerfende Figur sie darunter besaß, zumindest wenn sie wie jetzt ihr konservatives Jäckchen abgelegt hatte. Und außerdem hatte er sie heimlich beim Joggen beobachtet. Aber die hochgesteckten Haare und ihre kühle Art hatten bisher eher ein wenig abschreckend auf ihn gewirkt. Plötzlich erschien sie ihm wie ausgewechselt. Ja, offenbar machte sie ihn tatsächlich an! Sollten sich seine erotischen Träume erfüllen? Er konnte es kaum fassen!

Andrew lauschte ihrem schneller werdenden Atem und genoss weiterhin ihre Finger an seinem Nacken. Ab und zu verirrten sie sich an seinen Hals, streichelten ihn sanft und fuhren über seine Ohrmuscheln.

Er erschauderte wohlig. Ob er sich mit Emma vielleicht eine geheime Affäre erlauben konnte? Bei dem Gedanken daran, sie gleich hier auf seinem Schreibtisch zu nehmen, wurde er im Nu hart.

Er riss die Augen auf, drehte sich im Stuhl zu ihr herum, schob ihren kurzen Rock nach oben und zog sie zu sich.

Mit einem leisen Aufschrei landete sie rittlings auf seinem Schoß, woraufhin sie sich mit ihren langen Beinen an seine Hüften klammerte. Ihre Finger krallten sich in seine Schultern, und sie senkte den Kopf, als würde sie sich schämen, dass er zwischen ihre Beine sehen konnte. Er hatte tatsächlich nur Augen für den schwarzen Spitzenstoff, der unter dem hochgeschobenen Rock hervorblitzte. Andrew legte die Hände auf die bestrumpften Schenkel, danach fixierte er ihre Brüste, deren harte Nippel gegen die Seide der Bluse drängten.

Emma hielt weiterhin den Kopf gesenkt und atmete schwer. Aber er wollte ihr ins Gesicht blicken, wollte ihre Emotionen erforschen und wissen, was hinter dieser süßen Stirn vorging.

Andrew hob ihr Kinn mit dem Zeigefinger. »Sieh mich an, Emma.«

Sie zögerte kurz, dann schaute sie ihm fest in die Augen – und Andrew stockte der Atem. Emmas Iriden waren außergewöhnlich schön. Um die Pupillen leuchtete ein sattes Grün, das an den Rändern in ein dunkles Goldgelb überging. Das war ihm bisher nie aufgefallen, auch nicht, welche langen natürlichen Wimpern sie besaß. So genau hatte er sie noch nie betrachtet, aus Angst, sie könnte merken, was sie mit ihm anstellte. Ihm kam es vor, als würde eine völlig fremde Frau auf seinem Schoß hocken.

»Ich will dich küssen«, sagte er, ohne über seine Worte nachzudenken.

Ja, er wollte sie tatsächlich auf diese sinnlichen Lippen küssen, die direkt vor seinen Augen lagen.

»Andrew ...«, wisperte sie, wobei sich ihre Wangen tiefrot färbten.

Er nahm ihr herzförmiges Gesicht zwischen die Hände, und Emma entzog sich ihm nicht, allerdings kam sie auch nicht näher.

Kurz bevor sein Mund den ihren erreichte, schloss sie die Augen. Wie ein verschrecktes Kind kam sie ihm auf einmal vor.

Was, wenn sie ihn nicht wollte und nur mitspielte, um ihren Job nicht zu verlieren? Andrew wollte die Situation auf keinen Fall ausnutzen, sondern wissen, ob sie das freiwillig tat. Daher drehte er leicht den Kopf, hauchte einen Kuss auf ihre Wange und fuhr mit den Händen über ihren Hals.

Ihr Keuchen drang in sein Ohr, ihre Finger krallten sich fester in seine Schultern. Offenbar gefiel es ihr.

Er konnte nicht widerstehen und wollte ihr Haar berühren, doch dazu musste er die gebändigte Mähne befreien. Daher zog er die langen Nadeln heraus, bis es in großen Wellen über ihre Schultern fiel. Dann nahm er eine seidige Strähne zwischen die Finger.

Vehement hielt sie die Augen geschlossen und rührte sich nicht, lediglich ihr abgehackter Atem stieß gegen sein Gesicht.

»Du bist eine hübsche Frau«, raunte er und legte eine Hand erneut an ihren Schenkel, um ihn zu streicheln.

Emma zuckte, als er an der Innenseite entlangglitt, auf ihre heiße Mitte zu. Kurz bevor er mit den Fingerspitzen den Slip berührte, hielt er inne, seine Lippen Millimeter von ihrem Mund entfernt.

»Küss mich, wenn du willst«, verlangte er.

Andrew spürte ihr Zögern fast psychisch, als wollte sich etwas tief in ihrem Inneren dagegen sträuben, daher erstaunte es ihn, dass sie sich tatsächlich ganz zu ihm beugte und die Lippen auf seinen Mund drückte.

Hemmungslos stöhnte er und vergrub die Finger in ihren Pobacken, um sie näher an sich zu ziehen. Sie sollte spüren, was sie in ihm auslöste. Oder hätte das gerade jede Frau geschafft?

Er wusste es nicht, wusste nur, dass ihr Kuss süß schmeckte, aber auch ein wenig unschuldig.

Da sie weiterhin die Finger in seine Schultern grub, vermutete er, dass sie über wenig Erfahrung verfügte, was ihm umso mehr gefiel. Er würde ihr alles beibringen, er wollte der Erste sein, der ihren Körper zum Beben brachte.

Während sie ihn zurückhaltend küsste, stellte er sich vor, Emma zwischen seine Beine zu holen, sie auf die Knie zu zwingen, seine Hose zu öffnen und ihren Kopf an seinen Schwanz zu drücken. Er war so hart, dass er gleich platzte. Ihre Lippen sollten sich um seine Eichel legen und alles aus ihm saugen, und er würde in ihren Mund kommen.

Als er die Zunge hinzunahm, um den Kuss zu intensivieren, und eine Hand an ihre Brust legte, zuckte sie zusammen und versteifte sich.

Sie wollte das nicht. War er zu forsch rangegangen?

Der schwindelerregende Nebel in seinem Kopf klärte sich ein wenig, und sofort rückte er von ihr ab.

Verdammt, was war nur in ihn gefahren? Keine fünf Meter von ihm entfernt stand sein Bodyguard Steel hinter der Tür. Als ehemaliger Warrior verfügte er über Supersinne und hatte sicher längst bemerkt, was sich hier abspielte. Zwar vertraute Andrew ihm, Steel war diskret, trotzdem war das Büro des Präsidenten nicht der richtige Ort, um mit einer Frau zu schlafen.

»Besser, du gehst jetzt«, sagte er rau. Sein Schwanz stand immer noch wie eine Eins, und Andrew war kurz davor, über sie herzufallen.

»Ich ... ähm ... ja.« Ihr Gesicht glühte regelrecht. Andrew spürte die Hitze, als er seine Hand ein letztes Mal an ihre Wange legte, um ihren Mund zu küssen.

Emma schaute ihn ein wenig verwirrt und verunsichert an, rutschte hastig von seinem Schoß, richtete ihr Kostüm und schnappte sich die Handtasche von ihrem Schreibtisch.

»Wir sehen uns dann am Montag«, sagte sie, ohne ihn anzublicken, und verließ fluchtartig das Büro.

Stöhnend legte sich Andrew auf seinem Stuhl zurück und presste die Hand auf seinen pochenden Schwanz.

Verdammt, so weit hätte es nie kommen dürfen. Ob er sich nun schon wieder eine neue Sekretärin suchen durfte? Emma Jones war die beste, die er je hatte. Außerdem verfügte sie über einen Top-Lebenslauf und hatte keine Verbindungen zu den ehemaligen Senatoren. Im Gegenteil, ihre Schwester war kurz vor dem Sturz des alten Regimes umgebracht worden, weil man ihr Verbindungen zu den Rebellen, zu denen er auch gehört hatte, unterstellte. Andrew sprach daher das Thema nie an, er wollte keine Wunden aufreißen. Emma gehörte der eher zufriedenen Mittelschicht an und hatte auch beruflich die besten Voraussetzungen mitgebracht, da sie zuvor für die einzige Hochzeitsfirma der Stadt gearbeitet hatte. Organisieren und Planen fiel ihr nicht schwer; sie hatte sich ziemlich schnell eingearbeitet.

Hoffentlich blieb sie lange bei ihm. Die Angestellten, die er vor ihr gehabt hatte, hatten meist nach wenigen Wochen gekündigt, weil sie dem Druck nicht standgehalten hatten. Die politische Lage war immer noch angespannt, zu viele Bürger wollten ihm an den Kragen. Der Widerstand formierte sich und zog im Untergrund die Strippen.

Verdammt, er wollte Emma nicht verlieren, er brauchte sie an seiner Seite. Doch wie sollte er sich ihr am Montag gegenüber verhalten?

Es klopfte, die Tür ging erneut auf und Steel steckte den Kopf herein. Der Krieger fuhr sich über das kurze schwarze Haar und grinste ihn an. »Alles in Ordnung, Mr. President?«

Andrew grinste zurück. Steel konnte sicher sein rasendes Herz hören. »Alles okay. Da Sie bestimmt mitbekommen haben, was vorgefallen ist, bitte ich Sie, Stillschweigen zu bewahren.«

Steel fuhr sich mit Daumen und Zeigefinger über die Lippen, als würde er einen Reißverschluss zuziehen. Dann nuschelte er: »Ich weiß nicht, wovon Sie sprechen, Boss«, und schloss die Tür.

Andrew mochte den Mann. Er hatte Humor und war immer gut gelaunt. Solche Leute brauchte er um sich.

Prompt stahl sich wieder Emma in seinen Kopf, und er schmunzelte. Bisher hatte er immer gedacht, sein politisches Amt stellte ihn vor unlösbare Aufgaben, aber seine sexy Sekretärin toppte alles. Sie und ihre Auswirkungen auf ihn überforderten ihn gerade ein wenig.

## Kapitel 2 – Verwirrt

Andrews intime Berührungen hatten Emma zutiefst verwirrt. Erst hatte sie gedacht, es würde sie anekeln, vom ehemaligen Rebellenführer geküsst zu werden, schließlich hatte man ihr den Hass auf diese Leute jahrelang eingebläut, stattdessen hatte es ihr gefallen. Ja, sie hätte an seinem Mund dahinschmelzen können, wenn er sie nicht plötzlich weggeschickt hätte.

Hatte er ihr kurzes Zögern bemerkt? Oder war er lediglich zur Besinnung gekommen? Er war der Präsident, verdammt!

Was, wenn er sie entließ? Stephen würde wütend werden. Sie war seine letzte Chance, seinen Bruder aus dem Gefängnis zu holen!

Robert Murano saß im Hochsicherheitstrakt. Es gab nur eine Möglichkeit, ihn und die anderen Senatoren zu befreien: Emma musste ein Computervirus einschleusen, der das Schließsystem für kurze Zeit außer Kraft setzte. Stephen hatte schon alles bis ins kleinste Detail geplant. Er sprach von einem Chaos, das er für sich nutzen wollte, mehr wusste sie noch nicht. Am liebsten würde er die ganze Stadt in Schutt und Asche legen, aber das hob er sich für später auf. Robert hatte Priorität.

Genau wie Yana für sie Priorität hatte, wobei sie den Gedanken, dass ihre Tat Menschenleben kosten könnte, weit wegschob.

Emma war Stephen dankbar, dass er sie und ihre Schwester als Kleinkinder unter die Fittiche genommen hatte, nachdem ihre Eltern bei einem Shuttleabsturz ums Leben gekommen waren. Eine Pflegefamilie hatte sie liebevoll und regimetreu erzogen, doch was er nun von ihr verlangte und womit er sie erpresste ... Es war ein Albtraum! Wie konnte er Yana und ihr so etwas antun, wo er schließlich in einer ähnlichen Situation steckte?

Stephen musste über Jahre geplant haben, eine von ihnen einmal für seine Zwecke zu missbrauchen. Er hatte immer dafür gesorgt, dass Yana und sie ein Team waren, zusammen lebten, wie Pech und Schwefel vereint ... bis er Yana eines Tages, nachdem in White City die ersten Unruhen begannen, exekutieren ließ, weil man ihr Verbindungen zu den Rebellen nachgesagt hatte. Tatsächlich war das ein weiterer Teil von Stephens Plan gewesen, um Emmas Spionagetätigkeit vorzubereiten, denn Yana lebte nun mit ihm in New World City.

Ihre Abwesenheit hatte ein Loch in Emmas Herz gerissen. Sie durfte ihre geliebte Schwester erst wiedersehen, wenn sie ihre Aufgaben erfüllt hatte.

Um das Chaos in Gang zu setzen, musste Emma an einen Rechner im Gefängnis gelangen. Übernächste Woche war sie mit Andrew dort, um mit dem

Leiter über neue Sicherheitsvorkehrungen zu sprechen. Das ganze System der Stadt sollte umprogrammiert werden, um noch sicherer vor Cyberangriffen zu werden. Vor allem aber sollte kein Außenstehender – wie Stephen – irgendwie Zugang zum alten System erhalten können. Der Widerstand – das Volk verwendete auch das Wort »Opposition« – nutzte ihre Kommunikationswege, nur war es schwer, diese nachzuvollziehen. Das würde nicht so bleiben, wenn das System erneuert wurde. Emma musste unbedingt vorher den Virus eingeben. Die Sequenz kannte sie auswendig, sie musste bloß ein paar Buchstaben und Zahlen austauschen.

Was, wenn Andrew sich jetzt eine andere Sekretärin suchte? Das durfte nicht geschehen!

Sein Kuss ... Dieser verdammte Kuss!

Der Geschmack von Andrews Mund, das Gefühl seiner Zunge in ihr, seine großen warmen Hände an ihren Beinen ... In ihrem Kopf drehte sich alles, als wäre sie zu lange Karussell gefahren.

Sollte es ihr Auftrag erfordern, mit Andrew zu schlafen, musste sie das tun. Emma hatte deshalb Albträume, aber nun befürchtete sie, diese Träume könnten sich in sündige Fantasien verwandeln, in denen Andrew nicht brutal über sie herfiel, sondern sie leidenschaftlich liebte.

Sie hatte ihn bisher als anständigen Mann kennengelernt, doch sein gieriger Kuss hatte ihr kurz Angst gemacht. Andrew hatte ihr Angst gemacht. Sie konnte ihn nicht einschätzen. Er sollte brutal und unberechenbar sein und sich hervorragend verstellen können. Zumindest hatte Stephen ihr das eingetrichtert. Falls das stimmte, konnte Andrew sein wahres Ich besser tarnen als sie ihres. In seiner Nähe fühlte sie sich, als könne er bis in ihre Seele schauen, weshalb sie es immer vermieden hatte, ihn zu lange anzublicken. Doch auf normale Art kam sie nicht weiter. Sie musste enger an diesen Mann heran, denn im Büro hatte sie keine Aufzeichnungen über seine Pläne gefunden, andere Städte von deren Regime zu befreien. Aber dass er solch einen Anschlag plante – da war sich Stephen sicher. Vielleicht würde sich Andrew ihr anvertrauen, wenn sie wirklich ein Paar waren?

Zum Glück lag Emmas kleines Apartment in der Nähe des Regierungsgebäudes, daher hatte sie keinen weiten Weg bis nach Hause. Sofort schlüpfte sie aus ihrem Kostüm und in ein Laufdress, band sich die Haare im Nacken zusammen und joggte zum Osttor. Sie musste dringend eine Runde unter freiem Himmel drehen, denn Laufen war eine gute Möglichkeit, den Kopf freizubekommen.

Sie grüßte die beiden Wachen vor der massiven Stahltür, drückte den Daumen auf den Scanner, und die Schleuse öffnete sich. Jeder, der in die Outlands wollte oder von dort kam, musste sich an der Schleuse an- oder abmelden.

»In einer Stunde ist es da draußen stockdunkel, Ms. Jones«, sagte einer der ehemaligen Warrior, nachdem er einen Blick auf das Display geworfen hatte.

Sie nickte. »Ich weiß, ich werde rechtzeitig zurück sein.«

Als sich das zweite Tor nach draußen öffnete, atmete sie tief die trockene Luft ein. Obwohl es bereits dämmerte, strahlte die Wüste noch Hitze ab. Nur dass hier nicht mehr alles Wüste war. Vor einem halben Jahr war der neu angelegte Freedom Park eröffnet worden, den sowohl Besucher aus Resur als auch alle Bürger von White City kostenlos nutzen durften. Riesige Sonnensegel spannten sich über Kieswege und teilweise über die grünen Wiesen, nachts sorgten Rasensprenger dafür, dass die Wüste erblühte. Ein Meer an bunten Farben und Gerüchen schwappte ihr entgegen, überall wuchsen Pflanzen und es gab einen künstlich angelegten See. Das Wasser wurde vom mehrere Meilen entfernten Lake Mead abgeleitet. Sogar baden durfte man darin, nur größere Mengen davon sollte man wegen der leichten Verstrahlung nicht schlucken.

Andrew hatte ein wirklich schönes Projekt auf die Beine gestellt, das musste sie zugeben.

Um das etwa fünfzig Hektar große Parkareal erstreckte sich ein Maschendrahtzaun, der die Besucher vor Raubtierangriffen schützen sollte. Trotzdem wurde empfohlen, sich nach Einbruch der Nacht nicht mehr in der Anlage aufzuhalten. Wildtiere waren unberechenbar, sie konnten sich sogar unter dem Zaun durchgraben.

Tief durchatmend sprintete sie los, vorbei an einer Familie mit Kindern und verliebten Pärchen, die ihr entgegenkamen. Der Park leerte sich bereits, bald würde sie wie immer fast allein ihre Runden drehen. Sie lauschte dem Knirschen der Steinchen unter ihren Schuhsohlen und dem Gesang der Vögel, die in den Baumkronen Nester bauten. Dabei schloss sie die Augen und lief blind weiter, verließ sich auf ihren Hörsinn und korrigierte die Spur, wenn sie Rasen unter den Füßen spürte.

In diesen Momenten fühlte sich Emma frei. Ihr Leben lang hatte sie immer das getan, was Stephen für sie vorgesehen hatte. Sie war es nicht anders gewohnt und akzeptierte es weitgehend, dennoch wünschte sie manchmal, aus ihrer Verantwortung ausbrechen zu können und einfach nur sie selbst zu sein.

Was würde sie tun, wenn sie frei wählen könnte? Welchen Beruf hätte sie ergriffen?

Sie liebte es zu zeichnen, und das Schreiben machte ihr auch Spaß. Müsste sie nicht den ganzen Tag Berichte tippen, würde sie sich vielleicht an einem Roman versuchen. Etwas Romantisches, über ein tragisches Liebespaar.

Kleidung zu entwerfen würde ihr auch gefallen. Auf jeden Fall müsste es ein kreativer Beruf sein. Designerin, Architektin ... Es hätte ihr große Freude bereitet, diesen Park mitzuplanen. Sie hätte einige Dinge anders gemacht. Den See als Zentrum fand sie gut, daran würde sie nichts ändern, doch sie würde mehr Bänke aufstellen und drumherum mehrere kleine Pavillons – nicht nur den einen großen –, mit einem runden Tisch in der Mitte, an dem Kinder spielen oder Familien Picknick machen konnten.

Ein Kletterturm mit einer riesengroßen Röhrenrutsche oder ein Streichelzoo wären auch nett. Darüber hatte sie in alten Unterlagen gelesen. Ein ehemaliger Arzt aus dem White City Hospital digitalisierte Papierbücher aus der Resurer Bibliothek. Wie gerne würde sie einmal dieses Bücherparadies besuchen ...

Emma riss die Augen auf, da sie wieder einmal vor ihren Gedanken erschrak. Sie wurde schon wie sie, dabei gehörte sie doch zur Opposition!

Mit Schaudern dachte sie an ihre Pflegemutter, die zwar die meiste Zeit nett zu ihnen gewesen war, doch sobald Yanas oder ihre Gedanken in die falsche Richtung gedriftet waren, hatten sie sich eine ordentliche Ohrfeige eingefangen und die Satzungen des Regimes abschreiben müssen. Hatte sich Yana danebenbenommen, hatte Emma ihr heimlich beim Schreiben geholfen, da sie fast dieselbe Handschrift besaßen, und umgekehrt. Sie waren zusammen durch dick und dünn gegangen.

Seit sie auf eigenen Beinen stand, besuchte sie ihre Pflegeeltern, die immer noch in White City lebten, selten. Irgendwie hatte sie sich nie dazugehörig gefühlt. Ihre einzige Familie war und blieb ihre Schwester.

Emma fasste sich an die Wange. Sie durfte ihre Mission niemals in Frage stellen oder sie sah Yana nie wieder. Fühlte sie sich hier draußen womöglich zu wagemutig? Weil hier niemand war, der sie beobachtete? Im Park gab es keine Kameras, nur ab und zu liefen Wachmänner durch die Anlage, um nach dem Rechten zu sehen. Um diese Zeit waren sie aber mit der Abfertigung an der Schleuse beschäftigt. Trotzdem hatte sie auch hier ständig das Gefühl, ein Kribbeln im Nacken zu spüren, als würde sie jemand verfolgen.

Das war nicht so, oder? Sie traute Stephen schließlich alles zu.

Ob er Wort hielt? Er hatte versprochen, dass sie auf diese geheime Insel im Indischen Ozean gebracht wurde, wenn sie den Auftrag zu seiner Zufriedenheit erledigte. Dort gab es keine Kuppel, nur türkisfarbenes Meer, weißer Sand, Palmen und ein Leben in Frieden. Was sie aber von allem am meisten wollte, war ihre Schwester endlich wiederzusehen, die dann mit ihr auf Paradisia leben durfte. Ob es ihr gutging? Sie hatten seit zwei Jahren keinen Kontakt mehr, zumindest nicht direkt. Diese Ungewissheit zermürbte sie, da half es nicht, dass ihr Stephen ständig bestätigte, dass sich Yana bester Gesundheit erfreute, oder ihr ab und zu ein Foto von ihr schickte oder eine Sprachaufzeichnung.

Wenn sie doch vorher gewusst hätte, worauf sie sich einließ! Aber Stephen hatte ihr keine Wahl gelassen und den Auftrag zuvor nicht verraten dürfen – oberste Geheimhaltungsstufe. Sie hatte lediglich gewusst, dass ihr eine bedeutsame Mission zuteil wurde, so bedeutsam, dass es für ein Leben auf Paradisia reichte.

Emmas Magen zog sich zusammen. Wie konnte ihr eigener Patenonkel, der sich nie persönlich um sie gekümmert hatte, von ihr verlangen, einen Staatsmann auszuspionieren? Dazu war sie nicht geschaffen, nur die Erinnerung an Yana ließ sie durchhalten.

Ihre Verwirrung steigerte sich, je mehr sie über ihr Leben nachdachte. Es sollte sie stolz machen, Teil eines derart wichtigen Plans zu sein. Stattdessen fühlte sie ... Reue? Verzweiflung? Hoffnungslosigkeit?

*Nicht denken, weiterlaufen ...*

Normalerweise nutzte Emma den Park nicht nur zum Joggen, denn der Sport diente eher als Tarnung. Hierher kam sie, um mit Stephen in New World City zu sprechen. Versteckt in einem Kasten mit elektrischen Anschlüssen befand sich ein Kommunikator, über den sie mit ihm im Notfall Kontakt aufnehmen konnte. Ansonsten hinterließ er ihr in regelmäßigen Abständen Befehle als Textnachricht, die sie lediglich zu bestätigen brauchte. Ein verschlüsselter Text war sicherer als die Übertragung eines Gespräches, das leichter abgefangen werden konnte.

Emma atmete tief durch und beschleunigte das Tempo. Sie würde noch eine weitere Runde drehen, vorbei am See und dem Kinderspielplatz, dem Eisstand, der bereits geschlossen hatte, dem Kiosk und anderen Einrichtungen, die den Besuchern die Hitze erträglich machten.

Obwohl sie früher nie Sport getrieben hatte, strengte sie das Laufen kaum an. Sie besaß eine hervorragende Ausdauer und schwitzte hauptsächlich wegen der Wüstenhitze. Der Abend dämmerte bereits, erste Sterne blinkten auf. Vielleicht sollte sie doch keine ganze Runde mehr laufen und umkehren.

Plötzlich registrierte sie, dass sie nicht mehr allein war. Hinter ihr knirschte der Kies, sie hörte schnelle, schwere Schritte. Ein weiterer Jogger näherte sich, aber er drosselte das Tempo und blieb hinter ihr.

Emma traute sich nicht, einen Blick über die Schulter zu werfen. War das einer von Stephens Leuten? Oder einfach nur jemand der seine Runden drehte, genau wie sie? Warum überholte er sie nicht?

Emma verlangsamte ihre Schritte – die Person hinter ihr ebenfalls. Und gerade jetzt lief sie durch eine skurrile Felsenlandschaft; niemand würde sie hier sehen können. Mannshohe Steine waren herbeigeschafft worden, zwischen denen sich der Weg hindurchschlängelte. Hier saßen tagsüber gerne Leguane und andere Echsen. Auch Schlangen konnte man antreffen, doch man sollte sich ihnen nicht nähern, immer wieder verirrten sich Klapperschlangen oder andere giftige Arten in den Park.

Wer war derjenige, der sie verfolgte?

Als der Weg eine scharfe Biegung machte, nahm sie aus den Augenwinkeln eine Person wahr, die einen grauen Kapuzensweater und eine schwarze Jogginghose trug. Dadurch konnte sie deren Gesicht nicht ausmachen.

Ihr Herz raste. Verdammt, wie sie solche Situationen hasste! Sie war ganz allein, kein Wachmann in der Nähe, bloß diese blöden Felsen!

Natürlich hatte sie gelernt, wie sie sich verteidigen konnte. Aber ob sie gegen einen Mann, der sehr viel mehr wog als sie und offenbar durchtrainiert war, überhaupt eine Chance hatte?

Sie musste raus, in etwa hundert Meter nahm die Felsenlandschaft ein Ende und eine Picknickwiese schloss sich an. Darüber konnte sie entkommen. Daher nahm sie die Beine in die Hand und gab alles, bis sie nur noch ihren Atem hörte und das Rattern des Pulses in ihren Ohren. Ihre Muskeln brannten, doch sie lief noch schneller, von Panik getrieben.

Die Wiese!

Emma bog vom Weg ab und rannte über das Gras. Vor sich erkannte sie den Pavillon am See. Von dort könnte sie nach den Wachen rufen, hinter dem Gebäude lag der Ausgang. Noch etwa zweihundert Meter bis zum See!

»Emma!«

Hatte der Kerl ihren Namen gerufen? Verdammt, er war dicht hinter ihr!

»Emma, ich bin's!«

Als sich eine Hand auf ihre Schulter legte, schrie sie auf, strauchelte und wäre hingefallen, wenn sie der Mann nicht an der Hand gefasst hätte.

Sie drehte sich zu ihm, er zog sie an sich, und beide verloren sie das Gleichgewicht. Sie purzelten ins Gras und kamen auf dem Rücken zu liegen.

Der Mann neben ihr rollte sich auf den Bauch und beugte sich über sie.

»Alles okay?«

Sie erkannte seine grünen Augen sofort. »Mr. President!« In ihrer Panik hatte sie seine Stimme nicht erkannt. Offenbar wurde sie langsam paranoid.

»Andrew«, sagte er schwer atmend und zog sich die Kapuze vom Kopf. »Ich wollte dir keine Angst machen.« Er drehte sich erneut auf den Rücken und streckte sich neben ihr auf der Wiese aus.

»Was machen Sie … du … hier?«

»Dasselbe wie du. Ich hab doch schon eher das Büro verlassen und wollte frische Luft schnappen.«

»Ich hab dich hier noch nie gesehen.«

»Ich dich schon«, sagte er grinsend.

Sie schluckte. »Was?«

Schief lächelnd fuhr er sich über sein verstrubbeltes Haar. Sein Gesicht glänzte vor Schweiß, das Shirt klebte an seinem Körper. »Schau mich nicht so schockiert an, alte Gewohnheiten legt man nicht so schnell ab.«

Sie wusste: Ihm war es nicht fremd, sich im Verborgenen zu halten.

»Aber Emma, du bist … Wow, du bist verdammt gut in Form für einen Sesselhocker.«

»Danke«, hauchte sie, wobei sie nur Augen für ihn hatte. Was sollte sie von diesem Mann halten?

Sein Vater war ein einflussreicher Senator gewesen. Sie bewunderte Andrew, wie er dieses Doppelleben gemeistert hatte. Dazu hatte er sich verstellen müssen und war ein verdammt großes Risiko eingegangen, genau wie sie.

»Warum hast du dich nie zu erkennen gegeben?«, fragte sie und hockte sich hin, während er liegen blieb.

»Es soll niemand wissen, dass ich mich ab und zu auch mal gerne ohne

Bodyguards bewege. Ich hasse es, so eingeschränkt zu sein.«
Sie konnte es ihm nachfühlen.
Möglichst unauffällig musterte sie seine langen Beine, die in weit geschnittenen Laufhosen steckten, den flachen Bauch, die durchtrainierten Arme ... »Ist dir nicht zu heiß unter der Kapuze und der Hose?«
»Und wie, aber was nimmt man nicht alles für ein wenig Freiheit in Kauf.« Er setzte sich ebenfalls auf, schaute sich um und zog sich den Sweater über den Kopf. Damit wischte er sich den Schweiß von der Brust.
Emma schluckte beim Anblick seines nackten Oberkörpers und sah schnell in eine andere Richtung. Zu spät, seine Konturen hatten sich bereits in ihr Gehirn gebrannt.
»Weißt du, was jetzt klasse wäre?« Er nickte in Richtung See. »Ein Bad.«
»Um diese Uhrzeit soll keiner mehr ins Wasser«, erwiderte sie heiser und stellte sich Andrew splitternackt vor. Schließlich hatten sie keine Badekleidung dabei.
Schmunzelnd hob er die Brauen. »Du hältst dich wohl immer an die Vorschriften?«
»Ich passe nur auf, dass sich der Präsident an seine eigenen Regeln hält. Vorbildfunktion, und so.«
Er stand auf, zog sich das Shirt wieder über und streckte ihr die Hand hin. »Du hast recht, wir sollten gehen. Es ist gleich stockdunkel.«
Was, wenn Raubtiere sie witterten? Würden sie den Zaun überwinden können? Die Benutzung des Parks erfolgte auf eigene Gefahr, doch bisher war noch nie ein Unglück geschehen, und das wollte sie auch nicht herausfordern.
Schnell griff sie nach Andrews Hand und ließ sich von ihm auf die Beine helfen.
Als er ihre Finger nicht freigab und sie stattdessen näher an sich zog, sprang ihr beinahe das Herz aus der Brust.
Was nun?
Offenbar hatte er den Kuss im Büro nicht vergessen, denn sein Blick wirkte entrückt. Er fixierte ihre Lippen, sein Kopf kam näher.
Sie wollte ihn küssen und sollte ihn hassen – das passte nicht zusammen! Sie durfte nichts für ihn empfinden, denn das würde ihre Mission verdammt erschweren. Jemanden, den man mochte, verriet man eben nicht so leicht.
»Die Kuppel sieht von hier draußen wunderschön aus, nicht wahr?«, sagte sie deshalb schnell und nickte in Richtung Stadt. Die riesige Blase leuchtete in einem hellen Blau, und darüber blinkten die Sterne.
»Ja, wunderschön«, sagte er, ohne den Blick von ihr abzuwenden.
Sie räusperte sich und entzog ihm sanft die Hand, rückte jedoch nicht von ihm ab. »Wie verhältst du dich an der Schleuse? Was sagen die Wachen, wenn der Präsident persönlich gedenkt, allein einen Spaziergang zu machen? Das ist doch viel zu gefährlich!«

»Ich komme nicht durch die offiziellen Ausgänge, also weiß auch niemand, dass ich hier bin.«

Ihr Herzschlag geriet ins Stolpern. »Es gibt einen geheimen Ausgang?«

»Sogar mehrere.«

Wenn Stephen die kannte, könnten seine Leute vielleicht ungesehen in die Stadt gelangen! »Wo sind die?« Lächelnd drehte sie sich im Kreis. Von woher könnte er gekommen sein? Durch einen unterirdischen Tunnel, der bis nach draußen führte? Schließlich war ganz White City von der Kanalisation durchzogen.

Er zögerte kurz, dann sagte er: »Das darf ich dir nicht verraten. Oberste Geheimhaltungsstufe.«

*Oberste Geheimhaltungsstufe ...*, hallte es in ihrem Kopf nach. Zwischen ihnen gab es so viele Parallelen.

Erneut streckte er ihr die Hand hin. »Komm, ich bring dich noch bis zum Pavillon, weiter kann ich nicht, ohne entdeckt zu werden.«

Sie musste jetzt unbedingt an ihm dranbleiben. Hätte sie den Kuss zuvor doch zugelassen!

Entschlossen umfasste sie seine Finger und schlenderte mit ihm in Richtung See. »Treffen wir uns drinnen noch mal? Also ich meine ... nicht im Büro, sondern ...«

Er nickte grinsend. »Ecke Pensylvania, vor Joes Diner.«

Emma unterdrückte ein Lächeln. Sie würden sich gleich noch einmal sehen! Wieso war sie deshalb aufgeregt, schließlich begegneten sie sich jeden Tag im Büro!

Was würde vor Joes Diner passieren, worüber sollten sie reden? Sie durfte sich schließlich nicht verplappern.

Bis zum Pavillon schwiegen sie, dann zog er sie an seinen erhitzten Körper, küsste sie und joggte davon.

Himmel, er konnte küssen! Der Park drehte sich vor ihren Augen.

Emma blickte Andrew so lange nach, bis die Dämmerung ihn zwischen den großen Felsbrocken verschluckte. Vorsichtig legte sie die Finger an ihre Lippen, auf denen sie immer noch seinen Kuss spürte.

Der Drang, ihm nachzulaufen, war übermächtig. Leider musste sie sich gedulden. Andrew war nicht dumm, er würde sofort merken, dass sie ihm nachspionierte – und alles würde hier und jetzt enden. Zwar musste sie ins Gefängnis, um das Computervirus einzuspielen, aber das gelang ihr nur von der richtigen Seite aus.

## Kapitel 3 – Eine heiße Nacht

Insgeheim hatte Andrew gehofft, Emma im Park zu begegnen, denn bis Montag hätte er es nicht ausgehalten. Dass er sie tatsächlich getroffen hatte, fasste er als Wink des Schicksals auf. Nun lief er so schnell er konnte zum hintersten Teil der Anlage, bis zum Zaun. Dort befand sich eine Tür, die mit einem Zahlencode gesichert war. Andrew tippte die Nummern ein, die Tür sprang auf und er befand sich in der Wüste.

Rasch blickte er sich um, niemand war ihm gefolgt. Aber Menschen waren nicht sein einziges Problem, denn in der Wüste lauerten andere Gefahren. Daher trug er immer eine kleine Betäubungspistole bei sich, die er an seiner rechten Wade befestigt hatte, verborgen unter der weiten Trainingshose. Die hielt ihm Menschen und Tiere vom Leib, allerdings hatte er noch nie von ihr Gebrauch machen müssen. Nun holte er sie hervor und schob sie in die Bauchtasche an seinem Kapuzenshirt, um sie sofort griffbereit zu haben.

Während er einen kleinen Felsen anvisierte, dachte er an Emma. Sie hatte ihn nicht noch einmal küssen wollen, erneut hatte sie gezögert. Weil er klitschnass geschwitzt war? Andrew hob seine Arme und schnüffelte. Noch stank er nicht, aber sehr appetitlich sah er nicht aus, das musste er zugeben. Und es würde nicht besser werden, wenn er nicht unter die Dusche und in frische Anziehsachen kam.

Ob er sich wirklich auf ein Abenteuer mit Emma einlassen sollte? Andere Staatsmänner vor ihm hatten bereits Affären mit ihren Angestellten gehabt, was nicht immer gut ausgegangen war.

Sollte er dieses Risiko tatsächlich in Kauf nehmen? Er, der immer versuchte, alles korrekt zu machen?

Fuck, vielleicht gerade deswegen! Er wollte nicht auf alles verzichten, schon gar nicht auf eine so wunderschöne Frau, die offenbar etwas von ihm wollte. Nur schlau wurde er aus ihr nicht. Emma umgab eine Aura des Geheimnisvollen. Das gefiel ihm, machte ihn neugierig. Was hatte ihren plötzlichen Sinneswandel heute hervorgerufen? Diese Massage, ihre tiefen Blicke, der Kuss ...

Nachdem er den Stein erreicht hatte, drückte er den Daumen auf eine versteckte Scannereinheit, und sofort hob sich der Felsbrocken an. Darunter befanden sich ein Schacht und eine Leiter, an der er rasch hinab in die Dunkelheit kletterte.

Da er sich nicht in der Kanalisation befand, sondern in anderen Gängen, die das ehemalige Regime beim Stadtbau angelegt hatte, gab es winzige Notleuchten, die man mit einem weiteren Daumenscan aktivieren konnte. Die engen Tunnel aus Beton lagen geisterhaft wie tote Adern vor ihm, und Andrew rannte so schnell er es in den schmalen Gängen konnte.

Der Warrior Nitro war mit Sonja über einen dieser Wege aus dem Geheimlabor entkommen, in dem er gezüchtet, jahrelang gefoltert und abgerichtet worden war. Die Schuldigen saßen hinter Gittern, und der Arzt, der Nitro das angetan hatte, war tot. Der Warrior war die ultimative Geheimwaffe der Regierung gewesen, eine übermenschliche Bestie. Andrew hoffte, dass nicht noch mehr von seiner Sorte existierten.

So viel Grauen hatte sich in White City abgespielt, und obwohl Andrew als Sohn eines Politikers in viele Dinge eingeweiht gewesen war, hatte selbst sein Vater ihm das meiste davon verschwiegen. Zum Glück, sonst hätte Andrew ihn wohl umgebracht.

Er wollte nicht wissen, was für Rachepläne sein alter Herr gerade im Gefängnis schmiedete. Sollte er jemals auf freien Fuß gelangen, wäre Andrew sicher sein erstes Opfer. Vater hatte damals auch nicht davor zurückgeschreckt, Mutter exekutieren zu lassen.

Obwohl er Seitenstechen bekam, rannte er weiter. Er hatte die zahlreichen Wege immer und immer wieder studiert, damit er sich unter der Stadt blind orientieren konnte. Rechts, links, geradeaus, abermals rechts, vorbei an der Forschungsabteilung und anderen Einrichtungen ... Fast wäre er an dem schmalen Aufgang vorbeigelaufen. Diesmal fand er keine Leiter vor, sondern Stufen und eine weitere Stahltür. Jeder Scanner hier unten war auf seinen Daumenabdruck und die seiner Leibwächter abgestimmt. Niemand sonst konnte die Tunnel betreten, außer er würde sich gewaltsam Zugang verschaffen oder wäre ein Programmiergenie wie Dr. Mark Lamont. Dem würde er es zutrauen, die Sicherheitsvorkehrungen umgehen zu können. Andrew selbst hatte früher die Passwörter gekannt, um in die Kanalisation zu gelangen, an die war er als Sohn eines Senators mit Leichtigkeit gekommen.

*Nicht an früher denken*, ermahnte er sich. Diese Zeiten waren vorbei und sollten es bleiben. Dafür musste er als Präsident sorgen.

Nachdem er die Tür hinter sich zugezogen hatte, stand er in einem elektrischen Versorgungsraum, der zu einem Hotel gehörte, dem einzigen der Stadt. White City hatte früher nicht viele Besucher gehabt, denn nur wenigen Bürgern war es überhaupt erlaubt gewesen, in Partnerstädte zu reisen, um dort Urlaub zu machen. Jetzt stand es jedem frei, die Kuppel zu verlassen. Die atomare Strahlung war nicht mehr schädlich, nur die erbarmungslose Sonne schadete der empfindlichen Haut. Die Kuppel filterte alle gefährlichen Strahlen weitgehend heraus; in White City einen Sonnenbrand zu bekommen war beinahe unmöglich.

Andrew joggte durch den Keller und verließ das Hotel über einen Nebenausgang ohne gesehen zu werden.

Als er aus der schmalen Gasse trat, erkannte er auf der gegenüberliegenden Straßenseite bereits Joes Dinner. In dem kleinen Restaurant gab es leckere Nudelgerichte, und ... Überrascht riss er die Augen auf. Unter der fliederfarbenen Markise stand Emma!

Sie war schon da?

Während sich Andrew die Lunge aus dem Leib keuchte, schien sie kein bisschen außer Atem zu sein, obwohl sie gelaufen sein musste. Seine Kleidung klebte am Körper, unter der Kapuze staute sich Hitze und er fühlte sich nicht in der Lage, ihr entgegenzutreten. Am liebsten wäre er sofort unter die Dusche gesprungen. Dennoch zog es ihn unaufhaltsam zu ihr hin.

Als sie ihn bemerkte, lächelte sie ihn an.

»Hi«, sagte er und stützte eine Hand an der Hausmauer auf. Verdammt peinlich, sie musste denken, er besaß überhaupt keine Kondition, doch er gehörte eher zu den Gewichtestemmern, das Ausdauertraining vernachlässigte er regelmäßig. Aber auf dem Laufband zu trainieren machte auch lange nicht so viel Spaß wie an der frischen Luft.

»Hi«, erwiderte sie.

Emma sah in ihrem Laufdress und dem Pferdeschwanz zum Anbeißen aus. Richtig süß. Ja, eigentlich total sexy. Es betonte perfekt ihre weiblichen Kurven.

»Macht es dir was aus, wenn wir schnell zu mir gehen?«, fragte er. »Ich brauch dringend eine Dusche.«

»Zu dir?« Ihre wunderschönen Augen wurden riesengroß und ihre Wangen nahmen einen dunkleren Farbton an. »Falls du mich auch duschen lässt, komme ich mit.«

Schnell senkte sie den Blick, und er griff nach ihrer Hand, bevor sie wieder einen Rückzieher machte.

Er grinste schief. »Meine Dusche ist deine Dusche.«

Unter der Dusche … mit Emma! Andrew hatte plötzlich sehr erotische Bilder im Kopf und konnte es kaum erwarten, nach Hause zu kommen. Er ging mit ihr in die Seitengasse, aus der er eben gekommen war, woraufhin Emma die Stirn runzelte. »Du wohnst im Hotel?«

»Nein.« Er benutzte erneut den Seiteneingang, froh, auf niemanden zu treffen. Das Hotel war wie ausgestorben, denn aktuell empfingen sie keine Urlauber aus Partnerstädten. Senator Muranos Bruder Stephen aus New World City hatte White City offiziell unter Quarantäne gestellt, diese Nachricht hatten sie abgefangen. Niemand wusste offenbar, was sich hier wirklich abgespielt hatte, alle sollten glauben, eine Seuche wäre ausgebrochen und die Stadt abgeriegelt. »Aber ich darf dir leider nicht zeigen, wo meine Wohnung liegt, daher müssen wir einen Geheimweg nehmen.«

»Klingt spannend«, sagte sie, während er sie in den Keller und den Versorgungsraum führte, von wo aus es unter die Erde ging.

Zitternd atmete sie aus und blieb auf der Treppe stehen, die in den Tunnel führte.

»Du brauchst dich nicht zu fürchten, da unten ist nichts, was dir gefährlich werden kann, und sollte eine Ratte oder Katze unseren Weg kreuzen und frech werden, hab ich die hier dabei.« Er zog die kleine Betäubungspistole aus der Tasche seines Sweaters.

Sie zuckte beim Anblick der Waffe und wendete den Kopf ab. »Ich habe keine Angst vor Tieren.« Leiser setzte sie hinzu: »Ich habe Angst vor dir.«

Diese Aussage traf ihn völlig unerwartet und mit solch einer Wucht, als hätte ihm jemand in den Magen getreten. Schnell verstaute er die Pistole im Beinholster. »Vor mir?« Er blieb auf der oberen Stufe stehen und wartete ab, wie sie weiter reagierte.

Unsicher schaute sie zurück in den Versorgungsraum. »Na ja, also ...« Sie holte tief Luft und sah ihm in die Augen. »Ich habe Gerüchte gehört, wir alle haben das. Als Rebellenführer sollst du brutal gewesen sein und gewissenlos, hast andere gefoltert, um an Informationen zu kommen.« Sie biss sich auf die Unterlippe, hielt jedoch tapfer Blickkontakt.

Andrew schüttelte lächelnd den Kopf. Deshalb ihr ständiges Zögern! »Als Sohn eines Senators habe ich diese Gerüchte selbst geschürt, um bloß keinen Verdacht auf mich zu lenken. Ich habe alle Schauergeschichten willkommen geheißen.«

Langsam nickte sie. »Das glaube ich dir.«

»Danke.« Er grinste breit. »Natürlich bin ich kein Unschuldslamm, schließlich musste ich mich als Anführer durchsetzen und mir Respekt verschaffen, und ich habe auch Dinge getan, auf die ich nicht stolz bin. Aber ich habe immer versucht, das Richtige zu tun, und niemals einer Frau etwas zuleide getan.«

Emma sah ihn an, als wüsste sie genau, was damals in ihm vorgegangen war. Ihre Empathie gefiel ihm genauso gut wie ihre Klugheit. Schon oft hatte sie hilfreiche Vorschläge gemacht, wenn es darum ging, einen Gesetzentwurf auszuarbeiten oder Fördergelder herbeizuschaffen, wie für das Kinderheim in Resur, das Sonja mit Miraja leitete. Emma hatte so viele Ideen.

»Bitte hab keine Angst vor mir«, sagte er leise. »Ich würde niemals zulassen, dass dir etwas passiert.«

Emma stockte der Atem. Andrew wirkte derart zerknirscht, dass es hinter ihrem Brustbein schmerzhaft zog.

*Schalte deine verdammten Gefühle aus*, ermahnte sie sich. Leider glaubte sie ihm tatsächlich, was ihren Auftrag sehr erschwerte. Konnte er nicht einfach ein Arsch sein? Ein brutaler, hässlicher, ekelhafter Psychopath? Das würde es wenigstens leichter machen, mit ihm zu schlafen. Ach, es würde einfach alles leichter machen!

Nein, er musste ja gut aussehen und auch noch nett zu ihr sein.

»Du musst nicht mit mir kommen.« Andrew hielt den Knauf in der Hand, zog die Tür jedoch nicht zu. »Ich kann dich nach Hause bringen und ...«

Lässig zuckte sie mit den Achseln und schritt die Stufen nach unten. »Jetzt ist ja alles geklärt.« Als sie ihn über die Schulter hinweg angrinste, schaute er verblüfft zu ihr hinab, aber dann lächelte er auch.

»Schön, dass wir darüber gesprochen haben, Ms. Jones.«

Sie salutierte. »Immer gerne, Mr. President.«

Lachend schloss er zu ihr auf. »Bitte versprich mir eins, Emma. Sollte dich jemals wieder irgendetwas bedrücken, rede mit mir darüber.«

»Hm«, brummte sie und wandte schnell den Blick ab. Wenn er wüsste, wie es in ihr aussah ...

Schon bald hatte sie die Orientierung verloren. Liefen sie auf das Stadtzentrum zu oder in eine ganz andere Richtung? Sie wusste es nicht, denn sie kamen an immer neuen Abzweigungen vorbei.

Andrew warf ihr einen kurzen Blick zu. »Kann ich meinen feuchten Sweater ausziehen, ohne dir Angst zu machen?« Seine Mundwinkel zuckten. »Es ist ziemlich frisch hier unten und langsam wird mir kalt.«

»Klar«, krächzte sie. Ihr war alles andere als kalt.

Er lief vor ihr, als er sich den Stoff über den Kopf zog. Emma hatte Zeit, seine breiten Schultern und den Rücken zu studieren, der sich zu den Hüften hin verjüngte. Andrew war nicht übertrieben muskulös, das gab seine Statur bestimmt auch nicht her, dennoch steckte erkennbar Kraft in diesem Mann. Und sein fester Hintern sah so verlockend aus, dass sie ihn am liebsten anfassen wollte.

Sicher bekam sie bald reichlich Gelegenheit dazu. Eine knisternde Spannung hing in der Luft, und die Signale, die er ihr sandte, sagten: *Heute Nacht will ich jeden Winkel deines Körpers erkunden.* Ständig drehte er sich um oder ging ein paar Schritte rückwärts, angeblich um zu überprüfen, ob sich ihr keine Ratte näherte. Dabei musterte er eher sie als die Umgebung.

»Haben wir uns verirrt?«, fragte sie, nur um irgendetwas zu sagen. Es war ihr peinlich, dass er ihre harten Nippel erkennen konnte, die sich gegen ihr Laufshirt pressten.

»Nein, wir sind da.« Er deutete auf eine Eisentür am Ende des Ganges. Mittlerweile waren sie bestimmt an fünf gleichen Türen vorbeimarschiert.

Sie atmete auf. Es war etwas beklemmend in den engen Tunnels. »Wie konntest du hier unten leben?«

»Ach, diese Wege sind ja harmlos, in der Kanalisation war es viel schlimmer, denn da ist es stockdunkel, feucht, es stinkt und es gibt nicht nur riesige Ratten, sondern auch Katzen und anderes Getier.«

Früher hatte man diese Tiere gejagt, da sie angeblich Krankheiten in die Stadt brachten, doch Andrew hatte das Tötungsgesetz aufgehoben. Es sollte sogar Bürger geben, die sich Katzen als Haustiere hielten. Tatsächlich hatte Emma überlegt, sich auch eines zuzulegen, nur wenn Stephen das herausbekam! Die Gehirnwäsche ihrer Pflegefamilie saß tief, aber wohl nicht so tief, wie Stephen es gerne hätte, sonst würde sie niemals derartige Gedanken haben, oder? Vielleicht müsste sie Stephen ihren Wunsch lediglich richtig verkaufen, eine Katze wäre eine gute Tarnung, schließlich sollte sie ihre Rolle perfekt spielen.

Nein, lieber nicht. Sie wollte nichts riskieren, womöglich würde sie sonst Yana noch länger nicht sehen.

»Ich habe mich nicht ständig unter der Stadt versteckt wie viele andere«, sagte Andrew, »immerhin durfte mein Vater nichts bemerken, aber meine Ideale haben mich angetrieben. Ich wollte eine bessere Welt erschaffen, eine Zukunft, die allen gerecht wird. Daran habe ich festgehalten.«

Irgendwie bewunderte sie ihn für seinen Mut und seinen Optimismus. »Du hast dein Ziel erreicht.«

»Nicht ganz.«

Emma wusste, dass Andrew vorhatte, möglichst bald die Bürger der Partnerstädte New World und Royal City zu informieren. Die gesamte Welt sollte erfahren, was hier wirklich geschehen war. Ein Video war bereits gedreht, es musste nur noch ein Geheimtrupp mit den Shuttles zu den anderen Städten fliegen und es irgendwie schaffen, den Film ins öffentliche Netz einzuspielen. Sobald die Leute aufgeklärt waren und wussten, dass sie nicht länger unter Kuppeln leben und sich einer Regierung beugen mussten, die sie von Anfang an belogen hat, würde das Schicksal seinen Lauf nehmen, so wie es das auch in White City getan hatte. Die Menschen sollten ein selbstbestimmtes und freies Leben führen dürfen, stattdessen war ihnen allen von Geburt an vorherbestimmt, was sie später für Berufe wählen mussten oder ob sie der Ober-, Mittel- oder Unterschicht angehören würden. Und jeder, der sich nicht unterordnete, wurde weggesperrt oder Opfer eines dieser perversen und brutalen Spiele. Ob es sie in allen Kuppelstädten gab?

Emma erschauderte. Zum Glück gab es die Shows in White City nicht mehr, in denen Sklaven vor laufenden Kameras von den Kriegern zum Sex gezwungen wurden oder Schlimmeres erleben mussten. Trotz dieser Grausamkeiten und Perversionen – oder vielleicht gerade deswegen – hatte das Volk die Shows geliebt, solange man nicht selbst zum Opfer wurde.

Heute gab es nur noch die abgespeckte Version davon: Big Brother Extreme. Alle Beteiligten handelten freiwillig.

Andrew öffnete die massive Stahltür, und sie betraten einen winzigen Vorraum, in dem sich bloß eine Aufzugtür befand. Der Lift fasste gerade sie beide, sie mussten eng beieinanderstehen. Emma kam sich vor wie in einer Blechdose, dann ging es auch schon aufwärts.

Sie war zu gespannt, wo sie herauskommen würden. An die kühle Metallwand gelehnt musterte sie Andrew, der ihr das Gesicht zuwandte. Er krallte die Hände in sein zerknülltes Shirt und knetete es. Machte es ihn nervös, weil sie mit zu ihm kam?

Ihr Herz schlug schneller, nicht nur vor Aufregung. Am liebsten hätte sie die Finger ebenfalls irgendwo hineingekrallt, stattdessen verschränkte sie die Arme vor der Brust.

Andrew lächelte, und etwas Spitzbübisches blitzte in seinen Augen auf. Vielleicht lag es auch an diesen verdammten Grübchen, die ihn so sexy machten.

Sie freute sich, ihm zu gefallen, schließlich konnte er jede haben. Ein paar Mal hatte er bereits Liebesbriefe ins Büro geschickt bekommen, anonym und auf Papier geschrieben, damit die Absenderin nicht identifiziert werden konnte, aber mit Uhrzeit und Treffpunkt versehen. Natürlich ging Andrew nicht darauf ein, denn es könnte sich genauso gut um einen Anschlagsversuch auf ihn handeln. Doch die Texte hatten ihr teilweise heiße Ohren beschert. Was die Frauen dort beschrieben hatten, was sie mit Andrew machen würden und welche Wünsche sie hatten ... Verdammt, manchmal kam sie sich wie ein Mauerblümchen vor.

Als sich die Lifttür öffnete, ließ Andrew sie vorangehen. Emma betrat ein großzügiges Loft; der gesamte Wohnbereich war in einem Raum untergebracht: die Küche – zeitlos aus glänzendem Edelstahl –, eine Fernsehecke mit gigantischem Screener, diverse Fitnessgeräte und ein riesiges Bett an der Fensterfront. Leider erlaubte das Milchglas keinen Blick nach draußen.

An den weißen Wänden hingen Schwarz-Weiß-Fotografien von Resur – die dunkle Glaspyramide war unverkennbar –, der Kuppel – von der Wüste aus gesehen mutete sie futuristisch an – und anderen bedeutsamen »Sehenswürdigkeiten« wie der Monorail.

»Schöne Bilder«, sagte sie und meinte es ernst.

Er kratzte sich an einer Braue. »Danke dir. Fotografieren ist meine Leidenschaft, nur finde ich gar keine Zeit mehr dafür.«

»Sie passen wirklich gut in deine Wohnung.«

»Das ist nicht meine. Sie gehörte einem der Wissenschaftler, die illegale Experimente durchgeführt haben und jetzt im Gefängnis sitzen.« Andrew schlenderte zur Küchenzeile. »Sie ist ideal für mich, so kann ich mich überallhin bewegen ohne ständig von meinen Bodyguards umzingelt zu sein.« Er deutete auf die große Wand über der Couchecke aus schwarzem Leder. »Im angrenzenden Apartment wohnen Fire und Steel, damit sie immer in der Nähe sind, falls etwas sein sollte. Überall gibt es Alarmknöpfe, sobald ich sie drücke, stürmt mindestens einer von ihnen herein.«

Emma war baff. Er gab ihr all diese wertvollen Informationen. Weil er ihr vertraute. Oder hatte er den Hinweis auf die Leibwächter als Warnung gemeint?

Sie wusste nicht, wie sie sich verhalten sollte. Sie fühlte sich schäbig hier zu sein, um ihn auszuspionieren.

Sie war in seiner Wohnung! Niemand wusste, wo sie sich befand, selbst Stephens Spitzel hatten das bisher nicht in Erfahrung bringen können. Kein Wunder, wenn Andrew überwiegend die Tunnel benutzte.

Er holte eine Wasserflasche aus dem Kühlschrank und nahm große Schlucke. Fasziniert starrte sie auf seinen Kehlkopf, den Hals, die nackte Brust und den Bizeps, der sich leicht wölbte.

Plötzlich setzte er die Flasche ab und riss die Augen auf. »Entschuldige, ich bin ein schrecklicher Gastgeber. Ich hatte so lange keinen Besuch mehr, dass ich mich wie ein Höhlenmensch benehme.« Erneut ging er zum Kühlschrank. »Was willst du trinken? Ich habe Pearl da, Wasser oder Orangensaft. Ich kann dir aber auch einen Tee machen.«

»Wasser wäre prima.« Lächelnd nahm sie eine neue Flasche entgegen und trank genau wie er direkt daraus. Jetzt hatte sie wenigstens etwas zu tun und wusste wohin mit ihren Händen. Verdammt, sie war so nervös!

»Fühl dich wie zu Hause und nimm dir einfach, was du brauchst. Ich geh dann mal duschen.« Er nickte zu einer Tür aus dunkelgrünem Glas, hinter der sich wohl das Badezimmer anschloss.

Beinahe verschluckte sie sich. »Okay.«

Während sie ihm hinterherstarrte, machten sich neue Zweifel breit. Tat sie das Richtige?

Tat sie nicht.

Sie stand kurz davor, aus der Wohnung zu rennen. Neben dem Lift befand sich die Tür. Doch weglaufen war keine Lösung, und wo sollte sie auch hin? Ihr blieb nur Resur, und das war nicht weit genug weg von Andrew ... und Stephens Handlangern, die sie sicher finden und bestrafen würden, sollte sie ihren Auftrag nicht ausführen. Außerdem würde sie Yana nie wieder sehen.

Entschlossen schritt sie durch die Wohnung und zog sich dabei aus. Sie hatte Andrew quasi durch die Blume gesagt, dass sie mit ihm duschen würde, also musste sie das jetzt durchziehen.

Emma versuchte festzustellen, in welchem Stadtteil sein Apartment lag, aber es gab keine Möglichkeit, das Fensterglas durchlässig zu machen. Normalerweise funktionierte das in den meisten Wohnungen.

Als plötzlich etwas Hartes an ihre nackten Füße stieß, unterdrückte sie nur mit Mühe einen Schrei. Doch es war lediglich ein Saugroboter, der unter dem Bett hervorgefahren war und seinen Dienst tat. Leise summend glitt die tellergroße Scheibe über den Boden.

Verdammt, sie war völlig ungeeignet für diesen Job!

»Sicht frei«, sagte sie zur Fensterscheibe – nichts passierte. Wahrscheinlich reagierte der Homecomputer nur auf Andrews Stimme.

Als sie plötzlich tatsächlich seine Stimme hörte, sprang sie fast in die Luft. »Ich weiß, dass du neugierig bist, aber ich darf dir wirklich nicht sagen, wo du bist. Sicherheitsprotokoll. Steel nimmt das sehr streng.«

Er streckte nur den Kopf zur Tür heraus, daher nahm sie an, dass er bereits nackt war. »O-okay«, stammelte sie und kam sich selbst völlig entblößt vor. Einmal, weil er sie erwischt hatte, zum anderen, weil sie bloß noch ihre Unterwäsche trug.

Andrew betrachtete sie unverhohlen und grinste. »Wie sieht's aus, traust du dich mit mir unter die Dusche?«

»Ich trau mich noch ganz andere Sachen mit dir.« Oh Gott, hatte sie das tatsächlich gesagt?

»Ich bin gespannt.« Andrew zwinkerte und zog sich ins Bad zurück. Die Tür ließ er angelehnt, daher hörte sie, wie er rief: »Wer zuerst drin ist, hat gewonnen!«

»Das ist unfair!« Lachend stürmte sie hinter ihm her, bekam jedoch nur seine knackige Rückseite zu sehen – diese Pobacken! –, bevor er in die Glaskabine stieg. Als er sich umdrehte, strömte bereits Wasserdampf in die Kabine, sodass Emma für den Bruchteil einer Sekunde bloß noch sein freches Grinsen erkannte.

Unentschlossen und mit rasendem Herzen stand sie in dem großzügigen, hell eingerichteten Badezimmer. Neben zwei Waschbecken und der wassersparenden Dampfdusche gab es sogar einen Whirlpool vor einem Panoramafenster, das aktuell das bewegliche Bild eines Regenwaldes zeigte. Urwaldgeräusche drangen an ihre Ohren und es duftete nach Blumen.

Dieser Luxus! Die Angehörigen der Oberschicht hatten gelebt wie Maden im Speck.

Einzig ein Gerät passte nicht zur restlichen Optik: In einer Ecke stand ein Cleaner.

Wusch Andrew seine Wäsche selbst?

Neugierig öffnete sie den Deckel der Maschine. Tatsächlich, darin lagen seine verschwitzten Sachen!

Sie erinnerte sich, dass er zu Zeiten des Regimes eine Wäscherei besessen hatte, die er auch als heimliche Kommandozentrale für den Untergrund genutzt hatte.

Sie warf ihr Laufdress dazu und schaltete den Cleaner ein. Geräuschlos tat er seinen Dienst. Nun hatte Emma fünfzehn Minuten Zeit, bis die Wäsche gereinigt und getrocknet war. Danach konnte sie sich anziehen und gehen.

Fünfzehn Minuten ...

»Bist du noch da?«, fragte Andrew und wischte auf Kopfhöhe den Dampf von der Scheibe. Als er sie splitternackt erblickte, bekam er große Augen.

Ihr wurde heiß bis in die Nasenspitze und am liebsten hätte sie sich in eins der riesigen Handtücher gewickelt, die auf einer Wärmestange hingen, stattdessen betrat sie mutig die Kabine.

Sofort hüllte Dampf sie von allen Seiten ein. Der Nebel war jedoch nicht so dicht, dass sie nichts mehr erkannte. Tatsächlich erkannte sie Andrew hervorragend.

Sie hatte bisher nicht oft einen lebensechten, splitternackten Mann zu Gesicht bekommen – das eine Mal mit dem Kerl aus der Bar hatte im Dunkeln stattgefunden –, daher war ihr der Anblick eines erigierten Penis nicht gerade vertraut. Er sah interessant, aber auch ein wenig Furcht einflößend aus, trotzdem zogen sich ihre Nippel zusammen.

»Das machst du mit mir, Emma.« Andrew streckte die Hand aus und holte sie langsam zu sich.

Vorsichtig schmiegte sie sich an ihn, legte den Kopf an seine Schulter und schlang die Arme um seine Taille. Dabei drückte sich seine Erektion an ihren Bauch.

Emma schloss leise seufzend die Augen. Das war ein herrliches Gefühl. Der warme Nebel, die heiße Haut, Andrews streichelnde Hände auf ihrem Rücken. Sie kam sich geborgen und beschützt vor, zugleich kribbelte ihre Haut und ihr Puls klopfte bis zwischen ihre Schenkel.

Er löste das Band aus ihrem Haar, sodass es offen über ihre Schultern fiel. Dann gab er etwas Duschlotion aus einem Spender an der Wand in die Handfläche und begann, sie damit einzureiben.

Emma lehnte sich zurück ans kühle Glas und betrachtete mit erhitztem Gesicht, wie er genüsslich ihre Brüste einseifte. Sie schmiegten sich perfekt in seine Hände. Ein sehnsüchtiges Ziehen schoss bis in ihren Kitzler.

Nein, ablenken! »Hast du nie Angst, dass dir jemand in dein Zuhause folgt?«

»Das ist bei den Sicherheitsvorkehrungen fast unmöglich.« Schmunzelnd verteilte er Schaumkronen auf ihren Brustwarzen. »Außerdem bin ich nicht so hilflos, wie ich vielleicht aussehe. Ich bin bestens vorbereitet.« Er griff über ihren Kopf und holte eine Pistole aus einem Regal.

Emma keuchte. Sie hatte die Waffe nicht bemerkt.

»Die hab ich in der ganzen Wohnung verteilt«, sagte er, während er die Pistole an ihren Platz zurücklegte.

Sie hätte wieder Angst vor ihm bekommen müssen, tatsächlich fand sie es sexy, dass er sich zu verteidigen wusste. Emma legte die Hände auf seine wohlgeformte Brust und fuhr langsam darüber. »Ich bin jetzt auch hier und könnte dir etwas antun.«

Er zitterte, während sie bis zu seinem Bauch hinabstrich. »Tatsächlich machst du mich schwach.«

»Du weißt, was ich meine.«

Sein piratenhaftes Lächeln sagte: Wie willst du halbes Persönchen mir schaden? »Ich vertraue dir, Emma …« Dann senkte er den Kopf und nahm ihre Lippen in Besitz.

Während er sie gierig küsste und seine Erektion an ihr rieb, schoss ein Stich in ihr Herz. Es fühlte sich herrlich an, was er mit ihr anstellte, doch ihr Gewissen lastete schwer. Schließlich war sie nur mit ihm gekommen, um ihren Auftrag zu erfüllen.

Nein, den würde sie heute vergessen und alles annehmen, was dieser Mann ihr schenkte. Zu lange war sie allein, hatte sich nach Nähe gesehnt. Sie würde nicht daran denken, wer sie war, mit wem sie hier war, sondern sich Andrews stürmischen Berührungen hingeben. Er wollte sie, er begehrte sie, und sie selbst sehnte sich nach diesen orkanartigen Gefühlen, die er in ihr auslöste.

Verlangend knetete er ihre Brüste, während er die Zunge in sie schob. Seine weichen Lippen knabberten an ihr, sanft biss er sie in die Unterlippe.

Sie riss die Augen auf, als der zarte Schmerz durch ihren Körper raste. Andrew starrte sie an, beobachtete genau ihre Reaktionen. Mit dem Daumen strich er über einen ihrer Nippel, bevor er ihn zwischen zwei Finger nahm und zudrückte.

Glühende Lava schoss zwischen ihre Schenkel, und sie versuchte, ihre Mitte an seinem Bein zu reiben, doch er lachte nur rau und hielt sie auf Abstand.

»So voller Hingabe.« Er ging leicht in die Knie, aktivierte einen Knopf an der Wand, sodass Wasser wie ein Regenschauer auf sie herabprasselte, und saugte abwechselnd ihre Brustwarzen ein.

Während das Wasser den Schaum abspülte, fuhr er mit den Händen über jeden Winkel ihres Körpers, und endlich berührte er sie zwischen den Beinen. Als sein Finger zwischen ihren Schamlippen verschwand, drückte sie ihm den Unterleib entgegen. Der direkte Kontakt und seine leicht raue Haut auf ihrer empfindlichen Stelle machten sie an. Ihr Lustnerv prickelte, als würden Stromimpulse hindurchjagen.

Plötzlich ging Andrew noch tiefer in die Knie, zog ihre Schamlippen auseinander und versenkte seine Zunge dazwischen.

Emma stieß einen leisen Schrei aus. Ihr Kitzler lag nun völlig offen und war seinen Zungenschlägen hilflos ausgesetzt. Ein Finger glitt in sie, dann noch einer. Sie fühlte einen kurzen Schmerz, danach nur noch Erlösung, als sich ihr Inneres um den Eindringling zusammenzog. Pure Ekstase umspülte sie, vernebelte ihren Verstand und setzte ihren Körper in Flammen.

Erst als sie bemerkte, dass Andrew sie nicht mehr berührte, schlug sie die Augen auf. Er hockte vor ihr, sein Penis immer noch steinhart, und betrachtete ihr gerötetes Geschlecht. »Du warst noch unberührt?«

Scham brannte in ihrem Gesicht. »Das sollte man in meinem Alter wohl nicht mehr sein, oder?« Ihre Worte sollten weder hart noch spöttisch klingen, aber sie waren entschlüpft, bevor sie nachgedacht hatte. Sie hatte in einem Magazin gelesen, dass fast neunzig Prozent der Frauen aus White City ihr Erstes Mal schon erlebt hatten, bevor sie die Zwanzig überschritten. Himmel, und sie war bereits ein paar Jährchen älter.

Sofort stand Andrew auf und zog sie an sich. »Das war kein Vorwurf.«

Er sah so ehrlich zerknirscht aus, dass sie ihre Worte sofort bereute. »Tut mir leid, ich … habe noch nicht viel Erfahrung mit Männern.«

Seine Mundwinkel zuckten. »Das macht nichts, im Gegenteil. Dann kann ich dir zeigen, wie schön es ist, mit einem Mann zusammen zu sein.«

»Hast du schon viel Erfahrung mit Männern?«, fragte sie scherzhaft und lachte unsicher.

Er blickte sie kurz verwirrt an, bevor er grinste. »Du solltest aufhören, alles zu genau zu nehmen. Genieße das Leben und das, was es dir bietet.«

Wenn er wüsste, dass sie genau das vorhatte! Obwohl sie es eigentlich nicht durfte …

Er fasste sie an der Hand und zog sie mit sich aus der Kabine. Anschließend nahm er das große Handtuch von der Wärmestange, um sie damit sanft abzureiben. »Du steckst voller Leidenschaft«, raunte er. »Ich möchte sie herauskitzeln, testen, wie weit ich bei dir gehen kann.«

Sie schluckte. »Wie meinst du das?« Er war doch keiner von den Kerlen, die perverse Sexspielchen bevorzugten?

»Du brauchst dich nicht zu fürchten. Ich mache nichts, was du nicht auch willst.« Fahrig trocknete er sich ab, bevor er sie in den Wohnraum führte und aufs Bett bat. »Entspanne dich, genieße einfach.«

Das war leichter gesagt, als getan. Ihr Herz raste unkontrolliert, trotzdem pochte es bereits wieder verräterisch zwischen ihren Schenkeln.

Andrew zog ihre Beine auseinander, um sich dazwischenzuknien, dann beugte er sich über sie und küsste ihre aufgerichteten Brustwarzen.

Emma versuchte sich zu entspannen und grub die Finger in sein weiches Haar. Dabei schaute er ständig zu ihr auf.

Sein Blick wirkte entrückt, aber konzentriert. Diesen nackten, schönen Mann über sich zu sehen, gefiel ihr. »Wirst du mit mir schlafen, Andrew?«

Seine grünen Augen funkelten. »Wenn du das willst?«

»Ich will dich in mir spüren.«

Stöhnend schloss er die Lider und murmelte an ihrer Brust: »Allein dein Wunsch macht mich so hart, dass ich gleich komme.«

Sie machte ihn hart, sie hatte ihn in der Hand. Das gefiel ihr, verlieh ihr Macht. Sofort fühlte sie sich mutiger. »Ich möchte dich auch überall berühren.«

Grinsend rollte er sich auf den Rücken und streckte alle viere von sich. »Bediene dich.«

Im ersten Moment vermochte sie ihn nur atemlos anzustarren. Er war ein Traum von einem Mann. Humorvoll, intelligent und unglaublich sexy.

Sie hockte sich neben ihn und strich über seine Wange. Die blonden Bartstoppeln kitzelten ihre Fingerspitzen. Als ihr Finger über seine weiche Unterlippe glitt, schnappte er nach ihm und leckte über die Kuppe. Die zarte Berührung peitschte bis in ihren Unterleib.

Emma wurde wagemutiger, streichelte seine Brust, die kräftigen Arme, den flachen Bauch ...

»Fass ihn an«, raunte er, wobei seine Erektion zuckte.

Er hatte keine Probleme, auszusprechen, was er wollte. Allein seine freche Forderung erhitzte ihr Gesicht, aber am meisten ihren Schoß.

Vorsichtig umschloss sie den geäderten Schaft, spürte die zarte Haut und den harten Kern darunter. Seine Eichel war etwas dicker und ähnelte einer purpurnen Pflaume.

Andrew drückte ihr die Hüften entgegen. »Bewegen Sie endlich Ihre Hand, Ms. Jones. Für gewöhnlich sind Ihre Finger doch etwas flinker.«

»Nicht alles auf einmal, du gieriger Kerl!« Sie lachte und war froh, dass er ihr Liebesspiel mit Humor nahm, das machte es leichter. Sie war nicht prüde, nie gewesen, aber live mittendrin zu sein, anstatt Bilder oder Filme anzusehen, war etwas völlig anderes.

Sie ließ ihn los, um an seinen Beinen entlangzustreichen. Dabei spürte sie die Kraft, die in seinen Oberschenkeln steckte.

Er seufzte. »Du quälst mich.«

»Folter ist mein zweiter Vorname, Mr. President. Ich wette, das wussten

Sie noch nicht.« Übermütig beugte sie sich über seinen Schoß, inhalierte den zarten moschusartigen Duft seines Geschlechts und tippte schließlich die Zungenspitze an seine Eichel.

Andrew stöhnte auf. »Genug gespielt.« Er umschloss ihren Kopf mit beiden Händen, um ihr Gesicht an seine Erektion zu drücken. »Ich mag keine halben Sachen, Ms. Jones«, sagte er heiser. »Überzeugen Sie mich von Ihren Qualitäten.«

Oh, das würde sie, denn das Spiel machte ihr immer mehr Spaß. Es war wie eine Rolle, hinter der sie sich verstecken und eine andere sein konnte.

Neugierig umschloss sie mit den Lippen seine pralle Eichel und saugte vorsichtig daran, kostete die salzigen Tropfen.

Ob das so richtig war?

Vermutlich, denn er schwoll in ihrem Mund weiter an.

Sie wurde wagemutiger und nahm ihn tiefer auf, bis er an ihren Gaumen stieß. Erneut saugte sie behutsam und spielte mit der Zunge an Schlitz und Bändchen.

»Emma …« Kraftlos krallte er die Finger in ihr Haar und dirigierte ihren Kopf.

Das animierte sie, ihn tiefer aufzunehmen.

»Wenn du so weitermachst, kann ich mich nicht mehr beherrschen.«

»Das musst du auch nicht.«

»Doch. Ich möchte deinen Wunsch erfüllen.«

»Welchen Wunsch?« Was hatte sie zu ihm gesagt?

Erst als er sie zurück in die Matratze drückte und sich auf sie legte, wusste sie, wovon er sprach: Er wollte mit ihr schlafen.

Emma zitterte, jeder Muskel schien unter Spannung zu stehen. Jetzt wurde es ernst.

»Bereit?«, fragte er. Sein Körper über ihr zitterte ebenfalls, feine Schweißtropfen glänzten auf seiner Stirn.

»Bereit«, wisperte sie, als sie spürte, wie seine Eichel ihre Schamlippen auseinander drängte.

»Lass locker, Emma, du bist zu verkrampft.« Er kam tiefer in sie, teilte ihre Labien, dehnte ihr Inneres.

Andrew fühlte sich groß und mächtig an. Ein klein wenig hatte sie Angst, es würde wehtun, aber der Druck verwandelte sich in ein sanftes Pochen und schließlich in ein heftiges Klopfen.

Sie stöhnte an seiner Schulter und grub die Finger in seinen Rücken. »Andrew«, wisperte sie, überwältigt, wie fantastisch es war, eng mit ihm verbunden zu sein.

»Tu ich dir weh?«

»Nein.« Auffordernd drückte sie ihm das Becken entgegen. Sie wollte mehr, wollte ihn tiefer spüren.

Und immer weiter drang er vor, füllte sie ganz aus. Dann verharrte er.

»Gib mir nur einen Moment.«

Er zuckte in ihr, und sein abgehackter Atem traf ihre Wange. Tief schaute er ihr in die Augen. »Du fühlst dich verdammt gut an.«

Ihr Herz machte einen Sprung. Sie wollte ihm gefallen, sich gut für ihn anfühlen.

Sie ließ ihre Hände tiefer wandern und drückte seine Pobacken. »Du auch.«

Grinsend küsste er sie auf die Nasenspitze. »So möchte ich die ganze Nacht verbringen. In dir, auf dir, umgeben von deiner seidigen Hitze.«

Ihr Schoß verkrampfte sich leicht, wollte mehr. Sie wollte mehr. Er sicherlich auch, doch sie glaubte, dass er sich zurückhielt.

»Nimm mich, wie du mich haben willst, Andrew.« Sie biss sich auf die Unterlippe. Hatte sie das eben laut gesagt?

Er lächelte verrucht. »Nicht heute Nacht. Ich will dich nicht erschrecken.«

»Ich habe keine Angst mehr vor dir, schon vergessen?«

Sein ehrliches Lächeln griff nach ihrem Herz. »Du sagst einfach, wenn es dir nicht mehr gefällt, okay?«

»Versprochen«, antwortete sie, als er endlich begann, seine Hüften zu bewegen. Drei Mal stieß er tief in sie, dann zog er sich zurück.

Sie wollte bereits protestieren, denn diese plötzliche Leere gefiel ihr nicht, als er eine heiße Spur mit Küssen an ihrem Bauch herabzog, ihre Beine auseinander drückte und seine Lippen auf ihr nasses Geschlecht presste.

Emma wölbte sich ihm entgegen. Hatte sie zuvor gedacht, sie sei nicht prüde? Im Moment fühlte sie sich verrucht, da ein Mann etwas so Unanständiges bei ihr machte, zugleich schoss ihre Lust in ungeahnte Höhen. Ihr Kitzler pochte hart, ihr Inneres kontrahierte.

»Ich will dich kosten, Emma.« Abwechselnd stieß er die Zunge in sie und leckte durch ihr Geschlecht, saugte die Klitoris ein oder knabberte an ihren Schamlippen. Als er ihren Venushügel nach oben zog, um ihren empfindlichsten Punkt noch mehr freizulegen, wäre sie beinahe gekommen.

»Heb deinen Höhepunkt für mich auf«, verlangte er. »Ich will ihn gemeinsam mit dir erreichen.«

Oh, das war gemein, wie sollte das funktionieren? Sie wollte nicht länger auf Erlösung warten, und allein sein geraunter Befehl verschaffte ihr noch mehr Lust. Ihr Schoß glühte bereits, während seine flinke Zunge die frivolsten Übungen vollführte.

Erneut kroch er auf sie, und diesmal drang er weniger vorsichtig in sie ein, dehnte ihr geschwollenes Gewebe und traf einen Punkt tief in ihr, der es ihr unmöglich machte, sich zu beherrschen.

»Ich komme, Andrew«, sagte sie erstickt und ohne Scham. Sie konnte es nicht mehr aufhalten.

»Ja, komm für mich. Nur für mich.« Seine Stöße gewannen an Energie, und während sich ihre Seele von ihrem Körper zu lösen schien und sie ein weiteres Mal in sinnlicher Glut schwebte, verströmte er sich in ihr, bewegte sich gemächlicher und rollte sich schließlich neben sie.

Atemlos blickten sie sich an, und Emma hätte am liebsten geweint vor Freude. Plötzlich begriff sie, dass man sich so zu einem anderen Menschen hingezogen fühlen konnte, dass man ihn heiraten und für immer mit ihm zusammen sein wollte. Als Hochzeitsplanerin hatte sie viel mit Verliebten zu tun gehabt, sie aber nie wirklich verstanden.

Andrew war solch ein zärtlicher, einfühlsamer Mann und doch auf seine Art dominant, dass sie einfach völlig überwältigt von ihm war. Wie sollte sie ihn jemals hintergehen können?

## Kapitel 4 – Grausame Erpressung

Als Emma aufwachte, blickte sie direkt in Andrews entspanntes Gesicht. Er schien noch im Land der Träume festzustecken, denn seine Augen bewegten sich hinter den Lidern. Plötzlich erinnerte sie sich an alles: Das Treffen im Park, die gemeinsame Dusche, den Sex – und dass sie nachts, als er tief und fest geschlafen hatte, durch die Wohnung gegeistert war. Gefunden hatte sie einen Tablet-PC, der sich jedoch nur mit Daumenabdruck aktivieren ließ. Sie hätte das Gerät cracken können, einer von Stephens Leuten hatte ihr beigebracht, wie das ging, aber sie hatte sich dagegen entschieden. Es fühlte sich einfach verkehrt an.

Emma musste Stephen davon überzeugen, dass sie die Falsche für den Job war. Sie brachte es nicht übers Herz, Andrew zu hintergehen. Das würde sie am besten gleich machen, sie musste ohnehin um zehn im Park sein.

Sie setzte sich auf und suchte eine Uhr. Auf dem schlichten weißen Nachttisch stand ein Wecker. Oh nein, nur noch fünfzig Minuten!

Sofort sprang sie aus dem Bett. Liebe Güte, wann hatte sie das letzte Mal so lange in den Federn gelegen?

»Bitte keine Hektik, Ms. Jones.« Gähnend drehte sich Andrew auf den Rücken und streckte sich. Da die Zudecke bis zu seinem Bauch gerutscht war, kam sie in den Genuss, seinen herrlichen Körper ausgiebig betrachten zu können. Zu gerne würde sie seinen flachen Bauch und die leicht ausgeprägten Brustmuskeln berühren.

Langsam öffnete er ein Auge. »Wir haben Sonntag. Ausschlafen. Kuscheln. Das Büro kann mich heute mal.«

Ab und zu arbeitete er auch sonntags. Er war eben ein Workaholic. Dass er ihretwegen zu Hause bleiben wollte, freute sie.

»Womit kann ich dich überreden, zu mir unter die warmen Laken zu kommen?« Schmunzelnd lockte er sie mit dem Zeigefinger. »Willst du eine Massage?«

*Himmel hilf mir, er ist der Mann, nach dem ich immer gesucht habe!* Als sie wie erstarrt am Bett stehen blieb und seine glühenden Blicke auf ihrer Haut prickelten, wurde ihr bewusst, dass sie splitternackt war. »Ich wollte duschen.«

»Und danach?« Er wackelte mit den Brauen.

Oh, wie gerne würde sie einfach wieder zu ihm ins Bett steigen! Sich an ihn schmiegen, sich glücklich fühlen. Die Nacht mit ihm war die schönste ihres Lebens gewesen. »Ähm ... Nach Hause. Ich habe ja nichts zum Anziehen hier, nur meine Sportsachen.«

Er grinste frech. »Solange du hier bist, brauchst du keine Kleidung. Ich will dich nackt, den ganzen Tag. Nackt im Bett, nackt auf dem Küchentisch, nackt auf dem Boden, nackt auf mir und unter mir.«

Ein glühender Impuls raste in ihren Unterleib. Verdammt, sie würde so gerne bleiben! »Ich ... brauche ein wenig Zeit für mich. Das ist alles neu für mich, ich hatte noch nie eine Beziehung.«

»Okay.« Seufzend setzte er sich auf und rieb sich über das Gesicht. »Wir brauchen ja nichts überstürzen. Wie wäre es mit einem gemeinsamen Abendessen?«

»Hier?« Emma hob das Handtuch vom Boden auf und wickelte es sich um den Körper.

»Ich kenne ein nettes Lokal in Resur. Wir könnten mit dem Shuttle hinfliegen.«

»Du bist auch dort bekannt wie eine zweiköpfige Klapperschlange, wir hätten sicher keine Ruhe.«

»Ich könnte mir einen falschen Bart ankleben.« Er lachte. »Nein, im Ernst, die haben dort eine Dachterrasse, die könnte ich für uns reservieren lassen. Ich kenne den Besitzer, der fragt mich ohnehin ständig, wann ich mal vorbeikomme.«

»Vielleicht nächste Woche, okay? Ich brauch für ein Date mit dem Präsidenten ein bisschen Vorbereitungszeit, neue Klamotten, einen Friseurbesuch, und so.« Das ging ihr tatsächlich alles zu schnell. Doch in ihrem Kopf reiften Pläne. Zukunftsvisionen. Sie und Andrew ... Nur wie sollte sie das Stephen erklären? »Wie komme ich denn nach Hause? Bringst du mich durch die Tunnel?«

»Okay, mit Frauenkram habe ich es nicht so, aber ich würde dich auch nackig mitnehmen. Du siehst fantastisch aus, wie du bist.« Andrew stand auf und ging zum Fenster. Er legte die Handfläche auf die Scheibe und sofort wurde sie durchsichtig.

Emma stockte der Atem, als sie direkt vor dem Haus die Kuppel erkannte. Sie befanden sich irgendwo am Stadtrand, das Panorama war nicht gerade grandios, weil die Schutzhülle die Sicht versperrte. Deshalb waren so nah an der Kuppel meist Firmengebäude oder Fabriken gebaut worden. Unter sich erkannte sie Umwälzpumpen für die Frischluftversorgung. Nun wäre es ein Leichtes für sie, seine Adresse herauszufinden.

Sie schluckte. Was für ein Vertrauensbeweis von Andrew.

»Wir sind in der Brigg Street«, sagte er.

Vehement unterdrückte sie sämtliche Gefühle, die sich zu einem brisanten Cocktail mischten. Sie wollte ihm vor Freude um den Hals fallen und ihm alles beichten, gleichzeitig weinen und sich vor ihm verstecken. Er vertraute ihr vollkommen. Wenn er jetzt erfuhr, wer sie wirklich war, was würde er tun? Er liebte diese Stadt und war der geborene Anführer. Bestimmt würde er sie ins Gefängnis bringen. Er war ein Mann mit Prinzipien.

»Was ist denn los mit dir?«, fragte er sanft und zog sie an seinen nackten Körper.

Emma hatte nicht bemerkt, dass er sich ihr genähert hatte, so versunken war sie in Gedanken gewesen. »Du vertraust mir blind. Das überwältigt mich. Was, wenn ... Ich könnte zum Widerstand gehören.« *Oh Gott, Emma, gestehe ihm doch gleich, wer du bist!*

Lächelnd küsste er sie auf die Stirn. »Du bist meine Sekretärin. Steel und ich haben deinen Lebenslauf durchkämmt. Er ist blütenweiß.« Andrew zwinkerte. »Na ja, dass du beim Vorlesewettbewerb in der Grundschule nur Zweite geworden bist, fand ich nicht so toll, aber jeder von uns hat Jugendsünden, oder?«

Das mit dem Vorlesewettbewerb stimmte sogar und war eins der wenigen Dinge, die ihr von ihrer Vergangenheit allein gehörten und nicht aus einem gefakten Lebenslauf stammten.

Seufzend schmiegte sie sich an ihn.

»Ich hab das Gefühl, du willst nicht gehen.«

*Wir können nicht immer das haben, was wir wollen*, dachte sie und wünschte, sie könnte die Zeit anhalten. Schwerfällig löste sie sich von ihm und marschierte zum Badezimmer. Dort holte sie ihr Laufdress aus dem Cleaner und zog sich hastig an.

Andrew stand hinter ihr. »Ich kann dir eine Rikscha bestellen.«

Er hatte die Fahrradtaxis mit offenen Anhängern zur Personenbeförderung eingeführt und sie waren mit Begeisterung angenommen worden, da es kaum motorisierte Fahrzeuge in White City gab. Zumindest keine größeren. Die Stadt war einfach zu eng für breite Automobile.

»Danke dir, ich bin gut zu Fuß, ich jogge.« Plötzlich wollte sie nur noch aus seiner Wohnung, denn sonst würde sie ihn heute nicht mehr verlassen können. Doch wenn sie nicht pünktlich beim Kommunikator war, würde Stephen vielleicht Yana dafür büßen lassen.

Oh Gott, heute Nacht hatte sie überhaupt nicht an ihre Schwester gedacht! Emma wusste nicht einmal, ob sie noch lebte. Stephen schuldete ihr ein direktes Übertragungsgespräch mit Yana, keine Sprachaufzeichnung, die er mittels eines Computerprogramms selbst erzeugen oder vor dem Senden zensieren konnte. Sie musste sich zuerst überzeugen, dass es ihr gut ging.

»Emma?«

An der Haustür drehte sie sich zu ihm um. »Hm?«

»Bekomme ich noch einen Kuss?« Mittlerweile trug er eine Boxershorts, die ihm tief auf den Hüften saß. Am liebsten hätte sie ihm die Hose sofort wieder ausgezogen. Aber es war keine rein sexuelle Begierde, die sie zu ihm hinzog. Es war mehr, viel mehr. Außer ihrer Schwester hatte es bisher niemanden gegeben, dem sie so nahe gewesen war, dem sie so sehr vertraute und bei dem sie sich wohl fühlte. Der ihr zuhörte, sie zum Lachen brachte und sie in den Arm nahm. Bei dem sie sich rundum aufgehoben fühlte.

Wenn nur nicht diese unsichtbare Kluft zwischen ihnen liegen würde. Und ihr Geheimnis.

Emma griff in Andrews Nacken, zog seinen Kopf heran und drückte die Lippen fest auf seinen Mund. Als sie ihn küsste, schienen sich Klauen in ihre Brust zu schlagen, so verzweifelt sehnte sie sich nach einem Happy End.

Aber das würde es niemals geben.

Tränen wollten sich nach draußen drängen, doch Emma hielt sie zurück. Schweren Herzens löste sie sich aus seiner Umarmung. »Wir sehen uns ja morgen im Büro.«

»Ich vermisse dich jetzt schon.« Er lächelte sanft, und sein verträumter Blick traf sie bis ins Mark.

»Bis Montag«, sagte sie und eilte zur Tür hinaus.

\*\*\*

Montagmorgen war im Büro wie immer die Hölle los. Irgendwie wollte jeder etwas von ihm, seine Berater und andere Parlamentsmitglieder gingen ein und aus, sodass er nie mit Emma allein war. Sie saß ihm gegenüber an ihrem Schreibtisch und tippte am Computer, wobei sie ihm hin und wieder verstohlene Blicke schenkte.

Emmas Verhalten erinnerte ihn an eine verschreckte Rebellin, die damals beinahe einen Höhlenkoller bekommen hatte. Einerseits erschien sie ihm nervös, andererseits fuhr sie voll auf ihn ab. Seine Instinkte meldeten, dass sich Emma seltsam verhielt, aber dafür gab es schließlich eine Erklärung: Einmal war sie gänzlich unerfahren, was Beziehungen betraf, zum anderen hatte sie Vorbehalte wegen ihrer beruflichen Zusammenarbeit. Plötzlich mussten sie aufpassen, wie sie sich vor anderen gaben, und die Konsequenzen, falls ihre Affäre aufflog, waren nicht abzusehen. Er konnte ihre Reaktionen nachvollziehen und wünschte sich, er könne ihr ein wenig Unsicherheit abnehmen.

Mittags brachte ihnen eine Angestellte Essen ins Zimmer, weil der Andrang immer noch nicht nachgelassen hatte, doch am Nachmittag hatte Andrew die Schnauze gestrichen voll. Er verschob den Termin mit dem Haushaltsminister auf später und bat Emma, ihn ins Archiv zu begleiten. Dort, hinter dicken Stahltüren, waren sie ungestört. Fire checkte den Raum, dann ließ er sie allein und zog die schweren Türen hinter sich zu.

Andrew stand mit Emma zwischen Bergen von Aktenordnern. Er hatte bei seiner Amtseinführung angefangen, alle wichtigen Dinge, die nicht in die Hände des Widerstands gelangen durften, auf Papier festzuhalten und in diesem ehemaligen Bunker unter dem Regierungsgebäude zu verstauen. Neonlampen verbreiteten ein grelles Licht, und die Stille wirkte beinahe unheimlich.

»Ich hab dich vermisst«, sagte er und drängte Emma gegen die einzige freie Wand im Raum. »Der restliche Sonntag ohne dich war langweilig.«

»Hmm«, brummte sie, während sie auf seinen Mund starrte.

Nun wirkte sie nicht verängstigt, eher ein wenig aufgeregt, mit den geröteten Wangen und dem atemlosen Keuchen, das sie von sich gab.

»Ich würde unsere heiße Nacht am liebsten sofort wiederholen.«

»Hier?« Ihre Augen weiteten sich.

»Hier, jetzt.« Er fuhr mit den Fingern in ihr Haar, das sie zum ersten Mal, seit sie bei ihm arbeitete, offen trug. Das deutete er als Einladung. »Ich will dich zum Stöhnen bringen, muss dich spüren.«

Bevor sie protestieren konnte, küsste er sie. Sofort lehnte sie sich an ihn und schlang die Arme um seine Taille.

Andrew vertiefte den Kuss, während er durch die dünne Bluse ihre Brüste knetete. Oh, wie gerne wollte er sie ficken, einfach ihren Rock hochheben und in sie eindringen. Sein Schwanz stand bereits wie eine Eins und konnte es ebenso wenig erwarten.

Nachdem er eine Hand unter ihren Rock geschoben und ihren Slip berührt hatte, drückte sie ihm den Unterleib entgegen. »Du brauchst es, was?«

»Ja«, hauchte sie. Schwer hingen ihre Lider über den wunderschönen Augen.

Mit einem Finger schlüpfte er in ihr Höschen und verteilte die samtige Nässe zwischen den Schamlippen.

»Andrew ...« Zart biss sie in seinen Hals und klammerte sich an seinen Nacken.

Ja, das gefiel ihr. Rasch schob er den Zeigefinger in sie, und Emma stöhnte an seiner Schulter.

Wie feucht sie für ihn war ... Er musste sie nehmen, jetzt!

Schnell zog er die Hand zurück und leckte ihren Saft vom Finger. Der köstliche Geschmack ihrer Lust berauschte ihn nur noch mehr. Sein Schwanz zuckte, und Andrew griff nach Emmas Hand, um sie auf seinen Schritt zu legen.

Da knackte die Sprechanlage. »Sir, der Haushaltsminister ist bereits in Ihrem Büro.« Fires Stimme hallte durch das Archiv. »Offenbar hat ihn die Nachricht nicht erreicht.«

Andrew fluchte leise und löste sich schwer atmend von Emma. »Wir machen morgen weiter«, raunte er und gab ihr einen Kuss. »Und dann will ich, dass du keinen Slip trägst.«

Sie nickte atemlos und richtete hastig ihren Rock, danach öffnete sich bereits die Stahltür, woraufhin Fire sie nach oben führte.

***

Am nächsten Morgen war Andrew noch früher im Büro als gewöhnlich. Er hatte gehofft, Emma würde nach der Arbeit zu ihm nach Hause kommen, leider war sie nicht erschienen. Daher freute er sich, sie gleich wieder den ganzen Tag um sich zu haben.

Sie kam pünktlich wie immer um acht Uhr, und das Erste, was sie zu ihm sagte, als sie dicht an seinem Schreibtisch vorbeischlenderte, war: »Ich trage kein Höschen, wie Sie befohlen haben, Mr. President.« Dabei hauchte sie die Worte verführerisch in sein Ohr. Ihr warmer Atem brachte seine Haut zum Prickeln.

Daraufhin lief er den halben Tag mit einem Ständer herum, bis er wieder mit ihr zu den Archiven verschwinden konnte. Und diesmal würde er keine Unterbrechung dulden.

Nachdem Fire sie eingeschlossen hatte, drückte er Emma bäuchlings über einen großen Tisch und hob ihren Rock an. Ihr splitternackter Hintern ragte ihm entgegen. Sie war tatsächlich seinem Wunsch gefolgt.

»Braves Mädchen«, raunte er und streichelte ihre drallen Pobacken. Am liebsten wollte er sofort zwischen ihre Schenkel tauchen, stattdessen ging er in die Knie, um die Fingerspitzen über die Seidenstrümpfe gleiten zu lassen, die bis zu ihren Oberschenkeln reichten.

Seine Fantasien überschlugen sich. Er wollte schmutzigen, heftigen Sex. Andrew hatte sich Frauen gegenüber im Bett stets zurückgehalten, um sie nicht zu erschrecken, aber bei Emma wollte er sich nicht verstellen. Er konnte es nicht. Daher zog er ihre Pobacken auseinander und ließ die Zunge über ihren verborgenen Eingang kreisen.

Emma zuckte und stellte sich hin. »Was machst du da?!«

»Bücken«, befahl er, wobei er die Hand auf ihren unteren Rücken presste, damit sie sich wieder auf den Tisch legte. »Ich will, dass du mir deinen Hintern entgegendrückst.« Mit donnerndem Herzen wartete er auf ihre Reaktion. Verdammt, er musste es langsam angehen lassen, durfte nicht zu rabiat werden. Dazu war sie einfach noch zu unerfahren.

Als sie gehorchte, machte ihn das gleich noch heißer. Er konnte alles sehen, auch ihre Schamlippen, die dick und geschwollen zwischen ihren Schenkeln lagen. Sie konnte es also genauso wenig erwarten wie er.

Erneut tauchte er die Zunge zwischen ihre Pobacken und leckte über die sternförmige Öffnung, atmete den herben Duft ein und erfreute sich an ihren leisen Stöhnlauten.

Emma schämte sich, dass Andrew ihren entblößten Unterleib sehen konnte, und das Spiel seiner Zunge machte es nicht besser. Dazu kamen seine Befehle. Er liebte es, den Ton anzugeben, und demonstrierte auf sanfte Weise seine Macht.

Als er ihre Beine mit dem Fuß auseinander rückte und von hinten an ihre Scham griff, schoss Hitze nicht nur in ihre Wangen, sondern auch in ihre Schamlippen. Ihr Puls klopfte bis in den Kitzler, und während Andrew einen Finger in sie schob und sie es schmatzen hörte, stöhnte sie verhalten.

»Nass und bereit, obwohl ich noch nichts gemacht habe«, sagte er. »Turnt es dich an, wenn ich dir unanständige Befehle zuraune?«

Sie wusste selbst nicht, was mit ihr los war, aber es gefiel ihr.

»Antworte mir, Emma!«

»Ja, Sir«, schoss es aus ihrem Mund.

»Sir?« Er knabberte an ihrer Pobacke. »Es macht mich heiß, wenn du mich so nennst. Spürst du, wie sehr du mich erregst?«

Er stand hinter ihr auf, um seinen Unterleib an ihren Po zu drücken. Dann nestelte er an seiner Hose herum, und sein harter Penis glitt zwischen ihre Schenkel.

»Ja, Sir«, wisperte sie, da sie kaum noch fähig war zu sprechen. Sie wollte ihn endlich in sich spüren, damit dieses unerträgliche Pochen ein Ende fand.

»Mach ihn erst feucht. Leck ihn.«

Sie drehte sich zu ihm herum und sank auf die Knie. Seine Erektion ragte aus der Hose und lag genau vor ihren Augen. Ein Tropfen glänzte auf der purpurnen Kuppe; Emma nahm ihn mit der Zunge auf.

Andrew holte zischend Luft. Als sie zu ihm aufblickte, schaute er verklärt zu ihr herab.

Was tat sie nur? Sie hatte Sex mit dem Mann, den sie ausspionieren musste, anstatt das Archiv zu durchforsten. Ob er sie allein hier herunter lassen würde? Wie könnte sie das anstellen?

Bisher hatte sie Stephen nichts verraten, ihm nicht gesagt, wo Andrew wohnte oder was sich zwischen ihnen ereignet hatte. Sie hatte es nicht übers Herz gebracht.

Als sie den samtigen Schaft tief in den Mund nahm und den festen Kern unter ihren Lippen spürte, verschwanden alle Gedanken, die mit ihrem Auftrag zu tun hatten. Sie wollte jetzt auch nicht daran denken, sondern bloß nehmen und genießen. Hier gab es nur Andrew, sie und ihr erregendes Liebesspiel.

»Ja, mach ihn schön feucht«, sagte er heiser und schob seine Hüften vor und zurück.

Sie schmeckte seine salzigen Tropfen und strengte sich an, ihm möglichst viel Lust zu verschaffen, fuhr mit der Zunge die Adern auf dem Schaft nach und drückte die Spitze gegen das Bändchen der Eichel.

Hastig zog er sich zurück. »Jetzt werde ich dich ficken. Zieh deinen Rock aus, damit ich dich besser sehen kann.«

Bei seinen Worten zog sich ihr Unterleib lustvoll zusammen. Sie stand auf und schlüpfte aus dem Stoff, sodass sie nur noch die Schuhe, Strümpfe und ihre Bluse trug.

Andrews heiße Blicke schienen ihren Körper zu verbrennen. »Setz dich auf die Tischkante.«

Sie gehorchte bereitwillig, und er packte ihre Beine an den Kniekehlen, sodass sie sich für ihn öffnete. Damit sie nicht nach hinten kippte, stützte sie sich mit den Ellbogen auf der Platte ab.

Erneut konnte er alles sehen, und er genoss die Aussicht offensichtlich. Sein Penis zuckte, mehr Tropfen benetzten die pralle Kuppe.

Als seine Spitze in sie drang, spürte sie bereits die ersten Kontraktionen tief in ihrem Inneren. Wieso reagierte sie sexuell derart heftig auf Andrew? Oder war das immer so zwischen Mann und Frau?

Atemlos betrachtete sie ihn in seinem Anzug. Er sah so gut aus und strahlte etwas Erhabenes aus. Ihr Chef, der Präsident von White City. Und ihre Körpermitten waren auf unanständige Weise miteinander verbunden. Verwundert starrte sie auf den glänzenden Schaft, der immer wieder in sie stieß.

Andrew schloss die Augen, während er tief in sie glitt. Bereitwillig nahm sie ihn auf, spürte dem lustvollen Pochen nach und schrie auf, als er eins ihrer Beine auf die Schulter legte, um dafür ihre Klitoris zu stimulieren.

Innerhalb weniger Sekunden kam sie zum Höhepunkt. Während er mit dem Daumen fest über ihren Kitzler strich, trieb er sich in einem immer langsamer werdenden Rhythmus in sie. Er legte den Kopf zurück und stöhnte losgelöst.

In diesem Moment innigster Verbundenheit hüllte Wärme ihr Herz ein.

Sie war verloren, rettungslos verloren.

Wie in ihrer ersten Nacht ergoss er sich auch diesmal tief in sie, und als er sich zurückzog, liefen seine und ihre milchige Flüssigkeit aus ihr heraus und benetzten den Tisch.

»Bleib so«, befahl er, zog ein frisches Taschentuch aus der Hosentasche und wischte sie damit notdürftig sauber. Danach zog er sie in die Arme. »Komm heute Nacht zu mir nach Hause, Emma, und ich kann dir noch mehr davon geben.«

Ihr Puls raste. »Ich würde gerne, aber dann bekämen wir beide keinen Schlaf.« Sie wollte zu ihm, wollte mehr hiervon erleben, doch das wäre wenig vorteilhaft für ihr Herz. Sie hatte es bereits zu weit für ihn geöffnet, es schlug nur seinetwegen so schnell. »Ich komme wieder am Samstagabend. Versprochen.«

Sanft lächelnd ließ er sie los. »Du hast recht. Gut, dass du so vernünftig bist.« Er konnte es offenbar genauso wenig erwarten. »Lass uns wieder an die Arbeit gehen.«

***

Die restliche Woche gestaltete sich stressig wie immer. Selten hatte er Augenblicke mit Emma allein, einmal hätte er sie beinahe spätabends im Büro geküsst, als eine Reinigungskraft hereingeplatzt war.

»E-entschuldigung, Mr. President, ich wusste nicht, dass noch jemand hier ist. D-da stand kein Bodyguard vor der Tür«, hatte die alte Frau gestammelt und sich zurückgezogen, während Andrew so getan hatte, als hätte er Emma eine Wimper aus dem Auge geholt.

Es hatte sich herausgestellt, dass Steel nur eine halbe Minute weg gewesen war, weil er im Nebenraum seltsame Geräusche gehört hatte, aber es war ebenfalls eine Reinigungskraft gewesen, die aus Versehen eine Vase umgestoßen hatte.

Das Schicksal meinte es nicht gut mit ihnen, daher konnte es Andrew kaum bis Samstagabend erwarten.

## Kapitel 5 – Planänderung

Puh, was war das zwischen Emma und ihm?
Andrew starrte seine geschlossene Wohnungstür an und fühlte immer noch Emmas Geschmack auf den Lippen. Wie am letzten Sonntag war sie in ihr Laufdress geschlüpft, hatte ihn noch einmal leidenschaftlich geküsst und ihn viel zu bald verlassen, es war schließlich noch Vormittag. Warum flüchtete sie vor ihm?

Verdammt, was könnte er falsch gemacht haben? Wollte er zu viel von ihr? Überforderte er sie?

Diese Frau hatte ihn ganz und gar eingenommen. Am liebsten hätte er sie nicht gehen lassen, um den gesamten Tag mit ihr im Bett zu liegen, mit ihr zu kuscheln, reden und Sex zu haben. Sehr viel Sex. Jedoch wollte er sie nicht bedrängen. Er spürte, dass sie noch nicht so weit war wie er, obwohl sie ihre Intermezzi im Archiv offensichtlich genoss.

Zwischen Emma und ihm gab es nur Arbeit und Sex. Ihr schien das zu reichen, aber ihm nicht. Er wollte mehr, wollte mit ihr einen schönen Film anschauen, ausgehen, mit ihr in der Öffentlichkeit gesehen werden. Jeder sollte wissen, dass sie ein Paar waren.

Okay, sie würde in einer anderen Abteilung arbeiten müssen, doch das würde er in Kauf nehmen.

Was, wenn sie das nicht wollte? Wenn niemand wissen sollte, dass sie zusammen waren? Und waren sie das überhaupt? Immerhin hatte sie heute Wechselkleidung bei ihm gelassen, sogar ihre Zahnbürste stand neben seiner im Bad, das deutete er als gutes Zeichen. Außerdem hatte sie endlich zugesagt, mit ihm am Abend in Resur Essen zu gehen. Und womöglich war es auch wirklich besser, wenn niemand etwas von ihrer Affäre erfuhr, das könnte Emma zur Zielscheibe machen. Er war der Präsident, es gab genug Leute, die sich die Hände für ein Druckmittel reiben würden, und er wollte nicht, dass ihr etwas passierte. Darüber wollte er nicht einmal nachdenken. Er hatte sogar schon seine Bodyguards beauftragt, sie auf dem Nachhauseweg vom Büro zu begleiten, was ihr nicht gefallen hatte, doch er machte sich Sorgen um ihre Sicherheit. Früher oder später würde ihr Verhältnis auffliegen.

Die Frauen hatten es seit jeher leicht bei ihm gehabt. Irgendwie verliebte er sich schnell und heftig, weshalb er froh gewesen war, dass sein Amt ihn ablenkte. Wegen Sonja hatte er monatelang Liebeskummer gehabt. Ein ätzendes Gefühl.

Nein, mit Emma sollte ihm das nicht geschehen, er würde erst testen, ob sie wirklich zusammenpassten und sie überhaupt längerfristig etwas von ihm wollte.

Oh Gott, er war solch ein Träumer! Zum Glück ahnte niemand, was für ein Softie in ihm steckte, doch sein großer Traum war schon immer eine glückliche Familie gewesen.

Weil er das selbst nie gekannt hatte.

Als er daran dachte, wie Vater ihm Mutter weggenommen hatte, sie *getötet* hatte ... Da war etwas in ihm zerbrochen. Andrew hatte geschworen, nie wieder einen anderen Menschen so sehr zu mögen, damit ihm nicht noch einmal solch ein Schmerz zugefügt wurde. Nur konnte man seine Gefühle nicht abstellen, zumindest er nicht. Schließlich war er nicht tot.

Unruhig tigerte er in der Wohnung umher. Er hatte große Lust zu rennen bis er nicht mehr konnte und sich sein Kopf frei anfühlte. Zu viel wirbelte darin durcheinander.

Er steuerte auf sein Laufband zu, aber ein Blick auf die zerknüllten Laken ließ die Erinnerung an letzte Nacht aufleben. Es war so gut gewesen wie noch nie und etwas ganz anderes als heimlich und schnell während der Arbeit.

Nein, er musste raus, am besten in den Park. Daher zog er sich ebenfalls seine Jogginghose und den Kapuzensweater an und stand keine fünf Minuten später vor dem Nachbarapartment.

Steel machte die Tür auf, kaum dass er geklingelt hatte. »Hey, Boss, was gibt es?«

»Lust auf eine Runde Joggen?« Er wollte jetzt nicht allein sein, außerdem befanden sich um diese Zeit zu viele Menschen in der Grünanlage, weshalb er lieber Geleitschutz mitnahm.

Sein Bodyguard grinste. »Immer gerne. Fire schläft noch und ich langweile mich zu Tode.«

»Bin hellwach«, ertönte die Stimme des anderen Kriegers. Die Tür wurde weiter aufgezogen, und Andrew sah den halbnackten Hünen hinter Steel. Fire war etwas schlanker und noch ein Stück größer; sein feuerrotes Haar leuchtete wie eine Signalfackel. Er konnte kaum aus den Augen sehen und vergrub die Hände tief in seiner grauen Pyjamahose.

»Lange Nacht gehabt?«, fragte Andrew.

Fire gähnte. »Steel und ich haben uns ein Duell auf der Gamestation geliefert.«

Andrew wusste, dass die beiden in jeder freien Minute auf ihrer Konsole spielten. »Und wer hat gewonnen?«

»Er.« Steel deutete mit dem Daumen über seine Schulter. »Ich bin eingeschlafen.«

»Du hast doch nur so getan, weil ich am gewinnen war.«

Grinsend schüttelte Andrew den Kopf. Wenn er nicht wüsste, dass die beiden fähige Leibwächter waren, würde er sie für große Jungs halten. »Ich glaube, ich nehme Steel mit«, sagte er zu Fire, »können Sie mich heute Abend mit dem Shuttle nach Resur fliegen?«

»Klar, Boss. Gibt es etwas, worauf ich achten muss? Spezielle Sicherheitsvorkehrungen?«

»Nur die üblichen. Ich möchte mit Ms. Jones in Resur zum Essen gehen.« Er räusperte sich. »Privat.«

Fire bekam große Augen, während ihn Steel lediglich wissend anschaute.

Oh Mann, das konnte ja heiter werden. Während Steel eher der diskrete Typ war, würde Fire ihm Löcher in den Bauch fragen …

\*\*\*

»Wir sollten lieber im hinteren Teil des Parks bleiben«, meinte Steel, als sie die Anlage durch die Tür im Zaun betraten. »Die meisten Leute halten sich am Sonntag am See auf.«

»Einverstanden.« Er würde ohnehin nur zwei, drei kleine Runden drehen. Da es auf Mittag zuging und die Sonne hoch am Himmel stand, war es bereits zu heiß zum Laufen. Gut, dass es überall Getränkeautomaten gab, an die Hitze würde er sich wohl nie gewöhnen.

Steel und er zogen sich die Kapuzen über den Kopf, dann lief Andrew voran und sein Bodyguard joggte hinter ihm her. Es fiel weniger auf, wenn er Abstand hielt. Zwar erkannte jeder sofort anhand seiner Statur, dass er ein Warrior war, aber er war nicht der einzige seiner Brüder im Park. Es gab in der Nähe einen Bereich mit Fitnessgeräten unter freiem Himmel. Dort hielten sich die ehemaligen Krieger gerne auf, um zu trainieren und mit den Frauen zu flirten, die sie dabei beobachteten.

Als er mit Steel am Fitnessbereich vorbeilief, pfiffen zwei attraktive Brünette seinem Leibwächter zu. Doch er würde ihnen wie immer nur ein flüchtiges Lächeln unter seiner Kapuze schenken, wusste Andrew. Manchmal fragte er sich, ob Steel eher Männer begehrte, weil er ihn noch nie mit einer Frau zusammen gesehen hatte. Wobei Steel aber auch nur wenig Freizeit hatte, und Andrew nicht wirklich mitbekam, was der Mann privat trieb.

Seine Gedanken schweiften zu Emma. Hatte er sie zu sehr bedrängt? Sie war heute schon wieder regelrecht vor ihm geflohen, genau wie am letzten

Sonntag. Oder war er solch ein miserabler Liebhaber gewesen?

Er würde sich heute noch mehr anstrengen. Zuerst ein schönes Abendessen bei Kerzenlicht mit Blick auf den Sonnenuntergang. Dann könnte er ihr etwas über die Sternbilder erzählen. Vom Dach des Restaurants hatte man eine wunderschöne Aussicht. Und danach ... Sollte er sie noch zu sich bitten, wenn sie wieder in White City waren?

Plötzlich vernahm er Steels Stimme hinter sich. »Dort ist Ms. Jones.«

Andrew wäre fast über seine Füße gestolpert. Tatsächlich, keine fünfzehn Meter von ihm entfernt stand Emma auf dem Rasen, ihnen den Rücken zugedreht, und machte Dehnübungen. Sie beugte ihren Oberkörper so weit nach unten, dass sie mit den Handflächen das flache Gras berührte.

Er hatte während ihrer Liebesspiele mitbekommen, wie gelenkig sie war, und die drallen Rundungen ihres Gesäßes erinnerten ihn sofort wieder an den heißen Sex.

Aber ein wenig beleidigt war Andrew nun schon. Zog sie es vor, Sport zu machen, statt mit ihm den Sonntag zu verbringen?

»Ich gehe kurz zu ihr«, sagte er zu Steel und joggte auf die Wiese.

Als er neben Emma stand und »Hi« sagte, zuckte sie zusammen schoss kerzengerade in die Höhe.

Aus riesigen Augen starrte sie ihn an. Ihr Mund bewegte sich, doch kein Ton kam hervor.

Verdammt, sie hatte geweint. Ihre Lippen sowie die Lider waren gerötet, eine Träne hing in ihren wunderschönen, langen Wimpern.

»Was ist passiert?« Er wollte sie in die Arme ziehen, aber sie machte einen Schritt zurück.

»Nichts, nichts ...« Zitternd atmete sie ein und sämtliche Farbe wich aus ihrem Gesicht. »Hast du mich verfolgt?«

»Nein, ich wollte mit Steel bloß eine Runde drehen, weil ich raus musste.« Er nickte zu seinem Leibwächter, der in der Nähe Liegestützen machte.

»Wieso weinst du?« Irgendwie wirkte sie verstört und durcheinander. »Hab ich dich zu sehr bedrängt?« Er hatte ihr letzte Nacht hoffentlich nicht wehgetan? Ihr Sex war heftiger denn je gewesen, er hatte sogar kurz überlegt, ihr die Arme über dem Kopf zu fesseln. Das wollte er schon immer ausprobieren. Zum Glück hatte er es nicht getan.

Sie schüttelte den Kopf. »Es liegt nicht an dir, nur an mir.«

»Du kannst mir alles sagen, Emma.« Er spürte, dass sie ihm etwas verschwieg. Als er glaubte, Furcht in ihren Augen zu lesen, bildete sich in seinem Magen ein Klumpen. »Hast du immer noch Angst vor mir? Ich bin nicht der Mann, der ich einmal war.«

Ihr entwich ein leises Keuchen, doch dann schloss sie den Mund wieder. Endlose Sekunden starrte sie ihn an, bevor sie flüsterte: »Wir reden heute Abend beim Essen, ja?«

Eine tonnenschwere Last fiel ihm von den Schultern. Sie wollte noch mit ihm Essen gehen, Gott sei Dank.

»Okay, dann bis heute Abend.« Er wollte sie küssen, aber sie drehte schnell den Kopf, sodass seine Lippen nur ihre Wange berührten.

»Bis später, Andrew«, sagte sie, danach wandte sie sich um und lief davon. Im Moment sah sie nicht danach aus, als würde sie allein klarkommen. Andrew wollte ihr hinterher rennen, aber Steel hielt ihn an der Schulter zurück. »Kein Aufsehen erregen, Boss. Wir laufen lieber in die andere Richtung. Da vorne ist die Stipinski mit ihrem Mann.«

Andrew zuckte fast unmerklich zusammen, als er die große blonde Frau vor einem Kiosk erkannte. Die Klatschreporterin fehlte ihm gerade noch. Mrs. Stipinski wusch gerne schmutzige Wäsche und auf ihn hatte sie es besonders abgesehen. Vorerst sollte niemand erfahren, dass er ein Verhältnis mit seiner Sekretärin hatte.

Schweren Herzens beugte er sich Steels Anweisung. Andrew hatte es langsam satt, derart in seiner Freiheit eingeschränkt zu sein. Manchmal kam es ihm vor, als würde eine unsichtbare Hand seine Kehle zuschnüren. Der Posten verlangte ihm alles ab, da passte es ihm überhaupt nicht, seinen Kopf an eine Frau zu verlieren, mit der er zusammenarbeiten musste. Natürlich hatte er gewusst, was auf ihn zukam, und er hatte sein Leben den neuen Herausforderungen angepasst, doch Emma machte es ihm gerade verdammt schwer, sich weiterhin auf sein Amt zu konzentrieren.

Nein, es war nicht fair, ihr die Schuld zu geben. Er allein war Herr über seine Emotionen – oder auch nicht. Im Moment fühlte es sich an, als würde ihm sämtliche Kontrolle entgleiten.

Steel räusperte sich neben ihm. »Scheint Ihnen ja wirklich ernst zu sein mit Ms. Jones.«

Sein Kommentar überraschte ihn, denn normalerweise hielt er sich aus privaten Angelegenheiten heraus. Im Augenblick war Andrew jedoch froh, jemanden zum Reden zu haben.

»Es musste ja fast so kommen. Immerhin habe ich nicht viele Gelegenheiten, Frauen näher kennenzulernen.« Verdammt, er hatte tatsächlich eine emotionale Bindung zu Emma aufgebaut. Das war nicht geplant gewesen, er brauchte einen freien Kopf, musste sich konzentrieren, gerade jetzt, wo es in die nächste Phase ging. Sobald White City ein neues Computersystem besaß, wollte er damit beginnen, andere Städte vom Regime zu befreien. Zuerst Videos einspielen, wie sie es damals auch hier gemacht hatten, und dann die Unruhen ausnutzen. Nun konnte er an nichts anderes mehr denken als an Emma, ihr süßes scheues Lächeln, ihre Hingabe. »Ich hab einfach kein Händchen für Frauen.«

»Aber einen guten Geschmack. Sie ist heiß.«

Stand Steel also doch auf das weibliche Geschlecht? Andrew schenkte ihm einen warnenden Blick.

Sein Bodyguard hob grinsend die Hände. »Nicht ganz mein Typ, keine

Angst.«

Das würde ihm gerade noch fehlen, wenn er eine weitere Frau an einen Warrior verlor. Das mit Veronica war eher Freundschaft gewesen, während er sich in Sonja ziemlich verguckt hatte. Doch was er mit Emma erlebte, war mit nichts zu vergleichen. Sie warf ihn vollkommen aus der Bahn. Er wollte das mit ihr auf keinen Fall versauen. Ja, es war kompliziert, aber er war daran gewöhnt um etwas zu kämpfen, das ihm wichtig war.

»Welche Frau wäre denn Ihr Typ, Steel?«, fragte er, während sie den Weg zurückjoggten.

Sein Leibwächter scannte weiter die Umgebung, wirkte allerdings nachdenklich. »Die Frau, die ich mir vorstelle, müsste erst erschaffen werden.«

»Wie sollte sie sein?«

»Wie ich«, murmelte er nur und nahm die Beine in die Hand.

***

Emma wusste nicht mehr weiter, alles schien verloren. Ihr Leben, das ihrer Schwester und das von Andrew. Und nach Stephens neuen Anweisungen auf ihn zu treffen, hatte ihr den Boden unter den Füßen weggerissen.

Emma rannte zum Ausgang, als wäre der Teufel hinter ihr her. Vorbei an Familien, die Picknick machten, Kindern, die auf der Wiese Ball spielten, und Leuten, die einfach nur im Gras lagen und dösten. Ständig warf sie einen Blick über die Schulter, aber sie entdeckte weder Andrew noch seinen Leibwächter.

Hätte er sie fünf Minuten eher zwischen den Felsen erwischt, wäre sie aufgeflogen. Dort hatte sie diesmal den Kommunikator versteckt.

Ihr blieb die Luft weg, ihre Lungen pfiffen. Da war der Ausgang, doch sie wollte nicht unter die Kuppel, noch nicht. Also ließ sie sich unter einem Sonnensegel ins Gras fallen und schloss die Augen. Riesige Ventilatoren sorgten für Luftbewegung, und Emma schnappte nach Sauerstoff. Normalerweise geriet sie nicht so schnell außer Puste, das beklemmende Gefühl in ihrer Brust rührte eher von dem Gespräch mit Stephen her. Was sollte sie jetzt tun? Sie wusste keinen Ausweg.

Im Geiste ging sie noch einmal das Gespräch durch und hoffte, nicht in Tränen auszubrechen. Sie brauchte einen kühlen Kopf, musste nachdenken. Vielleicht gab es eine Lösung, irgendwas ...

*»Ich bin ihm nähergekommen, genau wie du wolltest«, erzählte sie Stephen, während sie sich zwischen zwei großen Felsbrocken versteckte. Wo Andrews Wohnung lag, verschwieg sie weiterhin, auch, dass sie mit ihm mehrmals Sex gehabt hatte. »Er will mit mir Essen gehen, er will mehr von mir. Aber genau darin liegt das Problem. Ich kann nicht mit ihm ... schlafen.« Ihr Magen verkrampfte sich und ihre Stimme zitterte. Hoffentlich bemerkte Stephen die*

*Lüge nicht.* »Er ist unser Feind! Ich habe Angst vor ihm.«

»Du wirst es wohl noch schaffen, die Beine breit zu machen, mehr musst du doch gar nicht tun«, drang es zischend aus dem Kommunikator. Zum Glück übertrug er kein Bild. *Ihr Patenonkel hätte sonst den Hass in ihren Augen gesehen.*

»Aber ...«

»Er wird dir nichts tun, schließlich arbeitet er hart am Image des Saubermannes.«

»Trotzdem, ich ...«

»Verdammt noch mal! Ist dir deine Schwester wirklich egal?«, brüllte er.

*Yana!* Beinahe hätte sie den Kommunikator fallen gelassen. »Ich vermisse sie sehr, doch ...« Sie atmete tief durch und traute sich Stephen zu fragen: »Kann ich mit ihr sprechen? Ich will ein Lebenszeichen.«

Ein Schnauben drang aus dem Gerät. »Sie erfreut sich bester Gesundheit, mein fähigster Krieger passt auf sie auf.«

»Bitte«, flehte sie und unterdrückte einen Schluchzer, der in ihrer Kehle feststeckte.

Es herrschte kurzes Schweigen, dann nahm seine Stimme einen harten Klang an. »Gut, du hast eine Minute. Solltest du dich verplappern, wird Yana das büßen.«

Ihr Herz raste. »Ich sage nichts, versprochen!« Aufgeregt wartete sie, und die Minuten kamen ihr wie Stunden vor. *Würde er sie wirklich mit ihr sprechen lassen?*

»Emma?«, drang es plötzlich aus dem Kommunikator.

»Yana!« Sie musste so stark schluchzen, dass sie nicht mehr reden konnte.

»Geht es dir gut? Ist die Seuche überstanden?«

*Die Seuche ... Yana dachte also immer noch, White City würde unter Quarantäne stehen.* Da sie ihre Schwester nicht mehr belügen wollte als nötig, antwortete sie: »Mir geht es gut! Nicht mehr lange, dann werden wir uns sehen!«

»Ich kann es kaum erwarten. Ich vermisse dich so sehr!«

»Ich vermisse dich auch.«

Plötzlich knackste es und die Verbindung riss ab. »Yana?«

»War das Beweis genug?«, vernahm sie Stephens Stimme.

Sie wollte noch mehr mit ihrer Schwester sprechen, das war viel zu kurz gewesen! Da sie jedoch wusste, dass Stephen das niemals zulassen würde, sagte sie: »Ich danke dir«, und biss sich auf die Unterlippe. *Sie hatte ihn bereits genug herausgefordert.*

*Yana ...* Der Schmerz in ihrer Brust fraß sie beinahe auf. Ihre Schwester zu hören, kurz mit ihr zu sprechen, hatte sie noch mehr aufgewühlt.

Hastig wischte sie sich eine Träne fort und kauerte sich tiefer zwischen die Felsen. »Warum ich, Stephen? Du hättest jeden nehmen können.« *Nur nicht Yana.* Ihre zweieiige Zwillingsschwester sah ihr zwar etwas ähnlich, aber

*ansonsten waren sie sehr verschieden, besonders charakterlich. Yana war lebenslustig, sprunghaft, impulsiv und hatte immer zu viel Energie. Kein Wunder, dass Stephen sie nicht für sein Vorhaben gebrauchen konnte.*
»Du warst eben meine erste Wahl. Niemand kommt näher an Pearson heran als du.«
*Weil sie die passende Ausbildung hatte. Und weil Stephen mit Yana das perfekte Druckmittel besaß.*
»Planänderung, Emma. Ich habe eine Idee, wie du deine Schwester sofort sehen kannst.«
*Ihr Herz machte einen Satz.* »Sofort?« *Sie konnte es kaum erwarten!*
»Bring es zu Ende. Wenn dich Pearson wirklich so sehr anwidert, wirst du sicher kein Problem haben, ihn aus dem Weg zu schaffen. Wenn er erst mal tot ist und die Bürger keinen Anführer mehr haben, wird das Chaos ausbrechen.«
*Sie schluckte und ihr wurde schwarz vor Augen.* »Tot?«
»Du musst dir nicht die Hände schmutzig machen. Ich kenne eine Adresse, da bekommst du ein Pulver. Das schüttest du ihm, wenn ihr Essen geht, einfach ins Getränk. Es wirkt sehr schnell, lässt sich nicht nachweisen und löst einen Herzinfarkt aus.«
»Ich soll ihn töten?« *Sie konnte kaum atmen, so sehr erschreckte sie die Forderung. Andrews sanftes Lächeln kam ihr in den Sinn, seine streichelnden Hände, ihr leidenschaftlicher Sex. In seiner Nähe fühlte sie sich lebendig. Begehrt.* »Ich habe noch nie ... So etwas kann ich nicht!« *Nein, sie würde Andrew nie etwas antun!*
»Du kannst, oder Yana wird sterben!«
*Plötzlich war ihre Kehle wie zugeschnürt. Lebhaft stellte sie sich vor, wie Stephens Warrior ihre Schwester quälte, sie folterte, sie ... Nein, Yana!*
*Alles in ihr schrie gegen diese Ungerechtigkeit an. Andrew auszuspionieren nahm sie in Kauf, aber ihn umbringen?*
*Stephen hatte das sicher von Beginn an geplant! Er wollte größtmögliche Rache, nur konnte er die selbst nicht nehmen, da man ihn sofort zu seinem Bruder in die Zelle stecken würde, sollte er hier auftauchen. Sie hingegen war ein unbeschriebenes Blatt, dafür hatte ihr Patenonkel gesorgt.*
»Tu es, Emma, und ich werde dich und Yana nach Paradisia schicken.«
*Falls sie Andrew umbrachte – konnte sie dann überhaupt noch den Himmel auf Erden gemeinsam mit ihrer Schwester auf Paradisia genießen? Was würde Yana von ihr denken? Könnte sie je wieder in den Spiegel blicken? Sie konnte Andrew ja jetzt schon kaum ins Gesicht sehen, weil sie im Bürocomputer herumgeschnüffelt hatte. Dabei hatte Andrew so viel für seine Ziele geopfert.*
*Ihr Magen verkrampfte sich, und erneut richtete sich sämtliche Wut gegen Stephen. Er hatte ihr Leben verplant und zwang sie, zur Mörderin zu werden, alles zu verlieren.*

*Als sie Andrew noch gehasst hatte, war alles in Ordnung gewesen, aber er war nicht der Mann gegen den sie kämpfen wollte, das war ihr bereits lange klar. Andrew setzte sich wirklich für alle ein, er sorgte dafür, dass es jedem Bürger gut ging. Die Menschen hatten sich verwirklichen dürfen und ihre Berufe wechseln, wenn der ihnen zugeteilte sie nicht erfüllt hatte.*

*Andrew hatte alle Turbinen des Kraftwerks am Lake Mead reparieren lassen, Resur und White City hatten genug Strom und Wasser. Die unterirdischen Frischwasserreserven würden noch Jahrzehnte reichen, denn Resur hatte eine weitere Kläranlage bekommen und konnte sich jetzt komplett selbst versorgen.*

*So vieles hatte sich verbessert, seitdem Andrew Präsident war. Es stand Stephen nicht zu, das zu zerstören, nur weil sein Bruder und die anderen Senatoren im Gefängnis saßen. Sie konnten die Bürger nicht länger für dumm verkaufen.*

*Sie hatte also die Wahl, alles lag in ihrer Hand – Andrews Tod und die Auferstehung des alten Regimes oder der Tod ihrer Schwester und White City blieb eine freie Stadt.*

*Konnte sie Yana opfern? Den einzigen Menschen, der immer für sie da gewesen war? Ihre Seelenverwandte und einzige Familie?*

*In ihrem Kopf rotierte es.*

*»Bist du noch dran?«, fragte Stephen.*

*»Ja«, hauchte sie.*

*»Dann haben wir uns also verstanden?«*

*»Ja«, wisperte sie unter Tränen. »Und was wird aus mir? Er ist immer von seinen Bodyguards umgeben, sie werden mich sofort verhaften!«* Oder töten ...

*»Wo findet dieses Essen statt?«*

*»Auf einer Dachterrasse in Resur.«*

*»Wie gesagt, es wird wie ein Herzinfarkt aussehen und die Ärzte werden kein Gift nachweisen können. In all dem Trubel werde ich ein Shuttle schicken, wir werden einen Treffpunkt in der Wüste vereinbaren.«*

*»Das Essen ...«, murmelte sie. »Es ist schon heute, aber morgen muss ich mit ihm ins Gefängnis, sonst kann ich doch das Virus nicht einspielen!«*

*»Fuck!«, rief Stephen. »Heute? Gut aufgepasst, Emma.«*

*Eine Riesenlast fiel von ihr ab. Stephen war so zerfressen von seinem Hass, dass er begann, Fehler zu machen. So kannte sie ihn nicht.*

*»Dann machst du es morgen Abend. Triff dich am besten bei ihm zu Hause.«*

*»Bei ihm, aber ...«*

*»Hör auf, das naive Gänschen zu spielen!«, brüllte er.* Zum Glück hatte sie die Lautstärke heruntergeregelt, sonst würden sie womöglich noch bemerkt werden. *»Ich habe meine Quellen und die sagen, dass du ihn schon lange fickst, sogar während der Arbeit!«*

*Oh Gott ... Es wurde still um sie herum, ein gewaltiger Druck legte sich auf ihre Ohren und nahm ihr zugleich sämtliche Luft.* Stephen hatte seine Spitzel überall.

»*Versau es nicht, Emma*«, drang seine Stimme schwach zu ihr vor. »*Du gibst ihm zu Hause das Gift, danach kommst du in den Park. Du schneidest den Zaun auf und läufst in die Wüste, ich werde dir den genauen Standort noch durchgeben. Dort werden wir dich abholen.*«

»*Und was ist, falls es nicht klappt und sie mich erwischen? Falls sie mich verdächtigen, auch wenn es wie ein natürlicher Tod aussieht? Was wird aus Yana?*«

»*Du wirst dich anstrengen, dann wird alles klappen. Pearson scheint dir zu vertrauen, ja, offenbar ist er ganz vernarrt in dich. Er wird nicht vermuten, dass du ihn umbringen willst, und das Gift ist nicht nachweisbar.*«

*Vernarrt ...* »*Aber was, wenn irgendetwas schief geht?*«

»*Töte Pearson, dann bleibt Yana am Leben!*«

Mit diesen Worten hatte Stephen das Gespräch beendet. Nun hatte sie etwas Aufschub bekommen. Töten musste sie ihn trotzdem.

\*\*\*

Emma konnte nicht mit Andrew zum Essen gehen, auf keinen Fall! Zitternd lief sie durch ihre kleine Wohnung und drehte die kleine Plastikflasche in der Hand. Anstatt Pulver hatte ihr Stephens Mittelsmann eine klare Flüssigkeit gegeben. Geruchs- und geschmacksneutral, aber sehr effizient, sollte das Gift sein. Es wirkte nur in Verbindung mit einer größeren Menge Alkohol – Minimum ein halbes Glas Wein oder Sekt –, pur eingenommen war es völlig harmlos, sofern mindestens eine Stunde zwischen dem Verzehr der beiden Flüssigkeiten lag. Zudem sah es aus wie ein bekanntes Mittel gegen Sodbrennen.

Emma hatte den jungen Mann in einer ruhigen Seitenstraße gefunden, Stephen hatte ihr den Gebrauchtwarenmarkt genau beschrieben. Sie hatte dem Händler ein Codewort sagen müssen, danach hatte er ihr das Fläschchen überreicht und erzählt, wie sie das Gift anwenden musste.

In einer Stunde wollte Andrew sie abholen, und sie steckte immer noch in ihrem Sportdress. Was hatte sie den ganzen Tag gemacht außer Todesängste ausgestanden? Sie wusste es nicht mehr. Die Furcht um Yana fraß sie auf, genau wie ihre Unentschlossenheit und die Angst um ihr eigenes Leben. Was sollte sie nur tun?

Ob Andrew sie beschützen würde, wenn sie sich ihm anvertraute? Könnte er das überhaupt? Ihre Beziehung wäre auf jeden Fall zerstört, er würde ihr nie wieder ein Wort glauben. Aber lieber das, als wenn er tot wäre. Doch wenn Stephen von dem Verrat erfuhr, würde Yana sterben und einer seiner

Mittelsmänner würde sie, Emma, bestimmt ebenfalls töten lassen.
Sie befand sich in einer beschissenen Zwickmühle.
Lange hatte sie über das gemeinsame Abendessen nachgedacht, hin und her überlegt, nun beschloss sie, es abzusagen. Er würde sofort merken, dass etwas nicht stimmte. Sie brauchte jedoch Zeit, um sich klar zu werden, wie es weitergehen sollte.
Anstatt Andrew anzurufen, sprach sie ihm auf seine Phone-Box und entschuldigte sich hundert Mal dafür, dass sie den Geburtstag einer Freundin vergessen hatte. »Ich habe Eva versprochen, mit ihr einen Mädelsabend zu machen«, sagte sie. »Ich bin so auf Wolken geschwebt, dass ich es total vergessen habe.« Ihre Stimme klang ein wenig zu schrill und aufgeregt. Hoffentlich dachte er, ihr wäre die Absage peinlich.
Danach machte sie sich erneut auf in den Park, bevor sie der Mut verließ, holte den Kommunikator zwischen den Felsen hervor und tippte Stephen eine Textnachricht ein: »Essen ausgefallen. Ihm ist etwas Berufliches dazwischengekommen. Habe das, was ich besorgen sollte. Du kannst auf mich zählen.«
Gerade, als sie den Kommunikator verstecken wollte, leuchtete ein Lämpchen grün auf und Stephen meldete sich persönlich. »Ausgefallen?«
Das Gerät glitt ihr aus der Hand, während ihr Herz einen Satz machte. Oh Gott, warum musste er jetzt rangehen?
Schnell hob sie es auf. »J-ja, aber wir holen das nach.« Erneut belog sie Stephen, und Emma betete, dass er das nicht herausfand und Yana nicht dafür büßen musste. Doch sie musste ihn hinhalten, sie musste beide hinhalten, Andrew und ihren Patenonkel. Sie fühlte sich zerrissen, weil sie nicht wusste, was sie tun sollte.
»Dafür habe ich Neuigkeiten«, setzte sie hastig hinzu. Wenn sie Stephen etwas anderes lieferte, würde er vielleicht von seinem Plan ablassen. »Es gibt geheime Gänge unter der Stadt, die führen bis nach draußen in die Wüste! Du könntest jemanden einschleusen.«
»Ich habe von den Tunneln gehört.« Er klang nicht überrascht. »Hast du Lagepläne?«
»Nein«, flüsterte sie. Verdammt!
»Dann kann ich sie vergessen. Sie sind so gut versteckt, dass es fast unmöglich ist, die Eingänge in der Wüste aufzuspüren. Ich kann keinen Suchtrupp schicken, der würde sofort bemerkt werden. Daher wirst du mir die Tunnelpläne besorgen. Glaubst du, Pearson hat darauf Zugriff?«
»Möglich, er hat sie jedoch auswendig gelernt.« Ob er sie ausgedruckt im Archiv bewahrte?
»Ach, vergiss die Pläne, das Ganze dauert mir schon zu lange!«, rief er.
Himmel, was wollte er jetzt wieder?
»Du wirst Pearson töten, sobald sich dir eine Gelegenheit bietet«, befahl er ihr. »Morgen ist der beste Zeitpunkt. Zuerst schleust du das Virus ein, da-

nach schicke ich die Huntress und du vergiftest den Präsidenten. Das perfekte Chaos.«

»Die Huntress?« Niemals zuvor hatte sie diesen Namen gehört. Aber das lenkte sie auch nicht davon ab, dass es für sie keinen Ausweg zu geben schien.

## Kapitel 6 – Die Bombe platzt

»Erst versetzt sie mich und jetzt meldet sie sich auch noch krank!« Andrew ließ die Faust so fest auf den Bürotisch knallen, dass Steel sofort mit gezogener Waffe zur Tür hereinkam.

»Alles klar, Boss?«, fragte er, wobei er sich im Raum umsah.

Andrew winkte ab. »Ja ... Nein! Ms. Jones hat sich krank gemeldet.«

»Ich hoffe, es ist nichts Schlimmes«, sagte sein Leibwächter und steckte die Pistole weg.

»Ich bin mir sicher, dass sie kerngesund ist. Irgendwas verheimlicht sie mir.« Seine Instinkte schrien danach, dass hier etwas ganz und gar nicht stimmte. Er wollte endlich wissen, was Emma vor ihm verbarg!

Steel kratzte sich am Kopf. »Soll ich Fire vorbeischicken?«

»Nein, ich gehe selbst.« Andrew erhob sich und bedeutete seinem Bodyguard, ihn zu begleiten. »Wir haben in drei Stunden einen Termin im Gefängnis und da wollte ich sie unbedingt dabei haben.« So konnte das nicht weitergehen. Emma musste ihm erklären, was mit ihr los war, oder er würde noch durchdrehen. Auf jeden Fall konnte er so nicht arbeiten.

***

Zehn Minuten später standen sie vor ihrer Wohnungstür in einem gepflegten Apartmenthaus.

»Emma!« Andrew klingelte Sturm und klopfte. Keine Reaktion. »Vielleicht ist sie nicht da?«

Steel drückte das Ohr gegen die Tür. »Ich höre jemanden weinen.«

Er schnappte nach Luft. »Ich muss da rein!«

Steel ging ein paar Schritte zurück und Andrew machte ihm Platz. Dann trat der Warrior die Tür ein.

»Emma!« Andrew lief durch ihre düstere Wohnung. Überall waren die Jalousien heruntergelassen.

Er fand sie im Schlafzimmer auf dem Bett, wo sie wie ein Häuflein Elend zusammengekrümmt auf den Decken lag und weinte.

Sofort setzte er sich zu ihr. »Emma, bist du krank? Soll ich einen Arzt holen?« Sie trug eine Pyjamahose und ein T-Shirt. Als er ihr das Haar aus dem Gesicht strich, erkannte er, dass ihre Lippen und Lider geschwollen waren. Sein Herz verkrampfte sich. Offenbar weinte sie schon länger.

»Keinen Arzt, nicht krank«, schluchzte sie und wandte das Gesicht von ihm ab.

Nachdem sich Steel in den Wohnraum zurückgezogen hatte, senkte Andrew die Stimme, wobei er Emmas Rücken streichelte. »Bitte rede mit mir, was ist los?«

»Du wirst mich hassen, wenn ich es dir sage.«

»So schlimm kann es doch nicht sein?«

»E-es ist sehr schlimm.«

Er spielte alle möglichen Theorien durch – bis auf die Alternativen, die sich auf sein politisches Amt bezogen, die wollte er nicht zulassen –, kam aber nur auf ein Ergebnis. »Du hast einen anderen«, sagte er kraftlos und zog die Hand zurück. Genau, das musste es sein. »Hast du mich im Büro angemacht, weil du dir einen Vorteil versprochen hast? Eine Gehaltserhöhung oder andere Privilegien? Und dann bemerkt, dass es doch der falsche Weg ist?«

Als sie plötzlich »Töte mich« wisperte, gefror sein Blut.

»Was?« Er musste sich verhört haben.

Emma setzte sich auf und blickte ihm fest in die Augen. »Töte mich. Bitte.«

»Was redest du für einen Blödsinn?« Er sprang auf und fuhr sich durchs Haar. »Ich reiße dir doch nicht den Kopf ab, nur weil du einen anderen liebst! Es ... ich ... Ja, ich habe geglaubt, zwischen uns, das könnte etwas Ernstes werden, aber ...«

»Andrew, ich habe keinen anderen«, unterbrach sie ihn mit schwacher Stimme. »Ich wünschte, es wäre so einfach.«

»Keinen anderen?« Erleichtert setzte er sich wieder. »Was ist dann dein Problem? Wenn du mir nichts sagst, kann ich dir nicht helfen.«

Sie riss die Augen auf. »Du würdest mir helfen?«

»Natürlich!« Ermutigend lächelte er sie an und griff nach ihrer Hand.

»Egal, was es ist?«

»Ganz egal.« Hauptsache, sie war nicht länger traurig.

Emma holte tief Luft, anschließend stieß sie mit geschlossenen Augen den Atem aus. »Ich ... werde erpresst.«

Oh Gott, war sie seinetwegen zur Zielscheibe geworden? »Von wem?«

»Stephen Murano«, wisperte sie.

Als er den Namen seines Feindes aus ihrem Mund hörte, brüllte er: »Ich bringe ihn um!«

Emma zuckte zusammen und wich vor ihm zurück.

Sofort zügelte er sein Temperament. »Dir wird nichts geschehen. Aber dieser Schweinekerl wird dafür bluten! Womit erpresst er dich? Was sollst du tun?«

»Er hält meine Schwester gefangen. Wenn ich dich nicht ... töte, wird er sie umbringen.« Schwer atmend starrte sie ihn an; Andrew starrte zurück.

Sie hatte den Auftrag, ihn zu töten?

Augenblicklich stand Steel neben dem Bett, die Hand am Holster. »Ms. Jones hat keine Schwester, Boss.«

»Das weiß ich. Sie ist bereits … tot.« Zu Emma gewandt sagte er: »Hör endlich auf, mir Lügen zu erzählen.«

Sie schluckte, neue Tränen liefen über ihr Gesicht. »Das sind keine Lügen, Andrew. Zum ersten Mal spreche ich völlig offen zu dir. Stephen Murano ist Yanas und mein Patenonkel. Er hat die Daten meiner Zwillingsschwester im System geändert, ihren Tod vorgetäuscht und meinen Lebenslauf umgeschrieben, damit du denkst, ich hasse das alte Regime. Kurz vor dem Sturz vor zwei Jahren hat er Yana nach New World City bringen lassen. Er war eine Art Ersatzvater, ich habe ihm immer vertraut. Er hat uns aufgenommen, nachdem unsere Eltern bei einem Shuttle-Unfall ums Leben kamen. Wir hatten niemanden mehr, lebten bei einer Pflegefamilie, weil Stephen keine Zeit für uns hatte. Aber er hat stets dafür gesorgt, dass es uns an nichts fehlt …«

»… und ihr regimetreu erzogen werdet.« Er wich vor ihr zurück, als hätte sie eine ansteckende Krankheit. Ihr seltsames Verhalten, ihre Worte … *Ich könnte zum Widerstand gehören.*

Sie hatte ihm Hinweise gegeben und er hatte keinen davon erkannt, so blind war er gewesen.

Verdammt, er hatte sich von einer Frau blenden lassen!

Kurz dachte er an Nitro, die ultimative Geheimwaffe des alten Regimes … Es brauchte nicht immer eine Kampfmaschine. Emma zu benutzen war viel subtiler und vielleicht deshalb sogar gefährlicher.

Innerlich toste ein Orkan durch seine Eingeweide, doch er versuchte ruhig zu bleiben und alles zu verarbeiten, was sie ihm erzählte. »Eure Eltern sind gestorben?«

Sie nickte.

Ihr Lebenslauf sagte, dass ihr Vater vom Senat getötet und ihre Mutter zur Sklavin wurde – wegen Bagatellen. Ihre Mutter hatte sich nach einer Show das Leben genommen. Wegen dieser Vergangenheit hatte er Emma ausgesucht, da er sich sicher gewesen war, dass sie das ehemalige Regime hassen musste. Dabei war genau das Gegenteil der Fall.

»Ich traue Stephen eher zu, dass er deine Eltern hat töten lassen, weil sie Staatsfeinde waren. Nur hat er euch das nicht gesagt, sonst hätte er euch niemals für seine Sache gewinnen können.«

»Meinst du?« Sie riss die Lider auf, neue Tränen perlten über ihre Wangen. »Ich traue ihm das auch zu.«

Sie stellte sich gegen Stephen? Oder gehörte das weiterhin zu ihrer Lügenshow? »Warum verlangt er erst jetzt von dir, mich zu töten?«

»Keine Waffen, keine Wanzen, Boss«, unterbrach Steel das Schweigen zwischen ihnen. Sein Leibwächter befand sich immer in der Nähe, um sofort eingreifen zu können. Nebenher durchsuchte er ihr Schlafzimmer.

Vehement schüttelte Emma den Kopf. »Ich kann dich nicht töten, Andrew. Ich habe noch nie jemanden umgebracht. Ich habe Stephen gesagt, ich kann das nicht, aber er wird Yana ...« Ihre Stimme brach. »Daher muss ich sterben, denn dann bleibt sie vielleicht am Leben.«

»Rede nicht so einen Unsinn!« Andrew hätte sie so gerne in die Arme genommen, doch er wollte sich nicht länger täuschen lassen. »Beantworte meine Frage, Emma, oder wie auch immer du heißt. Warum hat Stephen mit seinen Plänen so lange gewartet?«

»Ich heiße wirklich Emma«, flüsterte sie, »und vermutlich hat er so lange gewartet, weil die Huntress noch nicht so weit waren, und die braucht er für seine Pläne. Er will sie nach White City schicken.«

»Huntress?« Den Namen hörte er zum ersten Mal.

»Das sind weibliche Warrior«, erklärte sie. »Ich habe bis gestern nicht gewusst, dass es die gibt.«

»Was?« Steel stellte sich neben das Bett. »Es gibt Frauen, die so sind wie wir?«

Sie nickte.

»Und sie kommen her?« Steels Augen leuchteten regelrecht.

Emma bejahte.

»Ja!« Er klatschte in die Hände. »Endlich mal richtige Weiber für uns, nicht diese Püppchen. Meine Gebete wurden erhört, Halleluja.«

Andrew versuchte sich von dem unerwarteten Gefühlsausbruch seines Leibwächters nicht ablenken zu lassen. »Wie viele sind es und was hat Stephen mit ihnen vor?«

»Er sprach von dreißig Kriegerinnen. Sie landen heute Nachmittag mit einem Shuttle in der Wüste und geben vor, von New World City geflohen zu sein. Sie werden behaupten, das Regime hätte Experimente mit ihnen durchgeführt, und sie sind auf der Suche nach einer neuen Heimat. Stephen hofft auf dein großes Herz und deine Hilfsbereitschaft.«

»Mein Herz ist offen für alle Warrior-Ladys«, sagte Steel grinsend, wurde aber sofort ernst, als Andrew ihm einen finsteren Blick schenkte. »Tschuldigung, Boss.«

Emma schüttelte den Kopf. »Sie haben den Auftrag, euch erst zu umgarnen und dann zu töten.«

Andrew schnaubte. War das auch Emmas Plan gewesen? »Wir werden sie gleich nach ihrer Ankunft verhaften lassen.«

»Schade«, murmelte Steel und blickte nachdenklich in die Ferne, die Arme vor der Brust verschränkt. »Würde sicher Spaß machen, den Spieß umzudrehen und zu testen, wer hier wen verführt.«

»Gibt es noch etwas, das ich wissen sollte?« Andrew blickte Emma scharf an.

»Ich sollte heute einen Virus ins Computersystem schleusen, der das Schließsystem außer Kraft setzt.«

Weibliche Warrior, Computerviren und die Frau, mit der er geschlafen hatte, hinterging ihn … In Andrew brodelte es. Er hatte ihr vertraut, sie mit zu sich nach Hause genommen und ihr von den Tunneln erzählt!

Eine schwache Stimme in seinem Kopf flüsterte ihm zu, dass Emma all das getan hatte, weil dieser Mistkerl sie dazu gezwungen hatte, dennoch fühlte er sich, als hätte sie ihm ein Messer ins Herz gerammt. »Hast du Stephen gesagt, wo ich wohne?«

»Nein, und ich habe ihm nichts von uns erzählt«, antwortete sie leise. »Er hat es aber schon gewusst.«

Andrew schnaubte bloß. Dieser Bastard hatte immer noch Spitzel in White City.

Nach einer Weile fragte sie: »Wie geht es nun weiter? Was wird aus mir?«

»Ich weiß es noch nicht. Zuerst müssen wir uns um die Kriegerinnen kümmern.« Er wandte sich an Steel. »Höchste Geheimhaltung, niemand darf hiervon erfahren.« Er musste die Huntress verhaften, ohne Aufsehen zu erregen. Vor allem sollte Stephen nichts mitbekommen.

Außer Fire und Steel konnte er in White City fürs Erste niemandem vertrauen. Andrew würde nur seine engsten Freunde einweihen, wie zum Beispiel Jax, Crome, Ice, Veronica, Samantha und Mark. »Steel, sag meinen Termin im Gefängnis ab und informiere Fire. Wir brauchen sofort ein Shuttle nach Resur. Ansonsten kein Wort zu irgendjemandem.«

Wenn Emma ihn hatte täuschen können, konnte er sich auch seinen Beratern nicht anvertrauen. Der Widerstand könnte seine Finger überall im Spiel haben. Er musste seinen eigenen Trupp zusammenstellen mit Leuten, auf die er sich hundertprozentig verlassen konnte.

Während Steel Fire Bescheid gab, wandte sich Andrew an Emma. Sie war ihnen sicher noch nützlich. »Zieh dich an, du hast drei Minuten. Ich nehme dich mit nach Resur, dann sehen wir weiter.«

Erneut zuckte sie bei der Schärfe seiner Worte zusammen, doch sie gehorchte und stand auf, um ihre Kleidung aus dem Schrank zu holen.

»Wie hättest du es tun sollen?«, fragte er leise. »Mich erstechen, während ich schlafe?«

Sie wirbelte herum. »Ich könnte niemals jemanden töten.« Sie kam näher und stellte sich vor ihn. »Schon gar nicht dich, Andrew.«

Er wollte ihr so gerne glauben. »Wie, Emma?«

Mit dem Handrücken wischte sie sich über die Augen. »Ich sollte mich bei dir zu Hause mit dir treffen, um dich zu … vergiften. Weil hier keine Bodyguards sind. Dann sollte ich in den Park gehen und in die Wüste fliehen.«

Andrew schnaubte. »Und weiter?«

»Hätte er mich von dort mit dem Shuttle …« Ihre Stimme brach und sie senkte den Blick. »Er hätte niemanden geschickt, um mich zu holen, daher werde ich sterben, egal was ich tue.«

»So sieht es aus«, sagte er kühl und fühlte sich zugleich schlecht, weil er so kalt zu ihr war. Sie war nur ein Werkzeug. »Die gehen über Leichen, Emma. Vielleicht ist deine Schwester längst tot.«

Ihre Unterlippe bebte leicht und ihre Augen füllten sich mit neuen Tränen. Emma sah aus, als wollte sie sich an ihn schmiegen, Trost bei ihm finden, aber er konnte sie nicht in den Arm nehmen. Nicht jetzt.

Vergiften … Sein Magen zog sich zusammen. Niemand kam näher an ihn heran als sie – von seinen Leibwächtern abgesehen. Sie hätte ihm längst alles Mögliche antun können, doch das hatte sie nicht.

Hastig schlüpfte sie aus ihrem Shirt. Sie trug nichts darunter.

Er wollte erst im Zimmer bleiben, konnte jedoch ihren nackten Körper, der sich erst vor Kurzem an ihn geschmiegt hatte, nicht ansehen. Als sie sich die Pyjamahose abstreifte und ihre langen Beine zum Vorschein kamen, zog er sich in den Wohnbereich zurück.

Warum ausgerechnet Emma?

Er konnte es immer noch nicht begreifen.

\*\*\*

Fünf Minuten später kam sie zu ihnen. Sie trug eine weiße Stoffhose sowie eine hellblaue Bluse. Um ihre Schulter hing eine kleine beige Handtasche, die Steel ihr sofort wegnahm.

Emma ertrug es stillschweigend, während sein Bodyguard den Inhalt durchsuchte. »Keine Waffen«, murmelte er. »Nur Weiberkram. Taschentücher, ein Mittel gegen Sodbrennen, Parfüm …« Er schnüffelte an dem kleinen Flakon, murmelte »Vanille-Orange« und steckte es ein. »Der Duft könnte den Geruch des Giftes überdecken, ich muss es beschlagnahmen.«

Danach zog er die Plastikflasche hervor und wiederholte die Prozedur. »Hm, riecht wie Wasser, nach nichts.« Steel kniff die Lider zusammen. »Ms. Jones' Herz rast, Boss.«

»Natürlich rast es, ich bin aufgeregt!«, sagte sie.

Er hielt ihr die Plastikflasche vor die Nase. »Ist dort das Gift drin?«

»Ich … es … Ich habe es vernichtet!«

»Ist auch beschlagnahmt«, murmelte Steel und wollte die Flasche ebenfalls einstecken. Da streckte Emma die Hand aus.

»Ich habe einen empfindlichen Magen, bitte lassen Sie mir die Medizin.«

Gebannt verfolgte Andrew den Schlagabtausch. In der Flasche war doch nicht wirklich das Gift?

»Bitte!«, flehte sie.

Sein Leibwächter gab sie ihr. »Dann nehmen Sie einen Schluck!«

Andrew keuchte. Wie in Zeitlupe kam es ihm vor, dass Emma das Fläschchen an die Lippen legte. Was, wenn darin wirklich Gift war? »Emma, nein!« Noch bevor seine Worte den Mund verlassen hatten, hatte sie bereits einen Schluck gemacht.

»Mir passiert nichts.« Sie lächelte zittrig, wobei ihre Hände bebten. »Siehst du? Mir geht es gut.«

Steel runzelte die Stirn und ging um sie herum. »Keine auffällige Veränderung der Herzfrequenz, keine sonstigen körperlichen Reaktionen.«

»Siehst du, es geht mir gut.« Sie schloss das Fläschchen. »Und meinem Magen wird es auch bald besser gehen.«

»Okay, behalten Sie es«, sagte Steel und gab ihr anschließend die Tasche zurück. »Ich muss Sie noch kurz einer Leibesvisitation unterziehen.«

Emma hob die Arme. »Ich trage nur meine Kleidung.«

Steel klopfte sie schnell und routiniert ab, anschließend nickte er. »Ist sauber.«

Andrew und Emma atmeten gleichzeitig auf, dann zog Steel Handschellen hervor.

»Die brauchen Sie nicht«, sagte Andrew.

Sein Bodyguard steckte sie wieder weg und griff an Emmas Oberarm. »Wo haben Sie das Gift?«

»Ich habe es weggeschüttet, wirklich!« Sie klang immer noch aufgeregt. »Ich verspreche Ihnen, dass Andrew nichts passiert, ich hätte es ihm niemals gegeben.«

Andrew schnaubte. Er wusste im Moment nichts mehr.

»Bitte sei nicht so kalt zu mir«, sagte sie mit trauriger Stimme, während Steel sie mitführte. »Ich ... habe dir doch alles gestanden.«

Andrew vermied es sie anzublicken und ging im Treppenhaus hinter ihnen her. Ihre Mitleidstour konnte sie sich für andere aufheben. »Du hättest gleich zu mir kommen sollen, schon an deinem ersten Arbeitstag.«

»Aber da kannte ich dich noch nicht«, sagte sie über ihre Schulter. »Ich habe nur den Feind in dir gesehen. Stephens Feind.« Zitternd atmete sie ein und krallte die Finger in ihr Täschchen. »Zuerst sollte ich nur deine Amtsgeschäfte ausspionieren, was du mit den gefangenen Senatoren geplant hast und ob du auch New World City einnehmen wolltest. Doch nach unserer Nacht ... Ich habe Stephen wirklich nicht verraten, wo du wohnst. Ich habe ihn sogar gebeten, mich von der Aufgabe zu entbinden. Ich wollte und konnte dich nicht länger hintergehen, weil ich mich ...«

Er hielt die Luft an.

»Ich ... Andrew ... du bedeutest mir sehr viel.«

»Halt den Mund!«, befahl er ihr. »Ich will das nicht hören.«

Sie ließ den Kopf hängen, während Steel sie weiter mit sich zog. »Jetzt hat er den Plan geändert, er hat mir aufgetragen, dich zu töten, und mich gezwungen, mich zu entscheiden: du oder meine Schwester. Ich kann und will nicht zwischen euch wählen. Aber Yana wird sterben, wenn er herausfindet, dass ich dir alles gestanden habe!« Er vernahm einen leisen Schluchzer. »Wir werden beide sterben.«

»Ich weiß«, sagte er ein wenig sanfter und schob sich an ihnen vorbei nach draußen. Er brauchte Abstand, konnte sie kaum ansehen. Im Moment hatte er keine Ahnung, was er mit ihr tun sollte. Theoretisch müsste er sie verhaften lassen, aber dann wären sie und ihre Schwester – falls es wirklich eine gab – dem Tode geweiht. Stephen Murano kannte sicher Mittel und Wege, Emma sogar im Gefängnis ein Leid zuzufügen. Und sich vorzustellen, dass ihr etwas zustieß, wollte er sich nicht ausmalen. Trotz allem fühlte er sich immer noch zu ihr hingezogen.

## Kapitel 7 – In Resur

Andrew hatte ihr während des kurzen Fluges keinen Blick geschenkt und sich auch nicht zu ihr gesetzt. Sie hockte zwischen Steel und dem Fenster, weshalb sie sich eingeengt vorkam. Die langen Beine des Warrior fanden kaum Platz zwischen den Sitzreihen.

Verstohlen drückte sie die Handtasche an die Brust und wartete mit den anderen, bis sich die Tür öffnete. Emma war froh, dass sie das Gift behalten konnte. Vielleicht brauchte sie es noch. Bloß war es ohne Alkohol nutzlos.

In den Shuttles gab es Getränke und Snacks ... »Kann ich etwas für meine Nerven haben?«, fragte sie daher. »Einen Wein oder einen Prosecco?«

Steel stand kurz auf und reichte ihr anschließend einen Prosecco in der Dose, eine Glasflasche wollte er ihr offenbar nicht in die Hand drücken. Sie fühlte sich wie ein Schwerverbrecher.

Anstatt die Dose zu öffnen, steckte Emma sie ein. »Hebe ich mir für später auf«, sagte sie.

Das Shuttle war hinter der gläsernen Pyramide auf einem Feld gelandet, doch sie betraten nicht das riesige Hauptgebäude, sondern ein etwas kleineres auf der gegenüberliegenden Seite, einen einfachen quadratischen Betonbau, der die Resurer Armee beherbergte. Der Warrior Jax bildete Soldaten zur Verteidigung der beiden Städte aus, denn er war sich – genau wie Andrew – sicher, dass der Frieden nicht ewig währen würde.

Krieger in Tarnanzügen trainierten auf einem Feld, übten sich im Stockkampf oder boxten miteinander. Es mussten mehrere Dutzend sein, und Emma wusste, dass es insgesamt über dreihundert waren, die hier täglich den Ernstfall probten. Nicht nur ehemalige Warrior waren darunter, auch sehr viele Resurer.

Wüstenhitze und Staub schlugen ihr entgegen, während Steel sie über den Sandplatz zog, obwohl sie sehr gut allein gehen konnte. Andrew marschierte vor ihr, daher konnte sie sein Gesicht nicht sehen. Er hatte seinen Anzug durch Jeans und T-Shirt ersetzt und trug außerdem eine getönte Brille. Gnadenlos brannte die Sonne auf sie herab, und Emma war froh, als sie endlich das kühle Haus betraten.

Sofort wurde sie in einen fensterlosen Verhörraum gebracht und musste sich dort an einen Tisch setzen. Die Handtasche legte sie auf ihrem Schoß ab.

Wie in Trance bekam sie mit, wie verschiedene Leute um sie herumwuselten, Computer einschalteten und sich etwas auf ihren Tablets notierten. Eine ältere Frau machte Fotos von ihr.

Einige Personen kannte Emma, zum Beispiel den braunhaarigen Warrior Crome und den schwarzhaarigen Jax, die sich mit Andrew austauschten. Er erklärte ihnen, was geschehen war, als plötzlich eine Frau im weißen Kittel neben ihr stand. Die junge, hübsche Ärztin musste Samantha Walker, Jax' Partnerin, sein. Andrew hatte von ihr erzählt. Sie nahm ihr am Arm Blut ab, anschließend verschwand sie.

Crome befahl ihr, sich hinzustellen, dann fuhr er mit einem Körperscanner, der einer übergroßen Lupe ähnelte, an ihr auf und ab. »Kein implantierter Sender, keine Wanzen«, kommentierte er, nachdem er fertig war und sie sich wieder setzen durfte.

Andrew sagte zu einem blonden Mann am Computer: »Ich will alles wissen, Mark. Woher sie kommt, wer ihre richtigen Eltern waren, wer ihre Zieheltern und wie ihre Verbindungen zu den ehemaligen Senatoren sind.«

Mark ... Das war also Mark Lamont, Arzt und Computergenie. Emma erkannte eine Arzttasche zu seinen Füßen, ohne die er nur selten anzutreffen war. Er war eine lebende Legende und hatte früher selbst in White City gearbeitet, nun wohnte er in Resur.

»Ich bin im System!«, rief Mark, und alle drehten sich zu ihm um. »Ich erkenne Spuren, die nicht ordentlich beseitigt wurden ... Emmas Lebenslauf wurde geändert, der Tod ihrer Schwester vorgetäuscht.«

»Dann lebt Yana tatsächlich?«, fragte Andrew.

»Ja, Yana Jones. War verdammt schwer zu finden. Wenn ich nicht gewusst hätte, wonach ich suchen muss, hätte ich das nie gefunden.«

Erleichtert atmete sie auf. Nun hatte Andrew einen Beweis, dass sie ihm die Wahrheit erzählt hatte. »Können Sie sehen, ob es Yana gut geht?«, fragte sie Mark durch den Raum.

Er schüttelte den Kopf. »Ich habe nur Zugriff auf alles, was in White City ins System gegeben wurde.«

»Und was hast du über Emma herausgefunden?« Andrew warf ihr einen kurzen Blick zu, woraufhin sie erneut die Finger in ihre Handtasche krallte und den Kopf senkte. Das alles kam ihr unwirklich vor, wie in einem Krimi, nur dass sie die Hauptdarstellerin war.

»Sie heißt wirklich Emma Jones«, sagte Mark. »Eine Verbindung zu Murano kann ich aktuell nicht nachvollziehen, aber ich denke, das bekomme ich auch noch hin. Gebt mir einen Tag.«

Das Stimmengewirr um sie herum mischte sich zu einem auf- und abschwellenden Summen. Sie hörte nicht mehr hin und versank in ihren Gedanken. Noch wusste Stephen nicht, dass hier alles aus dem Ruder gelaufen war und er seine Pläne begraben konnte. Doch lang würde es sicher nicht dauern, schließlich konnte sie nun das Virus nicht mehr einspielen. Er würde so wütend sein, dass er Yana ... Sie durfte jetzt nicht an das grausame Schicksal ihrer Schwester denken, weil sie die falsche Entscheidung getroffen ... ja, versagt hatte, sondern musste stark sein. Musste überlegen, was sie tun konnte, um Yana zu retten. Aber eigentlich kannte sie die Antwort längst.

Erneut fiel ihr Blick auf Andrew. Er beugte sich von hinten über Marks Schulter und starrte in den Computer.

Erst hatte sie geglaubt, er hätte die Wahrheit gut verkraftet, doch je länger sie ihn beobachtete, desto mehr wendete er sich von ihr ab, beachtete sie kaum noch. Er schien neben Jax alles zu managen, und Emma wurde bewusst, dass der ehemalige Rebellenanführer durchschimmerte. Andrew war der geborene Anführer, ein Staatsmann, ein Stratege und Krieger. Er würde sie verhaften lassen und Yana würde sterben.

*Kann ich Yana retten?*, fragte sie sich unentwegt, wobei ihr Blick auf die Handtasche fiel. *Das Gift ... Es wirkt schnell.*

Sie wollte nicht feige sein und sich aus dem Staub machen, weil sie wohl Jahre oder vielleicht ihr restliches Leben hinter Gittern verbringen würde, sondern ihr ging es allein um Yana. Falls sie, Emma, starb, würde Stephen ihrer Schwester doch nichts antun, oder?

Sie räusperte sich und stand auf. »Entschuldigung, könnte ich bitte auf die Toilette gehen?«

Andrew nickte Steel zu, und der Warrior führte sie aus dem Raum und einen kahlen Gang entlang.

Sie begegneten niemandem, und die Ruhe tat ihr gut, sorgte für einen klaren Kopf. Ja, sie wusste, was sie tun musste, dass sie *es* tun musste. In White City gab es niemanden mehr, der auf ihrer Seite stand und ihr helfen würde, ihr Leben war ohnehin vorbei. Doch Yanas lag noch vor ihr. Und falls sie schon tot sein sollte, müsste sie so die Wahrheit nie erfahren ...

***

Andrew sah Steel nach, der Emma abführte. Sie wirkte gefasst, aber niedergeschlagen. Verdammt, wenn er es befahl, würde sie das Sonnenlicht nie wieder sehen. Aber falls er sie laufen ließ, würde es sicher Leute geben, die behaupteten, dass er das nur tat, weil sie beide ein Verhältnis ... gehabt hatten. Es war vorbei.

Ob sie ihm ihre Lust und Leidenschaft nur vorgespielt hatte?

Daran wollte er gerade nicht denken.

Andrew konnte kaum atmen, brauchte Luft, musste einen Moment raus hier, damit niemand erkannte, wie schlecht er sich fühlte.

Er vermisste seine alte Emma, die ihm ein paar Tage lang das Leben versüßt hatte. Was würde er dafür geben, wenn alles wie früher wäre. Sie würden lecker im Restaurant essen und danach zu ihm gehen, um sich die ganze Nacht zu lieben. Emma wäre einfach bloß seine heiße Sekretärin und kein

Handlanger von Murano.

Verdammt, er musste wissen, ob sie ihm ihre Gefühle vorgespielt hatte. Vielleicht hatte er jetzt zum letzten Mal Gelegenheit, ungestört mit ihr zu sprechen? Wenn er nicht bald Gewissheit hatte, würde er verrückt werden.

Er entschuldigte sich bei den Anwesenden und trat in den Gang hinaus. Dort atmete er einige Male tief durch und erkannte Steel am Ende des Flurs. Sein Bodyguard hielt vor einer Tür Wache, und Andrew gesellte sich zu ihm.

»Ist sie allein da drin?«, fragte er und starrte auf die geschlossene Tür mit der Aufschrift »Ladys«.

Steel nickte.

»Ich möchte ein paar Minuten ungestört mit ihr reden. Meinen Sie, das ist okay?«

»Ich denke nicht, dass aktuell Gefahr von ihr ausgeht, Boss.«

Andrew räusperte sich. »Ist sie … fertig?«

»Sie steht im Vorraum und weint.«

Andrew fuhr sich übers Gesicht. Er konnte keine Frauen weinen sehen. Da sich Emma bis jetzt zusammengerissen hatte, zog sie keine Show ab. Weinte sie, weil sie aufgeflogen war? Bemitleidete sie sich selbst?

Nein, dazu war sie nicht der Typ, außerdem hatte sie ihm freiwillig alles gestanden. Sie wurde benutzt und hatte sich ihm anvertraut. Jetzt könnte er alles aus ihr herausquetschen, was sie über Murano wusste, und ihr dafür die Freiheit schenken.

Sein Herz raste unkontrolliert. *Wenn ihre Gefühle doch echt wären …*

Falls sie sich weiterhin kooperativ zeigte, könnte sie ihnen noch nützlich sein, Stephen falsche Informationen liefern. Andrew könnte weiterhin mit ihr zusammenarbeiten, nur auf anderer Ebene.

Und was würde das bringen? Dass er sich noch mehr nach einer Frau verzehrte, die nichts für ihn war?

Andrew klopfte Steel auf die Schulter und schritt durch die Tür. Sofort erblickte er Emma. Sie stand vor dem Waschbecken, die Dose Prosecco in der Hand.

Erschrocken blickte sie zu ihm, die verweinten Lider weit aufgerissen. Dann setzte sie die Dose an ihre Lippen und trank wie eine Verdurstende den ganzen Inhalt in einem Zug aus.

Wollte sie sich nun betrinken?

»Emma?«, fragte er und trat einen Schritt auf sie zu.

»Bleib, wo du bist, Andrew!« Sie holte die Medizin hervor, die Steel ihr gelassen hatte, und öffnete sie hektisch. Tränen liefen ihr übers Gesicht. »Ich gehe nicht wieder zurück in den Verhörraum.«

Andrew wusste sofort, was sie vorhatte, und reagierte ohne nachzudenken. Mit einem Satz war er bei ihr und schlug das Fläschchen aus ihrer Hand. Dumpf hüpfte es ein paar Mal über den Boden, wo sich der klare Inhalt verteilte.

Obwohl sie bestimmt nichts geschluckt hatte, hustete sie und sank auf die Knie.

Verdammt, sie hatte einen Schluck gemacht – bei sich zu Hause!

»Steel!«, schrie er, aber sein Leibwächter stand bereits neben ihm. »Dieses Magenmittel ist das Gift! Offenbar wirkt es nur in Kombination mit Alkohol!«

»Fuck«, murmelte Steel. »Fassen Sie sie nicht an, Boss!«

Andrew hörte nicht auf ihn, sondern zog sie in seine Arme. »Warum hast du das getan, Emma? Um einer Verhaftung zu entkommen?« Niemals hatte er gewollt, dass sie sich deswegen umbrachte! Verzweiflung und Angst schnürten seine Kehle zu.

Zitternd atmete sie ein. »Wenn ich tot bin, wird Yana vielleicht überleben.« Sie hustete und wand sich in seinen Armen, um die Flasche zu erreichen. »Lass mich, Andrew, ich muss das trinken. Bitte!«

Verdammt, sie hatte Kräfte, von denen er nichts geahnt hatte. Er schaffte es kaum, sie zurückzuhalten. Ständig wollte sie mit den Fingern in die Pfützen greifen.

*Töte mich ...*, hatte sie bei sich in der Wohnung zu ihm gesagt. Fuck! Er hätte sie keine Sekunde aus den Augen lassen dürfen! »Du hast mich angelogen, Emma! Du hast das Gift nicht weggeschüttet!«

»Es tut mir leid, alles so leid ...«

Sein Leibwächter kickte das Fläschchen mit dem Stiefel in eine Ecke. »Okay, dann halten Sie sie fest, Boss, kommen Sie nicht mit der Flüssigkeit in Berührung!« Während Steel Unmengen Toilettenpapier abriss und auf die Pfützen legte, warf er einen finsteren Blick auf das Fläschchen. »Sie hat mich ausgetrickst, tut mir leid, Boss.«

»Sie haben alles richtig gemacht«, sagte Andrew. »Niemand konnte das vorhersehen. Sie hat nur einen Schluck genommen, vielleicht macht der nichts aus.« Emma wand sich weiterhin, aber ihre Kräfte ließen nach.

Verflucht, das Gift war für ihn gedacht. Für ihn! Nicht für sie.

Er hätte hellhörig werden müssen, als sie ihn gebeten hatte, sie zu töten. Dann wäre das niemals passiert! Aber seine Gefühle für Emma spielten ihm Streiche, machten ihn blind für so viele Dinge.

Plötzlich verdrehte sie die Augen und schnappte nach Luft.

Sein Herz blieb fast stehen vor Angst. »Einen Arzt, Steel!« Mark ... Er war in der Nähe! »Hol Dr. Lamont!«

Sein Bodyguard aktivierte den Sprechfunk und sprintete gleichzeitig los, danach war Andrew allein mit ihr.

Ihre Pupillen waren länglich und ellipsenförmig, die Farbe ihrer Iriden intensiv wie nie. Irgendwie sahen ihre Augen plötzlich aus wie bei einer Katze.

»Was ist mit deinen Augen?«

»Es tut mir alles so leid«, flüsterte sie, während sich ihr Körper verkrampfte. Matt hob sie ihre Hand und legte sie an seine Wange. »Ich liebe dich, Andrew, liebe dich so sehr ... Verzeih m...« Ihr Arm fiel herab, reglos hing sie in seinen Armen, doch sie starrte ihn weiterhin an.

»Emma!« Er legte sie auf den Boden und rüttelte an ihrer Schulter. Da trat weißer Schaum aus ihrem Mund, oder war es Erbrochenes?

Schnell drehte er sie zur Seite, als auch schon Mark mit Steel und den anderen zurückkam. Der Arzt brachte Emma sofort in die stabile Seitenlage.

»Was hat sie genommen?«, fragte er und öffnete seine Tasche.

Verzweifelt schüttelte Andrew den Kopf. »Ich weiß es nicht. Irgendein Kombinationsgift, das mit Alkohol wirkt.« Er konnte nur hilflos mit ansehen, wie sie röchelte.

Steel hob vorsichtig mit zwei Fingern die Flasche auf und schnupperte daran. »Ich rieche nichts.«

»Raffiniert«, sagte Mark. »Es wurde sicher entwickelt, damit es kein Warrior aufspüren kann. Solange wir nicht wissen, was sie genommen hat, kann ich ihr nur Aktivkohle geben.« Er holte eine weiße Tube aus der Tasche und untersuchte hastig ihren Mundraum. »Keine Verätzungen.« Dann drückte er den Inhalt der Tube in ihren Mund. »Schlucken Sie das, Emma, es ist ein dünner Brei. Versuchen Sie es!« Er ließ die Creme in ihren Mund laufen und Emma hustete. Danach schlossen sich ihre Lider.

»Hat sie es geschluckt?« Andrew wollte nicht im Weg stehen, daher hatte er sich im Hintergrund gehalten, aber er musste bei ihr sein, deshalb kniete er sich wieder neben sie.

»Ich weiß es nicht«, sagte Mark. »Sie muss sofort auf die Krankenstation!«

Andrew hob sie hoch, drückte sie an seine Brust, und die Gruppe setzte sich in Bewegung.

»Soll ich sie nehmen, Boss?«, fragte Steel.

»Nein, laufen Sie in die Krankenstation, die Ärzte dort sollen alles vorbereiten!« Er wollte nicht, dass ein anderer sie hielt, denn falls sie starb, sollte sie in seinen Armen liegen. Sie hatte gesagt, dass sie ihn liebte!

»Ihr Herz, Doc«, rief Steel, bevor er lossprintete, »es schlägt unregelmäßig.«

Mark wirkte alarmiert. »Wir verlieren sie.«

Andrew gab alles, lief so schnell er konnte. Er rannte mit ihr aus dem Gebäude und überquerte das Feld hinter der Pyramide. Glühend heiß brannte die Sonne auf sie herab, und der Staub, den Steel vor ihm aufgewirbelt hatte, kratzte in seiner Lunge. Aber er wurde nicht langsamer, obwohl seine Arme fast abfielen und er kaum noch Luft bekam. Er würde alles geben, alles!

»Halte durch, Emma«, sagte er keuchend. »Alles wird gut. Das verspreche ich dir.«

## Kapitel 8 – Ende und Anfang

Müde trat Andrew auf den Flur der Krankenstation und zog die Zimmertür leise hinter sich zu. Emma war immer noch nicht erwacht, doch aus dem

Gröbsten raus. Seit gestern war sie bewusstlos, aber sie würde überleben. Er hoffte, noch mit ihr sprechen zu können, bevor er wieder ins Büro musste.

Gestern waren die Huntress angekommen, genau wie sie gesagt hatte. Es war schwer für ihn gewesen, Emma allein zu lassen und nicht zu wissen, ob sie durchkommen würde. Ständig hatte er in Resur angerufen. Leider hatte er nicht bei ihr sein können, denn er musste die gefangenen Kriegerinnen verhören. Diese waren alles andere als gesprächig. Andrew war kaum schlauer als zuvor und hoffte heute auf Neuigkeiten von Steel. Eine der Jägerinnen war entkommen, doch sein Bodyguard hatte sie schnell gefunden und verhörte sie nun auf seine Art. Andrew vertraute dem Mann, er würde der Frau keinen Schaden zufügen.

Er schlenderte zum Kaffeeautomaten, um wach zu werden, und traf auf Mark.

»Ich wollte gerade zu dir«, sagte er. Seine Augen leuchteten. »Ich habe interessante Neuigkeiten über Ms. Jones.«

Sofort war Andrew hellwach. »Erzähl!«

»Komm mit.« Sie betraten Marks und Samanthas Büro. Die junge Ärztin saß hinter einem Schreibtisch und begrüßte ihn. »Sie hatte nie biologische Eltern, nicht im herkömmlichen Sinn. Sie ist eine Huntress.«

»Was?« Das hätte er am wenigsten erwartet. »Sie ist wie diese Kriegerinnen?«

»Na ja, nicht ganz.« Samantha zeigte ihm ein Karyogramm, eine Abbildung von Emmas gesamtem Chromosomensatz. »Inaktives Genmaterial.« Begeistert deutete sie auf ein Chromosomenpaar, aber Andrew konnte mit der Darstellung nichts anfangen. »Emma hat Katzengene, genau wie unsere Warrior und die Huntress. Nur sind sie bei ihr nicht aktiv.«

Er erinnerte sich an ihre veränderten Augen, nachdem sie das Gift geschluckt hatte. »Ihr wollt mir also sagen, dass Emma aus einer misslungenen Huntress-Züchtung stammt? Sie ein Versuchsobjekt war?«

»Wenn du es so hart ausdrücken willst, ja«, antwortete Samantha.

Fassungslos lehnte er sich gegen die Mauer, weil sämtliche Kraft aus seinen Beinen wich. Aus Emma hätte eine Jägerin werden sollen, eine Kampfmaschine. »Und ihre Schwester?«

»Die ist genau wie sie«, erwiderte Mark. »Also fast, denn sie sind zweieiige Zwillinge.«

Vermutlich war Emma deshalb so sportlich, anmutig, schön, schlau … Aber verbesserte Sinne hatte sie offenbar nicht. Er schluckte. Wie würde sie diese Informationen aufnehmen? Oder wusste sie es vielleicht längst? Er selbst konnte es kaum begreifen. »Ich muss Ice fragen, ob er irgendwas über dieses Huntress-Programm weiß.« Der ehemalige Warrior stammte aus New World City und hatte ihm bereits viele Details über das dortige Regime verraten.

»Er hat keine Ahnung«, sagte Mark. »Ich habe heute Morgen schon mit ihm darüber gesprochen.«

»Was wirst du jetzt tun?«, fragte Jax. Andrew hatte nicht bemerkt, dass er sich zu ihnen ins Büro gesellt hatte. Zu viel spukte ihm im Kopf herum. Seufzend fuhr er sich durchs Haar. »Ich weiß es nicht.« Sein Magen verkrampfte sich. »Ich meine ... Sie hatte den Auftrag, meine Geschäfte auszuspionieren und mich zu töten.« Das nagte immer noch in ihm.

Samantha legte ihm eine Hand auf die Schulter. »Aber das hat sie nicht. Stattdessen hat sie dir alles gestanden.«

Jax nickte zustimmend. »Sie ist doch jetzt irgendwie eine von uns. Crome und ich wurden hier auch aufgenommen, nachdem wir uns vom Regime abgewandt haben, genau wie Storm und Ice. Warum nicht deine Emma?«

Samantha lächelte. »Du liebst diese Frau. Warum quälst du euch beide?«

Erschrocken schaute er die zwei an. Sie wussten Bescheid. Mittlerweile hatten sicher einige mitbekommen, wie es um sein Herz stand, also leugnete er nichts. Tatsächlich fiel eine Last von ihm. Seine Freunde standen hinter ihm. Am liebsten wollte er Emma wachrütteln, um ihr gleich zu sagen, dass er ihr die Freiheit schenken würde.

»Wer weiß es noch?«, fragte er mit rauer Stimme. Es genügte, dass Steel, Fire, Jax, Samantha und Mark eingeweiht waren.

»Niemand«, antwortete Jax. »Und ich habe eine Idee, wie Emma aus der ganzen Sache rauskommt ...«

* * *

Während Emma im Leichensack lag und von der Krankenstation zu einem Shuttle gebracht wurde, dachte sie darüber nach, was sie erfahren hatte, um die Platzangst besser zu ertragen. Zum Glück bestand das Material ihres Beutels aus Stoff und ließ genug Licht hindurch. Dennoch hatte sie das Gefühl, zu ersticken.

Sie stammte also aus demselben Zuchtprogramm wie die Huntress. Waren die eingesperrten Kriegerinnen dann so etwas wie ihre Schwestern? Und wieso hatten sich ihre Augen verändert? Als Andrew ihr das erzählt hatte, hatte sie es kaum begreifen können. Mark hatte gemeint, das hätte an der Extremsituation gelegen, der sie ausgesetzt gewesen war. In solchen Momenten könnte es passieren, dass tief versteckte Fähigkeiten zum Vorschein kamen.

Unfassbar!

Ihr Leben war bisher immer eine Lüge gewesen, aber jetzt endlich die Wahrheit zu kennen, machte nichts besser, im Gegenteil. Sie war eine im Labor gezüchtete Missgeburt, von einer Leihmutter ausgetragen und eine Verräterin. Natürlich konnte Andrew so etwas nicht lieben. Sie war ihm trotzdem unendlich dankbar, dass sie nicht ins Gefängnis musste. Hoffte sie. Wer wusste, wo sie wirklich landete? Vielleicht befand sie sich gerade auf dem Weg zu ihrer Exekution?

Ruhig weiteratmen, stillhalten ... Andrew würde niemals so grausam sein. Oder doch?

Nachdem sie aufgewacht war, hatte Mark sie darüber aufgeklärt, wer sie war und dass sie ihren Tod vortäuschen würden, um Yana zu schützen, während Andrew sie nur angestarrt hatte. Danach hatte er sich flüchtig verabschiedet, weil er seinen Pflichten nachkommen musste, und war ohne eine Berührung verschwunden. Kein Händedruck, kein Kuss. Warum auch, wenn sie daran dachte, wie schockiert er sie angesehen hatte ...

Ihr Tod musste echt wirken, damit Stephen keinen Verdacht schöpfte. Nur Andrews engste Vertraute waren eingeweiht. Fire würde sie nun zusammen mit Mark nach White City fliegen, um sie durch die unterirdischen Geheimgänge in ein Versteck zu bringen. Nur Fire wusste, wo das lag, selbst Dr. Lamont würde es erst erfahren, wenn sie dort waren.

Sicherlich müsste sie in einem Bunker Unterschlupf finden, und dann? Wie lange musste sie dort bleiben? Würde sie den Himmel jemals wiedersehen?

\*\*\*

Erst als sie sich in den Tunnels befanden, wurde sie aus dem Leichensack befreit. Gott sei Dank, sie hätte es keine Sekunde länger darin ausgehalten.

Der ersten Mensch, den sie erblickte, war Andrew.

»Ich dachte, du bist im Büro!«, sagte sie verwundert, während er ihr die Hand reichte, um ihr aus dem Beutel zu helfen. Sie war überglücklich, ihn zu sehen, ließ sich aber nichts anmerken.

»Ich brauche Fire, ohne Leibwächter darf ich mich ja keinen Meter bewegen.« Er lächelte sanft und brachte ihr Herz zum Flattern. »Außerdem will ich sichergehen, dass du wohlbehalten dein Ziel erreichst.«

Er kümmerte sich um sie ... Das war ein gutes Zeichen, oder? Ob sie weiterhin Freunde bleiben konnten? Sie wünschte es sich so sehr.

Der rothaarige Bodyguard ging voran, Dr. Lamont folgte ihm und Andrew bildete mit Emma das Schlusslicht. Ihre Knie knickten kurz ein, da sie so aufgeregt und noch etwas schwach auf den Beinen war, aber sie fing sich von selbst wieder.

»Soll ich dich stützen?«, fragte er.

»Geht schon.« Natürlich wollte sie lieber von ihm gehalten werden, zumal sie sich wirklich noch nicht gut fühlte. Ihr Schädel pochte, Glitzersternchen schwirrten um sie herum. Ihr Kreislauf befand sich definitiv noch im Keller, und ihr Magen spielte verrückt. Vehement unterdrückte sie die aufsteigende Übelkeit. Aber könnte sie Andrews Nähe ertragen? Zu wissen, dass sie ihn vielleicht nie wieder küssen, nie wieder in seinen Armen liegen könnte, machte sie krank. Daher dachte sie an Yana, und dass sie jetzt für sie beide stark sein musste. Was würde ihre Schwester machen, wenn sie von ihrem Tod erfuhr?

Zum Glück dauerte der Weg nicht allzu lange, wobei sie wie beim letzten Mal keine Ahnung hatte, wo sie sich befanden. Die restliche Strecke legten sie mit einem Aufzug zurück und mussten sich aufteilen, weil der Lift so eng war. Sie durfte mit Andrew fahren und genoss den kurzen Moment der Nähe.

Als sie schließlich in seinem Apartment herauskamen, traute sie ihren Augen nicht. Dr. Lamont dirigierte sie sofort zum Bett, danach verabschiedete sich Andrew oberflächlich von ihr. Er und Fire mussten ins Gefängnis, die Pflicht rief. Eine Gruppe Huntress wartete immer noch darauf, verhört zu werden. Emma blieb also mit Dr. Lamont allein zurück und schaute Andrew traurig hinterher, als er seine Wohnung verließ.

Sie kuschelte sich in Andrews Kissen, nahm einen tiefen Atemzug seines Duftes und löcherte den Arzt anschließend mit Fragen, doch der riet ihr, sich auszuruhen. Andrew würde ihr alles erklären, wenn er am Abend nach Hause käme.

War das zu fassen? Sie durfte bei ihm sein, ein besseres Versteck hätte sie sich nicht wünschen können.

\*\*\*

Fire brachte Andrew wie immer bis in seine Wohnung, dann checkte er kurz die Lage und verschwand nach nebenan. Er war im Moment sein einziger Bodyguard, da sich Steel immer noch mit der Huntress beschäftigte.

Mark saß neben dem Bett und legte den Finger an die Lippen. Offenbar schlief Emma, er erblickte lediglich ihren Haarschopf.

Vorsichtig stellte Andrew eine graue Transportbox und eine Tüte auf dem Wohnzimmertisch ab und lauschte. Der Inhalt der Box verhielt sich ruhig, er konnte sich also erst um Emma kümmern.

Mark kam auf ihn zu. »Sie schläft, aber alles ist gut. Sie braucht mich nicht mehr.«

Er nickte. »Danke, dass du dich um sie gekümmert hast. Ich hoffe, ich habe dich nicht zu lange von anderen Dingen abgehalten.«

Mark winkte ab. »Ich habe hier einiges erledigen können und kann morgen Früh den Systemneustart vorbereiten. Dann sind wir endlich völlig unabhängig, unsere Kommunikation und die Shuttlenavigation laufen über andere Satelliten und die verfluchten Bastarde haben es in Zukunft schwer, uns auszuspionieren.«

Oder ihre Ankunft in New World City zu bemerken … »Du bist der Beste«, sagte Andrew und klopfte ihm auf die Schulter. »Du hast was gut bei mir.«

Mark lächelte. »Das hab ich für uns alle getan.«

»Soll ich dir ein Shuttle bestellen, das dich zurück nach Resur bringt?«

»Das mache ich«, antwortete Mark, »kümmere du dich nun um Emma.«

Er verabschiedete sich und verließ das Apartment.

Andrew schlich ans Bett. Emma lag da wie ein Engel, die Haare fächerartig auf dem Kissen ausgebreitet, und schlief selig. Es war spät geworden, aber die Huntress hielten ihn auf Trab. Auch hatte er einiges koordinieren müssen, zwei Shuttles würden bald nach New World City aufbrechen, und er hatte eine Überraschung für Emma besorgt.

Leise zog er sich aus und begab sich ins Badezimmer. Vielleicht würde eine Dusche seinen Kopf klären. Er war immer noch durcheinander wegen all der Ereignisse in den letzten Tagen, doch die Arbeit hatte ihn ein wenig abgelenkt. Nun musste er sich allerdings Emma stellen. Sie hatte sicherlich viele Fragen und er wollte ihr alle beantworten. Womöglich konnte er das auch auf morgen verschieben, denn wecken wollte er sie nicht. Er wollte sich bloß noch an sie kuscheln und schlafen.

Der heiße Dampf der Dusche tat gut. Schnell wusch er sich und wickelte sich ein Handtuch um die Hüften. Er hatte vergessen, sich etwas zum Anziehen mit ins Bad zu nehmen, aber er war es eben gewohnt, allein zu sein.

Doch er wollte nicht länger allein sein. Ob es zwischen Emma und ihm wieder so werden könnte wie zu Beginn ihrer Beziehung?

Andrew schnappte sich eine Shorts aus dem Schrank und begab sich in den Wohnbereich. Dort stellte er sich vor den Screener und schaltete ihn mit einer Handbewegung ein, um die Nachrichten des Tages abzurufen. Um Emma nicht zu wecken, verzichtete er auf den Ton und aktivierte auf dem großen Bildschirm den Untertitel. Die schrille Stimme der Reporterin Mrs. Stipinski ertrug er ohnehin nicht. Sie stand vor der Pyramide in Resur und bewegte aufgeregt den Mund.

*Der Tod von Präsident Pearsons Privatsekretärin Emma Jones erschütterte heute White City und die Bürger von Resur. Sie starb im Alter von vierundzwanzig Jahren an einer geplatzten Bauchaorta, selbst eine Notoperation konnte sie nicht mehr retten. Der Präsident ist sehr bestürzt darüber. Ms. Jones hinterlässt keine Angehörigen ... bla ... offenbar handelte es sich um ein Bauchaortenaneurysma ... bleibt oft unentdeckt ... bla ... führt schnell zum Tod ... bla.*

Als er den Screener abschaltete, hörte er Emmas Stimme hinter sich. »Meinst du Stephen hat es schon erfahren?«

Andrew wirbelte herum. Da stand sie, gekleidet in eine legere Hose und ein T-Shirt, während er bloß die Shorts trug. »Ja, er wird längst Bescheid wissen, ich habe die Nachricht bereits heute Morgen im Gefängnis und im Büro verbreitet. Und natürlich auch die inoffizielle Version, dass du bei einem Attentatsversuch auf mich ums Leben gekommen bist.«

Sicher hatte Stephen seine Spitzel überall. Andrew hatte das Reinigungspersonal im Verdacht und es bereits austauschen lassen. Die Entlassenen würde er bespitzeln lassen.

»Gut.« Sie ließ den Kopf sinken und krallte die Finger in den Saum ihres Shirts.

»Wie fühlst du dich?«

»Soweit ganz okay.«

Mark wäre nicht gegangen, wenn ihr Zustand instabil wäre, trotzdem hatte Andrew Angst, sie könnte sich noch einmal etwas antun. Wenn sie gestorben wäre ... Er schluckte hart, ständig das Bild vor Augen, wie sie an das Gift gelangen wollte.

Endlose Sekunden schwiegen sie, bis ein herzzerreißendes Maunzen die Stille durchschnitt.

Emma riss die Augen auf. »Was war das?«

»Mann, das hätte ich fast vergessen!« Er ging zum Tisch und öffnete die Gittertür an der Box. »Ich habe eine Überraschung für dich.« Ein wenig unbeholfen zog er die kleine Katze heraus, weil er nicht wusste, wie er sie anpacken sollte. Er hatte sie bei einem dieser neu eröffneten Pet-Shops gekauft, denn Haustiere entwickelten sich gerade zum letzten Schrei, hatte ihm der Verkäufer versichert. Dazu hatte er noch eine Tüte mit Zubehör und Katzenfutter für zwei Wochen besorgt.

»Ein Kätzchen!« Ihr Gesicht strahlte. »Ich hab nicht gewusst, dass sie so süß sind.«

Das graugetigerte Fellknäuel zappelte und miaute in seiner Hand, deshalb überreichte er es Emma. »Geimpft und garantiert gesund.« Noch vor zwei Jahren galten diese Tiere als gefürchtete Monster, die Krankheiten übertragen.

Vorsichtig drückte sie es an ihre Brust, und die kleine Katze beruhigte sich augenblicklich. »Ich habe mit dem Gedanken gespielt, mir eine zuzulegen, aber ich hatte keine Ahnung, wie niedlich sie sind.« Emma streichelte das Köpfchen, woraufhin das Tier zum Schnurren anfing.

»Sie mag dich.«

»Huch!« Plötzlich zuckte Emma zusammen. Sein Saugroboter hatte sie angefahren, wendete jedoch bereits und schlug den Weg Richtung Küchenzeile ein.

»Das Ding taucht auch immer zum ungünstigsten Moment auf«, murmelte sie.

Er kratzte sich am Kinn. »Na ja, ich habe keine Putzfrau, schließlich soll niemand wissen, wo ich wohne.«

»Ich hab es wirklich keinem verraten«, sagte sie leise, ohne den Blick von der Katze zu wenden.

»Ich weiß.« Er stellte sich neben sie und legte behutsam den Arm um ihre Schultern. Gemeinsam schauten sie dem Kätzchen zu, das die Bewegungen des Saugroboters verfolgte. Er war froh über die Ablenkung, denn er wusste einfach nicht, wie er das Gespräch auf sie beide bringen sollte. Plötzlich zappelte das Tier.

»Meinst du, sie hat Angst vor dem Ding?« Emma kraulte die Katze hinter den Ohren und murmelte liebevoll: »Der tut dir nichts. Der erschreckt nur gerne Leute, ist aber völlig harmlos.«

Als das Tier nicht aufhörte, sich zu winden, setzte Emma es auf den Boden. Sofort jagte es dem tellergroßen Roboter hinterher und fauchte ihn an. Andrew seufzte. »Noch jemand, der meiner Putzhilfe nichts abgewinnen kann.« Er hatte allerdings kaum noch Blicke für die Katze übrig, sondern starrte fast unentwegt auf Emma in seinem Arm. Sie entzog sich ihm nicht. Ach, verdammt, warum stellte er sich wie ein unerfahrener Junge an?

»Sieh nur!« Sie deutete auf die Katze. »Das glaub ich jetzt nicht!«

Als sich der Saugroboter intensiv einer Ecke widmete und für einen Moment nicht hin und her fuhr, hockte sich das Kätzchen kurzerhand auf ihn. Nur ihr kleiner Schwanz hing über den Rand, ansonsten erinnerte sie ihn an eine Diva. Würdevoll saß sie auf dem Gerät und reckte stolz den Kopf in die Luft, während der Roboter sie durch die Wohnung kutschierte. In aller Seelenruhe ließ sie sich herumfahren und das Apartment zeigen.

Lachend drückte sich Emma an ihn und hielt sich den Bauch. »Die ist wirklich zum Quietschen.«

Andrew stimmte in ihr Lachen mit ein, denn der Anblick der kleinen Mieze auf dem fahrenden Gerät sah zu komisch aus. »Die beiden haben sich arrangiert, glaube ich.« Er zwinkerte sich eine Lachträne aus den Wimpern und drückte Emma einen Kuss auf den Scheitel.

Da schaute sie zu ihm auf, schlang die Arme fest um seine Taille und grinste ihn an.

Gott, wie gerne wollte er sie küssen. Ihr warmer Körper duftete gut und schmiegte sich perfekt an ihn. »Wie soll die Diva denn heißen?«, fragte er rau.

»Princess«, verkündete sie. »Ein anderer Name passt gar nicht zu ihr. Womit habe ich sie verdient?«

Er räusperte sich. »Ich habe sie gekauft, damit du nicht so einsam bist, wenn du den ganzen Tag allein hier bist. Bis ich weiß, wie es mit Stephen weitergeht und wer dir hinterherspioniert hat, bist du bei mir am sichersten.«

Plötzlich wurde sie ernst und drückte den Kopf an seine Brust, sodass er ihr Gesicht nicht mehr sehen konnte. Sie zitterte.

»Was hast du?« Zärtlich strich er über ihren bebenden Rücken, wobei er spürte, wie ihre Tränen über seinen nackten Oberkörper kullerten.

»Ich habe solche Angst um Yana. Nicht zu wissen, wie es ihr geht, macht mich noch verrückt.«

»Morgen schicke ich meine besten Warrior nach New World City, damit sie deine Schwester da rausholen.«

»Wirklich?« Sie schluchzte auf und blickte ihn an. »Wie kann ich dir dafür jemals danken?« Sie zögerte nur einen Wimpernschlag lang, dann drückte sie ihren herrlichen Mund auf seine Lippen.

Oh Gott, er vermisste sie so sehr, vermisste ihre Küsse, ihre Nähe, ihre Berührungen.

Sie schob die Finger in sein Haar und hörte nicht auf ihn zu küssen, während sie gleichzeitig grinste und weinte. »Danke, danke, danke!« Sie umklammerte ihn so fest, dass sie beinahe seine Nieren zerquetschte. »Ich dachte, du würdest mir meinen Verrat nie verzeihen.«

Er drückte die Hände an ihre Pobacken, um sie noch näher zu holen. »Ich habe dir längst verziehen, Emma.«

»Ich weiß«, wisperte sie und stupste kurz die Zunge in seinen Mund. »Das bedeutet mir so viel.«

Ihre Zärtlichkeiten setzten ihn in Flammen, doch es verstörte ihn, dass sie nicht aufhörte zu zittern. Oder bebte sie nun aus Leidenschaft?

Atemlos verharrte sie und blickte ihm tief in die Augen. »Stoße ich dich nicht ab, weil ich nicht normal bin?«

»Wie kommst du darauf?«

»Du hast mich, seit ich aufgewacht bin, nicht mehr richtig angesehen.«

»Emma …« Er zog sie weg von Princess und dem Roboter, hin zum Bett, und legte sich mit ihr hinein. Dann nahm er sie wieder in die Arme.

Seufzend schmiegte sie sich an ihn.

»Ich brauchte erst ein bisschen Zeit, um alles zu verarbeiten. Aber deine Katzengene stören mich nicht im Geringsten.« Er räusperte sich. »Na ja, es kratzt ein bisschen an meinem Ego, dass du viel sportlicher bist als ich, aber ich denke, darüber komme ich hinweg.«

»Dann … werden wir Freunde bleiben?«, fragte sie vorsichtig.

Er rollte sich auf sie. »Ich hoffe, wir bleiben mehr als das.« Erneut räusperte er sich. »Ich liebe dich, Emma.«

»Du liebst mich?«, wisperte sie und neue Tränen füllten ihre wunderschönen Augen, die – bis auf diese fantastischen Farbverläufe – normal aussahen. Zärtlich fuhr sie mit dem Zeigefinger seine Brauen nach. »Warum?«

Musste er ihr das wirklich noch erklären?

Hitze flutete sein Gesicht. »Du bist die schönste und klügste Frau, die ich kenne. Außerdem warst du sehr mutig, hast mir alles gestanden. Ich bewundere dich.«

Gerade, als er sie wieder küssen wollte, hüpfte Princess aufs Bett und drängelte sich zwischen sie.

Andrew legte sich neben Emma, und die Katze rollte sich auf ihrer Brust zusammen. Dann gähnte sie herzhaft und schloss die Augen.

»Sie ist so süß!« Selig lächelnd strich Emma über das weiche Fell.

*Princess, du freches Biest*, dachte er und grinste. »Siehst du, sogar die Mieze liebt dich.« Und sie hatte ihm gerade eine heiße Nacht mit Emma vermasselt. Doch wenn er sah, wie glücklich die Katze sie machte und offenbar von ihren Sorgen ablenkte, wog das alles andere auf. Außerdem war er ohnehin zu erschöpft, und Emma sollte sich auch noch ausruhen. Daher drückte er sein Gesicht an ihre Schulter und legte einen Arm um ihren Bauch, ohne die Katze aus den Augen zu lassen. Er traute ihr mittlerweile alles zu, schließlich hatte sie den Saugroboter bezwungen.

Emma streichelte seine Hand. »Ich befürchte, es gibt da jemanden, mit dem du mich in Zukunft teilen musst.«

»Du glaubst doch nicht, dieser Flohteppich wäre ernsthafte Konkurrenz für mich?« Er seufzte gespielt. »Heute lass ich Princess das durchgehen, aber wenn sie weiterhin so frech ist, stecke ich sie zurück in die Box.«

»Das würdest du niemals machen.« Zärtlich lächelte Emma ihn an. »Freiheit für alle – das steht für dich ganz weit oben.«

Sein Herz erwärmte sich beim Anblick dieser schönen und klugen Frau, die neben ihm im Bett lag. »Du kennst mich schon gut.«

»Und ich möchte dich noch viel besser kennenlernen.«

»Das wirst du.« Vorsichtig, um Princess keinen Grund zu geben, ihre Krallen auszufahren, beugte er sich über Emma und drückte ihr einen Kuss auf die Stirn. Dabei beobachtete ihn die Katze argwöhnisch unter halb gesenkten Lidern.

Oh Mann, das konnte ja heiter werden. Nur gut, dass er Herausforderungen liebte. »Sie gehört nicht dir allein, Mieze«, flüsterte er. »Und ohne mich hättest du Emma niemals kennengelernt.«

Princess hob den Kopf und leckte mit ihrer rauen kleinen Zunge über seine Nase.

Andrew kniff die Lider zusammen. »Einschleimen hilft dir nichts, ich habe dich längst durchschaut.«

Emma lachte, während er sich in sein Kissen zurückfallen ließ und froh war, die Katze gekauft zu haben.

Die Zeiten waren unruhig, die Zukunft nach wie vor ungewiss, doch mit Emma an seiner Seite würde er sich allen Widrigkeiten stellen.

## Epilog – Bonuskapitel

»Heute war der schönste Tag meines Lebens.« Emma stand mit Andrew in ihrer gemeinsamen Wohnung und umarmte ihn fest.

»Das freut mich«, raunte er, sagte: »dimmen«, und schon wurde es um sie herum düster. Dann küsste er sie.

Emma schwebte auf Wolken. Die zärtliche und doch leicht gierige Berührung seines Mundes nahm ihr immer noch den Atem. Wie sehr sie diesen Mann liebte.

Das Essen in Resur auf der Dachterrasse des Restaurants war ein Gedicht gewesen, die Vielzahl an guten Neuigkeiten hatte sie schier überwältigt und sie fühlte sich glücklich wie niemals zuvor.

Er löste den Mund und starrte sie an, ließ den Blick über ihr weinrotes Abendkleid wandern. Wie so oft hatte sie auf einen Slip verzichtet, weil sie wusste, dass ihn das erregte. Sie liebte es ihn zu necken, zu reizen und aus der Reserve zu locken.

»Es war verdammt anstrengend, dir zu widerstehen.« Sein Blick heftete sich auf ihre Brüste. »Im Shuttle wäre ich fast über dich hergefallen.«

Emma lächelte. »Jetzt sind wir unter uns.« Sie ließ den Daumen über seine Unterlippe gleiten, während sie sein männliches Gesicht studierte. Ununterbrochen könnte sie ihn ansehen.

Einiges war nun anders als früher. Zum Beispiel hatten sie ein neues Apartment mit grandioser Aussicht auf White City bezogen. Außer ihren engsten Vertrauten kannte niemand die Wohnung, und Emma war so froh, sich nicht mehr verstecken zu müssen.

Andrew hatte auch einen neuen Leibwächter als Ersatz für Fire, Kian, der nebenan wohnte, und Emma schrieb an einem Roman. Eine Geschichte über eine verbotene Liebe.

Außerdem hatte Andrew einen Sekretär eingestellt, einen jungen, engagierten Mann, was ihr sehr recht war. Eine andere Frau in seinem Büro, mit dem sie viele Erinnerungen verband, hätte sie nicht gut gefunden, auch wenn sie Andrew vollkommen vertraute. Schließlich hatte dort alles zwischen ihnen angefangen.

»Lust auf ein Spiel?«, fragte er.

»Und wie.« Wohlige Vorfreude prickelte durch ihren Körper. Sie liebte Andrews Spiele.

»Wo ist eigentlich Princess?« Er sah sich um. Normalerweise kam sie sofort angelaufen, wenn einer von ihnen zur Tür hereinkam.

»Sie ist noch bei Kian.« Sein neuer Bodyguard hatte einen Narren an ihrer Katze gefressen, und Princess schien sich bei ihm ebenfalls wohlzufühlen. »Wir haben also einen Babysitter und die Nacht für uns.«

Andrew lachte. »Ich bin immer wieder erstaunt, welch weiches Herz manche dieser Krieger haben.«

Emma löste den Knoten seiner Krawatte. »Sie steht auf Kerle mit weichen Herzen. Genau wie ich.«

Er zwinkerte. »Geh ins Schlafzimmer und zieh dich aus. Mach kein Licht. Ich bin gleich bei dir.« Er schenkte ihr noch einen heißen Blick, anschließend ließ er sie im Flur stehen und verschwand in sein Homeoffice. Er hatte sich zu Hause ein Büro eingerichtet, um öfter bei ihr zu sein. Emma half ihm nach wie vor, wo sie konnte, wollte aber bald eine Ausbildung zur Architektin beginnen und in ihrer Freizeit Bücher schreiben.

Lächelnd schlenderte sie ins Schlafzimmer und stellte sich vor die Panoramascheibe. White City war zur Ruhe gekommen, es ging auf Mitternacht zu. Die gigantische Kuppel reflektierte das Licht der Straßenlaternen und erhellte schwach den Raum.

Emma streifte sich das Kleid ab und hängte es in den begehbaren Schrank, sodass sie nur noch ihre halterlosen Seidenstrümpfe und den Spitzen-BH trug. Viele schöne Kleider hingen hier und Andrews zahlreiche Anzüge. Wann immer es möglich war, begleitete sie ihn zu politischen Veranstaltungen. Emma war nun ein Teil von ihm.

Zurück im Schlafzimmer lauschte sie in die Dunkelheit der Wohnung. Was er sich diesmal ausgedacht hatte?

Sie rieb sich über die nackten Arme und musterte das große Bett mit dem gusseisernen Rahmen. Dabei klopfte ihr Puls bis tief in ihren Unterleib. Sie wusste, was Andrew vorhatte, denn er hatte während des Essens mit ihr darüber gesprochen.

Als plötzlich eine schwarze Gestalt im Türrahmen stand, zuckte sie zusammen. »Andrew!« Keuchend drückte sie die Hand aufs Herz. »Hast du mich erschreckt!«

Er trug einen dunklen Overall sowie eine Sturmhaube, die nur seinen Mund und die Augen frei ließ. Welch imposante Erscheinung! Breite Schultern, lange Beine ... und seinen glühenden Blick spürte sie selbst im düsteren Zimmer. Er war auf das nackte Dreieck zwischen ihren Schenkeln gerichtet.

»Andrew ist nicht hier«, sagte er mit grollender Stimme, machte drei schnelle Schritte auf sie zu und fasste an ihre Schultern.

Natürlich war er es, sie roch sein Männerparfüm, dennoch raste ihr Herz. Ein wenig aus Furcht, weil er aussah wie der ehemalige Rebellenführer, der er einmal war, und ein wenig vor Aufregung.

Es war doch wirklich Andrew? Er musste sich in Rekordgeschwindigkeit umgezogen haben.

Schmunzelnd stellte sie sich vor, wie er sich im Arbeitszimmer die Krawatte, das teure Hemd und die Anzughose vom Leib gerissen hatte.

Er drückte sie gegen die kühle Glasscheibe und presste seinen Körper an ihren. »Hast du keine Angst vor mir?« Mit einem behandschuhten Finger strich er über ihr Gesicht.

»Ich vertraue dir«, flüsterte sie. »Du wirst mir nichts tun.«

Er keuchte an ihr Ohr. »Du vertraust einem fremden Mann, der in deine Wohnung eingedrungen ist?« Noch fester drängte er sich an sie, sodass sie seine Erektion an ihrem Bauch spürte. Offenbar trug er unter dem Overall nichts weiter. Wie gerne wollte sie ihn aus dem Stoff schälen, seine Haut spüren, riechen, küssen.

Vorsichtig zog Emma die Maske von seinem Kopf. Als Andrews blonder Schopf zum Vorschein kam, lächelte sie. »Was für ein sexy Einbrecher.«

»Du solltest mehr Respekt zeigen.« Das Timbre seiner Stimme vibrierte an ihrem Hals, während er mit den Lippen daran knabberte. »Wenn du mir gehorchst, werde ich dich anständig behandeln.«

»Ich werde tun, was Ihr verlangt, Sir.«

Er stöhnte kehlig und brachte heiser hervor: »Braves Mädchen.« Dann zog er sie zum Bett, drehte sie herum und drückte sie auf alle viere nieder, sodass sich ihm ihr nackter Hintern präsentierte.

Seine Handschuhe flogen auf den Boden, und schon spürte sie seine Finger an ihrer Scham. »Du bist feucht.« Sofort drang er mit zwei Fingern von hinten in sie ein.

Emma krallte sich ins Bettlaken, während sich ihr Inneres um den lustvollen Eroberer krampfte. Ihre Brustspitzen zogen sich zusammen, der BH störte und engte sie plötzlich ein. Sie wollte nackt für Andrew sein, überall berührt werden.

Die Matratze wackelte, er kniete sich hinter sie, wobei er die Finger nicht herauszog. Doch er bewegte sie nicht, stattdessen strich er mit der anderen Hand an ihren Schenkeln entlang.

Sie konnte es nicht ausstehen, wenn er sie zappeln ließ, daher drückte sie ihm ihren Po entgegen.

»Halte still, oder ich werde dich fesseln.«

Sie quengelte weiter, wobei ihr Herzschlag laut in den Ohren widerhallte. Bisher hatte er sie noch nie gefesselt.

»Wie du willst.« Er zog sich zurück und mit ihm seine Finger. Am liebsten hätte sie sich selbst berührt, aber das traute sie sich nicht. Oder? Während er sich in den begehbaren Kleiderschrank begab, drehte sie sich auf den Rücken, öffnete die Schenkel und rieb über ihren Kitzler.

Aufatmend sank sie zurück ins Kissen und schloss die Augen. Dieses lustvolle Pochen machte sie verrückt, wenn ihr die Erlösung verwehrt wurde. Sie war immer noch schlecht darin, einen Höhepunkt hinauszuzögern.

Während des kurzen Shuttlefluges hatte Andrew die Hand bereits unter ihrem Kleid gehabt und an ihr herumgespielt. Doch sie hatten sich zurückhalten müssen, da sie nicht allein gewesen waren. Jetzt hielt sie nichts mehr.

Ihr Finger glitt durch die seidenweiche, feuchte Hitze, verteilte ihre Lust und spielte mit der kleinen Perle ihres Geschlechts. Eigentlich sah es ein wenig aus wie eine Muschel, was ihr in Erinnerung rief, dass Andrew ihr versprochen hatte, bald ans Meer zu fliegen.

Emma rieb fester, tauchte in den cremigen Eingang und verkniff sich ein Stöhnen. Wo blieb Andrew denn so lange?

»Hab ich dich erwischt!« Als er ihr die Hände über den Kopf drückte, schrie sie überrascht auf. Sie hatte nicht bemerkt, dass er zurückgekommen war. Neben ihr lagen mehrere Krawatten, die wohl nur einem Zweck dienten: sie zu fesseln.

»Du spielst an dir herum, während ich weg bin?« Seine Stimme hallte durch den Raum, dann drehte er sie auf den Bauch, um den BH zu öffnen.

»Es wird nicht wieder vorkommen, Sir!«

»Bei dir weiß man nie.« Mit sanfter Gewalt befreite er sie von dem Büstenhalter und Emma atmete auf.

»Eigentlich sollte ich dir deinen süßen Hintern versohlen.« Schon klatschte seine Hand auf ihre Pobacken.

»Hey!« Sie drehte sich um. Es hatte nicht wehgetan, tatsächlich strahlte die Hitze seines Schlages bis in ihren Schoß.

»Solch rosige kleine Perlen.« Mit beinahe fiebrigem Blick starrte er auf ihre Brustwarzen, bevor er sich herabbeugte und sie abwechselnd in den Mund saugte.

»Andrew …« Ihre Finger krallten sich in sein weiches Haar. »Mach das bitte auch zwischen meinen Beinen oder ich zerspringe.«

Er hob den Kopf. »Na gut. Weil du so lieb *Bitte* gesagt hast.« Da schob er ihre Schenkel auseinander, hockte sich dazwischen und presste den Mund auf ihren geschwollenen Kitzler.

Endlich … Sie bäumte sich ihm entgegen, während er sie mit festen Zungenstrichen leckte. Wie Stromstöße zuckten Lustimpulse durch ihren Schoß. Mehr, sie wollte mehr!

»Schlaf endlich mit mir!«, flehte sie.

Keuchend wich er zurück, öffnete den Overall am Kragen und schlüpfte heraus.

Als seine splitternackte Gestalt zum Vorschein kam, seufzte Emma. Verlangend streckte sie die Hände nach ihm aus, strich über seine Brust und den Bauch, tippte seine stramme Erektion an.

Da schnappte er sich erneut ihre Handgelenke und positionierte ihre Arme wieder über dem Kopf. »Bleib so.«

»Ich will Sie spüren, Sir.«

»Das wirst du gleich«, raunte er, während er die Krawatten ans Bettgestell band. Anschließend knotete er sie um ihre Gelenke.

Was für ein komisches Gefühl, die Hände nicht mehr benutzen zu können. Nun war sie ihm ausgeliefert.

Andrew kniete direkt neben ihrem Kopf, daher hatte sie sein wippendes Geschlecht vor Augen. Mehr Speichel sammelte sich in ihrem Mund und sie leckte sich über die Lippen. Sie liebte es, ihn mit dem Mund zu verwöhnen. Im bleichen Licht, das durch das Fenster fiel, wirkte seine Gestalt wie eine gemeißelte Statue. Was für ein schöner Mann, und er gehörte allein ihr.

Er grinste. »Dein Blick sagt alles.« Dann krabbelte er über sie, hielt seine Erektion fest und strich mit der Eichel über ihre Lippen.

Sofort ließ sie die Zunge hervorschnellen, um über die samtige Spitze zu lecken. Dabei kniff sie erneut die Beine zusammen. Sie wollte ihn endlich in sich spüren, ihr ganzer Körper stand unter Strom, ihre Brustwarzen schmerzten.

Sanft schob er sich tiefer in ihren Mund und imitierte den Geschlechtsakt, während sie sich ihm darbot.

»Du weißt, was mich scharf macht«, raunte er.

Oh ja, und sie würde alles geben, um ihn jedes Mal aufs Neue zu überraschen. Sie traute sich immer mehr, gab sich ihm jeden Tag ein Stück weiter hin. Sie liebte es, sich fallen, von ihm anleiten zu lassen. Aber nur, weil er es war: der Mann, dem sie vollkommen vertraute.

Hektisch zog er sich zurück und atmete schwer. »Ich habe noch mehr Sachen dabei, um meine Gefangene zu verwöhnen.« Er griff neben die Matratze auf den Boden, holte eine Tüte hervor und schüttete den Inhalt über ihrem Kopf aus.

Was war das alles? Sie wollte hinsehen, doch er hielt ihr Kinn fest. »Augen immer zu mir.«

»Du bist gemein.« Ihr Schoß schrie nach seiner Berührung, daher presste sie weiterhin die Beine zusammen.

Andrew zog sie weit auseinander. »Du bleibst so. So und nicht anders!« Er grinste verrucht. »Dann zeige ich dir, was gemein ist.«

Was hatte er nur vor?

Er griff über ihren Kopf und holte einen ... großen rosa Kaugummi hervor? »Was ist das für eine Kugel?«, wollte sie wissen.

»Angeblich das neuste Toy auf dem Markt.« Drei dieser schimmernden Kugeln hielt er in der Hand.

»Du warst in einem ... Sexshop?«

»Ja.«

Sie wollte sich aufsetzen, weil sie vor lauter Neugierde vergessen hatte, dass sie gefesselt war. Natürlich ging es nicht. »Der Präsident hat Sexspielzeug gekauft? Ernsthaft?«

Wurde er rot um die Nase? Im Düsteren erkannte sie es nicht genau. »Ich ... habe mir einen falschen Bart angeklebt ... und so.«

Ihr Herz erwärmte sich. Er war selbst gegangen, ganz diskret, hatte niemand anderen beauftragt, die Sachen zu kaufen. »Ich hätte dich gerne mit Bart gesehen.«

»Besser nicht, der hat mich um zehn Jahre älter gemacht.« Er grinste die drei seltsamen Blasen in seiner Hand an, nahm eine davon zwischen die Finger und rieb sie über ihre Brustwarze. Dabei murmelte er: »Irgendwie so soll es funktionieren.«

Als würde die Kugel plötzlich ein Eigenleben entwickeln, stülpte sie sich über ihren Nippel, ja, saugte ihn regelrecht ein! Das Toy verlor die Form, wurde flacher und passte sich ihrer Brustspitze an.

Scharf holte Emma Luft.

Andrew riss die Augen auf. »Tut es weh?«

»Nein, nein«, antwortete sie schnell. »Ist nur ungewohnt.«

»Geil?«

Sie schloss die Lider und fühlte, wie die Kugel an ihr saugte. »Ja, das kribbelt angenehm.«

»Dann pass mal auf.« Er tippte das Toy an, und es begann zu vibrieren.

Emma bog den Rücken durch. »Das ist ... gut!«

»Bloß gut?« Schnell setzte er die zweite Kugel ebenfalls auf. Die beiden Toys bearbeiteten von selbst ihre Nippel und schienen die Intensität der Vibrationen langsam zu steigern.

»Die sollen sich deinem Erregungsgrad anpassen«, erklärte Andrew.

»Ich ... bin schon ziemlich ...« Sie stöhnte losgelöst. Die Impulse schossen zwischen ihre Beine und tief in den Bauch. Ungeduldig zappelte sie. »Mehr, bitte.«

»Ich will, dass du genießt und nicht verschlingst. Dabei sollst du durch nichts abgelenkt werden.« Er hielt eine weitere Krawatte vor ihr Gesicht, und sie nickte. Daraufhin verband er ihr die Augen.

Nun empfing sie völlige Dunkelheit. »Hast du noch mehr seltsame Sachen dabei?«

»Nein, nur diese Kugeln.« Er drückte ihre Beine wieder auseinander, dann zog er ihren Venushügel nach oben. »Die letzte ist für deinen Kitzler.«

»Nein, das wird bestimmt zu heftig!« Ihr Herz klopfte hart und sie wand sich in den Fesseln.

»Ich bestimme, Emma. Halte die Beine still.«

Wie sollte sie das anstellen, wenn er diese Spielzeuge an ihr testete?

»Ich will, dass du einfach nur genießt. Und ich sehe dir zu.« Andrew begann, ihre Beine ebenfalls ans Bett zu binden, sodass sie aufgespreizt wie ein X vor ihm lag. »Jetzt lass meine kleinen Freunde ihren Dienst tun.«

Sie spürte erst seine Zunge an ihrer Klitoris, danach die kühlere Kugel. Emma stöhnte laut, als sich das Toy an ihren empfindsamen Nerv festsaugte und sie nichts dagegen tun konnte. Sie glaubte, das Ding schmatzen zu hören, fühlte schwache Stromimpulse, dann wieder Vibrationen.

Oh Himmel, ihr Schoß glühte und pulsierte. Lange würde sie das nicht aushalten!

Nun war sie Andrew völlig ausgeliefert. Ihm und diesen saugenden kleinen Biestern, die Emma schier in den Wahnsinn trieben.

Sie musste ein peinliches Bild abgeben, nur gut, dass sie sich nicht sehen konnte.

»Du bist so schön«, raunte er, schob sich auf sie und küsste sie.

Sie hungerte nach ihm, nach seinen Berührungen, Küssen und Zärtlichkeiten. Erst als er die Hände über ihren Körper gleiten ließ, entspannte sie sich völlig, trieb auf der Lustwelle und stellte sich vor, wie sie unter ihm lag. Gefesselt, nackt und erregt.

Andrew rieb seine Brust an ihr. Seine Hitze hüllte sie ein, ebenso sein männlicher Geruch. »Du bist so schön, Emma. So voller Leidenschaft.«

Während er sich in sie schob, nahm nicht nur ihre Erregung zu, auch die Vibrationen der rosa Saugbiester. Das eine zwischen ihren Beinen biss sich regelrecht an ihrem Kitzler fest, malträtierte und folterte ihn.

Sie liebte es, was für ein Gefühl! Ob Andrew die Schwingungen auch spürte?

Der zarte Schmerz gab ihr den Rest. Ihr Schoß schloss sich fest um Andrews Erektion, wollte sie nie wieder hergeben. Hinter der Augenbinde blitzten Sterne und ihr Höhepunkt war gewaltig. Von den Zehenspitzen bis zu den Haarwurzeln kribbelte es und ihr kam es vor, als würden die Toys alles geben. Aber am erregendsten war Andrew tief in ihr, der einen Punkt traf, der sie über die Klippe trug.

Sie küssten sich und er raunte ihr zärtliche Worte zu, dann stieß er fester in sie und fand selbst Erlösung.

Als sie wieder zu sich kam und sich eine wohlige Trägheit einstellte, bemerkte sie, dass die Toys aufgehört hatten zu saugen. Andrew lag noch auf ihr und keuchte an ihre Wange.

»Wie war es?«, fragte er, während er die Kugeln entfernte.

»Heftig. Heftig schön.« Mehr brachte sie im Moment nicht hervor, zu erschöpft fühlte sie sich.

Er band sie los und zog ihr die Augenbinde ab. Danach nahm er sie in die Arme und rollte sich mit ihr herum, bis sie auf ihm lag.

Sie kuschelte sich an seine Brust und hörte seinem Herzen zu. Sie mochte es, dem sanften Schlagen zu lauschen. »Danke fürs Verwöhnen«, sagte sie und gähnte. Neugierig nahm sie eine der rosa Kugeln in die Hand. Sie fühlte sich warm und weich an. »Kann man die auch beim Mann verwenden?«

»Hmm«, brummte er. Offensichtlich schlief er gleich ein. Sein Gesicht wirkte entspannt, seine Augen waren geschlossen.

»Ich hab eine Idee, beim nächsten Mal verwöhne ich dich.«

»Hmm«, brummte er wieder.

»Mit diesen Kugeln.«

»Hmm.«

»Abgemacht?«

»Hmmm.«

Sie grinste schelmisch, als sie sich vorstellte, wo sie eines dieser Saugbiester anbringen würde …

Die Warrior-Lover-Serie umfasst die Teile:

Jax – Warrior Lover 1
Crome – Warrior Lover 2
Ice – Warrior Lover 3

Storm – Warrior Lover Bonusstory
Nitro – Warrior Lover 4
Andrew und Emma – Warrior Lover Sidestory
Steel – Warrior Lover 5

## Über die Autorin:

Inka Loreen Minden, die auch unter dem Pseudonym Lucy Palmer, Mona Hanke (Erotik), Loreen Ravenscroft (Romantasy) und Monica Davis schreibt, ist eine bekannte deutsche Autorin (homo-) erotischer Literatur. Von ihr sind bereits 40 Bücher, 6 Hörbücher und zahlreiche E-Books erschienen.

Neben einer spannenden Rahmenhandlung legt sie viel Wert auf eine niveauvolle Sprache und lebendige Figuren. Explizite Erotik, gepaart mit Liebe, Leidenschaft und Romantik, ist in all ihren Storys zu finden, die an den unterschiedlichsten Schauplätzen spielen.

Sie schreibt ua für Bastei Lübbe, Rowohlt und Blanvalet.

Regelmäßig sind ihre Bücher unter den Online-Jahresbestsellern zu finden; einige Bücher sind auch auf dem englischsprachigen Markt erhältlich, zum Beispiel »Daniel Taylor« und »Hearts of Stone«.

Mehr über die Autorin auf ihrer Homepage:

**www.inka-loreen-minden.de**

**www.monica-davis.de**

# Weitere Titel von Inka Loreen Minden / Monica Davis

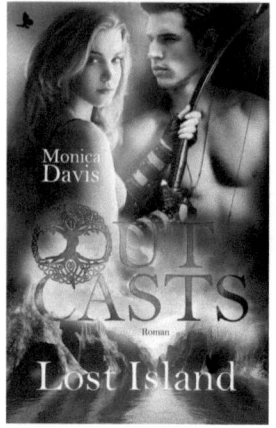

### Outcasts – Lost Island
von Monica Davis
ISBN: 978-3-738609-14-1

*Eine Insel, 300 Ausgestoßene, unzählige Gefahren ...*
Die Polarkappen sind geschmolzen, der Meeresspiegel angestiegen. Landfläche ist knapp, daher gibt es in den neuen Verwaltungszonen strenge Regeln, um das Überleben zu sichern.
Die siebzehnjährige Kate wohnt in der kleinen Stadt Welltown im ehemaligen England, umgeben von Wasser. Sie fühlt sich sicher in dem diktatorischen System und erwartet eine vorbestimmte Karriere als Senatorin. Alles könnte perfekt sein, gäbe es da nicht ihren Mitschüler Liam, in den sie sich verliebt hat. Doch der junge Mann schlägt sich auf die falsche Seite, und Kate ist gezwungen, ihn auszuliefern.

### Amy & Jason
von Inka Loreen Minden
ISBN: 978-3-734767-24-1

Die 18-jährige Amy ist seit Jahren in Jason, den besten Freund ihres älteren Bruders, verschossen. Doch Jason sieht in ihr immer noch das kleine Mädchen. Als ihr Bruder die Abwesenheit der Eltern nutzt und im Haus eine Party feiert, kommt es zwischen Amy und Jason zu einer heißen Begegnung. Danach stürzt Jason Hals über Kopf davon, in dem Glauben, Amy nie mehr gegenübertreten zu müssen.
Aber es kommt anders als gedacht: Eine Woche später treffen sie sich an der Universität wieder. Sie ist Studentin – er ihr Dozent. Unmissverständlich macht er ihr klar, dass es keine gemeinsame Zukunft für sie gibt. Trotzdem lassen sich beide auf ein erotisches Spiel ein, das droht, Amys Herz in Stücke zu reißen, denn sie kann nicht aufhören, Jason zu lieben.

## Weitere Titel der Autorin:

Beast Lovers – Gestaltwandler-Romance
Forbidden Dreams von Bailey Minx
Nick aus der Flasche von Monica Davis
Engelslust von Inka Loreen Minden
LoveTrip – eine heiße Reiße